AF301782

Schon als Kind träumte **Kerstin Sonntag** davon, Schriftstellerin zu werden. Sie studierte Anglistik und Germanistik und verbrachte eine längere Zeit in den Vereinigten Staaten und Australien. Nach einigen beruflichen und privaten Umwegen machte sie ihre wahre Liebe zum Beruf und widmet sich seit 2011 neben der Familie ganz dem Schreiben.

Kerstin Sonntag

Einmal Cornwall und für immer

Überarbeitete Neuausgabe Juni 2023

Copyright © 2023 dp Verlag, ein Imprint der
dp DIGITAL PUBLISHERS GmbH
Made in Stuttgart with ♥
Alle Rechte vorbehalten

Einmal Cornwall und für immer

ISBN 978-3-96817-290-3
E-Book-ISBN 978-3-98778-512-2
Hörbuch-ISBN: 978-8-72660-189-3

Copyright © 2020, dp Verlag, ein Imprint der
dp DIGITAL PUBLISHERS GmbH
Dies ist eine überarbeitete Neuausgabe des bereits 2020 bei
dp Verlag, ein Imprint der dp DIGITAL PUBLISHERS GmbH
erschienenen Titels Einmal Cornwall und für immer
(ISBN: 978-3-96817-246-0).

Covergestaltung: Herzkontur – Buchcover & Mediendesign
Umschlaggestaltung: ARTC.ore Design
unter Verwendung von Motiven von
depositphotos.com: © brebca
shutterstock.com: © frog_color, © Pablo77,
© sumroeng chinnapan, © PANG WRP, © Parkerspics, © 135pixels,
© Artiste2d3d, © Lara Red
Lektorat: Daniela Pusch
Satz: dp DIGITAL PUBLISHERS GmbH
Druck und Bindung: Books on Demand GmbH, Norderstedt

*Geben Sie sich niemals mit weniger zufrieden als dem,
nach dem ihr Herz sich sehnt.
(Mabel Trevarrian während einer Teestunde zu Jonna)*

Liebe Leserinnen, liebe Leser,

ich freue mich riesig darüber, dass *Einmal Cornwall und
für immer* mit dieser Neuauflage noch einmal in neuem
Glanz erstrahlen darf!
Schon immer wollte ich euch ins romantische Cornwall entführen. So habe ich in dieser Geschichte meine
Hauptfigur Jonna (Panikattacken und Flugangst zum
Trotz – verzeih mir, Jonna!) in das malerische Hafen-
dorf Penkerris mit seinen engen Kopfsteingassen,
weißgetünchten Cottages und liebenswerten, manchmal etwas schrulligen Bewohnern geschickt.
Hoch oben auf den dramatisch zerklüfteten Klippen
Cornwalls über dem wild tosenden Meer erfährt Jonna
zum ersten Mal ein beglückendes Gefühl von Heimkehr.
Und wenn ihr dieses Buch zuschlagt, dann hoffe ich,
dass die Geschichte bei euch genau dieses heimelige
Wohlgefühl hinterlässt.

Zauberhafte Lesestunden wünscht euch

Kerstin Sonntag

Kapitel 1

Aufgeben war keine Option.

Man konnte Jonna Madsen so einiges nachsagen, doch sie gab niemals auf. Auch wenn sämtliche Fakten dafürsprachen.

Ihre Handflächen schwitzten und ihr Mund war trocken wie Sandpapier. Die vage Möglichkeit, dass ihr Leben heute endete, war nicht gänzlich von der Hand zu weisen. Sie presste die Lider zusammen und zählte stumm bis zehn. Im Augenblick bereute sie ihren Entschluss zu fliegen mehr als alles andere, doch sie würde das jetzt durchziehen. Jonna wäre nicht Jonna, wenn sie eine einmal getroffene Entscheidung rückgängig machen würde.

Mit ihrem vierjährigen Jack Russell Mr Gandy, der in einer engen Transportbox leise vor sich hin jaulte, wartete Jonna am Check-in-Schalter im Terminal zwei des Frankfurter Flughafens inmitten einer langen Schlange wildfremder Menschen und gab ihr Bestes, nicht in Panik zu verfallen. Beten wäre vielleicht eine Option. Allerdings waren Jonnas Wünsche schon länger nicht mehr vom Universum erhört worden. Also verwarf sie auch diesen Gedanken und knabberte stattdessen an ihrer Unterlippe. Die Vorstellung, bald hoch oben in der Luft zu sein, ohne festen Boden unter den Füßen, ließ ihre Eingeweide verkrampfen. Nach fünf Jahren Beziehung hatte sie das erste Mal ihren Koffer nur für sich gepackt. Hatte Nick sowie die gemeinsame Altbauwohnung im Heidelberger Stadtteil Handschuhsheim, die sie einst so liebe- und hoffnungsvoll eingerichtet hatte, verlassen – wenn auch zunächst nur vorübergehend. Nick hatte es nicht einmal für nötig gehalten, sie zum Flughafen zu begleiten. *Wichtiger Geschäftstermin, Schnuppel. Kann nicht*, hatte er beiläufig gemeint, als sie ihn gefragt hatte, ob er sie fahren würde. Natürlich konnte er nicht. Wie immer war ihm alles andere wichtiger.

Hatte sie ihm nicht mehr als einmal versucht zu erklären, dass es genau diese Gleichgültigkeit war, die sie nun dazu gebracht hatte, der Einladung ihrer alten Studienfreundin Liz nach Cornwall zu folgen und sich todesmutig in ein Flugzeug zu begeben?

Und dann dieses blöde *Schnuppel*! Sie hatte das Kosewort noch nie gemocht.

„Entschuldigung, Dornröschen, warten Sie auf besseres Wetter?" Eine männliche Stimme holte sie wieder zurück in die Realität.

Jonna wirbelte herum. Mit ihren knapp Einssiebzig war sie nicht groß, aber gegenüber dem kleinen Mann, der sie unter buschigen Augenbrauen hervor grimmig anstarrte, kam sie sich vor wie ein Riese. Was dem Kerl an Körpergröße fehlte, machte er durch einen furchteinflößenden Umfang wett. Die Knöpfe seiner Weste, die sich wie ein Zelt über dem Bauch spannte, drohten jeden Moment aufzuspringen.

„Wie bitte?"

Der Fremde machte eine Kinnbewegung zum Schalter. „Na, Sie beabsichtigen doch sicher auch, für den Flug nach Manchester einzuchecken. Oder haben Sie es sich anders überlegt?" Sein Blick glitt unverschämt langsam über ihren Körper hinweg, verweilte ein paar Sekunden zu lang auf ihren Brüsten, die sich gegen den Stoff ihrer Bluse pressten, und blieb schließlich an ihren vollen Lippen hängen.

Sie widerstand dem Drang, sich über den Mund zu lecken. Womöglich klebte dort noch Fruchtfleisch von dem Orangensaft, mit dem sie an einem Snackstand vorhin drei Baldrianpillen heruntergespült hatte?

Nimm unbedingt etwas zur Beruhigung, hatte Tabea, Chefin des kleinen Schmuckladens, für den sie seit drei Jahren aparte Ketten und Armbänder kreierte, geraten. *Das wird deine Aufregung etwas dämpfen.*

Tabea war praktisch veranlagt und behielt stets einen kühlen Kopf, ganz im Gegensatz zu Jonna. Deshalb hatte sie ihren Rat nur allzu gern angenommen. Die dummen Pillen wirkten allerdings leider nicht. Mehrere Male stellte sie sich vor, mit Mr Gandy unter dem Arm zurück in die Komfortzone ihrer Wohnung zu flüchten. Nur dass sie diesem Impuls nicht nachgeben würde, auch weil sie dort mit Nicks Anwesenheit und der unbequemen Wahrheit, dass sie in ihrer Beziehung am absoluten Nullpunkt angelangt waren, konfrontiert sein würde.

„Also, was denn nun?", hakte der Mann mit dem beängstigenden Bauchumfang nach.

Fieberhaft durchforstete sie ihr Hirn nach einer passenden Antwort. Vergeblich. Etwas Schlagfertiges wollte ihr um sieben Uhr in der Frühe leider nicht einfallen. Sie war eben kein Morgenmensch. Damit der Kerl jedoch kapierte, wie unverschämt sie sein Benehmen fand, strafte sie ihn mit einem vernichtenden

Blick ab. Auch weil er die Frechheit besaß, ihr weiterhin auf den Mund zu starren. Fruchtfleisch hin oder her. Sie schnappte sich den Trolley und setzte sich mit dem inzwischen verstummten Mr Gandy in Bewegung.

Am Schalter raffte sie sich zu einem, wie sie hoffte, selbstsicheren Lächeln auf, als sie der blonden Dame mit der Dolly-Parton-Gedächtnisfrisur ihr Ticket und den Reisepass reichte. Während diese auf ihren Bildschirm starrte und die Daten eingab, wischte Jonna sich mit dem Handrücken unauffällig über die Lippen. Nur zur Sicherheit. Und da war nichts. Kein Fruchtfleisch. Was für ein Glück.

Nachdem sie eingecheckt und sich ein paar Meter vom Schalter entfernt hatte, pustete sie sich innerlich kopfschüttelnd eine mahagonifarbene Locke aus dem Gesicht. Die Begegnung mit dem Hornochsen hatte sie immerhin kurz von der Tatsache abgelenkt, dass der Abflug immer näher rückte. Doch nun kehrte die Panik Stück für Stück zurück. Mit einem flauen Gefühl im Magen verließ sie das Terminal Richtung Gate.

Zu ihrem Erstaunen brachte sie die Sicherheitskontrolle ohne Ohnmachtsanfall hinter sich, allerdings bewegte sie sich auch noch auf sicherem Terrain, wenn man es recht betrachtete. Im Wartebereich am Abfluggate fischte sie das Desinfektionsspray aus der Umhängetasche. Mit glühenden Wangen besprühte sie die Sitzfläche eines der roten Plastikstühle, bemüht, die neugierigen Blicke des Bodybuilders mit der Punkfrisur auf dem Nachbarsitz zu ignorieren. Vermutlich hielt er sie für eine durchgeknallte Endzwanzigerin mit Putzzwang. Es war ihr egal. Mit einem leisen Seufzen ließ sie sich auf den Stuhl sinken und versuchte anschließend flüsternd, Mr Gandy in seinem Gefängnis gut zuzureden. Der Jack Russell hasste es, eingesperrt zu sein, und es tat ihr leid, dass sie ihm das antun musste. Aber niemals hätte sie ihren vierbeinigen Freund zurücklassen können. Vor drei Jahren hatte sie den kleinen Kerl bei einem Besuch im Tierheim entdeckt und sich Hals über Kopf verliebt. Kühn hatte sie sich gegen Nick durchgesetzt und Mr Gandy, der damals noch auf den wenig fantasiereichen Namen Strolch hörte, mit nach Hause genommen. Sie gab es ungern zu, und ja, irgendwie war es ihr auch peinlich, aber der kleine Hund war für Jonna ein Kindersatz.

Die recht einseitige Unterhaltung wurde durch das Summen des Smartphones in ihrer Jackentasche unterbrochen. Vielleicht rief Nick an? Bestimmt würde er sie anflehen, zu ihm zurückzukommen, weil er ohne sie nicht leben konnte. Jonnas Herz machte einen hoffnungsvollen Hüpfer, aber ein rascher Blick aufs Display raubte ihr jegliche Illusion, denn dort stand nicht Nicks, sondern Tabeas Nummer. Sie sollte endlich aufhören, weiter von Zuckerwatte und rosa Glitzerherzen zu träumen. *Begreife es endlich, Jonna. Das Leben ist kein Wunschkonzert, und wer wüsste das nicht besser als du?* Demonstrativ drehte sie dem Kerl neben sich den Rücken zu, weil er sie noch immer höchst interessiert musterte. Wenn Jonna etwas nicht ausstehen konnte, dann Menschen, für die das Wort Privatsphäre ein Fremdwort zu sein schien. Generell fühlte sie sich allein wohler als in Gesellschaft anderer. Deshalb war der Job als Schmuckdesignerin ideal. Hier konnte sie im Hintergrund agieren. Sie liebte die Abgeschiedenheit ihres Arbeitsbereiches, dieser kleinen zauberhaften Welt, in der sie filigrane, romantische oder flippige Schmuckstücke kreierte, während Tabea im Verkaufsraum die Ware präsentierte und bediente.

„Hey, Tabea", begrüßte sie ihre Chefin und Freundin in gedämpftem Tonfall am Telefon und gab sich alle Mühe, die Gegenwart des Möchtegern-Hulks auf dem Nachbarsitz auszublenden, der sie weiterhin äußerst interessiert fixierte. „So früh schon auf?" Montags hatte *Tabeas Schmuckkästchen* geschlossen, weshalb Tabea an Montagen immer gern ausschlief.

Tabea gähnte herzhaft. „Die Kinder von oben haben mich mit ihrem Getrampel geweckt. Außerdem wollte ich hören, wie dein Date gestern gelaufen ist."

„Welches Date?" Jonna entfuhr ein ersticktes Lachen, das sofort von einer knisternden Lautsprecherdurchsage übertönt wurde.

„Wo in aller Welt bist du?"

„Am Frankfurter Flughafen."

Tabea sog hörbar die Luft ein. „Was? Oh mein Gott! Du ziehst es also jetzt tatsächlich durch?"

„Sieht ganz danach aus." Jonna schlug ihre nackten Beine übereinander. „Nick hat den Bogen diesmal echt überspannt. Deswegen kam mir Liz' Einladung wie gerufen."

„Was hat er denn angestellt?"

„Er hat unseren Jahrestag verbummelt, nicht zum ersten Mal. Geschlagene anderthalb Stunden saß ich in meinem kleinen, sexy Schwarzen bei unserem Lieblingsitaliener und habe vergeblich auf ihn gewartet. Als ich schließlich vor Enttäuschung und Wut brodelnd nach Hause kam, hat er mich zerknirscht mit seinen himmelblauen Augen angesehen und mir beim Leben seiner Mutter geschworen, dass ihm so etwas nie wieder passieren würde."

„Und glaubst du ihm?"

„Ich möchte es gern. Dennoch bin ich natürlich stinksauer."

„Absolut verständlich."

„Deswegen musste ich einfach reagieren, Tabea."

„Und ich drücke alle Daumen, dass deinem Nick endlich ein Licht aufgeht!"

„Du, ich kann dir gar nicht sagen, wie schlecht mir gerade ist. Das mit dem Fliegen ..." Um ihre Hände zu beschäftigen, zupfte sie an der tadellosen Seitennaht ihres Jeansrocks.

„Du schaffst das schon." Jonna konnte das Grinsen in Tabeas Stimme förmlich hören. „Denk einfach an all die süßen, kleinen Restaurants und Geschenkelädchen, die dich erwarten. An frischen Fisch, Krabben, Lobster und an diesen unvergleichlichen Meeresduft ... Und die Blumen, besonders jetzt, im Frühjahr ... Gott, Jonna, ich gerate selbst ins Schwärmen. Ich beneide dich, ehrlich. Du wirst es in Cornwall lieben. Hast du nicht immer davon geträumt?"

Cornwall ... Sofort sah Jonna dieses zauberhafte Fleckchen Erde vor sich. Verträumte, malerische Fischerdörfer, grüne Hügel, dramatische Meeresklippen und weite Moore. Tabea hatte recht. Schon lange zog es Jonna dorthin. Voller Sehnsucht hatte sie jeden Reisebericht verfolgt, jeden Film, der dort spielte, gesehen. Vermutlich war sie der größte Fan der Rosamunde-Pilcher-Filmreihe überhaupt.

„Und was Nick betrifft", ergänzte Tabea, „der kommt bestimmt zur Besinnung. Wie heißt es doch so schön: Man weiß die Dinge erst zu schätzen, wenn man sie verloren hat. Du wirst sehen, am Ende wird sich der ganze Stress gelohnt haben."

„Klar, die Hoffnung stirbt zuletzt." Jonna gab sich Mühe, den kleinen Stich in der Brustgegend zu ignorieren. „Ob er mir jemals diese eine Frage stellen wird?" Anstatt ihr endlich den ersehnten Antrag zu machen, gammelte ihr langjähriger Lebensgefährte lieber in ausgebeulten Jogginghosen vor dem Fernseher. Sicher, sie hätte das Zepter in die Hand nehmen können, doch in dieser Hinsicht war sie traditionell. Sie träumte von dem ganzen Paket: läutende Kirchenglocken, ein Haus voller lärmender, lachender Kinder und dem unvermeidlichen weißen Gartenzaun.

„Du unverbesserliche Romantikerin. Glaub mir, die Ehe wird komplett überbewertet."

„Nicht alle Kerle sind wie Marten", bemerkte Jonna sanft und hoffte, ihre Chefin würde es ihr verzeihen, sie auf ihren Ex angesprochen zu haben. Er hatte Tabea zwei Tage vor der Hochzeit überraschend den Laufpass gegeben und sie auf allen Kosten sitzenlassen, was sie ihm niemals verzeihen würde. Jonna konnte es ihr nicht verdenken. Tabea war in ihren Grundfesten erschüttert worden. Anders als Jonna glaubte Tabea schon lange nicht mehr an Happy Ends. Geschweige denn an die große, einzig wahre Liebe.

„Also ich für meinen Teil bleibe in Zukunft lieber solo", schnaubte sie nun auch wie erwartet. „Und du, genieße doch einfach deine wilde Ehe!"

„Du vergisst, dass meine sogenannte wilde Ehe ungefähr so wild ist wie das Sexleben einer Schnecke."

Jetzt kicherte Tabea. „Jonna, ich liebe deinen trockenen Witz. Ich bin sicher, dass die räumliche Trennung wieder Würze in euer Sexleben bringen wird. Nick wäre nicht der erste Mann, bei dem das funktioniert. Genieße deine Auszeit! Und grüße deine Studienfreundin Liz von mir."

„Mach ich. Übrigens, nochmals lieben Dank, dass du mir für dieses Abenteuer so kurzfristig freigegeben hast."

„Kein Thema, meine Liebe. Ich hatte dir die Auszeit ja selbst angeboten. Hauptsache, du kommst wieder und lässt mich nicht hängen, sonst werde ich am Ende vor lauter Frustnaschen noch zur gefürchteten Matrone", scherzte sie, obwohl Tabea mit ihrer Kleidergröße sechsunddreißig plus immer noch in der Jugendabteilung shoppen konnte.

„Natürlich komme ich zurück. Aber abgesehen davon wäre das Naschen für dich kein Drama. Du bist nicht diejenige von uns beiden, die schon beim Ansehen von Süßem zwei Pfund zulegt." Jonna grinste.

„Dafür besitzt du beneidenswerte Kurven, Süße."

Lachend beendeten sie schließlich das Gespräch.

Eine junge Frau mit einem kleinen Mädchen auf dem Arm hastete an Jonna vorbei. Mit dem Handy in der Hand sprang sie auf, als dem Kind ein Stofftier aus den Händen fiel. Mit wenigen Schritten hatte sie die beiden eingeholt und hob das Tier auf, bevor noch jemand aus Versehen drauftrat. Die Kleine weinte inzwischen und verlangte lautstark nach ihrem plüschigen Gefährten, der einem zerzausten Biber ähnelte.

„Entschuldigen Sie, Sie haben etwas verloren", sprach Jonna die Mutter an, die inzwischen, alarmiert von dem Gebrüll ihrer Tochter, stehengeblieben war, und reichte ihr das Spielzeug.

„Oh, wie lieb von Ihnen." Die sichtlich gestresste Frau nahm das Kuscheltier entgegen und drückte es ihrer Tochter in die kleine Hand. „Hier hast du deinen Baba wieder. Jetzt pass aber gut auf ihn auf, Sofie." Sofort versiegten die Tränen der Kleinen und ihre Mundwinkel hoben sich zu einem glücklichen Strahlen. Sie war niedlich, mit blondem Wuschelhaar und blauen Kulleraugen.

So ähnlich habe ich mir mein Kind auch immer vorgestellt. Da war erneut dieses dumme Ziehen in ihrer Brust, doch Jonna überspielte den leisen Schmerz mit einem Lächeln. „Gern geschehen. Gute Reise."

Die junge Frau bedachte sie mit einem dankbaren Blick. „Das wünsche ich Ihnen auch."

Jonna zwinkerte dem kleinen Mädchen zu und kehrte zu ihrem Platz und zu einem geduldig wartenden Mr Gandy zurück. Leise seufzend scrollte Jonna sich durch ihre Mails. Noch einmal las sie Liz' Nachricht, um sich in Erinnerung zu rufen, weshalb sie hier gelandet war.

Liebste Jonna,
schon viel zu lange haben wir uns nicht mehr gesehen! Ich vermisse dich. Ich vermisse unsere nächtelangen Gespräche, dein Lachen, deine Mails. Es ist höchste Zeit, dass wir all die Zeit aufholen, die wir uns nicht gesehen haben. Warum wirfst du nicht ein paar Sachen in den Koffer und besuchst mich hier in Penkerris? Du bist jederzeit herzlich

Liz' Worte zupften an Jonnas Herz. Von Beginn an
war Liz einer von jenen Menschen gewesen, mit denen
sie sich sofort verbunden gefühlt hatte. Während der
Studienzeit waren sie unzertrennlich gewesen, zwei
Hälften eines Ganzen, auch wenn sie vom Charakter
her nicht hätten unterschiedlicher sein können. Liz, die
unbekümmerte lässige Frohnatur, Jonna, die nach-
denkliche, gefühlvolle Romantikerin. Seit Jonna die
Einladung erhalten hatte, hatte sie unablässig darüber
nachgedacht, ihre Freundin im fernen England zu besuchen. Ihre dumme Panik vorm Fliegen hatte sie aber
bislang davon abgehalten, und ja, wenn sie ehrlich war,
hatte Jonna Liz auch ein wenig beneidet. Ihre Freundin
hatte sich ihren Lebenstraum von einem kleinen Café
in einem pittoresken Fischerdorf an der Küste Cornwalls erfüllt – samt Ehemann und Stieftochter. Anders
als in ihrem eigenen Leben, schien bei Liz alles rund zu
laufen. Liz hatte ihren Platz gefunden. Ihren Hafen,
ihre Heimat. Sie war angekommen. Jetzt, wo sich Jonna
tatsächlich auf den Weg gemacht hatte, schämte sie
sich für ihre Gefühle und dafür, so lange gebraucht zu
haben, das Glück ihrer Freundin neidlos zu akzeptieren. Sie konnte es kaum mehr erwarten, Liz in die Arme
zu schließen. Hoffentlich würde Liz ihr das lange
Schweigen verzeihen.

Sie war im Begriff, ihr Handy zurück in die Tasche zu
stecken, als ein dunkelhaariger Mann, der im Nirvana-
Shirt lässig gegen ein Werbeschild lehnte, ihren Blick
einfing und ein kleines, schiefes Lächeln aufblitzen

ließ. Innerlich Augen rollend wandte sie sich ab. Ihr Bedarf an schrägen Vögeln war für die nächsten zehn Jahre gedeckt, auch wenn dieser hier dank der beeindruckenden Schultern und der engen, stonewashed Jeans eine ziemlich gute Figur machte, wie sie feststellte.

Um sich mit etwas anderem als ihrer stetig wachsenden Panik zu beschäftigen, überlegte sie, ob sie auch nichts vergessen hatte. Personalausweis, Ticket, Geldbeutel. Das Fläschchen mit dem beruhigenden Aromaöl, Desinfektionsspray, arbeitete sie in Gedanken ihre Liste ab. Kaum dachte sie jedoch daran, dass es bald losging, fing ihr Puls erneut an zu rasen. Vielleicht sollte sie sich lieber Mr Gandy unter den Arm klemmen und den Heimweg antreten.

Zum Kuckuck, Kind! Pack das Leben bei den Eiern!

Opas Stimme. Fast schien es, als säße er hier im Raum und würde ihr verschwörerisch zuzwinkern. Ihm hatte Jonna, die eigentlich Johanna hieß, ihren Rufnamen zu verdanken. Von Geburt an hatte er, dessen Wurzeln in Kopenhagen lagen, sie stets nur mit der dänischen Kurzform angesprochen. Zudem war Henry Paul Madsen der patenteste Mensch gewesen, den sie je gekannt hatte. Niemals hatte er gejammert, obwohl ihn das Leben nicht mit Samthandschuhen angepackt hatte. *Probleme sind dazu da, gelöst zu werden*, hatte er stets mit einem spitzbübischen Lächeln verkündet, das seine von tausend Lachfältchen umgebenen Augen zum Strahlen brachte. Himmel, wie sie Opa vermisste! Was würde sie nicht alles dafür geben, wenn er jetzt neben ihr sitzen und ihr die Hand tätscheln würde. Opa

hatte sich immer viel mehr um ihr Seelenleben gekümmert, als Mama es je getan hatte. Andererseits, wer
konnte es ihrer Mutter verübeln? Als alleinerziehende
Berufstätige hatte sie alle Hände voll zu tun gehabt –
und dann noch mit einem komplizierten Kind wie
Jonna. Die meiste Erinnerung an ihre Kindheit war ver-
schwommen, doch das Gefühl, wie sie allein auf dem
kalten Boden in einer Ecke des dunklen Hausflurs kau-
erte und darauf gewartet hatte, dass ihre Mutter spät-
abends von der Arbeit heimkehrte, hatte sich in ihr Gedächtnis eingegraben. Da waren Schatten gewesen,
diese Geräusche, das Ächzen und Knacken des alten
Hauses. Jonna zitterte vor Kälte und hatte sich dennoch
nicht von der Stelle gerührt, zu groß war ihre Angst gewesen. Ihre Therapeutin glaubte, dass in jenen Nächten
Jonnas Panikattacken wurzelten, genau wie die tiefe,
verzweifelte Sehnsucht nach Sicherheit und Geborgenheit, die sie auf Schritt und Tritt begleitete. Auch wenn
Jonna im Lauf der Jahre ihren Frieden geschlossen
hatte, dass diese Eigenschaften, genau wie die wilden
Locken, die tausend Sommersprossen über ihrer Nase
und die grünen Augen ein Teil von ihr waren, war sie
fest entschlossen, in dieses verdammte Flugzeug zu
steigen und nach England zu fliegen.

Sie straffte ihre Schultern. Diesmal würde sie sich ih-
rer Angst stellen. „Für dich, Opa", wisperte sie. In dem
Moment erklang der Aufruf für den Flug BA 8294 nach
Cornwall.

Kapitel 2

Unaufhörlich schob sich die Menschenschlange in der Gangway Richtung Flugzeug weiter. Mr Gandy und Jonna mittendrin, eingepfercht wie Sardinen in der Dose. Entsetzt stellte Jonna fest, dass der Boden unter ihren Füßen vibrierte, als sie die Maschine betrat. Sie versuchte, ihre flatternden Nerven zu beruhigen. Setzte mechanisch einen Fuß vor den anderen. *Jonna, du schaffst das. Einatmen, ausatmen. Ein ...* Sie war so weit gekommen, den Rest würde sie auch noch schaffen.

„Willkommen an Bord." Eine uniformierte Flugbegleiterin mit sonnengelbem Halstuch schenkte ihr ein strahlendes Lächeln und ließ sich von Jonna die Bordkarte zeigen.

Innerlich aufseufzend ergab sich Jonna ihrem Schicksal und suchte mit Mr Gandy im Schlepptau den ihr zugewiesenen Platz.

„Entschuldigung", bat sie die füllige Dame, mit deren ausladendem Dekolleté sie unfreiwillig Bekanntschaft schloss, als ihr jemand im Vorbeigehen seinen spitzen Ellenbogen in die Seite stieß. Die Frau bedachte sie mit einem säuerlichen Lächeln, und Jonna atmete auf, als sie ihre Sitzreihe erreichte. Noch saß niemand dort, sie war die Erste. Sie schob sich auf den Platz am Fenster, setzte den Transportkorb zu ihren Füßen ab und machte es sich bequem. Vielleicht zeigte sich das Universum gnädig und der Platz neben ihr blieb frei? Die Aussicht, über eine Stunde auf engstem Raum in Gesellschaft einer wildfremden Person verbringen zu müssen, hob nicht gerade ihre Laune. Das metallische Klicken des sich schließenden Gurts über ihrer Hüfte ließ das Bild von Handschellen, die sich wie Eisenringe um ihre Gelenke schlossen, aufblitzen. Klick! Prompt stolperte Jonnas Puls, Schweiß prickelte auf ihrer Stirn. Plötzlich fühlte sie sich wie in einem eisernen Kokon gefangen. Konnte nicht mehr atmen. Sie kniff die Augen zusammen, um die Realität um sich herum auszublenden und ließ den Kopf gegen die Stütze sinken. *Ganz ruhig, Jonna. Ein ... und aus ... Ein ... Oh nein!* Sie riss die Augen auf und beugte sich vor. Dort, wo eben ihr Hinterkopf die Rücklehne berührt hatte, hatten schon unzählige andere Köpfe gelehnt. Hektisch wühlte sie in ihrer Umhängetasche nach dem Desinfektionsspray, erstarrte jedoch in der Bewegung, als sich jemand auf den freien Platz neben ihr fallenließ, und gab ihr Vorhaben auf. In der Enge der Kabine wäre es ihr irgendwie peinlich, dabei erwischt zu werden, mit dem Spray zu hantieren. Ein Hauch von Aftershave stieg ihr in die Nase und sie hob den Blick, um das knappe Nicken ihres neuen Sitznachbarn zu erwidern. Erleichtert stellte sie fest, dass es sich weder um den Hornochsen vom Check-in noch den Möchtegern-Hulk am Gate handelte, und dennoch kam ihr der Mann irgendwie bekannt vor. Um ein Haar hätte sie einen überraschten Laut von sich gegeben, als ihr Blick sein schwarzes Nirvana-Shirt streifte. Er war derjenige, der sie, lässig gegen das Werbeplakat gelehnt, beobachtet hatte. Du lieber Himmel, der Kerl war doch hoffentlich kein Stalker?

Mit einem Gefühl des Unbehagens ließ sie ihre Tasche auf den Boden sinken und beobachtete aus dem Augenwinkel, wie er sich abmühte, seine langen Beine zu verstauen, was sich als schwieriges Unterfangen erwies. Er fluchte leise, und es dauerte, bis er sich in Position gebracht hatte, um seinen Gurt zu befestigen. Während er sich in seinem Sitzplatz einrichtete, schnupperte sie unauffällig. Was Gerüche anbelangte, war sie sehr empfindlich. Erleichtert stellte sie jedoch fest, dass der Mann gepflegt roch. In dieser Hinsicht konnte man ihm nichts vorwerfen. Sein Duft war herb und frisch zugleich, gekrönt von einem holzigen, moschusartigen Akzent. *Männlich*, kam es ihr in den Sinn. Sein Geruch brachte irgendeine Saite in ihr zum Klingen. Etwas, das tief in ihr vergraben lag und ihr ein beunruhigendes Kribbeln in der Magengegend bescherte. Die Erkenntnis, dass er gut duftete, trug allerdings nicht dazu bei, dass sie sich in seiner Gegenwart wohl fühlte. Es machte ihn leider auch nicht sympathischer.

„Um es gleich deutlich zu machen, ich lege keinen Wert auf Smalltalk", stellte sie vorsorglich klar, als er seinen Blick auf sie richtete. Nur damit er nicht auf dumme Gedanken kam. Als erwachsene Frau, die sehr gut allein zurechtkam, konnte sie auf einen Begleiter, der sich während des Fluges an sie hängte, gut und gern verzichten, sagte sie sich, wobei sie beiläufig eine kleine Narbe, die seine rechte Braue teilte, sowie den Bartschatten auf Kinn und Wangen registrierte. Sein Haar lockte sich im Nacken, und es war einen Tick zu lang.

Als Reaktion auf ihre Worte verdunkelte das Kaffee-braun seiner Augen sich und sein Blick durchbohrte sie förmlich. So als sei er in der Lage, all ihre tiefsten Ge-heimnisse zu ergründen. Nicht dass Jonna derartige Ge-heimnisse besitzen würde.

Er hob eine Braue. Die mit der kleinen Narbe. „Ich habe gewiss nicht vor, Sie zu belästigen." Obwohl er aufrichtig klang, nahm sie es ihm nicht ab, denn sie be-merkte das leicht amüsierte Zucken seines linken Mundwinkels.

Leider konnte man sich seinen Sitznachbarn nicht aussuchen. Nun, sie würde ihn einfach ignorieren. Mit gerecktem Kinn richtete sie ihre Aufmerksamkeit auf das Rollfeld, wo die Flughafenmitarbeiter fleißig dabei waren, die Maschine mit den letzten Gepäckstücken zu beladen. Sie schluckte schwer und atmete tief durch.

„In dem Netz an Ihrem Vordersitz befindet sich übri-gens eine Spucktüte", meldete sich ihr Sitznachbar un-gefragt. „Nur für den Fall der Fälle." Bildete sie sich das ein oder schwang in seiner Stimme ein Fünkchen Be-lustigung mit?

Eine Sekunde lang erwog sie, ihm ein paar entspre-chende Worte an den Kopf zu werfen, entschied sich dann jedoch dagegen. Es war der Mühe nicht wert. In wenigen Stunden würden sich ihre Wege trennen, und der Mann würde im Nirwana verschwinden. Das pas-sende Shirt trug er ja bereits, dachte sie trocken. Liz hätte sicher über dieses Gedankenspiel geschmunzelt.

Jonna wurde rasch in die Gegenwart zurückgeholt, als die Anschnallzeichen über ihren Köpfen mit einem unüberhörbaren *Pling* aufleuchteten. Als sich anschließend die kleinen Monitore einschalteten und die Videos mit den Sicherheitseinweisungen starteten, geriet ihr Herz ins Stolpern. Grundgütiger, es ging los! *Halt, rief sie stumm, ich bin noch nicht bereit!* Mit aller Macht kämpfte sie gegen das aufblubbernde Gefühl der Panik an. Die Maschine setzte sich ruckelnd in Bewegung und Jonna verflocht ihre Finger im Schoß. Ungeachtet der problematischen Sitzbezüge ließ sie sich ins Polster zurücksinken. In ihrem Kopf startete eine Endlosschleife von *Highway to hell.*

Kapitel 3

„Wenn es Ihnen keine allzu großen Umstände macht, hätte ich gern meine Hand zurück."

Die dunkle Stimme riss Jonna aus ihrer Schockstarre. Sie drehte den Kopf und begegnete dem amüsierten Blick ihres Sitznachbarn. „Wie bitte?"

„Ich bin mir ziemlich sicher, dass wir nicht abstürzen werden." Ein Grinsen spielte um seine Lippen, als er eine Kinnbewegung zu ihren miteinander verflochtenen Fingern machte.

Augenblicklich ließ sie ihn los. „Oh lieber Himmel, entschuldigen Sie!" Unauffällig wischte sie ihre klatschnassen Hände am Jeansrock ab. Irgendwie hatte sich ihre Hand beim Start verselbstständigt und hilfesuchend die ihres Sitznachbarn ergriffen. Wo zum Teufel war das sprichwörtliche Loch zum Hineinkriechen, wenn man es mal brauchte?

„Kein Problem."

Sie schluckte und gab sich Mühe, das beunruhigende Vibrieren unter ihren Fußsohlen zu ignorieren. „Wissen Sie, ich fliege zum ersten Mal." Obwohl sie fest vorgehabt hatte, den Mann zu ignorieren, überfiel sie unvermittelt der unerklärliche Drang, sich ihm anzuvertrauen.

„Nach Manchester?"

„Nach England – ich meine, überhaupt irgendwohin. Bislang hat mich meine Flugangst immer davon abgehalten, in eine Maschine zu steigen. Ich weiß, es ist kaum zu glauben, aber mit neunundzwanzig Jahren sitze ich tatsächlich zum allerersten Mal in einem Flugzeug. Ich hätte nie gedacht, dass das einmal passieren würde." Sie schüttelte den Kopf, als könnte sie es selbst kaum glauben. „Als meine Freundin Liz mich vor ein paar Tagen zu sich nach Cornwall einlud, dachte ich noch, dass es ein Ding der Unmöglichkeit sein würde. Dass ich sie je besuchen werde, meine ich. Doch ehrlich gesagt, kam ihre Einladung genau zum rechten Zeitpunkt. Ich brauche unbedingt diesen Tapetenwechsel, auch wenn ..." Sie verstummte. Himmel, sie plapperte. Ein deutliches Zeichen für ihre Anspannung. Bestimmt interessierte sich dieser Fremde, den sie auf Mitte dreißig schätzte und nicht einmal besonders sympathisch fand, brennend für ihre Probleme und Unzulänglichkeiten.

„Ich bin übrigens Ryan Bennett", stellte er sich vor. „Vielleicht fühlen Sie sich besser, wenn Sie wissen, an wessen Hand Sie sich geklammert haben", meinte er mit einem Schmunzeln.

Hörte sie da schon wieder leise Ironie in seiner vermeintlich freundlichen Bemerkung? Sie ging nicht darauf ein, denn in diesem Augenblick neigte die Maschine sich und gab die Sicht auf die bewaldeten Hügel des Taunus frei. In der Ferne glitzerte der Rhein als silbernes Band in der Sonne. „Ich glaube, mir wird schlecht." Jonnas Magen machte einen Satz. „Du lieber Himmel, Scheiße!", entfuhr es ihr.

Ryan spähte ungerührt an ihr vorbei. „Also, ich persönlich finde diesen Anblick jedes Mal beeindruckend." Seine Miene verriet keine Regung, als er den Blick wieder auf Jonna richtete.

Sie war sich nicht sicher, ob er sich lustig über sie machte oder versuchte, sie abzulenken. Der Kerl war schwer zu durchschauen. Andererseits war es ihr egal.

Sie verzichtete darauf, seine Aussage zu kommentieren, schloss die Lider und zählte bis zehn. Sie war gerade im Begriff, sich zu entspannen, da sackte das Flugzeug überraschend ab. Ein heftiges Rütteln setzte ein, als würde die Maschine jeden Moment in ihre Einzelteile auseinanderbrechen. Jonnas Herz schlug wild gegen die Rippen. Es war ein Fehler gewesen, in dieses Ding zu steigen. Instinktiv schloss sie ihre Finger um den Gurt.

„Das sind nur harmlose thermische Turbulenzen", erklärte Ryan, als ob er ahnte, was gerade in ihr vorging. „Sie müssen wirklich keine Angst haben. Das passiert gelegentlich, wenn ein Flugzeug durch aufsteigende, wärmere Luftmassen fliegt."

Oha. Ein Mister Alleswisser war er also auch.

„Hm", machte sie. Immerhin wollte sie nicht beeindruckt klingen.

„Ich muss mal!" Eine forsche Kinderstimme drang durch den Flieger.

Dankbar für die Ablenkung reckte Jonna den Hals.

„Dringend!", rief die Stimme, die, wie sie jetzt feststellte, zu einem Knirps zwei Reihen vor ihnen auf der linken Gangseite gehörte.

Die brünette Flugbegleiterin, die mit ihrem Kollegen vor dem Kind auf den ausklappbaren Plätzen für das

Personal saß, bedachte den Kleinen mit einem gequälten Lächeln. „Sobald wir die Flughöhe erreicht haben, kannst du dich abschnallen und mit deiner Mama auf die Toilette gehen."

„Das ist nicht meine Mama", quengelte der Junge. „Das ist meine doofe Schwester. Und ich muss wirklich ganz doll."

„Ich hab dir doch gesagt, du sollst vor dem Einsteigen noch mal Pipi machen", schaltete die Schwester sich augenrollend ein.

„Aber ich muss nicht Pipi, ich muss groß!"

Das Lächeln der Flugbegleiterin gefror. Sie suchte den Blickkontakt zu ihrem Kollegen, dessen Mund sich zu einem breiten Grinsen verzog.

Weil das kleine Drama von ihrer eigenen Misere ablenkte, erhoffte Jonna sich weitere Toilettengeschichten.

„Kinder", bemerkte ihr Sitznachbar bedeutungsvoll und stieß ein leises Lachen aus.

Sie streifte ihn mit einem Seitenblick. Jemand wie er hatte garantiert keinen Nachwuchs. Seine Kinder hätten ihr tiefstes Mitgefühl verdient. Dieser Kerl schien ihr einer von der Sorte zu sein, die an jedem Finger und in jedem Hafen eine Frau hatte.

Noch immer verspürte sie keine Lust, sich mit ihm zu unterhalten. Normalerweise war es nicht ihre Art, unhöflich zu sein. Ihre wachsende Nervosität machte es ihr jedoch unmöglich, auch nur einen klaren Gedanken zu fassen, und die Tatsache, dass sie sich in ihrer bodenlosen Panik an einen fremden Mann geklammert hatte, war ihr nach wie vor schrecklich peinlich.

Sie machte in Gedanken drei Kreuze, als ihr Nachbar die Tageszeitung aufschlug und seine Nase darin vergrub, und sie versuchte, so gut es ging, seine Anwesenheit auszublenden.

Der kleine Jack Russell zu ihren Füßen stieß ein zaghaftes Jaulen aus.

„Alles gut, Mr Gandy", tröstete sie ihn, obwohl sie sich da selbst nicht so sicher war.

„Mr Gandy?" Ryan lugte hinter seiner Zeitung hervor.

„Das ist sein Name, ja." Konnte der Kerl sie nicht endlich in Ruhe lassen? Sie bemerkte, wie seine Mundwinkel erneut zuckten. „Was ist so komisch daran?"

„Sie besitzen also eine Schwäche für den überaus talentierten David." Das war mehr eine Feststellung als eine Frage.

„Und wenn schon." Was ging es ihn überhaupt an, ob sie David Gandy anziehend fand oder nicht? Jonna rollte innerlich mit den Augen.

„Selbst als Mann muss ich zugeben, dass der gute Gandy seine Unterwäsche rockt wie kaum ein anderer."

„Freut mich für Sie." Sie atmete auf, als sein dunkler Haarschopf wieder hinter der Zeitung verschwand.

„Ich hoffe, ihr Hund kommt damit klar, den Namen eines international gefeierten, männlichen Models zu tragen", ließ er sich nicht nehmen, nachzusetzen und beendete den Satz mit einem erstickten Laut, als würde er sich ein Lachen verbeißen.

Schön, dass sie ihn zu erheitern vermochte. Jonna verzichtete auf eine Antwort, denn sie hatte gewiss nicht vor, dieses seltsame Unterhosengespräch fortzuführen. Plötzlich wurde ihr bewusst, wie nah seine

Beine den ihren waren, und sie rückte unmerklich ein Stückchen ab.

Ihre Handflächen trieften förmlich vor Schweiß, als die Maschine endlich ruhigere Luftmassen erreichte. Die Anschnallzeichen erloschen über den Sitzen, und sofort brach hektische Betriebsamkeit in der Maschine aus. Als hätten sich alle verabredet, setzte ein kollektiver Marsch Richtung Toilette ein.

In Frankfurt war es frühlingswarm gewesen und Jonna hatte nicht einkalkuliert, dass es im Flieger wegen der Klimaanlage kühl sein würde. Schnell bereute sie ihre Entscheidung, einen Jeansrock nebst Sandalen angezogen zu haben. Inzwischen glichen ihre Füße zwei Eisklötzen. Den unangenehmen Druck in ihrer Blase versuchte sie zu ignorieren, solange es ging, aber irgendwann kapitulierte auch sie. „Entschuldigen Sie, aber ich …“ Sie entknotete ihre Beine und fixierte ihren Sitznachbarn eindringlich.

„Ja?“

Lieber Himmel, es war doch mehr als offensichtlich, dass sie ein dringendes Bedürfnis quälte. Sie bedachte ihn mit einem finsteren Blick, bevor sie sich erhob. „Ich würde gern meine Nase pudern gehen.“

„Warum sagen Sie das nicht gleich?“ Ryan drehte sich zur Seite, um sie vorbeizulassen.

Blödmann.

Ihre nackten Beine streiften seine Knie, als sie sich an ihm vorbeiquetschte. Sie richtete ihre Aufmerksamkeit auf die erlösende Toilettentür und zupfte dabei unauffällig an ihrem Rock, der ihr plötzlich viel zu kurz schien. Sie bildete sich ein, Ryans Blick auf ihrem Hintern zu spüren. Ach, sollte er doch starren. Zumindest dieses Körperteil war, wenn sie Nick Glauben schenken durfte, perfekt *geraten. Ich liebe deinen süßen, runden Arsch*, hatte er früher immer gesagt und sie dabei liebevoll in die Kehrseite gekniffen. Aber das war Ewigkeiten her. Ein Kompliment aus dem Mund ihres Liebsten war inzwischen so häufig wie Schneefall im Hochsommer.

Viel ausladender hätte ihr perfektes Hinterteil allerdings auch nicht sein dürfen, stellte sie kurz darauf fest, als sie versuchte, sich in der winzigen Nasszelle zu positionieren, ohne dabei mit etwas in Berührung zu kommen, das ein gemütliches Zuhause für Einzeller bot.

Nachdem sie ihrer Blase Erleichterung verschafft hatte, wusch sie sich die Hände und starrte ihr Spiegelbild an. Schatten lagen unter ihren grünen Augen und die Sommersprossen über ihrer Nase stachen aus ihrem blassen Gesicht hervor. Im Augenblick würde sie gewiss keinen Schönheitspreis gewinnen. Sie zog sich das Haargummi vom Handgelenk, das sie sich in weiser Voraussicht umgebunden hatte, und zwang ihre störrischen Locken mehr oder weniger erfolgreich in einen Pferdeschwanz. Anschließend kramte sie in ihrer Tasche nach den Baldrianpillen und spülte zwei weitere Tabletten mit einer Handvoll Wasser, die sie dem vor sich hin tröpfelnden Wasserhahn abrang, hinunter. Die Tabletten versagten noch immer ihren Dienst. Sie machte sich eine mentale Notiz, später mit Tabea über diese sogenannten Wunderpillen zu reden.

Dennoch fühlte sie sich besser, als sie an ihren Sitzplatz zurückkehrte. Ryan hatte sich Kopfhörer in die Ohren gestöpselt und sah nicht mal auf, als sie sich an ihm vorbei zum Fensterplatz schlängelte. Was für ein Glück, dass er offensichtlich beschlossen hatte, einen Schlussstrich unter ihre Konversation zu ziehen. Vielleicht konnte sie jetzt ein wenig entspannen. Zum Glück hatte der Flieger sich beruhigt, Jonna spürte kaum mehr als ein gelegentliches, kaum wahrnehmbares Ruckeln unter den Fußsohlen. Vielleicht war das Schlimmste überstanden. Nachdem sie es sich bequem gemacht hatte, wagte sie es, die Augen zu schließen.

Ein neuerliches *Pling* schreckte sie allerdings nach wenigen Minuten wieder auf. Die Anschnallzeichen über ihren Köpfen leuchteten und Jonna zuckte regelrecht zusammen, als eine blechern klingende Stimme ertönte.

„Meine Damen und Herren, hier spricht Ihr Flugkapitän. Da wir in unruhige Turbulenzen geraten werden, habe ich die Anschnallzeichen angewiesen. Bitte begeben Sie sich umgehend zu Ihrem Sitzplatz und schnallen Sie sich an."

Turbulenzen? Sollte das ein Witz sein? Jonnas Herzschlag setzte eine Sekunde lang aus. Ihre Hände zitterten so sehr, dass sie Mühe hatte, ihren Gurt anzulegen.

Ryan fing ihren panischen Blick ein, zog die Kopfhörer aus seinen Ohren und hob fragend eine Braue.

„Wir sollen uns anschnallen", erklärte sie und räusperte sich, um das Beben in ihrer Stimme zu kaschieren. „Turbulenzen."

Umgehend befestigte er ebenfalls seinen Gurt. „Reine Vorsichtsmaßnahme", meinte er gelassen. „Diese Turbulenzen sind nichts weiter als ein kleiner Pups in den unendlichen Weiten des Universums."

Echt jetzt? Hatte er das eben wirklich gesagt? „Pups?", wiederholte sie schwach.

Ryan zuckte mit den Schultern. „Ich versuche lediglich …"

Er verstummte, als in diesem Moment die Maschine um gefühlte hundert Meter absackte. Einige Passagiere schrien auf, und ein kollektives Raunen schwebte durch die Sitzreihen. Jonna krallte ihre Finger in die Armlehnen und presste die Lippen aufeinander, bis sie schmerzten. Niemals in ihrem bisherigen Leben hatte sie auch nur einen Fuß in eine Achterbahn gesetzt. Sie wusste warum. Genauso musste es sich anfühlen, hunderte von Metern ungebremst in die Tiefe zu stürzen. Leider gab ihr das Universum keine Chance, sich von dem Schreck zu erholen, denn abermals verlor die Maschine abrupt an Höhe. Zu viel für ihren Magen. Er vollführte einen zirkusreifen Salto.

„Grundgütiger", rief Jonna und drehte sich verzweifelt ihrem Sitznachbarn zu.

„Grundgütiger", echote Ryan, als zeitgleich ihr Frühstück von heute früh inklusive des im Flughafen verzehrten Orangensafts und der Baldrianpillen in seinem Schritt landete.

„Hatte ich Sie nicht darauf hingewiesen, dass sich die Spucktüte am Sitz vor Ihnen befindet", bemerkte Ryan wenige Sekunden später und offensichtlich ziemlich angepisst. Fassungslos starrte er auf die Sauerei, die seine Jeans jetzt an einer äußerst delikaten Stelle zierte.

„Das … irgendwie habe ich nicht mehr daran gedacht", stammelte Jonna in dem Versuch, den Schaden zu begrenzen.

Ryans Pupillen verengten sich. „Was Sie nicht sagen." Seine Stimme troff vor Sarkasmus. Er bemühte sich, die Überreste ihrer Verdauung mit den Fingern wegzuwischen, doch rasch gab er auf, schnallte sich trotz Anschnallaufforderung ab und begab sich eiligen Schrittes Richtung Bordtoilette.

Diese Reise entpuppte sich als der reinste Horror! Verzweifelt und mit zitternden Fingern öffnete Jonna ihre Handtasche, um sich eins von den Babypflegetüchern herauszunehmen und sich über die Lippen zu wischen. Jetzt hatte sie zwar den Geschmack von Kamille im Mund und duftete gepflegt nach Babypopo, aber das war definitiv besser als vorher. Erschöpft ließ sie ihren Kopf gegen die Stütze sinken und schloss die Augen. In weniger als einer halben Stunde würden sie in Manchester landen. Was für ein Glück, dass sie Ryan Bennett niemals im Leben wieder über den Weg laufen würde.

Kapitel 4

Nach einer etwas steifen und knappen Verabschiedung von Ryan Bennett floh Jonna mit Mr Gandys Transportkiste unter dem Arm aus der Maschine. Sie war erleichtert, dass sie die erste Etappe der Flugreise hinter sich gebracht und wieder festen Boden unter den Füßen hatte. Am liebsten wäre sie vor Dankbarkeit auf die Knie gesunken, um den Steinboden des Flughafengebäudes zu küssen. Andererseits – nein, besser nicht. Vermutlich hätte ihr das nicht nur verstörte Blicke eingebracht, sondern auch den unfreiwilligen Kontakt zu einer Unmenge von Bakterien. Kontakt, der unweigerlich den Ausbruch von Krankheiten oder Seuchen zufolge hätte. Ihr Bedarf an Aufmerksamkeit war für heute gedeckt. Mit weichen Knien passierte sie den Zoll und machte sich anschließend auf den Weg zum Abfluggate nach Newquay, wo sie erneut eincheckte.

Zu ihrem Horror entdeckte sie auch ihren ehemaligen Sitznachbarn in der Schlange. Sie konnte ihr Pech kaum fassen. Das Universum, oder wer auch immer dort oben schaltete und waltete, musste einen schrägen Sinn für Humor besitzen. Sie verlor Ryan jedoch aus den Augen, und zu ihrer großen Erleichterung entpuppte sich ihre neue Flugbegleitung als eine nette, englische Dame in den Fünfzigern. Die kurze Strecke nach Newquay verlief ohne weitere Zwischenfälle. Diesmal gab es weder Turbulenzen, noch musste Jonna die beengte Flugzeugtoilette aufsuchen. Mrs Donahue, ihre Reisegefährtin, verwickelte Jonna in ein Gespräch über Mr Gandy, der die ältere Dame mit seinen treuen Knopfaugen und seinem Charme verzauberte. Ehe Jonna sich versah, waren sie in Newquay angekommen und sie folgte den anderen Passagieren zur Gepäckausgabe. Ihre neue Glückssträhne schien anzuhalten. Sie musste nicht lange auf ihren Koffer warten, und vermied es erfolgreich, Ryan wiederzusehen. Nachdem sie ihre Siebensachen eingesammelt hatte, entschied sie, statt des Busses ein Taxi zu nehmen. Schon viel zu lange waren sie und Mr Gandy unterwegs. Per Taxi würde sie schneller an ihr Ziel gelangen, deshalb hielt sie vor dem Flughafengebäude Ausschau nach einem Wagen. Der Jack Russell hatte sich zuvor auf einem schmalen Grünstreifen erleichtert und sie hatte ihn ein paar Minuten herumschnüffeln lassen und mit Wasser versorgt, ihn dann aber wieder – unter lautem Protest seinerseits – in seine Behausung verfrachtet. Jetzt wollte sie nichts mehr als sich so rasch wie möglich nach Penkerris zu Liz begeben. Ein gutes Essen genießen, die Füße hochlegen und die schreckliche Reise vergessen. Vergeblich unterdrückte sie ein Gähnen. Mit einem Mal überfiel bleierne Müdigkeit sie. Außerdem hatte sie inzwischen einen Bärenhunger. Liz hatte sie wissen lassen, dass sie sich heute freigenommen hatte und mit dem Essen auf sie wartete, und die Aussicht, in Kürze eine leckere Mahlzeit in Gesellschaft lieber Menschen zu genießen, hob Jonnas Laune merklich.

Mehrere Taxis fuhren vorbei, ohne anzuhalten, obwohl Jonna jedes Mal mit eifrigem Winken auf sich aufmerksam machte. Hatten sich sämtliche Taxifahrer

gegen sie verschworen? Oder war es der Transportkorb, der die Fahrer davon abhielt, sie mitzunehmen?
Flüchtig erwog sie, doch zur Bushaltestelle zu laufen,
doch dann gab sie sich einen Ruck. So schnell würde sie
nicht die Segel streichen. Unauffällig schob sie Mr Gandys mobiles Zuhause hinter den Trolley, sodass er von
der Straße aus nicht gleich zu sehen war. Tatsächlich
näherte sich fünf Minuten später ein Taxi. Der Fahrer
hatte sie bemerkt. Am liebsten hätte Jonna laut geju-
belt. Noch einmal winkte sie dem Mann, damit er es
sich auch in letzter Minute nicht anders überlegte.

„Ach wie schön! Da habe ich ja mal Glück", hörte sie
eine weibliche Stimme in ihrem Rücken ausrufen. „Das
ging ja schnell!" Schwerkeuchend blieb eine alte Dame
neben ihr stehen. „Taxi?" Mit ihrer Lederhandtasche
wedelte sie Richtung Straße.

„Ähm ja", meinte Jonna mit einem entschuldigenden
Lächeln. „Das ist meins."

Sichtlich bestürzt musterte die Frau sie aus wasser-
blauen Augen, die Jonna prompt an übervolle Stauseen
erinnerten. „Ach nein! Sagen Sie nicht, das ist Ihr Wagen?" Ihre Gesichtszüge erschlafften. „Womöglich ist es
jetzt zu spät. Oh, mein Enkelchen!"

Inzwischen hatte das Taxi angehalten. Der Fahrer, ein
untersetzter Mann mit zurückweichendem Haaran-
satz, schob sich hinter dem Steuer hervor und fixierte
Jonna. „Wohin soll's gehen?"

„Penkerris, bitte", informierte sie ihn freundlich.

„An die Küste?"

„Genau", bestätigte sie, dankbar für die Semester Englisch, die sie an der Uni belegt hatte. Der Mann besaß
zwar einen starken Akzent, doch sie war in der Lage,

mit ihm zu kommunizieren. Sie nahm ihr Gepäck auf und setzte sich in Bewegung, in dem Bewusstsein, dass die alte Dame sich an ihre Fersen heftete. „Was ist denn mit Ihrem Enkelchen?", hakte Jonna schließlich nach und blieb stehen, obwohl sie ahnte, dass dies ein Fehler war.

Zarte, knochige Finger legten sich um ihren Unterarm. „Ach wissen Sie, meine Schwiegertochter, Posie, liegt im Krankenhaus und erwartet ihr erstes Kind. Ich hätte ja nie gedacht, dass Geoff noch einmal eine Frau findet, geschweige denn eine Familie gründet. In seinem Alter! Mein Geoff war immer so ein Eigenbrötler, verstehen Sie?"

Bei Jonna schrillten sämtliche Alarmglocken los. Weil der Taxifahrer langsam ungeduldig wurde, signalisierte sie ihm, dass sie in Kürze einzusteigen gedachte.

„Posie ist auch nicht mehr die Jüngste", fuhr das Mütterchen fort. „Nach zwei Fehlgeburten hat sie sich deshalb entschieden, das Kind im Krankenhaus zur Welt zu bringen, obwohl alle Frauen in ihrer Familie ..."

„Warten Sie", unterbrach Jonna seufzend den Wortschwall. „Nehmen Sie das Taxi. Und alles Gute für Ihr Enkelchen."

Du bist bescheuert, konstatierte das Teufelchen in ihrem Kopf.

„Darling, Sie sind ein Engel!" Gold blitzte zwischen den elfenbeinfarbenen Zähnen der alten Dame auf, und die Faltenkränze um ihre Augen vertieften sich. „Ich werde für Sie beten, Kind."

„Wie nett", krächzte Jonna mit dem letzten Rest an Enthusiasmus, den sie aufbringen konnte, und rang sich ein Lächeln ab. Vielleicht konnte die alte Dame ja dafür beten, dass in Kürze ein neues Taxi auftauchte. Der Magen hing ihr mittlerweile in den Kniekehlen. Wenn sie noch länger hier herumstand, würde sie vermutlich einfach umkippen. Frustriert verfolgte sie, wie Geoffs Mum überraschend sportlich ins Taxi stieg und ihr fröhlich durch das Rückfenster zuwinkte, während sich der Wagen in den Verkehr einfädelte. Jonna winkte zurück. Sekunden, Minuten verstrichen. Etliche Privatwagen fuhren vorbei, drei hielten an, um jemanden aus- oder einsteigen zu lassen. Weit und breit ließ sich jedoch kein Taxi blicken. An ihrer Unterlippe nagend, strich Jonna sich eine Locke aus dem Gesicht, die sich aus ihrem Zopf gelöst hatte. Sie hatte nicht damit gerechnet, dass es so schwierig sein würde, von hier wegzukommen. Nicht mal eine Müslischnitte hatte sie sich eingepackt! Sie hätte es besser wissen müssen. Ihr Magen protestierte zunehmend mit lauteren Knurrgeräuschen. Bestimmt erging es Mr Gandy nicht anders. Mit einem leisen Stöhnen ging Jonna in die Knie, um einen Blick in den Transportkorb zu werfen, als sie im Augenwinkel auf der Straße eine Bewegung wahrnahm. Es war ein Taxi – ein geräumiger Kasten-Kombi. Hastig schoss sie hoch. „Hier", rief sie, mit beiden Armen wild gestikulierend. Dieses Taxi war ihres. Dieses Mal würde sie nichts davon abhalten einzusteigen, und wenn Queen Mum höchstpersönlich auftauchen und den nationalen Notstand erklärte.

Kapitel 5

„Miss?"

Jonna murmelte etwas Unverständliches, versuchte die Hand, die sie an der Schulter berührte, abzuschütteln. Sie träumte gerade so schön, war nicht bereit, dieses wunderbar wohlige Schwebegefühl zwischen Himmel und Erde zu verlassen.

„Aufwachen, Miss!"

Jetzt schreckte sie hoch und riss die Augen auf. Der Taxifahrer, der sich ihr am Airport als Perran vorgestellt hatte, stand neben dem Wagen und hielt ihr erwartungsvoll die Tür auf.

„Wir sind da", teilte er ihr in seinem weichen, kornischen Akzent mit, wobei er eine breite Zahnlücke entblößte.

Sie richtete sich auf und spähte blinzelnd durch die Windschutzscheibe. Der Wagen hatte auf einem Feldweg vor einer mit Moos bewachsenen Natursteinmauer, die sich zu beiden Seiten eines Viehgitters erhob, gehalten. „Wir sind da?", wiederholte sie. Sie musste unterwegs eingenickt sein und tief und fest geschlummert haben.

„Aber ja. 31 Rosemary Lane", versicherte Perran und betonte jedes einzelne Wort überdeutlich, als spräche er mit einem Kind.

Vielleicht sollte sie seine Geduld nicht überstrapazieren. „Vielen Dank." Sie schenkte ihm ein extrabreites

Lächeln, bevor sie nach dem Transportkorb griff und sich vom Sitz schob.

Während Perran zum Kofferraum trabte, um ihren Trolley zu holen, ließ sie den Blick schweifen. Das Cottage ihrer Freundin lag etwas oberhalb von Penkerris, eingebettet zwischen grüne Hügel und mit Blick auf die kleine hufeisenförmige Bucht und den Hafen. Mit seinem dunklen Schindeldach und den weinrot gestrichenen Fensterläden, die mit der Haustür um die Wette leuchteten, duckte sich das Haus gegen den Westwind. Kletterrosen und Glyzinien rankten an der weißgetünchten Steinfassade hoch und eine Ansammlung von bunten Frühlingsblumen in Terrakottatöpfen schmückte den Eingang. Inmitten von Hecken, die das Grundstück säumten, blitzte sonnengelber Stechginster hervor, und im Schatten hoher, alter Ulmen sah Jonna das Blech eines grünen Autos aufblitzen. Unverkennbar Liz' Wagen. Jonna hatte das Gefühl, dieses Fleckchen Erde wie ihre eigene Westentasche zu kennen, denn sie hatte es schon auf unzähligen Bildern gesehen, die die Freundin ihr per E-Mail hatte zukommen lassen. Aufregung stieg wie Champagnerblubberbläschen in ihr empor. Plötzlich waren die Müdigkeit und die sich anbahnenden Kopfschmerzen wie weggeblasen und wichen einem Gefühl der Dankbarkeit für Perran, der sie und Mr Gandy sicher hierhergebracht hatte. Sie fragte Perran nach dem Preis für die Fahrt, kramte in ihrer Umhängetasche nach dem Geldbeutel und drückte dem Fahrer ein großzügiges Trinkgeld in die Hand.

„Danke, meine Liebe. Haben Sie einen guten Aufenthalt." Erneut ließ er sie seine Zahnlücke sehen und tippte gegen eine imaginäre Kappe, bevor er sich hinter das Steuer seines Taxis klemmte.

Jonna sah dem Taxi hinterher, wie es langsam den Weg hinunterrollte und um die nächste Biegung verschwand. Ein tiefes Glücksgefühl erfasste sie. Sie hatte es geschafft! Trotz Panikattacke und Herzklopfen war sie in Cornwall angekommen. Sie fischte das Handy aus ihrer Tasche, um Tabea wissen zu lassen, dass sie gut angekommen war. Anschließend schloss sie mit einem leisen Lächeln die Augen und genoss, wie der Seewind über ihr Gesicht strich. Während sie sich von der frühen Mittagssonne das Gesicht wärmen ließ, lauschte sie dem fernen Tuckern von Fischerbooten und dem Geschrei der über dem Meer kreisenden Möwen. Mein Gott, war das schön! Es war geradezu perfekt. Noch vor ein paar Tagen hätte sie sich niemals träumen lassen, dies hier je zu erleben.

Rumpelnd folgte ihr der Trolley über das Viehgitter, als Jonna dem geschwungenen Kiesweg zum Cottage folgte. Vor der roten Tür blieb sie stehen, um sich für die Begegnung zu wappnen. Sie betätigte den gusseisernen, verschnörkelten Türklopfer, doch da sich nichts rührte, drückte sie kurzerhand die Klinke herunter. Mit einem Knarren gab die Tür nach, und Jonna trat in den Vorraum, wo ein herrlicher Duft von Äpfeln, Zimt und frischem Backwerk sie empfing, vermengt mit dem appetitlichen Geruch eines Auflaufs.

„Jonna!" Liz kam ihr strahlend entgegengelaufen. „Oh mein Gott, dass du endlich da bist! Ich kann es kaum glauben, oh mein Gott!" Liz zog Jonna in eine stürmische Umarmung.

Jonna atmete das Parfum ihrer Freundin ein, diesen vertrauten Duft nach Erinnerungen vergangener Jahre, und drängte die Tränen zurück. Wie sehr sie Liz vermisst hatte, wurde ihr erst jetzt schmerzlich bewusst. „Sachte, du erwürgst mich noch." Halb lachend und halb weinend befreite sie sich.

Ein paar Augenblicke standen sie da und sahen einander an, als könnten sie es beide nicht fassen, sich endlich wieder gegenüberzustehen. Waren sie nicht gestern erst zusammen durch die Heidelberger Altstadt gebummelt, hatten brütend über ihrer Semesterabschlussarbeit gesessen oder es sich auf der abgewetzten Couch in Jonnas winzigem Studentenzimmer vor dem Fernseher gemütlich gemacht? Hatten sie nicht gestern erst die Nächte durchgequatscht? Wie in aller Welt hatte es passieren können, dass sie einander so aus den Augen verloren hatten? Jonna konnte gar nicht begreifen, dass sie nicht schon viel früher hier gelandet war.

„Willkommen im *Hollyhock Cottage*." Liz drückte sie noch einmal fest, ehe sie sich löste und Jonna eine Armlänge von sich hielt, um sie anzusehen. „Ich freue mich riesig, dass du endlich hier bist."

„Ich mich auch, Liz. Und es ... tut mir leid." In einer hilflosen Geste hob Jonna die Schultern.

Ein Ausdruck des Erstaunens huschte über Liz' Gesicht. „Was meinst du?"

„Dass ich so lange gebraucht habe, um mich endlich dazu durchzuringen, dich zu besuchen." Jonna biss sich auf die Unterlippe, denn inzwischen schämte sie sich für den Anflug von Neid, den sie angesichts von Liz' Leben verspürt hatte.

„Jetzt bist du ja hier." Liz' veilchenblaue Augen funkelten. „Du hast Glück mit dem Wetter. Gestern pfiff uns noch ein eiskalter Wind um die Ohren, und geregnet hat es auch. Das Wetter hier an der Küste kann im Frühling schnell umschlagen."

„Ich bin auf alle Eventualitäten vorbereitet und habe eine dicke Strick- und natürlich auch eine Regenjacke dabei."

„Perfekt. Gut schaust du übrigens aus." Liz musterte sie anerkennend. Obwohl sie jetzt schon sechs Jahre in Cornwall lebte, besaß sie noch immer ihren markanten, bayerischen Akzent.

„Und du erst", gab Jonna das Kompliment zurück. Liz schien keinen Tag gealtert zu sein, seitdem sie die Freundin zuletzt bei ihrer Hochzeit in Rosenheim gesehen hatte. Wie damals trug sie einen frechen Kurzhaarschnitt, und die ausgewaschenen Boyfriend-Latzhosen, in denen ihre knabenhafte Figur steckte, hätten genauso gut ihrer gemeinsamen Studentenzeit entstammen können.

„Ist mit dir alles in Ordnung?" Liz war nicht entgangen, dass Jonna vergeblich versuchte, ein Gähnen zu unterdrücken.

„Es geht mir gut. Ich bin lediglich etwas erledigt von der Reise."

„Kein Wunder, du Arme", tröstete Liz sie. „Zumal du ja noch nie zuvor geflogen bist."

Stimmt, das war ein Novum. Genau wie die Tatsache, dass sie einem wildfremden Mann in den Schritt gekotzt hatte.

„Jetzt entspanne dich erstmal bei einem guten Essen und einem Glas Wein. Ich hoffe, du hast einen ordentlichen Appetit mitgebracht?"

Das war das Stichwort für Mr Gandy, der mit einem kräftigen Bellen auf sich aufmerksam machte.

Liz spähte in den Transportkorb. „Oje, das arme Hascherl. Lass uns ins Wohnzimmer gehen, dort stehen Futter und Wasser bereit."

„Liz Pengelly, du bist ein Schatz." Bereitwillig ließ sich Jonna von Liz das Gepäck abnehmen. Die Bodendielen knarrten unter ihren Schritten, als sie ihrer Freundin durch eine Diele mit blau-weißer Blümchentapete in einen gemütlichen Raum hinein folgte. Sie blieb stehen und bewunderte die dunklen Holzbalken an der Decke, die halbhoch mit Holz verkleideten Wände in gebrochenem Weiß und die warmen, freundlichen Farbtöne. Es gab einige wenige Bauernmöbel, einen gusseisernen Holzofen sowie ein bequemes Polstersofa, aufgepeppt durch Kissen mit floralen Mustern, sowie einen sandfarbenen Teppich und ein paar hübsche Topfpflanzen vor den geteilten Fenstern. Die perfekte Mischung aus Romantik und Gemütlichkeit. Typisch Liz. Sie hatte schon immer ein Faible für den englischen Cottagestil gehabt. „Dein Haus ist wunderschön, Liz", bemerkte Jonna.

„Schön, dass es dir gefällt." Liz glitt mit der Hand liebevoll über die Holzvertäfelung an der Wand. Dieses Haus bedeutete ihr viel. Sie und Lowen hatten es, kurz nachdem sie ihm nach Cornwall gefolgt war, während eines Ausflugs entdeckt und sie hatte sich sofort in das Anwesen verliebt. Zusammen hatten sie es voller Hingabe restauriert und mit Liebe eingerichtet, und eigentlich hätte dieses Cottage ein Zuhause bis zum Rest ihres gemeinsamen Lebens bleiben sollen. Sie stieß einen kleinen, kaum hörbaren Seufzer aus und verwies Jonna auf zwei auf dem Boden stehende Kunststoffschälchen. „Hundefutter und Wasser für deinen Süßen. Zeig ihm, was Tante Liz für ihn vorbereitet hat, dann verzichtet er hoffentlich darauf, an mir herumzuknabbern."

Schmunzelnd ging Jonna in die Knie und öffnete den Transportkorb. „Mr Gandy ist wohlerzogen, Liz, er beißt nicht."

„Wenn du das sagst." Liz fuhr sich durchs Haar. „Hör zu, ich organisiere uns rasch das Essen. Bin gleich zurück!"

Sie verschwand Richtung Küche und Jonna widmete sich nun dem Jack Russell, der misstrauisch aus seinem Gefängnis hervorlugte. „Na komm schon raus, mein Kleiner", lockte sie ihn.

Schwanzwedelnd erhob er sich, stupste seine feuchte Schnauze in ihre Hand und ließ sich von ihr streicheln. Kaum jedoch entdeckte er den Fressnapf, sauste er davon und Jonna war vergessen. Gegen saftige Häppchen in Soße kam sie nun mal nicht an.

Während ihr vierbeiniger Freund fraß, trat Jonna an das deckenhohe Bücherregal und betrachtete die umfangreiche Auswahl. Sie zog erst einen, dann einen weiteren Band heraus, blätterte darin und verlor sich in den ersten Seiten. Bücher waren ihre Freunde. Ihre Rückzugsmöglichkeit aus einem zuweilen verwirrenden und beängstigenden Alltag, wo sie in ferne, fremde Welten und Universen eintauchen konnte. Wenn sie las, vergaß sie die Zeit und zu Nicks Unmut auch zuweilen alles andere um sich herum.

„Setz dich doch bitte." Liz tauchte auf, zwischen ihren in dicken Ofenhandschuhen steckenden Händen eine dampfende Auflaufform balancierend.

Jonna blickte von ihrer Lektüre auf und schob das Buch mit leisem Bedauern zurück. „Kate Morton, Rosie Thomas, Lucinda Riley ... du hast eine beeindruckende Bibliothek, Liz", zählte sie einige der Werke auf. „Ganz nach meinem Geschmack."

Liz platzierte das Essen auf dem weißen Holztisch mit den filigran gedrechselten Beinen, entledigte sich ihrer Handschuhe und wandte sich Jonna zu. „Du kannst sie dir gern ausleihen. Oder besser noch, komm nächsten Dienstag zu mir ins Café. Meine liebe Freundin Mabel gründete vor einigen Monaten einen Lesezirkel und hat es zur Tradition gemacht, dass wir Frauen uns jeden zweiten Dienstag im Monat treffen und gemeinsam lesen und diskutieren."

„Das hört sich wundervoll an." Vielleicht würde sie das tatsächlich tun. Unter Menschen, die Bücher liebten, fühlte sie sich grundsätzlich wohl.

„Ich hoffe, du magst Krabbenpastete?", erkundigte sich Liz, nachdem sie es sich am Esstisch gemütlich gemacht hatten.

„So herrlich wie es duftet, werde ich sie ganz bestimmt lieben", versicherte Jonna und schnupperte verzückt, während sie ihr Besteck in die Hand nahm. Ihre Freundin hatte schon immer ein Händchen fürs Kochen und Backen besessen. Sie dagegen interessierte sich mehr fürs Naschen. Was die Pölsterchen an ihrer Hüfte auch unschwer erkennen ließen, wie Nick stets betonte. Entschieden fegte sie sein Bild beiseite. Sie schob sich einen Stuhl zurecht und setzte sich, woraufhin Mister Gandy herbeitrottete und sich zu ihren Füßen einrollte.

„Ehrlich gesagt, muss ich dir etwas gestehen", sagte Liz zögerlich, während sie die Pastete anschnitt und auf die Teller verteilte. „Diese Pastete hat Corey für mich zubereitet. Er ist ein guter Freund und besitzt ein zauberhaftes kleines Lokal, das *Crab Shack* im Dorf. Ich habe momentan einfach so viel um die Ohren, deshalb ..." Sie zuckte mit den Achseln.

„Liz, du musst dich doch nicht entschuldigen." Jonna nahm sich die bereits geöffnete Weinflasche vom Tisch, um das Etikett zu studieren.

„Ein Camel Valley Rosé", bemerkte Liz und reichte Jonna eine großzügige Portion Pastete. „Bin gespannt, wie er dir schmeckt."

„Hauptsache, es ist Alkohol drin." Jonna seufzte.

„So schlimm?" Belustigt hob Liz eine feine Braue.

„Schlimmer." Sie schob sich eine Haarlocke hinters Ohr. „Du ahnst ja nicht, was ich hinter mir habe. Aber Frau Bialek wäre stolz auf mich. Ich habe mich aufgerafft und bin tatsächlich geflogen."

„Frau Bialek?"

„Meine Therapeutin. Sie behandelt mich seit einiger Zeit wegen meiner Panikattacken." Seltsam, wie leicht es ihr fiel, in Liz' Gegenwart darüber zu sprechen.

Liz ließ das Geständnis unkommentiert, wofür Jonna ihr dankbar war, denn sie war noch nicht in der Stimmung, sich auf schwieriges Terrain zu begeben. Nicht nach dieser nervenaufreibenden Reise.

Jonna schenkte ihnen beiden ein und machte eine Kinnbewegung hin zum dritten Platzset. „Warten wir auf jemanden?"

Liz' Brauen zogen sich unheilvoll zusammen. „Das Gedeck war für Mia gedacht. Lows Tochter." Sie warf einen Blick auf ihre Armbanduhr. „Eigentlich hatten wir ausgemacht, dass sie gegen zwölf Uhr zu Hause ist. Der kleine Mistkäfer legt es mal wieder drauf an." Mit einem tiefen Seufzen hob Liz ihr Weinglas und prostete ihr zu. „Irgendwie schafft sie es immer, mich auf die Palme zu bringen. Als hätte ich nicht schon genug am Hals."

Irgendwie roch es verdächtig nach Ärger, fand Jonna. „Liz", begann sie, doch dann verwarf sie ihre Absicht, ihre Freundin darauf anzusprechen. Jetzt beim Essen war vermutlich nicht der richtige Zeitpunkt. Und Gelegenheit, Probleme zu wälzen würden sie auch später noch haben. „Wollen wir loslegen? Ehrlich gesagt befindet sich an der Stelle, wo einmal mein Magen war, ein riesiges schwarzes Loch", scherzte sie, in der Hoffnung, die Atmosphäre aufzulockern.

„Du hast recht. Lass uns das Thema wechseln, sonst bleibt mir das Essen noch im Hals stecken." Liz zündete die Kerzen auf dem Tisch an und lächelte, doch Jonna fielen erstmals die feinen Linien um ihre Mundwinkel und die steile Falte über der Nasenwurzel, die sich dort eingegraben hatten, auf.

„Das wollen wir lieber nicht riskieren. Mein letzter Erste-Hilfe-Kurs muss Jahrzehnte her sein. Ich fürchte, ich würde bei dem Versuch, dich zu retten, kläglich versagen", erklärte sie betont fröhlich.

Liz griff nach ihrem Wein. Sie nahm einen Schluck und betrachtete Jonna nachdenklich über den Rand ihres Glases hinweg. „Apropos Jahrzehnte. Ich habe das Gefühl, dass es Ewigkeiten her ist, seit wir uns das letzte Mal gesehen haben."

Jonna, die gerade dabei war, das Essen auf ihrem Teller in mundgerechte Stücke zu zerteilen, nickte traurig. Liz hatte recht. Hier beieinander zu sitzen, fühlte sich vertraut an und doch gleichzeitig seltsam fremd. Vermutlich wäre es naiv zu glauben, dass man einfach dort wieder anknüpfen könnte, wo sich ihre Wege einst getrennt hatten. Dennoch hoffte sie, dass das Band ihrer Freundschaft über die Jahre hinweg nicht zerrissen war, auch wenn sich der Kontakt zuletzt nur aufs gelegentliche Mailen und Telefonieren beschränkt hatte.

„Wir sollten nicht wieder so viel Zeit vergehen lassen, bis wir uns das nächste Mal wiedersehen", ergänzte Liz, als ahnte sie, was Jonna durch den Kopf ging.

„Einverstanden." Jonna schob sich eine Gabel mit Füllung in den Mund. Es gäbe so vieles zu sagen, doch fand sie nicht die richtigen Worte.

Liz hob ihr Glas und prostete Jonna zu. „Auf unser Wiedersehen."

„Der Wein ist außergewöhnlich lecker." Jonna nickte anerkennend. „Genau wie das Essen."

„Coreys *Crab Shack* ist bekannt für seine hervorragende, lokale Küche." Liz Augen funkelten. „Du wirst es noch kennenlernen."

Jonna entging der unverkennbare Stolz nicht, der in Liz' Stimme mitschwang. „Penkerris ist zu einem richtigen Zuhause für dich geworden, stimmt's?" Es war mehr eine Feststellung als eine Frage.

Es dauerte kurz, bis Liz antwortete. „Ich fühle mich wohl hier“, sagte sie schließlich. Sie senkte den Blick und betrachtete nachdenklich ihren Ehering, ein schmales, mattgoldenes Band mit einem winzigen Diamanten darin. „Obwohl es am Anfang wirklich nicht einfach war, mich als Neuling in einer eingeschweißten Dorfgemeinschaft zurechtzufinden. Ich musste erst einmal damit zurechtkommen, dass Klatsch und Tratsch wie Unkraut blühen, und dass hier jeder alles über jeden weiß.“ Sie sah Jonna an und schmunzelte. „Aber du kennst mich ja. Ich beiße mich immer und überall durch.“

Das entsprach der Wahrheit, dachte Jonna. Egal, was passierte, Liz Optimismus behielt stets die Oberhand. Das war schon immer so. Jonna erinnerte sich, wie ihnen während eines gemeinsamen Trips nach Frankreich am Pariser Hauptbahnhof ein Teil ihres Gepäcks gestohlen worden war. Anstatt sich darüber aufzuregen oder sich die Laune verderben zu lassen, hatte Liz nach dem ersten Schreck achselzuckend bemerkt: *Ach, halb so schlimm, mit leichtem Gepäck reist es sich sowieso besser.*

„Aber jetzt zu dir, meine Liebe.“ Liz beugte sich interessiert über den Tisch in ihre Richtung. „Erzähl mir von deiner ersten Flugreise, denn ich bin unglaublich stolz auf dich! Und natürlich vom Rest deines Lebens!“, hing sie lachend dran.

Einen flüchtigen Augenblick blitzte Ryan Bennetts Gesicht vor Jonna auf, doch sie schob den Gedanken an die unerfreuliche und höchst peinliche Episode rasch beiseite. Kopfschüttelnd schnappte sie sich ihre Serviette und tupfte sich über die Lippen. „Glaub mir, du willst nicht alles wissen.“

„Ganz im Gegenteil.“ Liz' Augen funkelten vergnügt, während sie Jonna studierte.

Jonnas Lippen verzogen sich zu einem Schmunzeln, und dann berichtete sie in aller Ausführlichkeit von ihrem Trip, inklusive des bedauerlichen Zwischenfalls, der die Jeans ihres Sitznachbarn ruiniert hatte.

„Im Ernst?“, Liz kicherte. „Du hast dem armen Mann in den Schritt gekotzt?“ Erneut stieg ein herzhaftes Lachen in ihrer Kehle auf. Mr Gandy, der noch immer zu Jonnas Füßen ruhte, knurrte im Schlaf. „Was für eine Geschichte! Dieser Mann wird den Flug vermutlich niemals vergessen. Sah er denn gut aus?“ Sie wischte sich mit der Serviette Lachtränen aus den Augenwinkeln.

„Ob er …?“ Jonna zuckte mit den Schultern. „Ja, schon möglich. Er war attraktiv“, gab sie zu. „Aber das ist nicht der Punkt.“

Liz hob eine Braue.

„Du musst gar nicht so schauen. Der Mann müsste dringend Nachhilfestunden in Höflichkeit und Anstand nehmen.“ Sie schob ihren Teller von sich und leitete einen Themenwechsel ein. „Wie dem auch sei, noch ein einziger Bissen mehr und ich platze. Deine Pastete war ein Gedicht, Liz. Danke.“

„Gern geschehen. Ach Jonna, es ist so schön, dich hier zu haben“, bemerkte Liz und legte ebenfalls ihr Besteck beiseite. „Mit niemandem kann ich so herzhaft lachen wie mit dir.“

Täuschte sie sich oder hörte Jonna leise Wehmut heraus? Liz war doch glücklich mit Lowen und Mia, ihrer perfekten kleinen Familie. Oder nicht? „Liz …“

Weiter kam sie nicht, denn unvermittelt sprang ihre Freundin auf und beschäftigte ihre Hände damit, das Geschirr einzusammeln, wobei sie Jonnas Blick geflissentlich auswich.

„Warte, ich helfe dir.“ Jonna erhob sich ebenfalls und schnappte sich die Weinflasche sowie die leeren Gläser und folgte Liz in die Küche, einem Traum aus Weiß und Creme, nostalgischen Griffen und einem alten Aga-Herd.

Liz stand mit dem Rücken zu ihr, stützte sich mit den Händen an der Keramikspüle ab, und Jonna bemerkte, dass ihre Schultern bebten. Sacht berührte sie ihren Arm.

„Du lieber Himmel, Liz! Was ist los?“, wollte sie erschrocken wissen, als sie Tränenspuren auf Liz’ Wangen entdeckte.

„Ach, es ist nichts, wirklich.“ Liz wandte sich zu Jonna um und versuchte sich an einem misslungenen Lächeln. „Mir geht es gut“, bekräftigte sie und wedelte sich mit der Hand Luft ins Gesicht.

„Unsinn“, widersprach Jonna energisch. „Dir geht es überhaupt nicht gut, sonst würdest du nicht hier stehen und mich aus feuchten Augen ansehen.“ Sanft streichelte sie ihr über die Wange. „Kann ich dir irgendwie helfen?“

Liz schüttelte den Kopf. „Du hast nicht den Weg nach Cornwall auf dich genommen, um dir mein Gejammer anzuhören.“

„Ich will wissen, wenn es dir nicht gut geht. Wir sind Freundinnen, und ich bin für dich da", bekräftigte sie. Eigentlich war Jonna nach Cornwall gereist, um sich über ihre Beziehung mit Nick klar zu werden, und nun sah es ganz so aus, als ob Liz sie brauchte.

Liz richtete ihren Blick auf einen Punkt an der Wand hinter Jonna und presste die Lippen aufeinander, bevor sie sich ihr wieder zuwandte. „Du ahnst nicht, wie froh ich bin, dass du gekommen bist." Sie nahm Jonnas Hand in ihre und drückte sie sanft. „Normalerweise bin ich nicht so nah am Wasser gebaut ..."

„Im Gegensatz zu mir", konnte Jonna sich nicht verkneifen, einzuwerfen, und entlockte Liz damit ein halbes Lächeln.

„Richtig", bestätigte sie und betrachtete Jonna mit warmem Blick. „Aber deine Anwesenheit, die Erinnerung an unsere gemeinsame Zeit, an unsere Träume ...", sie unterbrach sich kurz, „und was aus ihnen geworden ist, irgendwie kam auf einmal alles hoch."

„Hm ...", machte Jonna und streichelte der Freundin über den Rücken. Würde Liz sich ihr anvertrauen? Sie hoffte es und fragte sich gleichzeitig, was ihre Freundin quälte. Sie sah, wie Liz zögerte und dann ihre Schultern straffte.

„Was hältst du davon, wenn wir durch den Ort bummeln?", schlug sie vor. „Wir könnten uns die kleinen Geschäfte ansehen und hinunter an den Hafen gehen, dann bekämst du gleich einen Eindruck von der Umgebung."

„Das hört sich nach einem guten Plan an", pflichtete Jonna enttäuscht bei und begriff, dass Liz das Gespräch für beendet hielt. Ein bisschen frische Luft und Ablenkung würde ihnen beiden sicherlich guttun. „Mr Gandy wird sich freuen, auf Erkundungstour zu gehen. Ich ziehe mich nur rasch um und dann können wir los.“

Kapitel 6

Der Wind hatte aufgefrischt, als sie die Tür des *Hollyhock Cottage* hinter sich schlossen. Jonna war froh, ihren Rock gegen eine Jeans ausgetauscht und eine leichte Baumwolljacke übergeworfen zu haben. Mit Mr Gandy, der brav neben ihnen hertrottete, folgten sie dem von Weißdornhecken und Brombeergestrüpp begrenzten Feldweg den Hügel hinab Richtung Dorf.

Jonna musste den Hund an die Leine nehmen, als unvermittelt eine Herde Schafe ihren Weg kreuzte. In aller Gemütlichkeit spazierten die Wollknäuel mit ihren weißen Popos wackelnd über die Straße zur gegenüberliegenden Weide.

„Manchmal wünsche ich mir, ich besäße die Gelassenheit eines kornischen Schafs", meinte Liz, während sie warteten.

Jonna warf ihr einen erstaunten Seitenblick zu. „Ich kenne niemanden, der gelassener und entspannter ist als du."

Liz Mund wandelte sich zu einer schmalen Linie. „Die Zeiten ändern sich", sagte sie kryptisch.

„Wem sagst du das." Oh ja, wer wüsste das nicht besser als Jonna? Sie dachte an Nick. Und ob sie noch eine gemeinsame Zukunft hatten.

Eine Wolke schob sich vor die Sonne und warf einen Schatten über den Weg. Unvermittelt fröstelte Jonna und zog sich ihre Strickjacke fester um die Schultern.

„Lowen ist ein Schwein", platzte Liz auf einmal heraus und erschreckte mit ihrem Ausbruch Mr Gandy. Er jaulte auf und schmiegte sich an Jonnas Beine. „Ausgerechnet diese Kuh hat er sich gekrallt", fuhr Liz fort und schien auf einmal gar nicht mehr zu stoppen. „Diese dumme Pute, die sich wie ein bescheuerter Christbaum behängt und jedem Mann ihr Dekolleté präsentiert wie eine Marktschreierin ihre Würstchen."

„Was?" Geschockt starrte Jonna ihre Freundin an. „Wovon in aller Welt sprichst du?"

„Mein Mann hat sich eine Nutte an Land gezogen, so schaut's aus." Liz schüttelte ihren Kopf. „Stella ist seine neue Praktikantin. Blutjung, sozusagen noch feucht hinter den Ohren, und nun ja", ihre Lippen verzogen sich, „offensichtlich hat sich mein Mann entschieden, ihr nicht nur zu zeigen, wie es im Architekturbüro läuft."

„Oh lieber Himmel, Liz." Jonna schlug die Hand vor den Mund.

„Außerdem besitzt Stella zwei karamellfarbene Möpse." Liz stieß einen nicht ganz jugendfreien Fluch aus. „Ich meine, welcher Mann kann schon zwei karamellfarbenen Möpsen widerstehen?"

Bestürzt tätschelte Jonna ihr den Rücken. Niemals hätte sie damit gerechnet, dass Lowen Pengelly, dieser tolle, charmante Mann, seine Frau betrügen würde! „Mensch, Liz", sagte sie, weil ihr einfach nichts einfiel, was sie hätte sagen können, um den Schmerz der Freundin zu mildern. „Das ist ja wirklich ..."

„Zum Kotzen", ergänzte Liz schniefend, während eine einsame, letzte Träne von ihrem Kinn tropfte. Liz war noch nie der Typ gewesen, der lange von Weinkrämpfen geschüttelt wurde. „Scheißkerl.“

„Wo ... wo ist Lowen?“ Jetzt war Jonna auch klar, warum Liz weder für ihren Mann mitgedeckt noch ihn überhaupt erwähnt hatte.

„Vermutlich in seinem neuen Liebesnest in Polzeath.“ Liz steckte sich in einer symbolischen Geste einen Finger in den Mund.

„Er ist abgehauen?“

„Sieht so aus.“

„Unglaublich. Wie konnte er das tun?“

„Tja. Ich schätze, diese Stella ist eine fiese Sirene, die ihn in ihr erotisches Netz gelockt hat.“

„Du meinst, es geht um Sex?“

Liz entwich etwas, das sich wie ein verunglücktes Lachen anhörte. „Ach Jonna, du warst schon immer eine hoffnungslose Romantikerin. Es geht doch immer nur um Sex.“

„Und Mia?“, hakte Jonna irritiert nach.

„Mia hat er mir netterweise dagelassen. Vermutlich ist das Kind bei seinen Bettspielchen eher hinderlich.“

Inzwischen hatten die Schafe die gegenüberliegende Weide erreicht, und so setzten Jonna und Liz ihren Weg hinunter ins Dorf fort, wobei Mr Gandy, der das ganze Drama um verlassene Ehefrauen und untreue Ehemänner nicht verstand, vergnügt um ihre Beine sprang.

Jonna bemühte sich, die Neuigkeit zu verdauen. Liz und Lowen waren für sie immer ein strahlendes Vorbild in Sachen Ehe gewesen. Liz hatte Lowen, zehn Jahre älter, extrem gutaussehend, charmant und witzig (als sei er einem Werbekatalog für perfekte Ehemänner entstiegen) einst in einem Weinlokal kennengelernt, in dem sie während des Studiums gekellnert hatte, und hatte ihr Herz im Sturm erobert. Als Mit-Inhaber eines Architekturbüros stand er mit beiden Beinen bereits fest im Leben, als über ihren Köpfen noch dicke, fette Fragezeichen schwebten, was ihre Zukunft betraf. Es störte Liz nicht, dass Lowen geschieden war. Er war Vater einer niedlichen, kleinen Tochter, was Liz, die keine eigenen Kinder bekommen konnte, als absoluten Glücksfall betrachtete. Sie konnte ihr Glück kaum fassen, als er sie um ihre Hand bat und zögerte keine Sekunde, nach Cornwall auszuwandern, um dort mit ihm und Mia ein neues Leben zu beginnen. Bei Liz schien es einfach perfekt zu laufen. Zumindest hatte Jonna das immer angenommen. Doch nun stellte sich heraus, dass das Leben ihrer Freundin doch nicht so vollkommen war, wie sie gedacht hatte. „Und wie geht es nun mit euch weiter?", erkundigte sie sich bei Liz.

„Wenn ich das wüsste." Liz schob ihre feinen Brauen zusammen. „Im Augenblick versuche ich einfach, nur den Tag zu überstehen."

„Ich bin leider auch keine Expertin, was Beziehungsfragen angeht." Bedauernd hob Jonna ihre Schultern.

„Läuft es bei dir und Nick denn wenigstens gut?", wollte Liz prompt wissen, wobei sie sich lautstark schnäuzte.

In diesem Augenblick entdeckte Mr Gandy auf einer Vorgartenmauer eine Katze. Bellend stürmte er davon und enthob Jonna so einer Antwort. Sie musste ihn mehrfach rufen, bis er endlich hörte und mit schuldbewusstem Blick zurücktrottete.

„Ich hätte dran denken sollen, ihn wieder anzuleinen, sobald wir die Ortschaft erreichen. Katzen, Polizisten und Briefträger kann er leider nicht ausstehen", meinte sie zerknirscht und hielt den Hund am Halsband fest, damit er nicht wieder entwischen konnte.

„Dann sollte sich Constable Ransom wohl lieber warm anziehen, solange Mr Gandy zu Besuch ist." Liz schmunzelte. Zum Glück schien sie sich wieder gefasst zu haben.

Sie hatten den Ort erreicht und gelangten in eine schmale, von weißgetünchten Häusern gesäumte Straße.

„Oh schau mal, ist das nicht hübsch?", wies Jonna ihre Freundin auf ein üppig blühendes Blumenbeet hin, in dem eine ältere Dame hingebungsvoll die Pflanzen goss. Hinter einem weißlackierten Gartenzaun leuchteten violett-blaue Traubenhyazinthen, rote Kamelien sowie eine rosa und pinkfarbene Wolke aus Rhododendron und Azaleen.

Liz blieb stehen. „Das ist übrigens meine Freundin Mabel Trevarrian, von der ich dir erzählt habe. Abgesehen davon, dass Mabel ein wandelndes Literatur-Lexikon ist, besitzt sie zudem den berühmt-berüchtigten grünen Daumen, der mir leider völlig abgeht. Hallo Mabel!", machte sie die Frau auf sich aufmerksam.

Mabel, mit Kittelschürze und Lockenwicklern im eisgrauen Haar, hielt mit dem Gießen inne und wandte sich zu ihnen um. Über ihr wettergegerbtes Gesicht glitt ein Strahlen, als sie die Ankömmlinge bemerkte. „Oh, hallo Liz. Ist das etwa dein lieber Gast aus Deutschland?" Um ihre hellen Augen legte sich ein feiner Kranz von Fältchen und ihre etwas scharf geschnittenen Züge wurden weich. Sie streifte einen der Gartenhandschuhe ab und streckte Jonna eine schmale, feingliedrige Hand entgegen. „Herzlich willkommen, meine Liebe. Ich hoffe, es gefällt Ihnen hier bei uns in Penkerris. Ihnen und dem kleinen Racker", fügte sie mit einem Zwinkern zu Mr Gandy hinzu.

Der kleine Jack Russell fühlte sich offensichtlich angesprochen, denn er bellte und legte den Kopf schief, um die fremde Dame schwanzwedelnd zu betrachten.

Jonna nickte lächelnd. „Ich bin sicher, dass ich mich wohlfühlen werde, Mrs Trevarrian. Ich bin schon jetzt ganz verzaubert von alledem hier." Sie machte eine ausschweifende Handbewegung. Die alte Dame war wirklich entzückend.

„Nennen Sie mich bitte Mabel", bat sie Jonna nun und blickte hinüber zu Liz. „Eine bessere und hilfsbereitere Freundin als Liz kann man sich nicht wünschen. Ihre Freunde sind auch meine. Wenn Ihnen also danach ist, klopfen Sie an meine Tür, wann immer Sie wollen, Jonna. Und kommen Sie doch mal zu unserem wöchentlichen Literaturzirkel." Ihre Stimme nahm einen vertraulichen Ton an. „Sie werden es nicht bereuen, wir lesen schöne Geschichten, die das Herz erwärmen."

Davon konnte es niemals genug geben, fand Jonna. Besonders, wenn es in der eigenen Wirklichkeit gerade alles andere als rosarot aussah. „Liz hat mir bereits von ihrem Lesekreis vorgeschwärmt. Herzlichen Dank für die Einladung, Mabel." Sie schenkte Liz' älterer Freundin ein liebenswürdiges Lächeln, bevor sie noch ein paar Worte übers Wetter wechselten und sich verabschiedeten.

„Mabel ist eine regelrechte Institution im Ort", vertraute Liz Jonna an, während sie weiterschlenderten.

„Sie kennt jede Seele in Penkerris und weiß stets mit den interessantesten Neuigkeiten aufzuwarten.“

„Lebt sie allein in diesem hübschen Haus mit dem Schindeldach und dem großen Garten?“ Jonna warf einen Blick zurück zum Cottage.

Liz bejahte. „Mabel hat bereits früh ihren Mann verloren, durfte das Haus jedoch dank der großzügigen Witwenrente behalten. Damals, vor zwanzig Jahren rief sie den Literaturzirkel von Penkerris ins Leben, um vor Trauer und Verzweiflung nicht verrückt zu werden. Sie ist eine patente, kleine Frau, die sich nicht unterkriegen lässt. Ich bewundere sie“, schloss Liz mit einem Lächeln.

Penkerris zeigte sich an diesem Nachmittag von seiner besten Seite. Mit engen, sich die Hänge hinabwindenden Gassen und hübschen, kleinen Cottages entsprach der Fischerort genau dem Bild, das Tabea gezeichnet hatte. Die schmucken Häuser schmiegten sich aneinander, als suchten sie gegenseitig Schutz. Auf den Simsen vieler Fenster blühten Blumen und hier und da schmückten liebevoll bepflanzte Blumenkübel die kopfsteingepflasterten Straßen.

Jonna war hingerissen von der postkartenschönen Idylle, während sie diverse Geschäfte, darunter einen Teeladen, eine Kunstgalerie, eine Buchhandlung sowie ein Tante-Emma-Lädchen entdeckte.

„Juhu, Liz, hallo!“ Eine wasserstoffblonde Frau, die gerade aus der kleinen Buchhandlung gegenüber kam, winkte ihnen enthusiastisch zu.

„Oh Gott, nur nicht stehenbleiben“, raunte Liz Jonna zu und beschleunigte unwillkürlich ihren Schritt. Sie setzte ein Lächeln auf und winkte zurück. „Huhu, Philippa, wir haben es leider eilig! Schönen Tag!", rief sie und stieß einen Laut der Erleichterung aus, als sie die Frau hinter sich ließen.

Jonna musste sich ein Kichern verbeißen. „Meine Güte, Liz, du tust ja so, als wären wir soeben an einer Katastrophe vorbeigeschrammt."

Liz warf ihr einen vielsagenden Blick zu. „Oh, glaub mir, das sind wir. Solltest du Philippa Gordon, die ungekrönte Plaudertasche des Orts, auf freier Wildbahn begegnen, nimm lieber die Beine in die Hand. Wenn sie erst mal anfängt zu quasseln, kannst du für den Rest des Tages deine Pläne vergessen." Am Jackenärmel zog sie Jonna flink in einen Töpferladen hinein.

„Wow." Mit großen Augen drehte sich Jonna einmal um die eigene Achse, als sie das bunte Sortiment an Keramikschalen und -geschirr, Dekoartikeln, sowie hübschen Vasen in sämtlichen Farben und Formen in den offenen Holzregalen vor den Schaufenstern betrachtete. Sie nahm Mr Gandy an die kurze Leine, damit er in seinem Erkundungsdrang nichts zerstörte. „Sieh doch nur, Liz." Behutsam nahm sie eine himmelblaue, bauchige Spruchtasse mit weißen Einsprengseln in die Hand und hob sie hoch. „Ist die hier nicht besonders bezaubernd?"

Liz trat näher und ließ ihre Fingerspitzen über die in die Glasur eingravierten Worte gleiten. „Jeder Tag ist ein neuer Anfang", las sie laut vor. „Die Tasse ist wirklich sehr hübsch."

„Und der Spruch klingt nach Hoffnung." Und davon konnten sie beide im Moment anscheinend jede Menge gebrauchen, fand Jonna.

Sie tauschten ein wissendes Lächeln, ehe Jonna die Tasse wieder zurück ins Regal stellte. Sie und Liz hatten schon immer die Liebe zu schönen Dingen geteilt, und während sie über die tönernen Sachen ins Schwärmen gerieten, kehrte die alte Vertrautheit allmählich zurück.

„Ich kaufe dir die Tasse", verkündete Liz.

„Was? Nein, das musst du doch nicht ..."

„Keine Widerrede. Sieh es als Willkommensgeschenk." Liz zwinkerte ihr zu. Unbeirrt von Jonnas leisem Protest steuerte sie mit der Tasse in der Hand die Kasse an.

Zurück auf der Straße bedankte sich Jonna mit einer festen Umarmung. „Danke, du bist ein Schatz, Liz."

„Ich denke", gab Liz zurück und ihre Augen blitzten übermütig auf, „das habe ich heute schon mal irgendwo gehört. Gern geschehen, meine Süße." Sie blickte sich um. „Die Luft ist rein, Philippa ist nirgendwo mehr zu sehen. Sie und ihr Bruder Rufus betreiben die einzige Tankstelle am Ortsausgang, und glaub mir, wann immer ich tanken muss, schicke ich ein Stoßgebet in den Himmel und bitte darum, dass mir die Begegnung mit Philippa erspart bleibt."

Lachend schlenderten sie weiter, und Jonna blieb vor jedem kleinen Laden stehen, um neugierig durch die Schaufenster zu spähen.

„Dies hier ist übrigens das *Taste of Heaven*." Liz machte sie auf ein schmuckes, weißes Eckhaus aufmerksam.

„Dein Café?" Jonna nahm das gemauerte Gebäude, dessen Fensterrahmen in einem satten Meeresblau strahlten, in Augenschein. Die geteilten Fensterscheiben blitzten im Sonnenschein, und neben dem Eingang, den zwei Zwergpalmen in Terrakottatöpfen schmückten, baumelte ein geflochtenes Hanfseil mit Treibholzstücken aller Formen und Größen.

„Mein Café", bestätigte Liz und deutete nicht ohne Stolz auf das von Wind und Wetter gezeichnete Vintage-Blechschild, das sich in der Brise in seinen Angeln bewegte und in geschwungenen Lettern den Namen des Lokals verkündete. Das *Taste of Heaven* war Liz' Ein und Alles.

„Was für ein hübsches Haus, Liz!" Jonna war begeistert. „Gehen wir hinein?"

„Lieber nicht." Liz schüttelte den Kopf und deutete auf den *Sorry, we're closed*-Hinweis hinter dem Türglas. „Wenn wir dabei ertappt werden, muss ich die Gäste erst davon überzeugen, dass ich heute ausnahmsweise geschlossen habe. Die Menschen hier im Ort können dickköpfig und stur sein, die möchtest du nicht gegen dich aufbringen", fügte sie mit einem kleinen Lachen an. „Aber komm morgen vorbei, wenn du magst."

„Gerne." Jonna hakte sich bei ihr ein.

Der winzige Hafen, der immerhin eine Bootsrampe besaß, war ihr nächstes Ziel. Es roch nach Salz, Fisch, Tang und Karamell, was vermutlich von dem in der Nähe stehenden Eiswagen herrührte. Gegenüber einem Fischlokal mit Terrasse lagerten gestapelte Fischfangkörbe, und eine Handvoll bunter Fischerboote lagen auf dem trockenen Sand. Ein paar Kinder zwängten sich lärmend und lachend an ihnen vorbei, und zwei Fischer, die ihre Netze flickten, musterten Jonna und

Liz im Vorbeigehen mit unverhohlenem Interesse. Einer von ihnen stieß einen anerkennenden Pfiff durch die Finger aus.

„Man sollte meinen, wir wären langsam in einem Alter, wo uns keiner mehr nachpfeift", meinte Liz mit einem Glucksen.

Jonna lachte. „Du tust ja geradezu so, als hinkten wir mit falschen Zähnen und Gehstöcken durch die Gegend."

„Es kommt mir ewig lange her vor, dass ich mich jung und unbeschwert gefühlt habe", entgegnete Liz und das Lächeln schwand aus ihren Augen. „Hier, an der Hafenmauer, haben Low und ich uns das erste Mal geküsst." Gedankenverloren blickte sie hinaus auf das türkisfunkelnde Wasser in der Bucht. „Komisch, ich habe lange nicht mehr daran gedacht."

Jonna dachte an ihren und Nicks ersten Kuss. Es war nach einem Kinobesuch gewesen, in einer kalten Winternacht. Die Sterne hatten über ihnen geglitzert, es hatte leicht geschneit, und Jonna hatte damals gedacht, dass dieser Kuss das Romantischste war, was sie je in ihrem Leben erlebt hatte. Sie konnte sich noch gut an dieses wunderbare Kribbeln und die tausend Schmetterlinge in ihrem Bauch erinnern, jedoch nicht daran, wann Nick sie das letzte Mal auf diese Weise geküsst hatte.

„Sag mal, gibt es in Penkerris vielleicht auch einen hübschen kleinen Geschenkeladen, den ich plündern könnte?", lenkte sie das Thema in eine andere Richtung. An Nick zu denken, hob nicht gerade ihre Laune.

„Oh, Jonna, du hast dich kein bisschen verändert." Liz schmunzelte. „Du hattest schon immer eine Schwäche fürs Stöbern. Und weißt du was? Du hast Glück. Ein paar Straßen weiter hat kürzlich ein neuer Laden aufgemacht, der laut Mabel etwas esoterisch angehaucht sein soll, wie sie sich vorsichtig ausdrückte. Ich selbst war noch nicht da, aber so wie ich hörte, findest du dort zum Beispiel jede Menge Edelsteine."

Jonna strahlte. „Klingt interessant." Vielleicht könnte sie sogar den einen oder anderen Stein zum Basteln ihrer Ketten und Armbänder verwenden.

Nur wenige Minuten später stand sie vor dem Objekt ihrer Begierde und spähte erwartungsvoll durchs Schaufenster des *Magic Gems.*

„Wollen wir?" Liz machte eine Kopfbewegung und legte die Hand auf den Türknauf.

„Warte." Jonna befestigte Mr Gandys Leine an einem dafür vorgesehenen Haken an der Hauswand. „Ich leine ihn lieber draußen an, damit wir uns in Ruhe umsehen können."

Der kleine Jack Russell jaulte beleidigt, als sie unter dem Gebimmel einer melodischen Glocke den Laden betraten. Sofort umfing sie ein feiner, blumiger Duft, vermischt mit Sandelholz und anderen, geheimen Zutaten. Engelfiguren und hübsche Dekoartikel aus Glas und Holz teilten sich den Platz mit Büchern und Grußkarten in einem Rattanregal, und in einer Glasvitrine schimmerten Mineralien und Edelsteine sowie Fundstücke vom Strand in großer Auswahl. Fasziniert von der besonderen Atmosphäre, bewunderte Jonna die von der Decke baumelnden Wind- und Glockenspiele und ließ ihre Finger durch die zarten Federn eines Traumfängers gleiten.

Eine Frau, vielleicht um die Vierzig, in einem bunten, langen Flatterkleid, trat durch einen Rundbogen in den Verkaufsraum. „Willkommen", begrüßte sie Jonna und Liz mit einem Lächeln. „Ich bin Cassandra. Möchten Sie sich gern umsehen oder kann ich Ihnen helfen?"

„Ich bin mir nicht sicher." Jonna ließ ihren Blick schweifen und heftete ihn anschließend auf die gläserne Vitrine. „Ich glaube, ich würde mir gern ein paar von den Steinen ansehen. Ich bin Schmuckdesignerin", fügte sie mit einem Lächeln an.

„Oh, das hört sich wundervoll an." Cassandra warf ihr taillenlanges, dunkles Haar über die Schultern und trat an die Vitrine, um die Glastür zu öffnen. „An was haben Sie gedacht? Ich frage nur, da Minerale und Edelsteine ja erwiesenermaßen eine spezifische Wirkung auf Körper und Seele besitzen."

„Darüber habe ich mir ehrlich gesagt, noch keine Gedanken gemacht." Jonna hatte zwar schon davon gehört, sich aber bislang nie mit dieser Thematik beschäftigt. Sie suchte Blickkontakt zu Liz, die jedoch gedankenversunken in den ausgestellten Büchern blätterte.

„Die Steine", erklärte Cassandra weiter, „werden seit jeher auch magisch oder rituell verwendet, als Glücksbringer oder als kraftvoller Begleiter getragen." Sie nahm einen besonders schönen, sanft rosa schimmernden Stein aus der Vitrine und hielt ihn gegen das Licht. „Schauen Sie mal, der Rosenquarz zum Beispiel. Er wird schon seit der Antike als Stein des Herzens und Behüter der Liebe verehrt. Er stärkt die seelische Verbundenheit in einer Partnerschaft oder hilft, ein gebrochenes Herz zu heilen und für eine neue Liebe zu öffnen."

„Eine neue Liebe?", entfuhr es Jonna lauter als beabsichtigt. Jetzt hob Liz den Kopf und fing ihren Blick ein, und Jonna lachte verlegen. „Die suche ich nicht."

Cassandra betrachtete sie nachdenklich, und Jonna hatte das Gefühl, ihre dunklen Augen schauten direkt in ihre Seele. „Manchmal ist es einem nicht bewusst, dass man den Pfad, auf dem man glaubt, entlangzugehen, schon längst verlassen hat."

Anstatt auf Cassandras letzte Bemerkung einzugehen, studierte Jonna erneut die Auslage. „Gibt es denn vielleicht auch einen Stein, der dabei hilft, geheime Wünsche zu erfüllen?", fragte sie betont beiläufig und spürte, wie ihre Wangen zu brennen anfingen. Eigentlich glaubte sie nicht daran, dass Steine Magie auf den Träger ausübten, aber man wusste ja nie. Der Gedanke war jedenfalls faszinierend und als Unsinn wollte sie die Sache auch nicht abtun.

„In Liebesdingen eignet sich der Karneol besonders gut", erklärte Cassandra leise lächelnd. „Nicht nur verhilft er dem Träger zu mehr Optimismus, sondern unterstützt ihn auch dabei, Gefühle auszusprechen oder anzunehmen. Weiterhin hätten wir da noch", sie unterbrach sich selbst und holte einen sechseckig geschliffenen Bergkristall vom Samt, „den sogenannten Feenstein. Laut der Überlieferung aus alten Märchen und Legenden, wohnen Feen und Elfen darin, die langersehnte Wünsche und Träume erfüllen."

„Oh." Jonna wusste einen Moment nicht, was sie sagen sollte. Feen und Elfen? Selbst für sie, die sich, was nicht-erklärbare Dinge zwischen Himmel und Erde betraf, durchaus aufgeschlossen zeigte, klang das abenteuerlich.

„Ich würde Ihnen den Lapislazuli ans Herz legen“, fuhr Cassandra, die sehr wohl Jonnas Verunsicherung bemerkte, mit einem verschmitzten Funkeln in den Augen fort. „Dieser wunderbare Stein besaß bereits im alten Ägypten eine besondere Bedeutung, denn sein tiefes Blau hilft die Wahrheit ans Licht zu bringen.“

Welche Wahrheit?, fragte sich Jonna. Dass ihr Lebensgefährte seinen Hintern nicht hochbekam? Um sich dessen bewusst zu sein, brauchte Jonna sicher keinen Stein. Cassandra war ihr sympathisch, doch die Frau sprach in Rätseln.

Am Ende entschied sie sich für geschliffene Rosenquarze sowie einige Türkissteine und versprach Cassandra, bald wiederzukommen. Als sie den kleinen Laden verließen, stellten Liz und Jonna fest, dass inzwischen Wolken die Sonne überschatteten. In der Ferne grollte es leise.

„Sag mal, glaubst du an das, was Cassandra über die Magie der Steine erzählt hat?“, fragte Jonna und warf einen besorgten Blick hinauf in den düsteren Himmel. Diese Sache mit der Wahrheit ließ ihr irgendwie keine Ruhe.

Liz schmunzelte. „Wenn das alles wirklich stimmen würde, hätte ich mir schon längst einen magischen Zauberstein zugelegt, der Low zu mir zurückbringt“, stellte sie, wie immer pragmatisch, klar. Sie seufzte und wirkte auf einmal nachdenklich. „Aber vielleicht will ich das ja auch gar nicht mehr. Und überhaupt, diese Vorstellung von der großen Liebe. Sind wir für derart romantische Gefühle nicht viel zu abgeklärt?“

Jonna ließ ihre Bemerkung unkommentiert, da es in diesem Augenblick erneut donnerte, diesmal lauter.

Liz hob ihre Brauen. „Ich denke, wir sollten machen, dass wir nach Hause kommen. Sieht ganz danach aus, als ob es in Kürze zu schütten anfängt.“

Kapitel 7

Liz sollte recht behalten. Auf den letzten Metern, kurz bevor sie die Sicherheit des *Hollyhock Cottage* erreichten, öffnete der Himmel seine Schleusen und durchnässte sie bis auf die Knochen. Mr Gandy schüttelte sich angewidert, und Liz organisierte erst einmal ein großes Frotteehandtuch, damit Jonna ihm das nasse Fell trockenreiben konnte. Anschließend schälten sie sich aus den klammen Klamotten und schlüpften in bequeme Sachen. Liz fachte im Wohnzimmer das Feuer an und schlug Jonna vor, es sich mit einem Buch auf der Couch gemütlich zu machen, bevor sie in der Küche verschwand, um ein paar Kleinigkeiten vorzubereiten. Von Jonnas Einwand, ihr helfen zu wollen, wollte sie absolut nichts hören. Also tat Jonna wie ihr geheißen, während der Jack Russell vor den Kamin trottete, sich dort in der Wärme eine Weile das Fell leckte und sich schließlich einrollte.

Ein paar Buchseiten später kam Liz mit einem vollbepackten Tablett aus der Küche gestiefelt. „Zimmerservice!", rief sie gut gelaunt. Sie schob Gläser, Weinflaschen sowie Knabbereien in Gestalt von Käsewürfeln, gefüllten Oliven, Nüssen, getrockneten Früchten und Parmesan-überbackenem Baguette auf den Couchtisch. Anschließend ließ sie sich neben Jonna auf das Polster fallen und goss ihnen beiden ein. „So", wandte sie sich an Jonna und reichte ihr ein Glas. „Und jetzt erzählst du mir, was da heute in dem Steineladen passiert ist. Dieser seltsame Wortwechsel zwischen dir und Cassandra." Ihre klugen Augen forschten in Jonnas Gesicht. „Du bist nicht glücklich, das sehe ich dir an der Nasenspitze an."

„Sieht man das?"

Liz nippte an ihrem Wein. „Du bist ein offenes Buch, Jonna. Als Geheimagentin wärst du ungeeignet, fürchte ich."

Es stimmte. Jonna gehörte zu jenen Menschen, denen man die Gefühle vom Gesicht ablesen konnte. Der Widerschein des Feuers fing sich in dem Glas, das sie zwischen ihren Fingern hielt. Aber sollte sie die Freundin, der es offensichtlich hundsmiserabel ging, auch noch mit ihren eigenen Problemen belasten?

„Es ist Nick, oder?" Liz taxierte sie prüfend. Sie hatte Jonnas Freund nie persönlich getroffen, kannte ihn lediglich vom Erzählen aus E-Mails und Telefonaten.

„Du hast recht", gab Jonna schließlich widerstrebend zu. „Mit Nick läuft es gerade suboptimal – nein, eigentlich knirscht es schon eine ganze Weile in unserer Beziehung." Seufzend starrte sie in ihren Wein. „Alles ist so eingefahren. Nick und ich leben wie ein verdammtes altes Ehepaar. Sonntags und mittwochs nach dem Handballtraining Sex. Er oben, ich unten. Wenn du verstehst, was ich meine. Okay, wenn ich ehrlich bin, habe ich nichts dagegen. Du kennst mich, ich mag es, wenn die Dinge geregelt sind. Aber es ist so verflucht langweilig geworden." Jetzt, wo sie begonnen hatte, sich Liz anzuvertrauen, purzelten die Worte nur so aus ihr heraus. Es fühlte sich herrlich befreiend an, stellte sie fest.

„Stell dir vor, er nimmt es für selbstverständlich, dass ich den Löwenanteil an der Hausarbeit übernehme, weil er ja den ganzen Tag in der Bankfiliale verbringt und ich mir meine Zeit als Freiberuflerin einteilen kann." Sie ließ die Schultern sacken und sah Liz traurig an. „Ich will einen Mann, der mich sieht, jemanden, der mich fragt, wie es mir geht. Ich will Kinder." Sie schüttelte den Kopf und lenkte ihren Blick zum prasselnden Feuer hin, wo Mr Gandy im Schlaf leise knurrte. „Ich will es zurück", ergänzte sie kaum hörbar, „dieses Schmetterlingskribbeln im Bauch, das Herzklopfen, Liz, verstehst du?"

Liz schob ihr Glas auf den Tisch. „Und ob ich das verstehe. Aber Jonna", fügte sie sanft an, „dieses Herzklopfen vergeht mit der Zeit, je länger eine Partnerschaft besteht. Das ist völlig normal."

Jonna zuckte mit den Achseln. „Mag sein. Aber wir sind ja noch nicht einmal verheiratet und er nimmt mich jetzt schon nicht mehr wahr. Für ihn bin ich nur noch Inventar, das zur Wohnung gehört." Und dann brach etwas aus ihr heraus, das sie selbst überraschte. „Keine Ahnung, ob ich Nick überhaupt noch liebe."

„Wow."

„Ich weiß." Jonna nahm einen herzhaften Schluck von ihrem Wein. „Wenn ich nur wüsste, was ich tun soll. Wie kann ich diese Beziehung retten?"

„Hast du schon mal probiert, mit Nick zu reden?"

„Er hasst Diskussionen. Für gewöhnlich verschließt er sich wie eine Auster bei drohender Gefahr, wenn ich das Gespräch suche. Seine Sturheit hat mich schon immer verzweifeln lassen."

Liz betrachtete sie nachdenklich über den Rand ihres Glases hinweg. „Wenn es so furchtbar mit ihm ist, warum verlässt du ihn dann nicht?"

Tja, diese Frage drängte sich Jonna neuerdings auch immer öfter auf. Andererseits war sie keine Frau, die so leicht aufgab. Sie wollte um diese Liebe kämpfen. Sie wie eine Löwin gegen alle Widrigkeiten verteidigen. Zumindest hatte sie das vorgehabt. Das Problem war, dass sie im Moment überhaupt nicht mehr sicher war, was sie eigentlich fühlte. „Nick war der erste Mann, der sich nicht gleich aus dem Staub gemacht hat, nachdem ihm klar wurde, dass ich eine Menge Gepäck mit mir herumschleppe, verstehst du?" Die meisten ihrer Beziehungen waren an der Unfähigkeit der Männer, mit Jonnas Unzulänglichkeiten umzugehen, zerbrochen. Keiner von ihnen war lange genug geblieben, keiner hatte sich die Mühe gemacht, ihr kompliziertes Wesen zu verstehen.

Liz hob eine Braue. „Okay, das verstehe ich. Aber willst du nur deswegen an einer Beziehung festhalten, auch wenn sie nicht mehr funktioniert? Ein Cowgirl sollte erkennen, wenn es auf einem toten Pferd reitet, Schatz."

Wider Willen musste Jonna lachen. „Keine Ahnung, ob das Pferd bereits in die ewigen Jagdgründe eingegangen ist." Sie lehnte sich zurück und schüttelte den Kopf. „Ich will es doch einfach nur zurück, Liz. Das Kribbeln im Bauch. Die rosa Glitzerwolken."

„Von allein wird sich nichts ändern, glaub mir. Männer brauchen einen Schubs in die richtige Richtung, einen Wink mit dem Zaunpfahl sozusagen."

„Ein einzelner Zaunpfahl wird nicht genügen." Jonna stöhnte. „Für Nick braucht es schon einen ganzen Gartenzaun. Auf jeden Fall muss ich dringend etwas ändern, wenn ich nicht als frustrierte alte Schachtel mit einem Pappkarton voller unerfüllter Hoffnungen und Sehnsüchte enden will."

„An dir ist ja eine richtige Poetin verlorengegangen."

„Das muss an meiner momentanen Gemütsfassung liegen. Irgendwie scheinen wir beide vom Liebespech verfolgt zu sein."

Ein paar Sekunden starrten sie einander ratlos an.

„Noch etwas Wein?", schlug Liz vor und griff nach der Flasche, um ihnen nachzuschenken.

„Unbedingt!" Jonna hielt ihr das Glas hin. Normalerweise trank sie selten, aber außergewöhnliche Situationen erforderten außergewöhnliche Maßnahmen. Und ein Gläschen hatte ihnen schon zu Studentenzeiten geholfen, so manche raue Welle zu reiten.

Liz trank einen großen Schluck und ließ mit ihrem vollen Weinglas in der Hand den Kopf gegen das Polster sinken. „Wenn ich nur wüsste, ob Lowen irgendwann gedenkt, wiederaufzutauchen. Dann könnte ich mich darauf einrichten. So hänge ich einfach nur in der Luft, und das ist eine beschissene Situation."

„Das verstehe ich." Jonna fröstelte plötzlich trotz der behaglichen Wärme im Raum. Darauf zu warten, dass der andere endlich einen Schritt machte, und gleichzeitig nicht zu wissen, ob er es tat, war zermürbend. „Prost, Liz. Auf bessere Zeiten."

„Cheers, Jonna."

Sie ließen ihre Gläser aneinander klingen. Eine Weile war nur das Knistern und Knacken des Feuers und Mr

Gandys leises Schnarchen zu hören, während sie ihren jeweiligen Gedanken nachhingen. Irgendwann ging Liz in die Küche und sorgte für Nachschub an Wein.

„Alkohol ist aber keine Lösung“, meinte Jonna in gespielter Strenge und hielt ihr das leere Glas hin.

„Natürlich nicht.“ Liz verbiss sich ein Lachen. „Aber weißt du, es gibt Situationen im Leben einer Frau … Im Augenblick weiß ich einfach nicht, wie es weitergehen soll, Jonna. Ich habe Arbeit ohne Ende, im Café, mit dem Haus.“ Sie machte eine verzweifelte Geste in den Raum hinein. „Es mag vielleicht nicht so wirken, aber das Cottage ist das reinste Chaos und fällt bald auseinander, weil sich Lowen schon lange um nichts mehr kümmert. Die Regenrinne müsste repariert, die Dachziegel erneuert werden, die Haustür klemmt, und in den Schuppen regnet’s rein. Abgesehen davon ist mein Garten ein Dschungel.“ Aus der Küche erklang ein wildes Schnattern und unterbrach Liz in ihren Ausführungen. „Mein Handy“, erklärte sie und sprang auf. „Entschuldige, vielleicht ist das Mia.“ Sekunden später kam Liz stirnrunzelnd mit dem Telefon am Ohr zurück ins Wohnzimmer. „Ruby, ernsthaft?“ Zwischen ihren Brauen bildete sich eine kleine Falte, während sie den Blickkontakt zu Jonna suchte und den Kopf schüttelte. Offensichtlich war die Anruferin nicht Liz’ Stieftochter. „Okay, ich verstehe. Ja, natürlich. Ich wünsche dir alles Gute.“

„Oje. Schlechte Nachrichten?“, forschte Jonna nach, als Liz das Gespräch beendete und mit einem lauten Stöhnen zurück auf das Sofa sank, gerade so, als hätte sie eine Bergbesteigung hinter sich.

„Kann man wohl sagen. Meine Mitarbeiterin Ruby wurde ins Krankenhaus eingeliefert und fällt wohl die nächsten Monate aus. Schwangerschaftskomplikationen." Ihre Miene drückte pure Verzweiflung aus. „Ob ich mal eben laut Scheiße schreien kann?"

„Ich bezweifle, dass das hilft", kommentierte Jonna Liz' emotionalen Ausbruch voller Mitgefühl.

„Ach verdammt. Kennst du Murphy's Law?"

Jonna rollte mit den Augen. „Alles was schiefgehen kann, wird schiefgehen. Glaub mir, Mister Murphy und ich sind so." Sie überkreuzte zwei Finger, um ihrer Freundin zu demonstrieren, wie dick Mister Murphy und sie waren.

„Ausgerechnet jetzt, wo Lowen mich im Stich gelassen hat." Liz beugte sich vor und vergrub ihr Gesicht in den Händen. „Normalerweise habe ich kein Problem damit, alles zu stemmen, aber jetzt ... wie soll ich das allein auf die Reihe kriegen?"

Eine Idee blitzte in Jonna auf. „Was hältst du davon, wenn ich dir im Café unter die Arme greife?", bot sie spontan an. „Ich könnte zum Beispiel Sandwiches belegen oder einkaufen. Dann hättest du Zeit für die anderen Dinge. Was meinst du?"

Liz ließ ihre Hände sinken. „Ist das dein Ernst? Du bist doch nicht zum Arbeiten nach Penkerris gekommen."

„Ich möchte aber auch nicht den ganzen Tag am Strand sitzen oder durch den Ort spazieren. Nein, ehrlich, ich würde mich freuen, dir zur Hand zu gehen. Ich könnte auch versuchen, Scones zu backen oder einfache Suppen anbieten, und wer weiß, vielleicht lockt mein legendärer Erbseneintopf jede Menge neue Gäste an, vor denen du dich bald kaum noch retten kannst", ergänzte sie grinsend, in der Hoffnung, Liz aufzumuntern.

Wie erhofft, lachte Liz. „Also das mit dem Erbseneintopf lassen wir lieber", spielte sie auf Jonnas zweifelhafte Kochkünste an. „Aber weißt du was? Ich bin so verzweifelt, dass ich tatsächlich ja sage. Also willkommen im *Taste of Heaven*, Jonna."

„Super!" Jonna hielt ihr Glas hoch, um mit ihr anzustoßen. „Das ist die beste Entscheidung, die du je getroffen hast."

„Cheers! Ich hoffe, ich werde es nicht bereuen."

„Das überhöre ich jetzt einfach mal", gab Jonna in gespielter Empörung zurück.

„Wenn du magst", meinte Liz zwinkernd, „kannst du mir gleich morgen früh unter die Arme greifen und ein paar Kleinigkeiten für das Café einkaufen gehen."

„Warum nicht?", hörte Jonna sich zu ihrem eigenen Erstaunen entgegnen. Dabei erschreckte sie die Vorstellung, sich ohne Vorbereitung und Plan, quasi im freien Fall, in ein Abenteuer zu stürzen. Das klang so gar nicht nach ihr. In Heidelberg lebte sie nach einem straffen Zeitplan, ihr Tagesablauf war durchorganisiert und bis ins letzte Detail geplant. Pedantisch bezeichnete ihre Mutter das zuweilen. Jonna mochte es so. Dinge ordentlich zu planen, vermittelte ihr das Gefühl von Sicherheit. Sie liebte keine Überraschungen. Doch wenn die Freundin sie jetzt brauchte, würde sie über ihren Schatten springen müssen. Die Frage war nur, würde sie das auch schaffen?

Kapitel 8

Das verlockende Aroma von frischgebrühtem Kaffee kitzelte ihre Nase. Zufrieden räkelte Jonna sich unter den nach Lavendel duftenden, knisternden Laken. Blinzelnd öffnete sie erst ein Auge, dann das zweite. Es dauerte einen Herzschlag lang, bis sie sich daran erinnerte, dass sie nicht in ihrem vertrauten Messingbett neben Nick, sondern auf Liz' Gästecouch aufwachte. Durch das zur Hälfte hochgeschobene, geteilte Fenster drang das Geschrei der Möwen und die zartgeklöppelten Vorhänge bauschten sich in der Seebrise. Ja, sie war definitiv nicht mehr in Heidelberg. Jonna gähnte und richtete sich auf. Von Mr Gandy, der sich gestern Abend zu ihren Füßen eingerollt hatte, war weit und breit nichts zu sehen. Sie hatte nicht bemerkt, wie sich der kleine Racker davongestohlen hatte, denn sie hatte wie ein Baby geschlafen, fest und traumlos, und fühlte sich wie neugeboren. Erstaunlicherweise hatte sie keinen Brummschädel vom gestrigen Alkoholkonsum. Nicht einmal das kleinste, hinterhältige Stechen in der Schläfengegend. Nicht, dass Jonna darüber enttäuscht gewesen wäre. Aber normalerweise brauchte sie eine Weinflasche auch nur anzusehen, um am nächsten Tag von einer fiesen Migräne erschlagen zu werden. Weshalb Nick auch darauf bestand, dass sie vom Alkohol Abstand hielt. Er hatte sich ein oder zweimal nach einem

Anfall um sie kümmern müssen und sich im Nachhinein bitter darüber beklagt, dass er seine wertvolle
Zeit mit dem Aufwischen von Erbrochenem hatte ver-
schwenden müssen – was Jonna durchaus hätte ver-
hindern können, hätte sie gar nicht erst getrunken. Sie
schüttelte den Gedanken an Nick ab, denn sie wollte
sich den Tag nicht schon gleich am Morgen verderben.
Entschlossen schwang sie ihre nackten Beine über die
Bettkante und sah sich zum ersten Mal bewusst in ihrem neuen, kleinen Reich auf Zeit um. Der Raum war
nicht viel mehr als eine größere Abstellkammer, aber
durch eine Vase mit frischen Frühlingsblumen auf der
Holzkommode und dem farbenfrohen Läufer wirkte er
freundlich und einladend. Sonnenstrahlen fielen
durch die Gardinen ins Zimmer und ließen goldglit-
zernde Staubfunken in der Luft tanzen. Definitiv ein
sehr hübsches Gästezimmer, entschied Jonna und erhob sich. Sie freute sich auf eine ausgiebige, heiße Dusche. Liz hatte ihr vor dem Zubettgehen noch das winzige Badezimmer gezeigt, das mit seiner weißen, halb-
hohen Wandvertäfelung, einer romantischen Blümchentapete und nostalgischen, gusseisernen Armatu-
ren perfekt zum Rest des Cottages passte, und ihr einen
Stapel dicker Frotteehandtücher in die Hand gedrückt.
Außerdem hatte sie Jonna versichert, dass die Warm-
wasserversorgung, außer in der Gäste-Toilette, im
Haus funktionierte, was, laut Liz, in den alten Cottages
zuweilen purer Luxus war. Jonna griff nach ihrem
Waschbeutel und einem lila Handtuch zum Duschen
und legte die Finger um den Türknauf.

„Wo zur Hölle sind meine Scheiß-Stringtangas?"

Okay. Es gab jemanden im Haus, der Jonnas gute Laune definitiv nicht teilte. Und dieser Jemand war weiblich und besaß eine nervtötende und ziemlich schrille Stimme.

„Hast du die etwa mit meinen T-Shirts gewaschen? Arrghh!"

Peinlich berührt zog Jonna ihre Hand zurück. Vielleicht war dies nicht der allergünstigste Moment, um aufzutauchen. Andererseits sehnte sie sich nach einer Dusche und außerdem knurrte ihr der Magen, auch wenn Liz am Abend zuvor noch leckere Sandwiches für sie gezaubert hatte. Bestimmt war ihr gesunder Appetit der frischen, gesunden Seeluft geschuldet. Beherzt öffnete sie die Tür und entschied sich spontan, erst Liz in der Küche aufzusuchen, die sie dort rumoren hörte.

„Scheiße, du kapierst es nie, oder?" Eine dunkelhaarige Furie in einem grellpinken Oversizeshirt rempelte Jonna im Vorbeigehen an, kaum dass sie die Küche betrat.

Verblüfft blickte sie ihr hinterher. War das etwa die süße kleine Mia, um die sie Liz so glühend beneidet hatte? Sie hatte das Kind zuletzt als Blumenmädchen bei der Hochzeit gesehen, wo sie Jonna mit ihren großen, blauen Augen, zwei lustigen Zöpfen und einer hinreißenden Zahnlücke verzaubert hatte.

Sie wandte sich Liz zu, die Gemüse schneidend hinter dem Tresen vor einer Glasschale stand und ihren fragenden Blick einfing. „Pubertät", erklärte sie, unheilvoll mit dem Messer fuchtelnd.

Jonna nickte. „Ich nehme an, das war ..."

„Mia, ja. Lowens Tochter", unterbrach Liz sie und nickte. „Seine. Nicht meine, wie sie niemals müde wird, zu betonen." Sie legte das Messer beiseite und rollte mit den Augen.

„Das ist ja schrecklich." Jonna spürte Mitgefühl für ihre Freundin aufwallen und schwor sich, dass sie, solange sie in Penkerris zu Besuch wäre, alles tun würde, um Liz zu unterstützen. Vielleicht würde sie das ja auch von ihrer eigenen Misere ablenken.

Liz zuckte mit den Schultern. „Man gewöhnt sich dran."

Jonna nahm ihr das nicht ab. Mias Verhalten musste verletzend sein. Jonna jedenfalls würde es treffen. Sie trat näher und spähte in die Glasschüssel.

„Gemüselasagne. Unser Abendessen", erklärte Liz.

„Das sieht echt lecker aus. Aber morgen bin ich mal dran mit dem Abendessen, okay?"

„Lass mal, es macht mir Spaß, dich zu verwöhnen, jetzt, wo du da bist, nach all den Jahren. Außerdem koche ich gern, es lenkt mich von meinen Problemen ab." Flink trocknete sie ihre Finger an dem Baumwollhandtuch, das auf der Arbeitsfläche lag und verstaute das vorbereitete Gemüse im Kühlschrank. „Kinder", bemerkte sie anschließend in Jonnas Richtung und verdrehte die Augen.

„Aber es ist doch sicherlich auch schön, eine Familie zu haben – trotz einiger Probleme", warf Jonna behutsam ein. Noch wollte sie sich ihrer schönen Illusion nicht berauben lassen.

„Zu Beginn unserer Ehe hatte es ja auch kaum Probleme gegeben", räumte Liz ein. „Aber je älter Mia ist, desto rebellischer wird sie. Manchmal weiß ich einfach nicht mehr, wie ich sie behandeln soll." Sie warf einen schnellen Blick auf ihre Armbanduhr. „So, ich ziehe mich rasch um und muss dann jetzt auch los, das *Taste of Heaven* öffnet um zehn. Du musst leider allein frühstücken, Jonna. Kaffee ist in der Maschine, den Rest findest du im Kühlschrank." Sie stemmte die Fäuste in die Seiten. „Kommst du klar? Ach und ..." Ihr Blick irrte suchend über den Tresen. „Hier ist übrigens die Einkaufsliste." Sie drückte Jonna einen Zettel in die Hand.

Jonna starrte auf die handgeschriebene Auflistung und schluckte.

„Du findest doch den Weg zum Tante-Emma-Lädchen? Sonst frage unterwegs einfach jemanden nach *Rowenna's Market*." Liz nickte ihr ermunternd zu. „Rowenna ist im Ort bekannt wie ein bunter Hund. Nach ihrer Scheidung von einem erfolgreichen, aber ebenso kaltherzigen Anwalt hat sie ihr Leben komplett umgekrempelt. Im Ort munkelt man, dass sie mit Freuden fast ihr gesamtes, aus der Scheidung stammendes Vermögen dem örtlichen Tierheim gespendet hat, da ihr Ex diese *elenden, nutzlosen Viecher*, wie er sie abfällig bezeichnete, auf den Tod nicht ausstehen konnte. Nun lebt sie zufrieden mit sich und der Welt in einem kleinen, heruntergekommenen Wohnwagen etwas außerhalb von Penkerris inmitten grüner Hügel und betreibt den kleinen Laden. Kannst du dort einkaufen gehen?"

Jonna straffte ihre Schultern. „Kein Problem", versicherte sie und setzte ein betont unbekümmertes Lächeln auf. Liz musste nicht wissen, dass ihr Herz bei dieser Vorstellung schneller klopfte.

„Dann freue ich mich auf dich." Liz entledigte sich ihrer Halbschürze und hängte sie an einen Haken an die Wand. „Du könntest natürlich Mr Gandy mitbringen", ergänzte sie zögernd.

„Schon gut. Ich lasse ihn jetzt kurz raus und dann kann er sich schlafen legen." Der Gedanke, den neugierigen Jack Russell an der Leine ruhig halten zu müssen, während sie Einkaufstüten durch unbekannte Gassen schleppte, behagte ihr wenig. „Apropos ... hast du meinen Racker gesehen? Er muss sicher dringend mal raus."

„Ich habe ihn vorhin kurz in den Garten gelassen", teilte Liz ihr mit. „Schau mal im Wohnzimmer nach. Ich glaube, dein vierbeiniger Freund hat es sich in der Sonne gemütlich gemacht." Sie umrundete den Tresen und hauchte ihr ein Küsschen auf die Wange. „Wir sehen uns später!"

Wie Liz gesagt hatte, sonnte sich Mr Gandy im Wohnzimmer, wo er Jonna erst stürmisch begrüßte und sich dann ausgiebig kraulen ließ. Der Jack Russell war ein ausgesprochener Genießer und verschmust – im Gegensatz zu Nick. Er schien Jonna verziehen zu haben, dass sie ihn entführt und nach Cornwall verfrachtet hatte. Nachdem sie sich vergewissert hatte, dass es ihm gut ging, duschte sie und schlüpfte anschließend in ein luftiges, blaues T-Shirt und ein paar frische Jeans. Ihre Locken versuchte sie mittels zweier mit Kunstblüten besteckten Haarkämme zu bändigen. Stirnrunzelnd drehte und wendete sie sich vor dem Spiegel, um sich zu begutachten. Irgendwie funktionierte das mit dem Haarschmuck nicht. Die hübschen Kämme wirkten albern. Warum artete jegliches Bemühen, sich eine halbwegs passable Frisur zu zaubern, bei ihr in eine mittlere Katastrophe aus? Sie gab es auf und verfrachtete den Haarschmuck zurück in den Waschbeutel.

Wenig später saß sie in der freundlichen, hellen Küche an der Frühstücksbar und knabberte an einem zu lang getoasteten Bagel, den sie mit einer ordentlichen Portion Kaffee herunterspülte. Dabei bemühte sie sich, das Smartphone zu ignorieren, das neben ihrem Teller lag und sie anklagend anstarrte. Sie hätte Nick gestern Abend eine Nachricht schicken und ihn wissen lassen sollen, dass sie gut angekommen war. Andererseits, warum sollte sie ihn nicht zappeln lassen? Er hätte sich ebenso gut nach ihrem Wohlergehen erkundigen können. Aber das war typisch Nick. Er lehnte sich bequem zurück und überließ es Jonna, die Zügel in die Hand zu nehmen. Vermutlich glaubte er, sich in der Beziehung nicht mehr anstrengen zu müssen. Besaß er nicht alles, was sein Männerherz begehrte? Unvermittelt tauchte sein Bild vor ihrem Inneren auf. Der blonde Schopf über diesen hübschen himmelblauen Augen, und dieses Zwinkern, das sie ganz zu Beginn stets hatte erröten lassen. Sie sah den Nick von früher vor sich, jenen Nick, in dessen liebenswerten Jungencharme sie sich einst Hals über Kopf verliebt hatte. Wohin war dieser Mann nur verschwunden? Aufseufzend schnappte sie sich das Handy. Wieder mal lenkte sie ein, denn anscheinend konnte sie einfach nicht aus ihrer Haut.

Hey Nick. Mr Gandy und ich sind gut in Penkerris angekommen. Melde dich mal. Kuss, Jonna.

So, das musste reichen. Sie war gespannt, wann er sich rühren würde. Seltsam, sie vermisste ihn überhaupt nicht. Jetzt, wo sie Distanz zwischen ihnen gebracht hatte, fühlte sie sich ihm so fern wie nie zuvor.

Ein schrecklicher Gedanke durchzuckte sie. Was, wenn diese Reise ein riesengroßer Fehler gewesen war? Vielleicht würde Nick, anstatt endlich mal den Hintern hochzubekommen und ihre Beziehung auf die nächste Stufe zu heben, nun erst recht in Apathie und Gleichgültigkeit versinken? Grübelnd legte sie das Smartphone zurück auf den Tresen. Ach, zum Teufel mit Nick! Sie würde sich den Tag nicht durch Schwarzmalereien verderben. Entschieden schob sie die dunklen Gedanken beiseite und langte nach ihrem Kaffeebecher, doch sie hatte plötzlich das Gefühl, nicht mehr atmen zu können. Sie brauchte dringend Frischluft.

Ihre Laune besserte sich, als sie, die Finger um ihre Tasse gelegt, barfuß auf den sonnenwarmen Pflastersteinen der Terrasse stand und das im Morgenlicht funkelnde Meer in der kleinen Bucht bewunderte. Das Wasser erstreckte sich bis zum Horizont, wo es mit dem blassblauen Frühlingshimmel verschmolz. Weit draußen auf den Wellen schaukelten Fischerboote, und am Strand spielten ein paar fröhlich lärmende Kinder Fangen. Wie herrlich unbeschwert sie schienen! Gedankenverloren ließ sie ihren Blick weiterschweifen, hinüber zu den Hügeln am anderen Ende der Bucht, deren grüner Flickenteppich mit den Blüten unzähliger Frühblüher gesprenkelt war. Es war, als hätte jemand seinen Pinsel in eine Palette getaucht und ein Bild direkt aus seinem Herzen gemalt. So in etwa stellte sich Jonna das Paradies vor. Ein Paradies mit Schattenseiten, korrigierte sie sich. Für Liz zumindest, deren abtrünniger Ehemann sich durch fremde Betten wühlte. Irgendwie konnte sie es noch immer nicht fassen, dass

Liz' charmanter Ehemann auf Abwegen wandelte. Waren Männer tatsächlich so leicht zu verführen? Oder steckte mehr dahinter, als nur das Offensichtliche? Da auch das Meer keine Antwort wusste, leerte sie ihre Kaffeetasse und ging zurück in die Küche.

Der kleine Mistkäfer war wieder da.

Liz' Stieftochter lehnte in schwindelerregend hohen Keilsandalen, einem Glitzerträgertop und ultrakurzen Shorts gegen den Türrahmen und blickte Jonna aus schmalen, stark geschminkten Augen entgegen. Mit dieser Aufmachung, die mehr enthüllte, als verbarg, glich sie in keiner Weise mehr dem kleinen Mädchen, das bei Liz' Hochzeit mit einem scheuen Lächeln Blumen gestreut hatte. Vielmehr erinnerte sie Jonna in diesem Augenblick an eine jener Damen, die an den einschlägigen Plätzen in Heidelberg auf Kundschaft warteten. Sie fegte die schockierende Feststellung beiseite. Das Mädchen war gerade mal vierzehn und durchlebte eine verwirrende Phase. Da konnte der Geschmack in Modedingen sicher schon mal entgleisen. Sie beschloss, besonders nett zu der Kleinen zu sein.

„Hey", sagte sie und schenkte ihr im Vorbeigehen ein warmes Lächeln, während sie ihren Becher zur Spüle brachte. „Du bist also Mia."

„Und du Liz' *alte* Freundin." In Jonnas Rücken knallte ein Kaugummi.

Jonna überhörte die kleine Spitze. Schließlich war sie selbst einmal ein schwieriger Teenager gewesen. Sorgfältig spülte sie ihren Kaffeebecher aus, verfrachtete ihn in die Spülmaschine und hoffte, dass Mia ihr die kleine Lüge abnahm.

„Ich habe schon viel Tolles von dir gehört."

„Kann ich leider nicht zurückgeben.“

Okay. Schlagfertig war er immerhin, der kleine Mistkäfer. Jonna verkniff sich ein Schmunzeln und wandte sich um. Sie ging auf Mia zu, um ihr die Hand entgegenzustrecken, was Mia mit einem Augenrollen quittierte. „Erinnerst du dich vielleicht an mich?“, fuhr Jonna unbeirrt freundlich fort. „Das letzte Mal haben wir uns auf der Hochzeit deiner –“ Fieberhaft suchte sie nach dem richtigen Wort. Wie bezeichnete Mia ihre Stiefmutter? Stiefmami? Ersatzmama? Liz? Jonna hatte keine Lust, ins Fettnäpfchen zu treten.

Mia nahm ihr die Entscheidung ab. „Ist lange her.“ Jonna misstrauisch musternd, hängte sie ihre Daumen in die Gürtelschnallen ihrer Shorts. „Und wie sich herausgestellt hat, völlig umsonst. Dad vögelt jetzt ’ne andere.“ Zwischen ihren Zähnen blitzte der Kaugummi auf. Er war so eisblau wie ihr Blick.

Lowens Tochter schleppte eine Menge Wut mit sich herum. Jonnas Herz, das sich so sehr danach sehnte, Mutter zu sein, schmolz dahin. „Es ist nicht einfach für dich, hm?“, fragte sie sanft.

Mias hübsche Züge verzerrten sich zu einer Grimasse. „Was geht’s dich an. Kümmere dich um deinen eigenen Scheiß.“

Einen Wimpernschlag lang blieb Jonna die Spucke weg. Sie richtete sich zu ihrer vollen Größe auf. Und musste einsehen, dass Liz’ Stieftochter sie um einige Zentimeter überragte. *Kein Wunder, Mias Keilabsätze maßen gut und gerne zehn Zentimeter.* „Also hör mal, so kannst du mit mir aber nicht sprechen“, tadelte Jonna das Mädchen mit fester Stimme. „Ich wollte lediglich nett sein.“

Mia schnaubte. „Nett ist was für Loser."

Ehe Jonna reagieren konnte, wandte sich Mia ab und marschierte davon. Fassungslos starrte Jonna ihrer Gestalt hinterher. Sowas wurde also aus kleinen, niedlichen Mädchen mit Zöpfen. Hoffentlich würde der Gang in den Ort Jonnas Blutdruck wieder auf ein normales Level senken.

Kapitel 9

Vögel zwitscherten in den dichten Hecken, und die Sonne wärmte ihren Scheitel, als Jonna den inzwischen vertrauten Feldweg hinunter ins Dorf in Angriff nahm. Sie passierte Mabels Haus, hielt Ausschau nach der netten alten Dame, und entdeckte im Vorgarten jedoch nur eine dreifarbige Katze auf Mäusejagd. Anschließend folgte sie dem Gewirr der gepflasterten Straßen. Unvermittelt blieb sie stehen. Ihre Handflächen wurden feucht und ihr Puls fing an zu rasen. Panik machte sich in ihr breit. Die Lippen aufeinanderpressend, versuchte sie, ihre viel zu schnelle Atmung zu beruhigen. Vielleicht hatte sie sich doch überschätzt. Was hatte sie sich nur dabei gedacht? Niemals ging sie unvorbereitet eine Sache an, und schon gar nicht spazierte sie so mir nichts dir nichts durch einen Ort, den sie so gut wie nicht kannte. Aber sie wollte Liz, die gerade eine schwere Zeit durchmachte, unbedingt unter die Arme greifen, also musste sie ihre Angst in den Griff bekommen. Nur wie? Vergeblich kramte sie in ihrer Tasche nach dem Aromaöl, und entschied sich dann für die naheliegende Methode. Sie schloss ihre Lider, um die verwirrende Umgebung auszuschließen, und fing an zu zählen.

Sie riss ihre Augen wieder auf, als sie von einem älteren Mann, mit Gehstock und Tweed-Kappe über den buschigen Brauen, der ihr die Not offenbar von der Nasenspitze ablas, angesprochen wurde. Freundlich fragte er sie, ob sie Hilfe bräuchte.

Am liebsten wäre sie, völlig untypisch für sie, dem Fremden in diesem Moment um den Hals gefallen. „Oh, Sie schickt der Himmel", stieß sie atemlos hervor und machte eine verzweifelte Geste. „Anscheinend habe ich mich verlaufen, ich bin auf der Suche nach *Rowenna's Market*."

Seine Mundwinkel hoben sich zu einem Lächeln. „Sie sind gar nicht weit davon entfernt, Liebes. Sehen Sie die ausgefahrene, rot-weiße Markise dort drüben?" Er streckte einen knorrigen Finger aus, um ihr zu zeigen, in welche Richtung sie gehen musste. „Das ist der Krämerladen, den Sie suchen. Wenn Sie möchten, begleite ich Sie dorthin?", fügte er mit einem fragenden Blick zu ihr an.

„Oh lieber Himmel, nein, das ist nicht nötig", entgegnete sie hastig. Auf einmal kam sie sich dumm vor, weil sie fast vor dem Laden stand und es nicht einmal realisiert hatte. „Aber trotzdem vielen Dank, Sie waren sehr freundlich."

„Schon gut." Er tätschelte ihr die Schulter. „Wir alle brauchen manchmal etwas Unterstützung, nicht wahr?"

Sie verabschiedete sich von dem netten alten Herrn und war erleichtert, als sie das kleine Geschäft erreichte. Drinnen blieb sie erst einmal stehen, bevor sie sich in dem bunten Durcheinander von Angeboten in den Verkaufsregalen verlor. Sie griff nach einem der im Eingangsbereich bereitstehenden Flechtkörbe und kramte in der Handtasche nach dem Einkaufszettel.

„Kann ich Ihnen helfen?"

Beim Klang der weiblichen Stimme löste Jonna den Blick von dem Papier in ihrer Hand. Ihr gegenüber stand eine Frau mit wildem, rotem Haar, das sich wie ein zerzaustes Vogelnest auf ihrem Kopf türmte, und blickte sie abwartend an. „Oh, ja, gerne." Jonna schenkte ihr ein noch etwas zittriges Lächeln. „Könnten Sie mir verraten, wo ich Dinkelmehl und Backpulver finde?"

„Aber gern, kommen Sie mit." Die Fremde lotste sie an etlichen Regalen vorbei. „Ich bin übrigens Rowenna", erklärte sie mit einem Blick über die Schulter. Ihre nackten Füße steckten in bequemen Birkenstock-Sandalen, und die groben Maschen der bunten Baumwolljacke über dem langen, schlichten Rock, verrieten, dass das Kleidungsstück voller Liebe per Hand gestrickt worden war.

„Ja, das dachte ich mir, Liz erwähnte Ihren Namen", äußerte Jonna unbedacht, ehe sie sich stoppen konnte.

„Liz Pengelly?" Rowenna blieb stehen. Mit unverhohlener Neugierde taxierte sie Jonna nun von Kopf bis Fuß, die in diesem Moment begriff, dass sie mit ihrer Information unfreiwillig den Startschuss für eine Konversation gegeben hatte.

Sie spürte, dass Rowenna darauf brannte, zu erfahren, bei wem es sich um ihre neue Kundin handelte.

„Sie sind neu hier im Ort, nicht wahr?", wollte Rowenna prompt wissen, wobei sie ihr das gewünschte Mehl samt Backpulver in die Hand drückte.

Jonna behagte es nicht, ausgefragt zu werden, aber da sich die Ladeninhaberin und ihre Freundin gut zu kennen schienen, und sie zudem von Liz gesprochen hatte, wäre es vermutlich unhöflich, diese Frage einsilbig zu beantworten. „Das ist richtig", gab sie zu und machte sich eine mentale Notiz, künftig vorsichtiger mit ihren Äußerungen zu sein. „Ich bin eine Freundin von Liz und gestern angereist."

Rowennas herbe Züge wurden weich. „Oh wie wunderbar. Herzlich willkommen in unserem schönen kleinen Örtchen. Ich hoffe, Sie fühlen sich bei uns wohl."

„Bestimmt." Jonna erwiderte das Lächeln und räusperte sich. „Ich hätte gern noch zehn Eier und ein paar Zitronen", erinnerte sie Rowenna an den Grund ihres Besuchs. Sicher wartete Liz bereits sehnsüchtig auf die Lebensmittel.

„Aber natürlich." Rowenna eilte geschäftig weiter, nahm hier und da etwas aus den Regalen und legte sie in Jonnas Korb. „Was darf's denn sonst noch sein, Schätzchen?"

Mit Rowennas Hilfe waren die benötigten Sachen rasch organisiert, und ehe sich Jonna versah, stand sie auch schon mit ihren Einkäufen an der Kasse.

„Kommen Sie doch mal sonntags zum Bingo ins Gemeindehaus", schlug Rowenna vor, während sie die Lebensmittel in braune Papiertüten verpackte.

Als Jonna schließlich das Geschäft wieder verließ, rannen kleine Schweißtröpfchen ihren Rücken hinab. Einen Seufzer ausstoßend, trat sie, ihre Errungenschaften in den Händen jonglierend, zurück auf die Straße. Es war nicht ganz einfach gewesen, sich von der redseligen Ladeninhaberin loszueisen, und hatte Jonna glatt ein paar Nerven gekostet. Liz hätte sie besser vorwarnen sollen. Zwar hatte Liz angedeutet, dass die gute

Rowenna etwas exzentrisch sei, doch offenbar war Philippa Gordon nicht die einzige Einwohnerin von Penkerris mit überbordendem Mitteilungsbedürfnis.

Noch in Gedanken in dem kleinen Laden übersah sie die Bordsteinkante und stolperte. Die oberste Papiertüte geriet ins Schwanken und bevor es Jonna gelang, sie zu sichern, purzelte sie aus ihren Armen und fiel zu Boden.

Verflixt, das hatte gerade noch gefehlt!

Jonna verkniff sich den derben Fluch, der ihr auf der Zunge lag. Sie ging in die Knie, stellte die anderen Tüten vorsichtig auf dem Gehweg ab, damit kein weiteres Unglück geschah, und fing mit glühenden Wangen an, ihre Siebensachen einzusammeln. Wenigstens hatte sich der Eierkarton nicht in der obersten Tüte befunden, aber dennoch hatte es eine ziemliche Sauerei gegeben. Einige Verpackungen waren durch den Aufprall aufgeplatzt und so war der Gehweg nun übersät mit einem hübschen Muster aus Backpulver, Zucker und Mehl. Es sah aus, als hätte es gerade angefangen zu schneien.

„Warten Sie, ich helfe Ihnen."

Jonna blickte zu dem Fremden auf, der sich hilfsbereit nach ihrem Einkauf bückte. Er trug eine Lederjacke, ausgewaschene Jeans und seine dunklen, sich im Nacken lockenden Haare waren einen Tick zu lang. Jonnas Lippen teilten sich in Überraschung. „Sie?" Das Universum besaß einen ziemlich schrägen Sinn für Humor.

Der Mann hielt in der Bewegung inne und lenkte seinen Blick nun seinerseits zu ihrem Gesicht. Ein Funkeln des Wiedererkennens blitzte in seinen kaffeebraunen Augen auf, und mit einem Grinsen rieb er sich über das bartschattige Kinn. „Ach, sieh mal einer an. Wenn das nicht meine reizende Flugbegleiterin ist."

Jonna entging der sarkastische Unterton nicht, der in Ryan Bennetts Stimme mitschwang. „Sie müssen mir nicht helfen", erklärte sie leicht gereizt. Von allen Menschen hätte sie ihn hier am allerwenigsten erwartet.

„Muss ich nicht", pflichtete Ryan ihr gutgelaunt bei und fuhr ungerührt fort, die noch intakten Päckchen zurück in die braunen Tüten zu verfrachten.

Ihr Blick fiel auf seine kräftigen, sonnengebräunten Hände und sie rückte ein Stückchen ab, um Distanz zu schaffen. Denn er war ihr eindeutig viel zu nah. Sein Duft, eine Mischung aus frisch gewaschener Wäsche und diesem holzigen, moschusartigen Rasierwasser, hüllte sie ein, und obwohl er wirklich angenehm roch, empfand sie diese Nähe entschieden als zu intim. Hastig nahm sie die Papiertüte an sich, sprang auf und strich sich eine Locke von den erhitzten Wangen. Sie wollte den Mann so rasch wie möglich loswerden. Sein überraschendes Auftauchen weckte allzu unliebsame Erinnerungen. „Dann also vielen Dank, Mr Bennett." Sie setzte ein höfliches Lächeln auf und machte Anstalten, die restlichen Einkäufe vom Gehsteig einzusammeln.

„Keine Ursache, Miss ...?" Abwartend blickte er sie an, und Jonna begriff, dass er darauf wartete, dass sie sich ihm vorstellte.

Da sie seinen Namen bereits kannte, war das vermutlich nur fair. „Johanna Madsen", murmelte sie, denn ihr

Rufname „Jonna" war in der Regel Freunden, Verwandten und guten Bekannten vorbehalten, und sie sah keinen Anlass, ihn Ryan Bennett mitzuteilen. Sie schreckte kurz zusammen, als eine der Tüten drohte, ihr durch die Arme zu rutschen.

„Geben Sie her." Ehe sie protestieren konnte, nahm er ihr sämtliche Papierbeutel ab. „Ich begleite Sie." Sein Tonfall ließ keinen Zweifel daran, dass er jeglichen Widerspruch ablehnen würde. „Wo müssen wir hin?"

Sie schoss ihm einen empörten Blick zu. „*Wir* müssen nirgendwo hin. Geben Sie mir die Sachen, ich schaffe das schon allein."

Seine Mundwinkel zuckten. „Sie haben übrigens etwas Mehl an der Nasenspitze", bemerkte er, sichtlich amüsiert. Wie erwartet, dachte er nicht im Geringsten daran, auf ihren Protest einzugehen.

Jonnas Wangen färbten sich dunkelrot. Verärgert wischte sie sich mit dem Handrücken über die Nase. Anscheinend brauchte dieser Mann eine klare Ansage. Sie zwang sich, ihrem Gegenüber direkt in die braunen Augen zu sehen. „Mr Bennett ..."

„Ryan, bitte." Sein Lächeln war viel zu liebenswürdig, als dass sie ihm die vorgetäuschte Freundlichkeit abkaufte. Sie würde sich gewiss nicht von seinem Charme einwickeln lassen, zumal sie sich sicher war, dass er sich über sie lustig machte.

„Was machen Sie überhaupt hier?", wollte sie wissen und funkelte ihn an. Dass er ihr ausgerechnet in diesem Provinzkaff, sozusagen am Ende der Welt, über den Weg lief, konnte einfach nur ein schlechter Witz sein.

Sein Blick glitt langsam über sie hinweg, und automatisch zupfte sie an ihrem Shirt, das an ihrem Busen zu kleben schien. „Ich habe nach einem Buch gesucht“, gab er vor, sie nicht verstanden zu haben, und machte eine Kopfbewegung zu dem kleinen Buchladen schräg gegenüber.

Allein ihr Sinn für Anstand hielt sie davon ab, theatralisch mit den Augen zu rollen. „Ich meinte, in Penkerris. Wohnen Sie hier?“, fügte sie fast atemlos an und betete, dass Letzteres nicht der Fall sein möge. Die Vorstellung, diesem Mann womöglich wieder begegnen zu müssen, jagte ihr einen Schauer des Unbehagens über den Rücken.

„Ich besitze ein Haus hier in der Gegend“, klärte er sie auf und deutete mit dem Kinn zu den Tüten in seinen Armen. „Wollen wir langsam los? Ich habe noch Pläne für heute.“

Oh, lassen Sie sich nicht davon abhalten!

Vermutlich würde sie ihn am schnellsten loswerden, wenn sie ihn einfach machen ließ. „Kommen Sie.“ Mit einem leisen, resignierten Seufzen setzte sie sich in Bewegung. „Ich muss die Sachen meiner Freundin Liz ins *Taste of Heaven* bringen.“ Sie spürte seine Gegenwart überdeutlich und sagte sich gleichzeitig, dass es dämlich war, seinetwegen derart angespannt zu sein.

„Johanna?“

Sie reagierte nicht. Erst, als er ihren Namen zum zweiten Mal sagte, blieb sie stehen und sah stirnrunzelnd zu ihm auf.

„Das *Taste of Heaven* liegt in der anderen Richtung.“ Seine Augen funkelten spitzbübisch.

Ihr Blick folgte dem seinen und erneut wurde sie knallrot. Na prima. Das schien in seiner Gegenwart zur

Gewohnheit zu werden. „Sie kennen sich hier ja aus." Ganz im Gegensatz zu ihr.

„Ich sagte doch, dass ich hier in der Gegend ein Haus besitze." Mit einem viel zu selbstzufriedenen Lächeln, wie sie fand, schlug er einen anderen, diesmal den richtigen Weg ein. „Ab und an fahre ich gern zum Einkaufen nach Penkerris."

„Weshalb sprechen Sie eigentlich so perfekt Deutsch?", erkundigte sie sich, um von sich abzulenken. Die Absätze ihrer Sandalen klapperten auf den Pflastersteinen, während sie sich bemühte, mit seinen langen Schritten mitzuhalten. „Ihr Name klingt ganz und gar englisch."

„Ich bin zweisprachig aufgewachsen", erklärte er freimütig. „Mein Vater stammte aus Cornwall, die Heimat meine Mutter liegt in Franken. Wir pendelten regelmäßig zwischen Deutschland und England hin und her. Als mein Vater vor fünf Jahren verstarb, ist meine Mutter zurück nach Deutschland gezogen und ich habe das Haus auf dem Land übernommen und lebe seitdem vorwiegend in Cornwall."

Jonna war beeindruckt. Offenbar hatte er, anders als sie, kein Problem damit, sich zu öffnen. Sie dachte über eine unverfängliche Antwort nach, aber da hatten sie schon das Café erreicht, und sie verwarf den Gedanken. „Nochmals vielen Dank für die Hilfe." Sie erwartete, dass er ihr die Einkäufe übergab und davonging, stattdessen öffnete er ihr mit einem Lächeln die Tür und machte einen Schritt zur Seite, um ihr den Vortritt zu lassen.

Ihr blieb also keine andere Wahl, als gute Miene zum bösen Spiel zu machen, und so schob sie sich innerlich aufseufzend an Ryan vorbei ins Café ihrer Freundin.

Drinnen herrschte gähnende Leere, bis auf Liz, die, auf der höchsten Stufe einer Klappleiter balancierend, gerade dabei war, ein Bild von der Wand abzuhängen. Ihre Latzhose zierte eine mehlbestäubte Schürze, und ein breites Band hielt ihr die Haarfransen aus dem Gesicht.

„Hey, willkommen", begrüßte sie mit einem erfreuten Aufblitzen ihrer blauen Augen die Neuankömmlinge. Fragend zog sie eine Braue hoch, als sich Jonnas Begleiter für einen Moment umwandte, um die Einrichtung zu betrachten. „Wie schön, dass du da bist", sagte sie zu Jonna, bevor sie ihre Aufmerksamkeit auf Ryan richtete. „Sie haben mich beim Umdekorieren erwischt, aber ich bin gleich bei Ihnen. Jonna, würdest du mir bitte mal das Bild vom Tisch dort drüben bringen?", bat sie Jonna anschließend mit einer Kinnbewegung.

„Das kann ich doch machen." Flink schob Ryan die Papiertüten auf den Verkaufstresen und eilte zu Liz, um ihr das gerahmte Bild abzunehmen.

Jetzt rollte Jonna hinter seinem Rücken doch mit den Augen. Es war ja geradezu lächerlich, wie sich der Mann bei ihrer Freundin anbiederte. Zumal es keinen Grund gab, hier zu bleiben. Sie und Liz hätten das sicher auch allein hinbekommen. Und hatte er nicht vor wenigen Augenblicken noch betont, er hätte Pläne, damit sie sich beeilte?

Während Ryan Liz zur Hand ging, nutzte Jonna die Gelegenheit, sich im Café umzuschauen. So hübsch, wie sich das *Taste of Heaven* von außen präsentierte, so nett war es auch von innen anzusehen. Der überschaubare Raum mit hellem Natursteinfliesenboden, beherbergte eine altmodische Verkaufstheke inklusive einer mit Muffins bestückten Glasetagere sowie einer alten Registrierkasse. Gebundene Strohherzen und Dekoanhänger aus Treibholz schmückten die weißgetünchten Wände, und eine Handvoll liebevoll mit Blumenservietten dekorierte Holztische nebst passenden Stühlen luden zum gemütlichen Verweilen ein. Wie in Liz' Cottage hingen auch hier zartgeklöppelte Gardinen vor den Fenstern.

„Fertig!", verkündete Liz fröhlich und griff dankbar nach Ryans Hand, der ihr half, von der Leiter zu steigen. „Zu zweit geht es wirklich fix, ich danke Ihnen, Mister ...?"

„Ryan Bennett. Nennen Sie mich bitte Ryan", forderte er Liz auf und schenkte ihr ein Megawattlächeln, das seine weißen Zähne aufblitzen ließ.

Grundgütiger. Jonna war versucht, laut aufzustöhnen, doch schlagartig wurde ihr Blick von dem aufgehängten Bild gefesselt. In sanft geschwungenen, fast verträumten Pinselstrichen zeigte es ein dunkelhaariges Mädchen, das in Begleitung eines Hundes über den Strand lief, oder vielmehr tanzte. Das leuchtende Rot ihres schwingenden Kleids bot einen atemberaubenden Kontrast zum tintenblauen Meer im Hintergrund und in ihrer Bewegung lag so viel Lebenslust, so viel Freude und Anmut. Das Mädchen wirkte glücklich. Glücklich und unbekümmert. Jonna fühlte eine Welle der Sehnsucht aufbranden. Sehnsucht nach diesem Gefühl der absoluten Unbeschwertheit. „Ist das hübsch, Liz!", stieß sie hervor. „Woher stammt das Gemälde?"

„Die Galerie am Ende der Straße stellt mir alle paar Wochen ein Bild von unterschiedlichen Künstlern zur Verfügung, als Leihgabe." Liz versteckte ihre Hände in den vorderen Taschen ihrer Latzhose. „Wir sind gestern daran vorbeigelaufen."

Jonna konnte sich kaum von dem Gemälde lösen, so sehr faszinierte die Szene sie. Sie vergaß darüber sogar Ryan Bennetts Anwesenheit, der sich neben sie gesellte, um ebenfalls das Bild zu betrachten.

„Es gefällt Ihnen?", fragte er überflüssigerweise und legte den Kopf schief.

„Tut es", erwiderte sie knapp. Sie hatte sich in dieses Gemälde mit dem am Meer tanzenden Mädchen verliebt. Sie musste es besitzen. Sie würde es über ihr Bett hängen. Es war einfach perfekt. In jeglicher Hinsicht. Sie liebte die Farben, die Komposition. Die Bedeutung, die sie darin erkannte. Vermutlich würde Nick das Bild als schrecklich kitschig abtun. Egal. Er konnte ja ins Wohnzimmer auf die Couch umsiedeln. Ihre Geschmäcker konnten leider unterschiedlicher nicht sein, und nicht nur was Kunst betraf. Sie verkniff sich ein tiefes Seufzen. „Von wem stammt das Bild, Liz, wer ist der Künstler?" Sie trat näher heran, um die Signatur zu entziffern. „R.C. Wer könnte das sein?"

Ihre Freundin zuckte mit den Achseln. „Tut mir leid, Jonna, das weiß ich leider auch nicht. Die Initialen sagen mir nichts. Vielleicht fragst du mal in der Galerie nach?"

„Weißt du was? Ich denke, das werde ich tun", erklärte Jonna mit entschlossenem Lächeln. „Denn ich werde das Gemälde kaufen."

„Was?" Liz riss ihre Augen auf. „Ernsthaft? Du willst das Ding kaufen?"

„Warum nicht?"

„Jonna-Darling, für das Schätzchen hier darfst du mit Sicherheit mal eben einen schönen Tausender hinblättern."

„Ich fürchte, Ihre Freundin hat recht", schaltete sich Ryan nun ein und setzte noch ein bedeutungsschwangeres *Jonna* nach.

Sie ignorierte die subtile Anspielung darauf, dass sie ihm ihren Rufnamen vorenthalten hatte, und wandte sich Liz zu. „Bist du sicher?"

Liz nickte. „Die Galerie verkauft Werke von Künstlern aus Cornwall und Südengland, alles Unikate. Bisher war noch keines dabei, das weniger als achthundert Pfund gekostet hat."

„Schade." Jonnas schöner Traum verpuffte wie Zigarrenrauch. Dieser Preis überstieg ihre Vorstellung bei Weitem. Vielleicht war sie auch zu naiv. Man reiste nicht nach Cornwall und kaufte nebenbei ein wertvolles Gemälde. Ein wenig enttäuscht sah sie zu, wie Liz die Leiter in einer angrenzenden Abstellkammer verstaute. Das war eine schöne Summe, und auch Nick wäre mit Sicherheit niemals damit einverstanden, derart viel für ein Gemälde auszugeben. „Schade. Wirklich schade." Sie hatte das Gefühl, als ob Ryan im Begriff war, etwas zu sagen, als Liz wiederauftauchte und unternehmungslustig die Hände aneinander rieb.

„Ryan, darf ich Sie zum Dank für Ihre Hilfe zu einem Kaffee einladen?", fragte Liz und ignorierte den bösen Blick, den sie von Jonna einkassierte.

Ryan fuhr sich mit der rechten Hand durch den dunklen Schopf und schien kurz zu überlegen. „Wissen Sie was, Liz? Ich komme sehr gern ein anderes Mal auf Ihr nettes Angebot zurück. Jetzt aber muss ich mich verabschieden."

„Er hat noch Pläne", konnte Jonna es sich nicht verkneifen, einzuwerfen.

Sein Blick richtete sich zielsicher auf Jonna, und sie hoffte inständig, dass sie nicht wieder rot wurde. „Richtig", meinte er mit einem Zwinkern. „Bis bald, Ladys."

„Bis bald", rief Liz ihm hinterher, und Jonna atmete erleichtert auf, als sich die Tür hinter ihm schloss.

„Verdammt, Jonna, wo hast du diesen umwerfenden Mann denn aufgegabelt?", wollte Liz wissen, während sie zum Tresen ging, um einen Blick in die mitgebrachten Papiertüten zu werfen.

Jonna runzelte die Stirn. Ihre Freundin fand doch nicht etwa Gefallen an Ryan Bennett? „Er ist derjenige, dessen Jeans ich ruiniert habe", klärte sie Liz trocken auf.

„Was?" Liz fuhr herum. Ihre Augen wurden groß. „Du meinst, er ist der Mann aus dem Flugzeug?"

„Genau. Mein Sitznachbar."

Liz kicherte. „Das gibt es doch nicht. Und ausgerechnet ihn triffst du hier in Penkerris wieder?"

„Ja, leider." Jonna zog eine Grimasse. „Ich konnte es auch kaum glauben. Dummerweise bin ich nach dem Verlassen von *Rowenna's Market* mit den Einkaufstüten gestolpert und dann war Ryan plötzlich da und spielte sich als rettender Engel auf."

„Aber ... meine Güte, Jonna, deiner Beschreibung nach dachte ich, er wäre zwar ein Hingucker, aber auch ein äußerst unangenehmer Zeitgenosse. Aber der Mann ist bezaubernd. In jeglicher Hinsicht."

„Bezaubernd?" Jonna hob ihre Brauen. Das war nun nicht gerade ein Etikett, das sie Ryan Bennett verpassen würde. „Er ist einfach nur ...", sie hob ihre Schultern und schüttelte den Kopf, denn sie fand keinen passenden Ausdruck, um ihn zu beschreiben.

„Charmant? Hilfsbereit?", schlug Liz schmunzelnd vor. „Wenn ich mich recht erinnere, erwähntest du gestern beim Essen, dass er dringend Nachhilfestunden in Sachen Höflichkeit und Anstand bräuchte. Im Ernst, Jonna? Der Mann hat sich wie ein echter Kavalier verhalten."

„Heute vielleicht." Sie runzelte die Stirn. „Ich mag ihn trotzdem nicht. Da ist immer so ein freches Funkeln in seinen Augen ..."

„Und damit hast du ein Problem?" Liz lachte.

„Ich kann ihn nicht einordnen. Und ich mag es, wenn ich mein Gegenüber einschätzen kann."

Liz warf ihr einen nachdenklichen Blick zu, bevor sie sich die Tüten vom Tresen schnappte. „Lass uns die Sachen in die Küche bringen, und dann kannst du mir helfen, Scones zu backen und Sandwiches für später zu belegen, denn zum Nachmittagstee wird das *Taste of Heaven* vor Geschäftigkeit nur so summen."

Kapitel 10

„So, das wäre geschafft." Seufzend fuhr Liz sich mit dem Unterarm über die Stirn, nachdem sie das letzte Blech mit den Scones aus dem Ofen geholt hatte und die Küche nun von einem verführerischen Duft nach Backwerk und Gewürzen erfüllt war. „Danke für deine Hilfe, Jonna, du bist ein Juwel. Ohne dich hätte ich all das nicht so schnell hinbekommen."

„Gern geschehen." Lächelnd trocknete Jonna sich die Hände an einem an der Spüle hängenden Tuch ab und blickte zufrieden auf das Arrangement der appetitlich aussehenden Sandwich-Dreiecke, die sie belegt hatte. Entgegen ihrer Erwartung hatte es ihr Spaß gemacht, in der Küche zu arbeiten, aber vielleicht hatte es auch einfach daran gelegen, dass sie und Liz beim Backen und Belegen unaufhörlich geplappert und gelacht hatten und die Zeit im Nu verflogen war. Nachdem Liz ihr zuvor gezeigt hatte, wie Herd, Kaffeevollautomat und Spülmaschine funktionierten und wo alles Nötige zu finden war, fühlte Jonna sich in dem kleinen Café fast schon heimisch.

Während sie in der Küche gewirbelt hatten, waren Gäste für eine Tasse Kaffee oder einen Tee aufgetaucht, aber dank Jonnas tatkräftiger Unterstützung, hatte Liz alle ihre Vorhaben umsetzen können, und so war das Café nun bestens für jeglichen nachmittäglichen Ansturm gerüstet.

Liz streifte sich die dicken Ofenhandschuhe ab und verstaute die Sandwichecken in dafür vorgesehene Plastikbehälter, damit sie Platz in dem großen Kühlschrank fanden. „Und nun“, verkündete sie fröhlich und scheuchte Jonna aus der Küche, „brauche ich dringend etwas Anständiges in den Magen, denn im Augenblick kann ich an nichts anderes als an einen köstlichen, gegrillten Steinbutt denken.“

„Und ich frage mich noch immer, ob ich mir das wunderschöne Bild mit dem tanzenden Mädchen nicht vielleicht doch leisten könnte“, gab Jonna mit einem sehnsüchtigen Blick zu dem Gemälde an der Wand von sich.

Liz legte einen Arm um ihre Schultern. „Falls das nicht der Fall sein sollte, sei nicht traurig. Andere Maler haben auch schöne Bilder. Aber jetzt lade ich dich erst einmal auf eine Kleinigkeit ins *Crab Shack* ein. Du kannst sicher auch einen Happen zum Lunch vertragen.“

„Warum nicht?“ Jonna stellte fest, dass sie tatsächlich Hunger verspürte. „Vielleicht lerne ich dann auch gleich deinen Freund, diesen Corey, kennen.“

„Gut möglich.“ Ein leises Lächeln lag in Liz Stimme, und Jonna fiel auf, dass sich ihre Wangen mit einer feinen Röte überzogen. Liz schnappte sich den Schlüsselbund vom Tresen und nickte ihr auffordernd zu. „Wollen wir los?“

„Was ist mit deinem Café?“ Jonna machte eine Geste in den Raum hinein. „Kannst du so einfach verschwinden?“

„Mittagspause“, stellte Liz resolut klar. „Einer der wenigen Vorteile, sein eigener Chef zu sein. Du kannst kommen und gehen, wie es dir beliebt. Normalerweise würden entweder Ruby oder ich die Stellung halten, aber da Ruby nicht da ist, und ich meine Pause mit dir verbringen möchte ..." Sie ließ den Rest des Satzes in der Luft hängen und bugsierte Jonna sanft aber bestimmt zur Tür. „Glaub mir, nach all dem Stress der letzten Zeit und mit Mia zu Hause, tut es unglaublich gut, einmal nur Zeit mit einer guten Freundin zu verbringen." Sie warf Jonna einen vielsagenden Blick zu.

„Sag mal, deine ... Mia", griff Jonna das Stichwort auf, „hat einen seltsamen Kleidergeschmack, findest du nicht?" Kaum hatte sie diesen Gedanken ausgesprochen, wünschte sie, sie könnte die Worte zurücknehmen. „Entschuldige, Liz", sagte sie zerknirscht, als sie auf die Straße traten. „Das geht mich überhaupt nichts an."

„Schon gut." Mit einem eleganten Schubs ihrer Hüfte schloss Liz die Ladentür. „Ich finde Mias Outfits ebenfalls grenzwertig. Kannst du dir vorstellen, wie die ehrbaren Frauen von Penkerris mit den Fingern auf uns zeigen, wenn ich mit Mia im Ort unterwegs bin? Nicht dass meine Stieftochter mir oft die Gelegenheit dazu gäbe, nebenbei bemerkt. Jetzt, wo sie Schulferien hat, bekomme ich sie kaum noch zu Gesicht. Mia meidet meine Gegenwart wie die sprichwörtliche Pest. Aber Mias Kleiderwahl und die Tatsache, dass mein feiner Ehemann mit einer Jüngeren durchgebrannt ist, haben mich natürlich auf der Tratschliste im Dorf auf den ersten Platz katapultiert."

„Du hast es wirklich nicht einfach." Jonna bedachte ihre Freundin mit einem mitfühlenden Seitenblick, während sie der gepflasterten Straße Richtung Hafen folgten. Ein Ehemann, der sich anderweitig vergnügte, und eine Stieftochter aus der Hölle. „Warum verbietest du Mia nicht, in diesen unpassenden Klamotten herumzulaufen?"

„Machst du Witze?" Liz schnaufte. „Mia lässt sich von mir gar nichts sagen. Glaub mir, ich habe es versucht, aber das macht alles nur noch schlimmer. Ich vertraue einfach darauf, dass sie sich nach der Pubertät von einem Gift und Galle spuckenden Alien wieder in einen normalen Menschen zurückverwandelt."

„Ich wünsche es dir von Herzen", meinte Jonna warm, ehe ihre Aufmerksamkeit von einem nur wenige Schritte entfernten Geschäft gefesselt wurde. „Dort drüben ist ja die Galerie. Vielleicht können sie mir Näheres zu meinem Wunschgemälde sagen. Kommst du mit rein?"

„Selbstverständlich. Mich interessiert der Preis dieses Schätzchens ja auch." Liz hakte sich bei ihr ein, und mit erwartungsvoll klopfendem Herzen stieß Jonna die Ladentür auf.

Ihr kleiner Funken Hoffnung zerschlug sich rasch. Der nette Galerist begrüßte sie herzlich, musste ihnen jedoch bedauernd mitteilen, dass der betreffende Künstler anonym bleiben wollte. Zudem überstieg der Kaufpreis, wie Liz bereits vermutet hatte, Jonnas Budget bei Weitem. Sie dankte dem Mann und begrub schweren Herzens ihren Traum, die Wand über ihrem Bett mit dem tanzenden Mädchen zu schmücken.

„Nimm's nicht so schwer." Liz knuffte sie liebevoll in die Seite, nachdem sie das Geschäft verlassen hatten. „Wie schon gesagt, andere Maler haben auch schöne Bilder."

Mittlerweile waren sie an ihrem Ziel angekommen, einem reetgedeckten, urigen Cottage mit einem Holzschild in Form eines Hummers über der Tür, unverkennbar das *Crab Shack*. Vor der schmalen Fassade fanden zwei Holztische samt Stühlen Platz, die engen Sitzgelegenheiten wirkten heimelig und gemütlich.

„Wollen wir uns draußen hinsetzen?" Liz deutete auf den verbliebenen freien Tisch. „Oder ist es dir ohne Schirm zu sonnig?" Sie legte den Kopf schief, um Jonna kritisch zu mustern. „Dir stünde ein bisschen Bräune sicher nicht schlecht."

Jonna rückte sich einen Stuhl zurecht. „Weißt du nicht mehr? Ich werde nicht braun", erinnerte sie ihre Freundin grinsend. „Wenn ich mich sonne, leuchtet meine Haut in einem dekorativen Feuerwehrrot. Das müsstest du doch wissen."

„Richtig, jetzt, wo du es sagst. Ich erinnere mich tatsächlich vage an einen gigantischen Sonnenbrand, den du beim Sonnen am Neckarstrand bekommen hast. Du konntest danach tagelang nur noch auf dem Bauch liegen."

„Himmel, ja, erinnere mich bloß nicht daran."

Liz machte eine Handbewegung. „Wenn du willst, können wir uns aber nach drinnen ..."

„Nein, schon gut. Setzen wir uns. So ein bisschen Sonne ist wichtig fürs Vitamin D." Du lieber Himmel, Jonna klang schon fast wie ihre Mutter.

Kichernd ließ sich Liz ihr gegenüber auf einen Stuhl sinken, bevor ihr Lachen verschwand. „Mia brutzelt grundsätzlich stundenlang in der Sonne, obwohl ich sie immer ermahne, es nicht zu übertreiben. Aber wie in allen anderen Dingen auch, stellt sie ihre Ohren auf Durchzug."

„Ich bewundere dich, Liz, ganz ehrlich. Ich wüsste nicht, wie ich an deiner Stelle mit der ganzen Situation klarkäme." Ihre alte Freundin versteckte jede Menge Wut und Frust hinter ihrem unbekümmerten Lächeln, das hatte Jonna nun erkannt. Wie würde sie an ihrer Stelle mit so etwas umgehen? Und warum verletzten einen diejenigen, die man am meisten liebte, am tiefsten? Familienbande ... keine einfache Sache. Im Moment sah es ganz danach aus, als würde ihr eigener Wunschtraum, eine Familie zu gründen, in immer weitere Ferne rücken. Wenn Nick nicht bald seinen Hintern hochbekam, dann würde sie ... Ja, was würde sie dann eigentlich machen? Darüber hatte sie sich noch keine Gedanken gemacht. *Verlass ihn*, flüsterte eine Stimme in ihr. Nein. So war sie nicht gestrickt. Eine Chance würde sie Nick noch geben. Eine Allerletzte. *Ehrlich, Jonna. Wie viel Chancen willst du dem Kerl denn noch geben?*

„Alles okay bei dir?" Liz stupste sie an, und Jonna verscheuchte die bohrenden Stimmen in ihrem Kopf.

„Natürlich, warum fragst du?"

„Irgendwie schien es gerade, als würdest du Selbstgespräche führen", sagte Liz und traf damit den Nagel auf den Kopf.

Jonna hob ihre Schultern.

„Ertappt. Das habe ich tatsächlich getan. Irgendwie." Sie versteckte ihre Nase hinter der Speisekarte.

„Verrücktes Huhn." Liz strich sich schmunzelnd eine kurze Haarsträhne hinters Ohr. „Deshalb mag ich dich so."

„Trotz meiner Macken?", hakte Jonna mit dem Anflug eines Lächelns hinter ihrer Karte nach, obwohl Liz' Worte ihrem Ego guttaten. Es war schön, etwas Nettes zu hören.

„Gerade wegen deiner Macken. Die machen dich doch zu etwas ganz Besonderem."

Jonnas Lächeln vertiefte sich. „Jetzt bin ich tatsächlich um ein paar Zentimeter gewachsen – was du allerdings nicht sehen kannst, weil ich sitze." Sie klappte die Karte zusammen und griff über den Tisch nach Liz' Hand. „Du glaubst nicht, wie froh ich bin, hier zu sein."

„Mein Glück." Liz erwiderte den Druck ihrer Finger. „Gott weiß, dass ich ein bisschen Ablenkung gut gebrauchen kann. Hast du dich entschieden?", wollte sie anschließend mit einer Kinnbewegung zur Speisekarte wissen."

„Ich habe mit mir gerungen, ob ich nicht auch den Fisch probieren soll, von dem du so schwärmst", erläuterte Jonna, „doch die angebotenen Spinat-Käse-Pasteten klingen einfach zu verlockend."

Eine kleine Frau um die sechzig trat aus der Tür. Sie besaß hübsche Züge und prachtvoll weißes, zu einem Dutt geschlungenes Haar, eine blitzsaubere Servierschürze war um ihre zierliche Taille gebunden.

„Hallo, meine Liebe", begrüßte sie Liz mit einem warmen Lächeln. „Fatla genes?"

„Grüß dich, Merrin. Mir geht es prima. Darf ich dir meine Freundin Jonna Madsen aus Deutschland vorstellen?"

Die dunklen Augen der Frau richteten sich interessiert auf Jonna. „Herzlich willkommen!"

Jonna erwiderte den freundlichen Gruß, und gab ihre Bestellung auf.

„Fatla genes bedeutet *wie geht es dir?*", übersetzte Liz augenzwinkernd, nachdem Merrin ins Restaurant zurückgekehrt war.

„Das habe ich mir schon gedacht. Du sprichst Kornisch?" Leise Bewunderung sprach aus Jonnas Stimme.

„Lediglich ein paar Brocken. Aber die Einheimischen freuen sich, wenn man sich zumindest bemüht. Merrin legt viel Wert darauf, die kornische Sprache wiederzubeleben. Sie lebt schon ihr ganzes Leben hier und gehört zu Penkerris wie die Fischerkähne im Hafen, die Töpferei oder der Country Market. Zusammen mit Mabel, die du ja schon kennengelernt hast, leitet sie den örtlichen Frauenverein. Ach, und ... sie ist übrigens Coreys Mum", fügte Liz beiläufig hinzu.

„Verstehe. Und Corey ist nochmal ...?", versuchte Jonna Liz ein wenig mehr über den Freund zu entlocken.

„Corey ist der Inhaber des Fischlokals", erklärte Liz das Offensichtliche.

Jonna verkniff sich ein Schmunzeln. „Das erwähntest du bereits. Und?"

„Nichts und. Einfach nur der Inhaber." Liz war plötzlich sehr damit beschäftigt, Salz- und Pfefferstreuer auf dem Tisch neu zu arrangieren.

„Verstehe."

Liz hob den Kopf. „Okay. Er ist ein sehr guter Freund. Aber mehr auch nicht."

„Das freut mich für dich, Liz. Es ist schön, gute Freunde an seiner Seite zu haben." Und wenn er mehr als nur ein Freund wäre, wäre das so schlimm? Besaß ihre Freundin nicht jedes Recht der Welt auf ein bisschen Glück? Gerade in ihrer jetzigen Situation?

Liz schüttelte den Kopf. „Ach weißt du, Jonna, erst wenn man so richtig dick in der Scheiße sitzt, merkt man, was gute Freunde wert sind. Ich meine, echte Freunde."

„Wem sagst du das", pflichtete Jonna ihr bei. „Echte Freunde sind Gold wert. Und verdammt schwer zu finden." Unwillkürlich dachte sie an ihren kleinen Kreis in Heidelberg. Tina, an deren Nerven vier Kinder sowie ein Vollzeitjob zerrten, hatte sie seit Monaten nicht mehr zu Gesicht bekommen. Genau wie Helen, aufstrebende Fotografin und ständig unterwegs zu irgendwelchen Promi-Events. Und auch die anderen schienen so in ihren Alltag eingebunden, dass keine Zeit für eine Tasse Kaffee oder ein kleines Schwätzchen blieb. Gut, da gab es noch Tabea. Aber Tabea war auch gleichzeitig Jonnas Chefin, was die Sache mit der Freundschaft verkomplizierte. „Schade, dass wir beide nicht näher beieinander wohnen", bemerkte sie mit leisem Bedauern.

„Finde ich auch", entgegnete Liz und dann erhellte sich ihr Gesicht. „Ah, da kommen ja schon unsere Getränke."

Jonna folgte ihrem Blick und sah einen Mann mit einem Tablett in den Händen aus dem Haus treten. Er trug dunkle Jeans, ein Poloshirt und ein Lächeln auf dem Gesicht, das ohne Zweifel ihrer Freundin galt. Dem erfreuten Aufblitzen von Liz' Augen nach zu urteilen, musste der Mann Corey sein. Nachdem er Kaffee, Wasser und Saft auf dem Tisch abgestellt hatte, neigte er sich herab, um Liz auf beide Wangen zu küssen.

„Liz, meine Liebe!"

Täuschte sich Jonna, oder nahmen die Wangen ihrer Freundin erneut die Farbe eines reifen Pfirsichs an? Während Liz mit Corey ein paar Worte wechselte, musterte Jonna ihn unauffällig. Er stellte eine faszinierende Mischung aus Milo Ventimiglia und Robert de Niro dar. Dichte, schwarze Haare bedeckten seine entblößten Unterarme, und im Ausschnitt seines Shirts funkelte ein goldenes Kreuz inmitten eines Büschels krauser Haare. Corey verströmte pure, animalische Kraft und jede Menge Pheromone. Was auch den beiden Touristinnen, die den Tisch nebenan belegt hatten, nicht verborgen blieb. Eine von ihnen nahm ihre Sonnenbrille ab, um mit kokettem Augenaufschlag auf sich aufmerksam zu machen, ihre Freundin schob ihren ohnehin schon kurzen Leinenrock diskret einige Zentimeter nach oben und schlug ihre nackten Beine übereinander. Leider waren ihre Anstrengungen nicht von Erfolg gekrönt, denn der Mann richtete seinen Blick nun auf Jonna.

„Jonna, Corey Galbreath. Corey, Jonna Madsen“, stellte Liz sie einander vor.

„Es ist mir eine Freude. Nett, Sie kennenzulernen, Jonna.“ Sein Händedruck war fest und herzlich.

Jonna mochte Corey auf Anhieb. Neben dieser unübersehbaren Männlichkeit strahlte er eine Natürlichkeit und Wärme aus, die einen nicht unberührt ließ. Jonna konnte Liz gut verstehen, kein Wunder, dass sie sich zu Corey hingezogen fühlte. Er schien ihre Freundin ebenfalls zu mögen, denn seine Augen leuchteten wie die Weihnachtslichter am Piccadilly Circus auf, wann immer sich ihre Blicke trafen.

„Genießt eure Getränke, Ladys, sie gehen aufs Haus. Ich werde wieder in der Küche gebraucht." Corey bedachte Jonna mit einem verschwörerischen Augenzwinkern und klopfte mit den Knöcheln auf den Tisch, bevor er sich von Liz mit einem erneuten Wangenkuss verabschiedete.

Jonna und Liz sahen sich amüsiert an, denn das kollektive sehnsüchtige Aufseufzen der beiden Frauen am Nebentisch war kaum zu überhören.

„So langsam habe ich wirklich Hunger", gestand Jonna, als ihr Magen ein leises Grollen von sich gab.

„Ich bin sicher, du wirst das Essen hier lieben, Corey ist ein regelrechter Zauberer in der Küche." Liz lächelte verträumt, und Jonna war sich nicht sicher, ob dieses Lächeln dem Mann oder seinen Kochkünsten galt.

„Ich mag deinen Corey", gab sie freimütig zu. „Er scheint ein netter Kerl zu sein."

„Das ist er." Liz schaufelte Zucker in ihren Kaffee.

„Liz?"

„Hm?" Sie hob den Kopf, und Jonna erkannte, dass ihre Freundin soeben in anderen Sphären geschwebt hatte.

„Meinst du nicht, das reicht?" Sie deutete auf ihre winzige Tasse.

„Du liebe Güte!" Liz legte den Löffel ab. „Wo bin ich nur mit meinen Gedanken ..."

Bevor sie das Thema jedoch weiter vertiefen konnten, vermeldete Jonnas Handy in der Tasche eine eingehende Textnachricht. Sie zog es hervor und schnappte nach Luft. „Nick hat mir geschrieben", japste sie. „Es geschehen noch Zeichen und Wunder." Ihr Herz pochte hoffnungsvoll, als sie seine Nachricht aufrief.

Wie bitte? Eine gefühlte Ewigkeit starrte sie auf die wenigen Worte. Nicht einmal die Zeit, seinen Namen auszuschreiben, hatte er sich genommen. Sie konnte es nicht fassen. War das alles, was Nick ihr zu sagen hatte? Kein *Ich vermisse dich, Schatz, wann kommst du wieder?* Keine Reue, keine Einsicht. Keine Liebeserklärung. Was musste denn erst alles passieren, damit dieser Mann aus seinem Beziehungskoma erwachte?

„Was hast du? Schlechte Nachrichten?" Liz Stimme holte sie zurück in die Wirklichkeit. „Du siehst aus, als hättest du gerade in eine saure Zitrone gebissen."

„Lies." Kurzerhand schob sie Liz das Handy auf dem Tisch zu. Es kam ihr vor, als hätte sie gerade einen Faustschlag gegen die Rippen erhalten. Mit vor der Brust verschränkten Armen lehnte sie sich zurück, als könnte sie so die Wucht der Enttäuschung abfangen, die sie angesichts Nicks knapper Zeilen getroffen hatte.

Stirnrunzelnd überflog Liz Nicks Nachricht. „Wow."

„So kann man seinen Mangel an Emotionen auch umschreiben." Frustriert fuhr sich Jonna durch die Locken. „Das macht mich echt fertig, Liz." Sie stützte ihre Ellenbogen auf den Tisch, legte das Kinn auf die verschränkten Hände und sah Liz an. „Vielleicht habe ich das einfach verdient. Schlechtes Karma oder so."

„Quatsch! Rede dir das doch nicht ein. Du verdienst einen Mann, der dich auf Händen trägt."

„Genau wie du."

„Na ja, zumindest *wir zwei* sind uns darüber einig. Dem popeligen Schicksal ist das offenbar ziemlich schnuppe.“

Jonnas Kehle entrang sich ein tiefes Seufzen.

„Aber weißt du was? Lassen wir uns nicht den Tag verderben“, meinte Liz energisch. „Wie wär’s mit einem Gläschen Prosecco zum Essen?“

Jonna zögerte. Immerhin hatte sie sich gestern Abend schon ein paar Gläschen mehr gegönnt, als gut für sie war. Nick würde es gar nicht gefallen, wenn sie jetzt erneut zum Alkohol griff. Andererseits war Nick nicht hier und es schien ihm ziemlich egal zu sein, dass sie über tausend Kilometer entfernt hier saß. „Weißt du was?“ Trotzig reckte sie das Kinn. „Ich halte das für eine ausgesprochen gute Idee.“

„Das ist ein Wort.“ Liz strahlte. „Sobald Merrin mit dem Essen auftaucht, bitte ich sie, uns ein Fläschchen zu bringen.“

Nach dem Essen tupfte Liz sich mit der Serviette über die Lippen und lehnte sich entspannt zurück. „Und? Habe ich dir zu viel versprochen?“

Jonna schluckte den letzten Bissen ihrer Pastete hinunter und schüttelte den Kopf. „Es war absolut und unwiderstehlich lecker. Dein Corey ist ein fantastischer Koch.“

„Er ist doch nicht mein …“, hob Liz protestierend an und gab es auf. „Lass uns anstoßen auf …“

„Das Glück und die Liebe?“, bot Jonna an.

„Du unverbesserliche Romantikerin“, tadelte Liz sie gutmütig.

„Dann eben auf bessere Zeiten", lenkte Jonna schmunzelnd ein.

Liz leerte ihr Glas und checkte die Uhrzeit auf ihrem Handy. „Ich sollte so langsam wieder zurück ins *Taste of Heaven*. Genug gefaulenzt."

„Ich komme mit", entschied Jonna spontan.

„Ernsthaft?"

„Wenn ich dir künftig tatkräftig unter die Arme greifen will, sollte ich doch wissen, wie die Dinge in deinem Café ablaufen." Abgesehen davon, war die Vorstellung bei ihrer Rückkehr im Haus auf Mia zu treffen, weitaus weniger verlockend als die, mit ihrer Freundin Zeit im *Taste of Heaven* zu verbringen.

Liz' Lippen verzogen sich zu einem breiten Lächeln. „Das hört sich nach einem guten Plan an."

„Und du bist hiermit eingeladen", erklärte Jonna entschieden. „Du hast gestern so wunderbar für mich gekocht, lass mich es dir wenigstens auf diese Weise danken."

Kapitel 11

Zwei Tage später kam es Jonna beinahe so vor, als sei sie schon immer ein fester Bestandteil des *Taste of Heaven* gewesen. Während Liz backte oder im Café bediente, bereitete sie in der Küche Sandwiches zu und kümmerte sich um das schmutzige Geschirr. Inzwischen arbeiteten sie Hand in Hand, und Liz bemerkte beiläufig, sie könnte sich kaum mehr vorstellen, wie sie ohne Jonna eigentlich im Café zurechtgekommen sei. Jonna hingegen hatte eher den Eindruck, dass es nicht nur an ihrer Unterstützung, sondern vielmehr an ihrer Anwesenheit lag, dass ihre Freundin regelrecht beflügelt wirkte. Sie schien längst nicht mehr so bedrückt wie zu Jonnas Ankunft. Auch Mr Gandy hatte sich inzwischen im *Hollyhock Cottage* eingelebt. Entweder träumte er im Wohnzimmer auf einem sonnenbeschienenen Fleckchen Boden, oder erkundete unternehmungslustig den Garten, wo es so unglaublich viele neue und interessante Gerüche zu entdecken gab. Mia war ständig mit Freunden unterwegs und so gut wie nie zu Hause. Lediglich die Hinterlassenschaften ihres Frühstücks und die im Flur herumliegende Schmutzwäsche waren Hinweise darauf, dass sie noch hier lebte.

Da es merklich abgekühlt hatte, versammelten sich die Freundinnen abends gemütlich vor dem knisternden Feuer, die Füße in dicke Stricksocken eingemummelt, und mit einem Mal schienen die Jahre, in denen sie sich nicht gesehen hatten, wie weggewischt.

„Ich möchte dich gern um einen Gefallen bitten, Jonna", meldete sich Liz am zweiten Abend zu Wort. Nachdenklich drehte sie ihr Rotweinglas in der Hand und ließ den Feuerschein darin funkeln. „Der Regenguss vor zwei Tagen hat meiner Dachrinne den letzten Rest gegeben, und ich sollte mich dringend drum kümmern, bevor sie noch komplett ihren Dienst versagt."

„Möchtest du, dass ich dir beim Reparieren helfe?" Jonna klappte das Buch zu, in dem sie gerade gelesen hatte. „Dachrinnen sind zwar nicht meine Spezialität, aber ich bin lernfähig", ergänzte sie schmunzelnd und bemühte sich vergebens, ein Gähnen zu unterdrücken. Seitdem sie in Cornwall angekommen war, hatte sie nicht nur einen gesunden Appetit entwickelt, sondern fiel am Ende des Tages auch in einen traumlosen Schlaf. Die frische Seeluft und die Zeit, die sie mit ihrer Freundin verbrachte, taten ihr offenbar gut. Und hin und wieder gelang es ihr sogar, ihren Frust über Nick zu vergessen. Nick, der sich seit seiner letzten, knappen Nachricht nicht wieder gemeldet hatte.

Liz nippte an ihrem Wein und zog anschließend eine entschuldigende Grimasse. „Also eigentlich wollte ich dich bitten, morgen Vormittag zwischendurch die Stellung im Café zu halten, während ich nach Hause verschwinde. Ich weiß, das kommt etwas plötzlich", fügte sie hinzu, als Jonnas Augen groß wurden. „Aber du müsstest auch nicht viel machen. Nur nach dem Rechten sehen, Kaffee ausschenken, Gebäck verkaufen und die Gäste bei Laune halten."

Jonna bedachte ihre Freundin mit einem panischen Blick. Wenn sie ehrlich war, behagte ihr diese Vorstellung ganz und gar nicht. „Ich bin mir nicht sicher, Liz …", gab sie zu, an ihrer Unterlippe knabbernd. Sie tat sich schon schwer damit, wenn sie mal für Tabea im Verkaufsraum einspringen musste. Der Umgang mit Kunden war einfach nicht ihr Ding, es gab dabei zu viele unberechenbare Variablen. Zudem kam hier noch die Sprachbarriere hinzu. Waren ihre bescheidenen Englischkenntnisse gut genug, um die Getränke- oder Speisekarte erklären zu können?

„Du hast doch auch schon festgestellt, dass es morgens im Café ruhig bleibt", versuchte Liz, die wohl ihre Anspannung spürte, sie zu ermuntern. „Möglicherweise wirst du nichts zu tun haben und die ganze Zeit nur gelangweilt Löcher in die Luft stieren oder die Theke polieren, bis sie glänzt wie eine Speckschwarte."

Das bezweifelte Jonna. Nachdenklich sah sie ihre Freundin an. War sie nicht nach Cornwall gereist, um sich neuen Herausforderungen zu stellen? Um etwas in ihrem Leben zu ändern? Sicher, sie hatte es in erster Linie getan, um Nick aufzurütteln, doch im Zuge dessen hatte sie ihren inneren Schweinehund besiegt und trotz ihrer Ängste ein Flugzeug bestiegen. Sie war für Liz Einkaufen gewesen, hatte erfolgreich eine drohende Panikattacke abgewehrt. Hatte die neuen Aufgaben gemeistert, anstatt davonzurennen und sich zu verstecken. Also würde sie das hier doch ebenfalls schaffen, oder? „In Ordnung", stimmte sie schließlich zu und zwang sich zu einem unbekümmerten Lächeln, um sich selbst Mut zu machen. „Wenn ich dir damit helfen kann." Sie machte sich eine innere Notiz, das

Aromafläschchen mit ins Café zu nehmen, zur Beruhigung. Nur, um auf der sicheren Seite zu sein.

Liz' Lippen hoben sich zu einem erleichterten Lächeln. Dankbar drückte sie Jonnas Finger. „Das kannst du. Ich verspreche hiermit auch feierlich, mich zu beeilen. Du wirst kaum bemerken, dass ich fort war."

Trotz ihres Vorsatzes, sich nicht aus der Ruhe bringen zu lassen, bildete sich am nächsten Morgen ein fester Knoten in Jonnas Magen, kaum dass sie das Café betraten. Liz wusste sie jedoch gut zu beschäftigen, um sie abzulenken, und so vergaß sie sogar zwischenzeitlich, dass von ihr erwartet wurde, sich gleich allein um den Laden zu kümmern. Zusammen backten sie Muffins und Scones und belegten leckere Käse-Schinken und Thunfisch-Gurken-Sandwiches, die Jonna mit Tomatenscheiben und Salatblättern garnierte und anschließend in appetitliche Dreiecke schnitt. Als Liz irgendwann beiläufig verkündete, dass sie sich nun um die dumme Regenrinne kümmern würde und sich die Tür hinter ihr schloss, rieb Jonna ihre Hände aneinander und holte tief Luft. Sie war fest entschlossen, Liz nicht zu enttäuschen. Und sich ebenfalls nicht. Sie würde zurechtkommen. Ohne am Fläschchen zu schnuppern. Immerhin konnte die Sache nicht schlimmer ausgehen als ihr erster Flug. Fast hätte sie über diesen Gedanken gekichert.

Zwei französische Touristinnen trudelten ein, die, während sie Kaffee mit Milch und haufenweise Zucker tranken, lebhaft ihre Reisepläne diskutierten und Jonna ansonsten in Ruhe ließen. Sie hatte nicht viel mehr zu tun, als Kaffee nachzuschenken und abzukassieren. Danach tauchte ein junges Paar auf, das sich ebenfalls auf der Durchreise befand, und sich eine Pause mit heißem Tee und gebutterten Scones gönnte und sich bei Jonna nach Sehenswürdigkeiten in der Gegend erkundigte. Sie bedauerte, ihnen nicht weiterhelfen zu können, aber zu ihrer Überraschung machte es ihr sogar Spaß, die Gäste zu versorgen und mit ihnen zu plaudern. Langsam fing sie an, sich zu entspannen. Nachdem das Pärchen das Café verlassen hatte, blieb es eine Weile ruhig. Jonna beschäftigte sich damit, Tische zu wischen, Stühle und Servietten neu zu arrangieren, und amüsierte sich insgeheim darüber, dass Liz mit ihrer Prophezeiung, dass sie möglicherweise irgendwann gelangweilt Löcher in die Luft stieren oder die Theke polieren würde, womöglich Recht behielt. Sie gönnte sich gerade einen Milchkaffee, als sich die Tür schwungvoll öffnete und jemand Neues hereinschneite. Halb in der Erwartung, dass Liz zurückkehrte, blickte Jonna auf und verschluckte sich um ein Haar an ihrem Getränk. Der Besucher war Ryan Bennett.

Er trug die dunkle Lederjacke, die sie bereits zuvor an ihm gesehen hatte, schwarze Jeans und ein träges Lächeln auf den Lippen und wirkte dabei unverschämt selbstsicher und auch ein klitzekleines bisschen arrogant. Eine geballte Ladung Testosteron auf zwei sexy Beinen, schoss es Jonna durch den Kopf. Tabea würde ihn bestimmt als Sahneschnittchen bezeichnen und auch einen Blick oder zwei riskieren. Oh, ja, Jonna war sicher, dass sich sämtliche Frauen zwischen achtzehn und achtzig die Finger nach ihm leckten. Wie gut, dass sie gegen solche Männer immun war.

Sie versuchte, sich nicht von seiner lässigen Haltung aus dem Konzept bringen zu lassen, zog ihre Hand zurück, als sie sich in Richtung ihrer wilden Locken bewegen wollte und setzte ein geschäftsmäßiges Lächeln zur Begrüßung auf.

Beiläufig erwiderte er ihren Gruß, entschied sich für einen Platz am Fenster und schälte sich aus seiner Jacke.

Hoffnungsvoll spähte sie Richtung Eingang. Vielleicht zeigte sich das Universum gnädig und schickte ihr weitere Gäste? Sie hatte wenig Lust, Zeit mit Ryan Bennett allein im Café zu verbringen. Doch das schien dem Universum egal zu sein. Jonna hätte es wissen müssen. Sich einen resignierten Laut verkneifend, steuerte sie Ryans Tisch an. „Willkommen im *Taste of Heaven*. Was darf ich Ihnen bringen?“, spulte sie den Begrüßungssatz herunter, den sie sich zurechtgelegt hatte.

„Was können Sie mir denn empfehlen?“, antwortete er mit einer Gegenfrage, wobei dieses beunruhigende Funkeln wieder in seinen Augen auftauchte.

Ohne dass sie es wollte, fiel ihr Blick auf seine Brust in dem engen grauen Shirt, das auf geradezu unanständige Weise die Wölbungen seiner Muskeln darunter betonte. Sie räusperte sich und machte eine Geste hin zur Küche. „Also Liz, meine Freundin, die Chefin ...“ Lieber Himmel, sie fing schon wieder an zu plappern. Dabei gab es keinen Grund, nervös zu sein, nicht den geringsten. Sie hatte es bis jetzt prima ohne Liz hinbekommen, den Rest würde sie auch noch schaffen. Und sie würde sich gewiss nicht von einem Paar frecher, kaffeebrauner Augen verunsichern lassen. Sie straffte ihre Schultern. „Ich bin momentan allein, aber ich kann Ihnen diverse Kaffeevariationen anbieten, Tee und Scones oder auch Sandwich-Ecken. Ach ja“, sie vollführte eine halbe Drehung hin zu der Glasetagere auf der Theke, „Muffins haben wir ebenfalls im Angebot. Wahlweise mit Vanille-Zimt- oder Zitronengeschmack.“

„Vanille-Zimt klingt verführerisch.“ Seine Augen blitzten spitzbübisch auf. „Und dazu bitte einen Kaffee, schwarz. Ohne Zucker.“

Okay, das würde sie gerade noch so hinbekommen. „Gerne.“

Sie wandte sich ab und stiefelte zur Theke; dabei war sie sich ziemlich sicher, dass Ryans Blick auf ihrem Hintern klebte. Während sie seine Bestellung fertigmachte, vermied sie es, in seine Richtung zu sehen. Merkwürdig, dass er hier vormittags auftauchte. Er schien ihr nicht gerade der Typ zu sein, der seine Zeit in Cafés verbrachte. Andererseits wusste sie weder, was er beruflich tat, noch gelang ihr, es sich vorzustellen. Irgendwie schien er in keine Schublade zu passen. Wenn er ein Haus auf dem Land besaß, und tagsüber Zeit hatte, Einkaufstüten verwirrter Touristinnen durch die Gegend zu schleppen oder im Café abzuhängen, war er möglicherweise wohlhabend. Ein Playboy. Oder ... sie presste die Lippen zusammen, als sie diese Möglichkeit flüchtig in Betracht zog, er war am Ende doch der Stalker, für den sie ihn am Flughafen gehalten hatte. Dann aber fiel ihr ein, dass Liz ihn als Dank für seine Hilfe kürzlich auf einen Kaffee eingeladen hatte, was sein Erscheinen erklären würde. Allerdings war ihre Freundin gerade nicht anwesend. Schlechtes Timing.

Verdammt schlecht, stellte sie mit einem Gefühl des Unbehagens fest, während sie ihm die gewünschten Sachen an den Tisch brachte.

„Danke, Jonna." Seine Finger berührten die ihren, als sie ihm den Kaffee reichte. Sie zuckte unmerklich zurück, denn es kam ihr vor, als hätte sie soeben einen kleinen Stromschlag erhalten.

„Tut mir wirklich leid, dass Liz nicht da ist", murmelte sie, um den kurzen Moment der Verlegenheit zu überspielen.

„Ich finde Ihre Freundin zwar ausgesprochen nett, aber Ihre Gesellschaft ist mir nicht weniger angenehm", erklärte er freundlich.

Weil sie das Kompliment leider nicht zurückgeben konnte, schenkte sie ihm nur ein knappes Nicken und versteckte sich anschließend hinter der Theke, wo sie die Muffins in der Etagere neu anordnete, um sich zu beschäftigen. Gelegentlich warf sie einen Seitenblick hinüber zum Fenstertisch, aber Ryan war nun mit seinem Smartphone beschäftigt, während er gedankenabwesend an seinem Getränk nippte und ab und zu von seinem Muffin abbiss. Umso besser, denn sie wusste wirklich nicht, über was sie sich mit ihm unterhalten sollte.

Erleichtert darüber, von ihm in Ruhe gelassen zu werden, ging sie nach hinten in die Küche, um die Spülmaschine auszuräumen. Liz würde sich freuen, wenn zumindest in der Küche alles in Ordnung war.

„Könnte ich noch etwas Kaffee bekommen, Jonna?"

Sie hatte sich zu früh gefreut. Als Ryans tiefe Stimme zu ihr nach hinten drang, stapelte sie mit einem leisen

Seufzen die Teller, die sie soeben aus der Maschine geholt hatte, auf die Arbeitsfläche und eilte zurück ins Café.

„Wieder schwarz?“, vergewisserte sie sich bei Ryan mit einem Blick über die Schulter und machte sich am Vollautomaten zu schaffen.

„Wie die Nacht.“

Sie rollte mit den Augen. „Kommt sofort.“

„Sie unterstützen also Ihre Freundin Liz?“, wollte er nebenbei wissen, während sie sich seinem Getränk widmete.

„Ich helfe nur ein wenig aus, solange ich zu Besuch in Penkerris bin“, informierte sie ihn knapp.

„Ihre Freundin ist bestimmt froh über ihre Hilfe“, gab er zurück.

Mit dem Kaffee in der Hand wandte sie sich um und setzte sich in Bewegung. Statt einer Antwort schenkte sie ihm ein höfliches Lächeln. Wortlos stellte sie das Getränk vor ihm auf den Tisch und griff nach der leeren Tasse. Hoffentlich verstand er den subtilen Hinweis. Sie hatte nun mal keine Lust auf Smalltalk mit ihm, egal wie intensiv er sie mit seinen braunen Augen zu hypnotisieren versuchte.

Er verstand den Hinweis leider nicht. „Wie lange haben Sie vor, in Cornwall zu bleiben, Jonna?“, forschte er nach, ehe es ihr gelang, den Rückzug anzutreten.

Sie war gerade im Begriff, ihn mit einer nichtssagenden Antwort abzuspeisen, denn ihre Pläne gingen ihn gar nichts an, als die Eingangstür überraschend klapperte. Liz platzte ins Café und enthob sie so einer Antwort.

„Diese verflixte Regenrinne“, schimpfte Liz und stürmte mit roten Wangen an Jonna vorbei hinter die Theke, um ihre Jacke an einen Haken an der Wand zu hängen. „Ich hab's einfach nicht hinbekommen, sie anständig zu befestigen.“ Ihre Augen sprühten vor Frust, als sie sich zu Jonna umdrehte. „Jetzt ist mir auch noch ein Stück vom Blech abgebrochen.“

„Lieber Himmel, Liz.“ Jonna schüttelte bestürzt den Kopf. „Und nun?“

„Keine Ahnung. Ich werde wohl einen Handwerker bestellen müssen.“ Liz gab ein schicksalergebenes Seufzen von sich. „Oh Gott, entschuldigen Sie“, entfuhr es ihr, als sie Ryan bemerkte. „Mr Bennett, richtig?“ Sie rang sich ein Lächeln ab. „Ich hätte mich nicht so ereifern sollen. Eine defekte Regenrinne ist ja kein Weltuntergang. Willkommen im *Taste of Heaven*, und Sie sind natürlich, wie versprochen, eingeladen“, fügte sie gleich ein wenig entspannter hinzu.

„Ryan, bitte“, erinnerte er Liz freundlich. „Was ist das Problem? Kann ich helfen?“

„Oh Gott, nein.“ Sie winkte ab. „Seit einiger Zeit macht mir eine marode Regenrinne an meinem Haus Sorgen. Ich dachte, ich könnte sie reparieren, wurde jedoch eines Besseren belehrt und sollte jetzt lieber einen Fachmann zu Rate ziehen.“ Mit diesen Worten zog sie ihr Smartphone aus der Gesäßtasche ihrer Jeans und wischte suchend übers Display.

„Wissen Sie was?“ Ryan nahm einen raschen Schluck von seinem Kaffee. „Ich komme später bei Ihnen zu Hause vorbei und sehe mal nach diesem Ding, das Sie so sehr ärgert.“

„Das ist sehr freundlich", Liz schenkte ihm ein flüchtiges Lächeln, bevor sie sich wieder mit gefurchter Stirn ihrem Handy widmete, „aber das ist wirklich nicht ..."

„Hören Sie", unterbrach er sie. „Ich habe gerade nichts anderes auf meiner Agenda stehen und mache das wirklich gern", nahm er ihr den Wind aus den Segeln.

Liz bedachte ihn mit einem skeptischen Blick. „Sie kennen sich mit kaputten Regenrinnen aus?" Dass sie ihm das nicht zutraute, verriet sie mit einem skeptischen Heben einer feinen Braue.

„Gewiss", versicherte er ihr, während ein Schmunzeln um seine Lippen spielte. „Die Reparaturen in und an meinem Haus führe ich selbst durch und das zum Glück meist erfolgreich."

„Wenn das so ist, nehme ich ihr Angebot gerne an und gebe Ihnen eine Chance", verkündete Liz kurzerhand und kramte an der Theke in einer Schublade. „Ich schreibe Ihnen meine Adresse auf. Mein Haus ist das *Hollyhock Cottage*, es liegt am Ende der Rosemary Lane, etwas außerhalb des Ortes."

„Wann soll ich vorbeikommen?"

„Wenn achtzehn Uhr für Sie passen würde, wäre das wunderbar."

„Absolut." Er stand auf und warf sich seine Lederjacke über die Schulter.

„Sie sind ein Engel, Ryan." Strahlend drückte Liz ihm den Zettel in die Hand.

Ein Engel? Mit Mühe unterdrückte Jonna ein lautes Schnauben. Er wäre der erste Engel mit Sex-Appeal und einem verboten knackigen Hintern. Du lieber Himmel! Hatte sie das eben wirklich gedacht? Okay, sie musste zugeben, seine Kehrseite war ziemlich beeindruckend. Genau wie die schmalen Hüften und die langen, kräftigen Schenkel, die von der Jeans wie eine zweite Haut umschlossen wurden. Sie schien ihm förmlich auf den Leib genäht. Wie zum Teufel konnte er sich darin bewegen? Solche Männerhintern gehörten definitiv verboten! Sie war zwar vergeben, aber im Ernst, wie konnte Jonna nicht hinsehen? So schamlos hatte sie, seitdem sie mit Nick liiert war, noch keinen Mann taxiert. Ein bisschen schämte sie sich dafür. Ihr blieb jedoch nicht lange Zeit, sich zu schämen, denn Ryan fing unverhofft ihren Blick ein. Ein Fünkchen Belustigung blitzte in seinen Augen auf und endete in einem spöttischen Heben eines Mundwinkels, als er seine Aufmerksamkeit auf den leeren Becher in ihrer Hand richtete.

Du lieber Himmel. Warum in aller Welt stand sie eigentlich noch hier herum? Mit erhitzten Wangen eilte sie in die Küche, wo sie das Geschirr lauter klappern ließ als nötig. Dennoch konnte ihre Geschäftigkeit Ryans tiefe Stimme nicht übertönen. Sie hörte, wie er noch einige Worte mit Liz wechselte, und das helle Lachen ihrer Freundin, ehe er sich verabschiedete.

Kurz darauf schneite Liz mit einem zufriedenen Lächeln in die Küche. „Diesen Ryan hat der Himmel geschickt, Jonna. Ich verstehe gar nicht, was du gegen den Mann hast."

Mit Nachdruck schloss Jonna die Schranktür. „Ich habe nichts gegen den Mann. Ich mag es einfach nicht, wie er sich anbiedert."

„Anbiedert? Er ist einfach nett. Hilfsbereit. Die Welt wäre freundlicher, gäbe es mehr Menschen wie ihn."

Jonna bezweifelte das, aber sie enthielt sich eines weiteren Kommentars, was Ryan Bennett anging. Hauptsache, Liz bekam die Sache mit der verflixten Dachrinne geregelt.

Kapitel 12

Am späten Nachmittag fing es an, wie aus Gießkannen zu regnen, als Ryan mit einem schwarzen Pick-up samt Werkzeugkasten vor dem *Hollyhock Cottage* auftauchte. Er ließ sich von den paar Tropfen, wie er meinte, jedoch nicht aufhalten, und da Liz ihn nicht allein draußen herumwerkeln lassen wollte, schlüpfte sie kurzerhand in eine Regenjacke und leistete ihm Gesellschaft.

Mit einem dösenden Mr Gandy zu ihren Füßen machte Jonna es sich derweil am Küchentresen mit ihrem Smartphone und einem Früchtetee gemütlich und recherchierte im Internet. Die Dinge, die Cassandra über die Magie der Edelsteine gesagt hatte, ließen ihr keine Ruhe. Der Gedanke, dass die Steine, je nach Herkunft und Beschaffenheit, eine besondere Wirkung auf den Träger ausübten, war einfach zu faszinierend. Wenn sie diese Überlegung weiterverfolgte, könnte sie künftig Schmuck mit ganz spezieller Bedeutung entwerfen. Daraus ergab sich vielleicht eine ganz neue Geschäftsidee. Sie war gespannt auf Tabeas Reaktion, wenn sie ihr davon berichten würde. Am Daumennagel knabbernd, rief sie ein paar Seiten zum Thema auf und beschloss, sich in der kleinen Buchhandlung im Ort ein Buch hierüber zu kaufen. Dann fiel ihr ein, dass auch das *Magic Gems* eine Auswahl an passender Lektüre angeboten hatte. Vielleicht war der kleine Steineladen die bessere Anlaufadresse. Außerdem könnte sie dann auch gleich Cassandra nach einer Empfehlung fragen.

Jonna blickte vom Display auf, als Liz im Türrahmen erschien und sich mit dem Ärmel ihres Shirts Regentropfen von der Nasenspitze wischte. „Es ist ganz schön frisch da draußen geworden“, klagte sie, sich fröstelnd über beide Oberarme reibend. „Für ein schönes, warmes Plätzchen am Kamin würde ich glatt meine Seele verkaufen.“

„Behalte sie mal lieber“, meinte Jonna schmunzelnd, während sie das Handy beiseitelegte, „ich kümmere mich um das Feuer.“ Sie rutschte vom Hocker. „War die Mission Regenrinne wenigstens erfolgreich?“

„Kann man wohl sagen.“ Liz trabte zur Spüle, um ihre Hände zu waschen. „Die Rinne ist repariert und funktioniert wieder. Eigentlich habe ich nicht viel dazu beigetragen, außer die Leiter für Ryan zu organisieren und ihm ab und zu mal ein Werkzeug zu reichen.“

„Das freut mich.“ Jonna drückte im Vorbeigehen Liz’ Schulter.

„Ich habe ihn eingeladen, mit uns zu Abend zu essen. Nichts Großartiges, nur ein paar Schnittchen.“

„Du hast was?“ Jonna blieb stehen.

„Ich habe Ryan zum Abendessen eingeladen“, wiederholte Liz mit vergnügt funkelnden Augen, während sie ihre Finger flink an einem Baumwollhandtuch abtrocknete. „Jetzt schau nicht so entsetzt aus der Wäsche, Süße. Ein wenig Ablenkung tut uns beiden bestimmt gut.

„Wenn du meinst.“

„Komm schon, schmoll nicht. Ich finde ihn nett." Liz öffnete den Kühlschrank, um Zutaten für Sandwiches zu organisieren.

„Ich schmolle nicht." Es war nur einfach so, dass sie sich in Ryans Gegenwart unwohl fühlte. Er machte sie nervös. Sie konnte den Finger nicht drauflegen, aber seine Anwesenheit löste etwas seltsam Beunruhigendes in ihr aus.

Kaum hatte sie zu Ende gedacht, tauchte er auch schon in der Küche auf. Seine Wangen waren von der Anstrengung der körperlichen Arbeit und vom frischen Wind gerötet. Die kleine Narbe über seiner rechten Braue sowie der Bartschatten ließen ihn verwegen aussehen. „Ich habe meine nasse Jacke draußen im Flur an einem Haken gelassen", informierte er Liz und fuhr sich mit der Hand durch den verwuschelten Schopf. Unwillkürlich fiel Jonnas Blick auf seinen sehnigen Unterarm, den das hochgekrempelte karierte Holzfällerhemd freigab, und die feinen, dunklen Haare.

„Perfekt." Liz nickte ihm zu. „Gehen Sie doch schon mal mit Jonna ins Wohnzimmer, ich zaubere uns rasch ein paar Sandwiches."

„Das klingt verlockend. Hallo", begrüßte er Jonna mit einem breiten Lächeln, bevor er sich bückte, um Mr Gandy den Kopf zu tätscheln. „Na, mein Guter? So wie es aussieht, hast du den Flug gut überstanden. Das freut mich." Sein Blick kreuzte sekundenlang Jonnas.

Sie wandte ihren rasch ab, jedoch nicht schnell genug, um das amüsierte Glitzern in seinen Augen nicht zu bemerken.

Blödmann.

Vorsicht, er mag es nicht, von fremden Männern ange-fasst zu werden, wollte sie ihn gerade warnen, als dieser den Jack Russell unvermittelt hochhob, um ihn liebevoll zu kraulen. Ihr klappte fast der Unterkiefer herunter. Während des Fluges hatte sich Ryan nicht die Bohne für den Hund interessiert, im Gegenteil, er hatte sich sogar über dessen Namen lustig gemacht, was sie ihm immer noch übelnahm. Warum also machte er jetzt solch ein Aufheben um den kleinen Terrier? Zu ihrem Erstaunen ließ der Hund die Prozedur anstandslos über sich ergehen, schlimmer noch, seinem verzückten Gesichtsausdruck nach, schien er Ryans Streicheleinheiten zu genießen! Ihr geliebter Vierbeiner würde sich doch nicht auch noch von Ryan Bennetts Charme einwickeln lassen?

Leider schien genau dies der Fall zu sein. Offensichtlich fühlte er sich pudelwohl auf Ryans Arm.

Ihr Hund war ein mieser Verräter.

„Ich helfe dir mit dem Essen, Liz", verkündete sie unvermittelt, obwohl sie sich doch eigentlich um das Feuer hatte kümmern wollen. Die Aussicht, mit Ryan allein in einem Raum zu sein, gefiel ihr nach wie vor nicht. „Zu zweit geht es schneller", ergänzte sie, als Liz eine Braue hob.

„Würden Sie vielleicht schon mal den Kamin anzünden?", wandte Liz sich nun an Ryan und nahm einen Stapel Toastscheiben aus der Verpackung. „Das Wohnzimmer befindet sich gleich gegenüber, Sie können es nicht verfehlen."

„Warum nicht." Ryan setzte Mr Gandy behutsam auf dem Boden ab, woraufhin der Terrier schwänzwedelnd um seine Beine sprang. „Betrachten Sie es als erledigt", meinte er augenzwinkernd zu Liz und verließ mit dem Hund im Schlepptau den Raum.

Wenig später schob Liz ein Tablett mit appetitlich zubereiteten Häppchen samt einer kleinen Auswahl an Getränken auf den Couchtisch.

Ryan hatte sich wie versprochen um das Kaminfeuer gekümmert; es prasselte kräftig und verströmte behagliche Wärme sowie einen angenehmen Duft nach Harz und Wald.

„Danke fürs Anfeuern. So habe ich mir das vorgestellt." Zufrieden rieb Liz ihre Hände aneinander. „Und nun greift zu", ermunterte sie ihre Gäste.

Jonna stellte sicher, dass sie sich so weit entfernt wie möglich von Ryan platzierte, und ließ sich deshalb mit einem Glas Bitter Lemon im Schneidersitz auf dem Teppichboden nieder.

Ryan rieb sich über die Stoppeln an seinem kantigen Kinn, während er interessiert die Häppchen betrachtete. „Das sieht alles sehr lecker aus. Vielen Dank, Liz."

Der Mann besaß einen gesunden Appetit, stellte Jonna fest. Fasziniert verfolgte sie, wie das von ihm ausgewählte Sandwich Stück für Stück in seinem Mund verschwand. Andererseits war er aber auch groß und gut gebaut. Ohne dass sie es wollte, wanderte ihr Blick erneut über das Arbeitshemd, das sich über die breiten Schultern und die kräftigen Oberarme spannte.

„Was machen Sie eigentlich beruflich, Ryan?", wollte Liz wissen und riss Jonna damit aus ihrer Betrachtung. „Sie haben die Regenrinne so zielsicher repariert, als würden Sie den ganzen Tag nichts anderes machen. Sagen Sie, sind Sie zufällig vom Fach?"

Ryan kaute und schluckte, und schüttelte anschließend lachend den Kopf. „Nicht wirklich. Ich bin selbstständig. Im Kunsthandel tätig."

„Oh, das klingt aber interessant." Liz leckte sich einen Klecks Mayonnaise vom Daumen.

„Dann könnten Sie versuchen, herauszubekommen, welcher Künstler das Bild mit dem tanzenden Mädchen gemalt hat?", platzte Jonna, einer plötzlichen Eingebung folgend, heraus. „Der Galerist sagte, der Maler wolle anonym bleiben, aber möglicherweise gelänge es Ihnen ja, über entsprechende Verbindungen den Mann ausfindig zu machen und über den Preis zu verhandeln?" Sie lehnte sich ganz schön weit aus dem Fenster, doch ihre Sehnsucht, das Gemälde zu besitzen, war unstillbar.

Er richtete seine dunklen Augen auf sie. „Ich werde sehen, was ich tun kann", meinte er mit einem kleinen Schmunzeln.

„Danke." Jonna löste ihren Blick von diesen verwirrend braunen Augen und widmete sich stattdessen Mr Gandy, der ihre Streicheleinheiten mit einem leisen Seufzer begrüßte. Sie war froh, als Ryan Liz in ein Gespräch über das *Taste of Heaven* verwickelte. Er saß einige Meter von ihr entfernt, doch sie spürte seine Gegenwart überdeutlich. Leider dauerte es nicht lange, bis er das Wort erneut an sie richtete.

„Und was machen Sie eigentlich so, wenn Sie nicht gerade ihrer Freundin im Café aushelfen, Jonna?", forschte er nach, während er sich vorbeugte, um sich ein weiteres Häppchen zu genehmigen.

Jonna nahm einen Schluck von ihrem Glas. „Ich arbeite in einem Schmuckladen."

„Meine liebe Freundin stellt mal wieder ihr Licht unter den Scheffel“, warf Liz ein und griff nach der Weinflasche, um sich nachzuschenken. „Sie kreiert wunderschöne, handgefertigte Ketten und Armbänder.“

„Sie sind also eine Künstlerin?“

Wenn sie es nicht besser wüsste, würde Jonna behaupten, dass leiser Respekt in seiner Stimme mitschwang. Die Art, wie er sie betrachtete, machte sie verlegen. Für eine Nanosekunde versank sie erneut in dem tiefen Samtbraun seiner Augen. Aber nein, anders als Mr Gandy würde sie sich nicht von ihm einwickeln lassen. Sie würde sich von der freundlichen, charmanten Fassade nicht täuschen lassen. Der Mann war gefährlich. Ein Wolf im Schafspelz, respektive Arbeitshemd. Einem ausnehmend vorteilhaften Arbeitshemd. Energisch rief sie sich zur Ordnung. „Wenn sie es so nennen wollen“, beantwortete sie seine Frage. „Mein Lebensgefährte ist allerdings der Meinung, dass ich einen richtigen Beruf hätte wählen sollen.“ Jonna wusste selbst nicht, warum sie Nick ins Spiel brachte. Vielleicht um Ryan einen subtilen Hinweis darauf zu geben, dass sie gebunden war? Auch wenn sie sich das vielleicht nur einbildete, hatte sie den Eindruck, dass er sie eine Spur zu interessiert betrachtete.

„So, tut er das?“ Mit einem kaum wahrzunehmenden Lächeln hielt er sekundenlang ihren Blick gefangen, bevor er sich zu ihrer Überraschung an Liz wandte. Als hätte sie ihm nicht gerade etwas Persönliches anvertraut. Andererseits, warum sollte ihn die Meinung ihres Lebensgefährten interessieren? Sie ärgerte sich, dass sie Nick überhaupt erwähnt hatte. „Wissen Sie was, Liz?" Ryan machte eine ausschweifende Handbewegung in den Raum hinein. „Ihr Cottage gefällt mir ausnehmend gut. Sie haben einen wirklich exzellenten Geschmack, was Ihren Einrichtungsstil betrifft."

Süßholzraspler. Jonna verdrehte innerlich die Augen.

Liz hingegen schien sich über das Lob zu freuen. Sie stellte ihr Weinglas auf den Tisch und erwiderte Ryans Lächeln herzlich. „Dankeschön. Ich liebe dieses Haus auch sehr. Nur leider liegt hier so einiges im Argen und es schmerzt, wenn man zusehen muss, wie langsam aber sicher alles zerfällt."

„Haben Sie niemanden, der sich darum kümmern könnte?"

„Normalerweise war die Instandhaltung des Hauses Sache meines Mannes", erläuterte sie mit einem Seufzen. „Doch Lowen hat nun offensichtlich andere Prioritäten." Sie betonte das letzte Wort auf eine Weise, die keinen Zweifel daran ließ, was sie von diesen sogenannten Prioritäten hielt.

Ryan war taktvoll genug, nicht nachzufragen. „Was genau bereitet Ihnen denn Sorgen, Liz?"

„Ach wissen Sie, die Dachziegel müssten dringend erneuert werden, die Haustür klemmt, und in den Schuppen regnet's rein. Abgesehen davon ist mein Garten der reinste Dschungel. Ich gebe wirklich mein Bestes, aber da ist ja noch das Café …" Sie verstummte und starrte verloren ins Feuer.

„Wenn Sie möchten, schaue ich mir die Baustellen mal an", schlug Ryan vor und sicherte sich dabei eins der letzten Thunfisch-Häppchen von der Platte. „Vielleicht kann ich Ihnen unter die Arme greifen."

„Dazu wären Sie bereit?"

„Haben Sie nicht genug mit Ihrem eigenen Haus zu tun?“, warf Jonna eine Spur zu scharf ein, bevor ihr bewusst wurde, dass sie ihn ja ebenfalls um einen Gefallen gebeten hatte. „Ich meine nur, Sie haben sicher selbst genug um die Ohren“, ruderte sie kleinlaut zurück. Es entsprach so gar nicht ihrer Art, derart kratzbürstig zu sein, doch Ryan Bennett schaffte es, eine ganz neue Facette ihrer Persönlichkeit hervorzukitzeln.

Ryan nahm ihre Bemerkung mit Humor. In seinen Augen blitzte ein Fünkchen Spott auf, als er seine Aufmerksamkeit auf Jonna richtete. „Zerbrechen Sie sich mal darüber nicht Ihren hübschen Kopf, Jonna. Im Ernst, Liz“, wandte er sich wieder ihrer Freundin zu, „zeigen Sie mir einfach, wo es knirscht, und ich schaue mal, was ich machen kann. Da ich mir meine Arbeitszeit frei einteilen kann, komme ich gern nachmittags mal bei Ihnen im Cottage vorbei.“

„Das hört sich gut an, Ryan.“ Liz strahlte, doch ihr Lächeln erstarb abrupt, als Mia unverhofft in den Raum platzte.

„Was gibt's zu essen, Liz?“ Bei Ryans Anblick blieb sie wie angewurzelt stehen. „Wer ist das?“ Ihre Brauen über den schwarzumrandeten Augen, die sie wie einen müden Pandabären aussehen ließen, zogen sich unheilvoll zusammen.

„Ein Freund“, gab Liz ruhig zurück. „Und es wäre nett, wenn du erst einmal Hallo sagst, wenn du nach Hause kommst.“

Mia schoss ihr einen bösen, eisblauen Blick zu. Ehe sie jedoch dazu kam, ihrer Stiefmutter die freche Antwort zu geben, die ihr vermutlich auf der Zunge lag, stand Ryan auf und streckte ihr eine Hand entgegen.

„Hi, ich bin Ryan", sagte er freundlich und schenkte Mia ein Megawattlächeln.

„Das ist Mia, meine ...", fing Liz an.

„Stieftochter", unterbrach Mia sie frech. Ihr Blick wanderte zu Ryans ausgestreckter Hand und nach kurzem Zögern ergriff sie sie.

„Schön, dich kennenzulernen, Mia."

Das Mädchen löste sich von ihm und musterte ihn argwöhnisch von Kopf bis Fuß. „Hm. Ja. Gleichfalls."

Liz und Jonna tauschten einen überraschten Blick. Es war tatsächlich das erste Mal, dass Jonna etwas aus Mias Mund vernahm, das nicht auch nur ansatzweise den Hauch von Patzigkeit besaß.

„Du kannst dir ein Sandwich von der Platte nehmen, Mia", griff Liz den Faden wieder auf.

Mia ignorierte sie. Stattdessen fuhr sie fort, Ryan anzustarren, während sie ihre Fäuste in die Vordertaschen ihrer an den Knien zerschlissenen Jeans schob. Schließlich hoben sich ihre Lippen mit der Andeutung eines Grinsens. „Man sieht sich", sagte sie an ihn gerichtet und stolzierte, ohne weitere Notiz von Jonna oder Liz zu nehmen, aus dem Zimmer.

„Wow." Liz schüttelte ungläubig den Kopf. „Ich glaube, das ist das erste Mal seit Monaten, dass ich Mia habe lächeln sehen – oder vielmehr einen Gesichtsausdruck, der nicht feindlich ist." Sie fixierte Ryan. „Was in aller Welt ist Ihr Geheimnis? Verraten Sie es mir?"

Er lachte sein dunkles, volles Lachen, das den gesamten Raum einzunehmen schien. „Ich habe keine Ahnung, Liz. Aber Ihre Stieftochter hat ein bezauberndes

Lächeln. Halblächeln", korrigierte er sich schmunzelnd.

„Wollen wir uns nicht duzen?" Liz hob ihm ihr Glas entgegen.

„Warum nicht. Es ist immer schön, neue Freunde kennenzulernen." Sie stießen miteinander an und besiegelten die neue Freundschaft mit einem Wangenkuss.

„Jonna?" Ryan sprang auf.

Da konnte sie wohl schlecht nein sagen. Sie rappelte sich hoch, nickte und ehe sie sich versah, hauchte er ihr einen flüchtigen Kuss auf die Wange. Sein Aftershave und sein ganz eigener Geruch umfingen sie. Instinktiv trat sie einen Schritt zurück und wäre dabei um ein Haar über Mr Gandys Pfoten gestolpert.

Hochgeschreckt von der Unruhe, sprang der Jack Russell auf und fing zu bellen an.

„Ich laufe eine Runde mit dem Hund", verkündete Jonna kurzerhand. Während sie es vermied, Ryan anzusehen, griff sie nach Mr Gandys Halsband und führte ihn aus dem Raum. Auch wenn es noch immer Bindfäden regnete, musste sie dringend hier raus, denn sie hatte das Gefühl, nicht mehr atmen zu können.

Kapitel 13

Als Jonna einige Zeit später von ihrem Spaziergang mit Mr Gandy zähneklappernd und mit durchweichten Klamotten ins *Hollyhock Cottage* zurückkehrte, bestand Liz darauf, dass sie sich mit ein paar kräftigen Schlucken heißen Salbeitees aufwärmte. Jonna sträubte sich zunächst, aber gegen Liz' Hartnäckigkeit hatte sie keine Chance. Ryan hatte das Haus zu ihrer Erleichterung inzwischen verlassen, und so machte es sich Jonna, in eine dicke Kuscheldecke eingemummelt, auf der Couch vor dem Feuer gemütlich, die Finger um ein wärmendes Glas Tee gelegt. Ab und an checkte sie ihr Handy, um zu sehen, ob eine Nachricht von Nick eingetrudelt war, was sie sich genauso gut hätte sparen können. Wenn sie sein Schweigen richtig deutete, schien er sie nicht zu vermissen. Entschlossen sich nicht die Laune verderben zu lassen, bat sie Liz um Stift und Papier, und machte sich dann daran, frische Modelle für Armbänder zu entwerfen, die ihre neuerworbenen Steine zur Geltung brachten. Sie vermisste es, in ihrem kleinen Büro in *Tabeas Schmuckkästchen* zu sitzen und kreativ zu sein. Während sie zeichnete, blätterte Liz, ein paar Salzcracker knabbernd, in einem Gartenbuch, um sich für eine Generalüberholung ihres Dschungels, wie sie ihren Garten so liebevoll bezeichnete, inspirieren zu lassen. Aus Mias Zimmer drang das Dröhnen von lauten Bässen zu ihnen und ab und zu knallte eine Tür, aber ansonsten blieb Liz' Stieftochter unsichtbar.

„Ist es nicht einfach herrlich?", meinte Liz vergnügt und zog die Beine unter sich. „Ich kann kaum glauben, dass es mal einen Tag ohne Drama oder Beschimpfungen gibt. Wenn eine Begegnung mit Ryan diese Wirkung auf Mia hat, kann er gern jeden Tag vorbeischneien."

„Hm." Jonna betrachtete stirnrunzelnd den zweiten Entwurf eines Vintage-Armbands. Vielleicht sollte sie den Türkis in eine Art Sonne einfassen?

„Er ist in Ordnung, findest du nicht?"

„Wer?"

„Ryan Bennett. Ich mag den Mann."

Jetzt blickte Jonna von ihren Skizzen auf. „Ich schätze, er ist ganz okay", gestand sie ein und überraschte sich damit selbst. Sie musste zugeben, dass er sich heute nichts zuschulden hatte kommen lassen. Und es war sicher nicht seine Schuld, dass seine Gegenwart sie kribbelig machte. Dennoch würde sie ihn lieber von hinten sehen, wenn man sie nach ihrer Meinung fragte.

„Was für ein Glück, dass du dem armen Mann im Flieger in den Schritt gekotzt hast." Liz kicherte und klappte ihren Bildband zu. „Sonst hätten wir ihn niemals kennengelernt."

Am nächsten Morgen wachte Jonna mit einem dicken Brummschädel auf. Sie nieste herzhaft, und gleich darauf ein zweites Mal. Na prima. Es fühlte sich so an, als ob sich eine Erkältung anbahnte. Das hatte sie nun davon, dass sie unbedingt wie ein kopfloses Huhn gestern aus dem Haus stürmen musste, obwohl es wie aus Kübeln geschüttet hatte. Sich über ihre eigene Dummheit ärgernd, schlüpfte sie in ihre Pantoffeln und den dünnen Reisebademantel, den sie von zu Hause mitgebracht hatte, und trabte ins Bad, um sich eine heiße Dusche zu gönnen. Vielleicht würde sie sich danach besser fühlen.

„Oje, Süße, wie siehst du denn aus?", kommentierte Liz wenig später ihre Erscheinung, als Jonna in einem Strickpulli, einem Schal um den Hals und langen Jeans in der Küche auftauchte.

„Ich bin verschnupft", brummte Jonna. Sie ließ sich auf einem Hocker an der Theke nieder und stützte den Kopf in die Hände. „Ich hätte gestern Abend nicht so lange rausgehen sollen."

„Ach, das wird schon wieder", gab sich Liz, die ihrerseits ein überdimensionales Schlafshirt trug, unbekümmert und schob ihr Getränk auf die Arbeitsfläche. „Du trinkst jetzt erst mal einen schönen, heißen Kakao und dann machst du am besten einen Spaziergang an der frischen Luft. Das wird dir guttun." Sie angelte einen Becher aus dem Regal, füllte ihn mit Schokoladenpulver und heißer Milch vom Herd und reichte ihn Jonna weiter. „Weißt du was?" Nachdenklich checkte sie ihre Armbanduhr. „Es ist noch Zeit, bis das Café aufmacht, ich begleite dich."

Jonna nippte dankbar an der Schokolade. „Das wäre schön."

„Und du", Liz deutete mit dem Zeigefinger auf sie, „wirst anschließend wieder nach Hause gehen und dich ausruhen. Dann bist du morgen wieder fit."

„Nicht nötig", versicherte Jonna. „Ich", sie unterbrach sich kurz selbst, da es sie in der Nase kitzelte, „helfe dir im Café", schloss sie und bekräftigte ihren Satz mit einem weiteren, energischen Niesen.

„Und vergraulst mir die Gäste?", meinte Liz schmunzelnd. „Schon gut, ich schaffe das heute allein, Süße. Ich mache einfach ein bisschen früher Schluss."

„Bist du sicher?"

„Absolut." Liz legte ihr eine Hand auf die Schulter. „Ich hüpfe rasch unter die Dusche."

Jonna hatte sich dick eingemummelt, als sie mit Liz und dem Jack Russell, der fröhlich vor ihnen hertrottete, dem inzwischen bekannten Feldweg hinunter ins Dorf folgte. Die frische, klare Luft schien Wunder zu bewirken, denn sie fühlte, wie sich der Schmerz in ihrem Kopf veränderte und zurückzuziehen begann. Zum Glück hatte es irgendwann in der Nacht aufgehört zu regnen, und nun glitzerten auf den Blättern von Büschen und im Gras Regentropfen im fahlen Licht der Morgensonne. Nebel schwebte über der Bucht, und die Landschaft wirkte wie einem Märchenbuch entsprungen, fast mystisch.

„Sieht das nicht einfach wunderschön aus, Liz?" Jonna wirbelte mit ausgestreckten Armen einmal im Kreis. „Ich wünschte, Nick könnte das alles hier sehen. Wäre es nicht furchtbar romantisch, Hand in Hand durch so eine bezaubernde Landschaft spazieren zu gehen und die Schönheit der Natur zu bewundern?"

„Dann solltest du deinen Nick vielleicht mal hin und wieder zu einem Spaziergang animieren?", schlug Liz schmunzelnd vor.

„Ach weißt du, es ist leichter, einem Nashorn Tango tanzen beizubringen." Jonna wickelte sich hustend ihren Schal, der sich beim Herumdrehen gelockert hatte, fester um den Hals. „Nick verbringt seine Zeit am liebsten vor dem Fernseher. Wenn er mal rausgeht, dann zum Supermarkt, um seinen Chips- oder Biervorrat aufzufüllen." Sie seufzte laut. „Frische Luft wird überbewertet, betont er stets, wenn ich ihn daraufhinweise, dass er bald zum Zombie mutiert, weil er kaum Tageslicht sieht."

Liz schwieg einen Moment. „Mir scheint, als hätten du und Nick nicht viel gemeinsam", meinte sie behutsam und warf Jonna einen Seitenblick zu.

Jonna presste die Lippen aufeinander. Was sollte sie dazu sagen? Sie hatte in der letzten Zeit häufig den Eindruck gehabt, dass sie und Nick in Parallelwelten existierten. Früher hatten sie gemeinsam Dinge unternommen. Zusammen Filme geschaut oder bei ihrem Lieblingsitaliener gesessen und bis tief in die Nacht geplaudert. Ja, Nick war sogar mit ihr am Neckarufer spazieren gegangen, ohne dass sie ihn dazu hätte überreden müssen. „Es ist nicht immer so gewesen", sagte sie leise. „Vielleicht habe ich es ihm einfach zu bequem gemacht, indem ich ihm stets jeden Wunsch von den Augen abgelesen und versucht habe, die perfekte Partnerin zu sein. Jedenfalls scheint uns seit einem Jahr nur noch der Hund miteinander zu verbinden." Sie richtete den Blick auf Mr Gandy, der innegehalten hatte, um an einem abgebrochenen Baumstumpf zu schnüffeln. Obwohl Nick anfangs nicht damit einverstanden gewesen war, dass sie den kleinen Terrier mit nach Hause brachte, liebte er ihn inzwischen ebenso wie sie. Das Interesse an dem Jack Russell, war das Einzige, was sie miteinander teilten. Sie wandte sich wieder Liz zu. „Wir waren glücklich", beteuerte sie. „Und vielleicht können wir das ja auch wieder sein." Wenn Nick endlich aus seiner Beziehungslethargie erwachte.

„Ich wünsche es dir, Süße." Liz' Stimme klang warm, aber Jonna hörte den leisen Zweifel, der in ihren Worten mitschwang.

Sonnenstrahlen kämpften sich nun vollends durch die Wolken und tauchten die Umgebung in ein goldenes, warmes Licht, als sie den hübschen Garten von Mabel Trevarrian passierten. Jonna betrachtete die bunten Blumen und reckte, von leiser Hoffnung erfüllt, das Kinn. Vielleicht würde wieder alles gut werden. Vielleicht brauchte Nick einfach nur ein bisschen Zeit für sich. Genau wie sie selbst. Und dann würde er sicher endlich begreifen, dass es sich lohnte, um ihre Beziehung zu kämpfen.

„Vorsicht, du Tagträumerin!" Abrupt zog Liz sie am Arm zur Seite, sodass sie beinahe über ihre eigenen Füße gestolpert wäre. „Um ein Haar hätten deine Sneakers Bekanntschaft mit der Hinterlassenschaft von Mr Punchs Promenadenmischung gemacht. Und glaub mir, das wäre kein hübscher Anblick gewesen." Sie kicherte.

„Ihh!" Jonna verzog angeekelt das Gesicht, als sie das braune, wenig appetitliche Häufchen, das da mitten auf dem Weg lag, betrachtete. „Nochmal Glück gehabt.

Aber wie in aller Welt kannst du dieses Ding da", naserümpfend deutete sie auf den Haufen, „überhaupt zuordnen?"

„Jeder hier weiß, dass das die bevorzugte Route von Mr Punch ist. Er geht hier jeden Morgen lang. Für seine Nachlässigkeit hat er sogar schon Strafzettel von Constable Ransom einkassiert, aber das interessiert ihn herzlich wenig. Er ist ein komischer alter Kauz. Wohnt in einer heruntergekommenen Wohnung über dem *Black Lion*, der kleinen Bar gegenüber dem Hafen, wo die lokalen Fischer üblicherweise anzutreffen sind."

„Penkerris hat wirklich mit so einigen schrägen Persönlichkeiten aufzuwarten, wie mir scheint", meinte Jonna amüsiert. Der kleine Ort gefiel ihr immer besser. Je mehr sie sich dem Ortskern näherten, umso belebter wurden die schmalen Gassen. Sicherheitshalber nahm sie Mr Gandy an die Leine. Schließlich wollte sie nicht riskieren, dass ihr der Schlingel abhandenkam, nur weil er glaubte, einem Briefträger – oder, was noch schlimmer wäre – dem uniformierten Herrn auf dem vorbeisausenden Fahrrad, der Liz soeben zuwinkte, nachjagen zu müssen.

„Das war übrigens besagter Constable", erklärte ihre Freundin mit einem Augenzwinkern. „Joe Ransom hält sich für schrecklich wichtig und ist der Meinung, dass die Kriminalitätsrate exorbitant steigen würde, wenn er nicht", sie malte Gänsefüßchen in die Luft, „– Achtung, ich zitiere – ‚mit strenger Hand' in Penkerris für Recht und Ordnung sorgen würde."

Sie tauschten ein herzhaftes Lachen, bis Jonna einen Hustenanfall bekam.

„Lass uns zum Hafen laufen, ja?", bat sie Liz anschließend, denn sie hatte gesehen, dass gerade Ebbe herrschte und das Wasser sich zurückgezogen und den kleinen Strand in der Bucht freigelegt hatte. „Ich würde gern nach Muscheln suchen."

„Ich sagte es ja schon. Du bist noch immer dieselbe", schmunzelte Liz.

„Nicht ganz", gab Jonna zurück und wich einem entgegenkommenden Pärchen aus. „Vor einigen Jahren wäre ich zum Beispiel niemals in ein Flugzeug gestiegen. Oder hätte es mir zugetraut, allein in einem Café mit meinen bescheidenen Englischkenntnissen Gäste zu bedienen."

„Das stimmt." Liz drückte ihre Schulter. „Du hast dich verändert, Schatz. Mir gefällt die neue Jonna."

Jonna erwiderte das Lächeln. „Weißt du was? Mir auch." Zum ersten Mal seit langer Zeit fühlte sie sich wieder lebendig. Sie war stolz auf das, was sie geschafft hatte, und vielleicht würde sie noch viel mehr schaffen. Sie musste es sich nur zutrauen.

Mittlerweile hatten sie den Hafen erreicht. Heute parkten eine Handvoll Jeeps und Kastenwägen mit Anhängern auf der abschüssigen, asphaltierten Fläche vor dem überschaubaren Strand, allesamt Fahrzeuge von Fischern, die mit ihren Booten hinausgefahren waren. Zwei junge Mädchen mit Ohrstöpseln sonnten sich kaugummikauend gegen die Kaimauer gelehnt und musterten Jonna und Liz gelangweilt.

Jonna beugte sich hinab und löste die Leine von Mr Gandys Halsband, damit der kleine Terrier losstürmen konnte. Sand spritzte unter seinen Pfoten auf, während er hechelnd über den Strand jagte und durch die schaumigen Ausläufer der flachen Brandung tobte. Jonna und Liz sahen seinem fröhlichen Treiben eine Weile zu. Jetzt, wo die Sonne ungehindert schien, tanzten blitzende Goldflecken auf dem türkisfarbenen Wasser, und der Nebel hatte sich fast vollends aufgelöst. Lediglich ein zarter weißer Schleier waberte über der Bucht.

„Herrlich", bemerkte Jonna und reckte die Nase der salzigen Luft entgegen. „Und so friedlich."

„Das liegt daran, dass die Fischerboote ausgelaufen sind und gerade mal keine Kinder herumtoben. Oh, schau mal." Liz bückte sich unvermittelt und hob eine Muschel auf. Behutsam legte sie das perlmuttfarbene, von Wind und Sand glattgeschliffene Schneckenhaus in Jonnas Handfläche.

Mit ihrem Zeigefinger fuhr Jonna die feinen Linien nach. „Die ist wirklich hübsch. Lass uns ein Stückchen gehen und sehen, ob wir noch Weitere finden", schlug sie vor. Tatsächlich wickelte sie wenig später einige Exemplare, darunter ein paar farbenprächtige Kreiselschneckengehäuse, in ein Taschentuch ein, das sie anschließend in ihrer Jacke verstaute.

Liz warf einen raschen Blick auf ihr Handy. „Ich sollte mich jetzt auf den Weg ins Café machen."

„Und du bist noch immer sicher, dass ich nicht mitkommen soll?"

„Bin ich." Liz bedachte sie mit einem warmen Blick. „Geh nach Hause, leg die Füße hoch und ruh dich aus. Ich freue mich, wenn du mich morgen wieder unterstützt."

„Na gut, wenn du darauf bestehst." Jonna pfiff nach Mr Gandy. Mit heraushängender Zunge kam er angeflitzt und ließ sich anschließend anstandslos von ihr anleinen.

Kapitel 14

„Oh, Miss Madsen, wie schön, Sie zu sehen!“ Mabel, die gerade die Post aus ihrem Briefkasten zog, winkte ihr fröhlich zu. Wie schon zuvor, trug sie auch heute ihre bunte Kittelschürze. Ihr Haar schmiegte sich diesmal jedoch ohne Wickler in eleganten Wellen um ihr Gesicht, und ihren Mund hatte sie sorgfältig mit einem beerenroten Lippenstift betont.

„Nennen Sie mich Jonna, bitte.“ Unwillkürlich musste sie lächeln, denn sie freute sich tatsächlich, die alte Dame, die trotz Arbeitsschürze Wert auf ein gepflegtes Äußeres zu legen schien, wiederzusehen. Zudem war sie stolz, diesmal ohne Probleme ihren Weg durch die verschlungenen Gässchen zu finden.

„Wie geht es Ihnen?“, fragte Mabel. „Wollen Sie nicht auf ein Schwätzchen hineinkommen?“

„Das ist furchtbar freundlich, Miss Trevarrian.“

„Mabel“, warf die alte Dame zwinkernd ein.

„Mabel“, korrigierte sich Jonna schmunzelnd, „aber ich bin erkältet. Ich will Sie nicht anstecken.“ Wie zur Bekräftigung nieste sie laut.

„Ach Kindchen, so ein kleiner Schnupfen kann mich nicht umhauen. Da müssen Sie schon schwerere Geschütze auffahren.“ Mabel klappte den Briefkasten zu und wedelte einladend mit der Post. „Kommen Sie rein, ich freue mich über Gesellschaft. Sie macht die Einsamkeit erträglicher. Wir trinken eine schöne Tasse Tee miteinander." Als echte Britin war Mabel wohl der Meinung, dass es nichts auf der Welt gab, was eine Tasse schwarzen, kräftigen Earl Greys nicht wieder in Ordnung bringen könnte.

Jonna knickte ein. „Wenn das so ist, komme ich gern mit rein." Sie spürte, dass es unhöflich wäre, die freundliche Einladung auszuschlagen, nahm sich aber fest vor, nur auf einen Sprung zu bleiben.

Das Gatter des weißen Holzzauns knarrte und ächzte, als Mabel es für Jonna öffnete. Mr Gandy reckte erwartungsvoll schnüffelnd seine Nase, als sie der alten Dame über den Kiesweg durch den liebevoll gepflegten Vorgarten zum Cottage folgten.

Mabel drückte die Klinke einer dunkelrot gestrichenen, mit Glas versetzten Tür herunter und ließ Jonna in einen freundlichen Raum eintreten, der sich als Küche und Esszimmer zugleich entpuppte. „Ich setze rasch den Kessel auf", verkündete sie fröhlich. „Machen Sie es sich derweil doch gemütlich." Sie wies Jonna auf den neben dem Eingang stehenden Tisch hin, den ein bunter Blumenstrauß schmückte.

Von ihrem Sitzplatz aus hatte Jonna einen herrlichen Blick in den blühenden Vorgarten. Während sie die Aussicht genoss und sich dabei ausgiebig die Nase putzte, zauberte Mabel eine Keksdose aus einem Schrank hervor und schob sie vor Jonna auf den Tisch.

„Ich hoffe, Sie mögen Ingwergebäck? Das hier habe ich selbst gebacken. Nach einem alten Rezept meiner Mutter, Gott hab sie selig."

„Ich liebe Plätzchen", versicherte Jonna und machte sich gleich daran, in der Dose zu stöbern. „Ingwer soll ja gut gegen Erkältungskrankheiten helfen", ergänzte sie, wobei sie allerdings verschwieg, dass sie den Ingwertee, den ihre Mutter ihr früher beim kleinsten Anzeichen einer Verkühlung aufgedrängt hatte, zutiefst verabscheute.

„Oh, da weiß ich etwas viel Besseres." Um Mabels Lippen tanzte ein verschmitztes Lächeln, als sie umsichtig kochendes Wasser in eine bauchige Teekanne goss. „Ich bin sofort wieder da", informierte sie Jonna augenzwinkernd.

Jonna hörte die alte Dame im Nebenraum rumoren, während sie probehalber in das Gebäck biss und von dem feinen Geschmack positiv überrascht wurde. Sie nahm lediglich einen Hauch von Ingwer wahr, ansonsten überwog der Geschmack nach anderen Gewürzen, Butter und Vanille.

Mabel kehrte mit einer Flasche in der Hand und einem vergnügten Glitzern in den Augen zurück. „Davon einen kräftigen Schuss in den Tee und der dumme Schnupfen ist Geschichte", erklärte sie resolut.

„Rum?" Jonna musterte die mitgebrachte Flasche kritisch. „Oh, ich weiß nicht." Sie war erleichtert, dass sich ihre Kopfschmerzen inzwischen verzogen hatten, vielleicht sollte sie ihr Glück nicht herausfordern. „Ich trinke normalerweise keinen Schnaps."

„Ach, Kindchen, nur nicht so zaghaft." Kichernd brachte Mabel das Teegeschirr zum Tisch und öffnete die Flasche. „So ein bisschen Rum hat noch keinem geschadet. Einen kleinen Schuss kann man quasi als homöopathische Dosis ansehen, glauben Sie mir."

Jonna wollte keine Spielverderberin sein. Mit einem tapferen Lächeln hielt sie also Mabel ihren Teebecher hin, damit diese ihr einschenkte.

„Ich halte das jeden Winter so", versicherte sie Jonna, sich danach selbst eine großzügige Portion gönnend. „Und glauben Sie mir, schon seit etlichen Jahren hat mich keine Erkältung mehr erwischt."

Jonna fiel ein großes, eingerahmtes Bild an der Wand auf, das eine jüngere Version von Mabel im Arm eines attraktiven Mannes etwa Ende fünfzig mit Tweedjacke und Brille zeigte. Beide wirkten sehr vertraut miteinander und die Lebensfreude, mit der sie in die Kamera blickten, war richtiggehend spürbar.

„Ist das Ihr Mann, Mabel?"

Mabel, die sich gerade ihr gegenüber am Tisch niederließ, folgte Jonnas Blick. „Ja, das war mein lieber James." Für den Bruchteil einer Sekunde huschte ein Schatten über ihre Züge.

Jonna hatte mit ihrer Frage gewiss kein Salz in irgendeine Wunde streuen wollen. „Er lebt nicht mehr?", hakte sie behutsam nach.

„Er ist vor zwanzig Jahren verstorben."

„Das tut mir leid."

„Das muss es nicht, Kindchen. Ich hatte den besten Ehemann, den ich nur haben konnte. Wir haben eine gute Ehe geführt, waren nicht nur Freunde, sondern auch Liebende. Seelenverwandte." Ihr Blick verklärte sich, und Jonna bemerkte, wie Mabel in Gedanken davondriftete. Weit fort in eine längst vergangene Zeit. „So eine Liebe findet man nur einmal im Leben", murmelte Mabel schließlich. „Nie wieder habe ich eine derartige Nähe zu einem Menschen empfunden. James war mein Ein und Alles. Er war mein Zuhause."

„Das klingt sehr schön", sagte Jonna mit vor Emotionen rauer Stimme. Derart innige, romantische Verbindungen hatte sie bisher nur auf der Leinwand erlebt. Oder in Büchern darüber gelesen. Mabel Trevarrian aber war der lebende Beweis, dass sie auch im wahren Leben existierten. Und genau so eine Beziehung wünschte sich Jonna auch mit Nick. „Stammen Sie denn beide aus Penkerris?", wollte sie von Mabel wissen, während sie noch dabei war, das, was sie gerade erfahren hatte, zu verdauen.

Mabel legte die knochigen Finger um ihren Teebecher und schenkte Jonna ein Lächeln. „Nur James. Ich hingegen wuchs nahe der Grenze zu Schottland auf. James und ich lernten uns an der Küste kennen, wo er als begeisterter Ornithologe Erkundungstouren für Touristen im Ort anbot. Ich buchte eine Tour bei ihm, und vom ersten Blick an war es um uns geschehen. Ich war einundzwanzig, hatte gerade ein Studium begonnen, doch für mich war sofort klar, dass ich alles aufgeben und zu ihm nach Penkerris ziehen würde." Sie nahm sich ein Plätzchen und tunkte es gedankenverloren in ihr Getränk. „Er brachte mir alles bei, was er über die Vogelwelt wusste, und für viele Jahre teilten wir mit den Besuchern unserer Vogelstation die Leidenschaft zu unseren gefiederten Freunden."

„Das klingt nach einem wahren Märchen, Mabel." Jonna sah zu, wie der aufgeweichte Keks elegant zwischen Mabels Zähnen verschwand, die zu regelmäßig und zu weiß erschienen, um echt zu sein.

„Es war zuerst nicht einfach, sich hier zu behaupten", berichtete Mabel weiter. „Die Leute im Dorf sind eine verschworene Gemeinschaft. Sie haben mich als Eindringling, als Außenseiter betrachtet. Aber mit James' Unterstützung, seiner Liebe und seiner Geduld, überstand ich die schwierige Zeit, und ehe ich mich versah, wurde ich zu einem Teil dieses schönen Örtchens."

Dieser Ehemann klang fast zu perfekt, um wahr zu sein. Und doch hatte er existiert, denn Mabel war mit ihm verheiratet gewesen. „Sehnen Sie sich nicht manchmal zurück in Ihre Heimat?" Jonna hustete kurz, denn der Duft des kräftigen Rums stieg ihr kitzelnd in die Nase, als sie an ihrem Tee nippte.

„Zu Beginn unserer Ehe sind wir oft nach Durham zu meiner Familie gereist. Aber Gott, Kindchen, jetzt gibt es niemanden mehr, der dort auf mich warten würde. Sie sind längst alle gegangen. Meine Heimat ist hier. Schon lange." Mabel machte eine ausschweifende Geste in den Raum hinein. „Dieses Haus, in dem ich den größten Teil meines Lebens mit James verbracht habe, ist meine Heimat. Hier werde ich bleiben, bis mich der Herr", sie warf einen kurzen Blick an die Decke, „irgendwann zu sich holt. Dann werde ich wieder mit meinem James vereint sein."

„Haben Sie Kinder, Mabel?"

„Nein, leider nicht. Das war der einzige Wermutstropfen unserer Beziehung. James und ich sehnten uns nach einer Familie. Doch es hatte nicht sein sollen, und am Ende blieben wir nur zu zweit." Ein Hauch von Wehmut stahl sich in ihr Lächeln. „Und dennoch hat mir das Leben so viel geschenkt, dass ich keine Bitterkeit darüber empfinde."

„Denn Sie hatten James", schlussfolgerte Jonna.

„Richtig". Mabels helle Augen funkelten. „Ich hatte James. Und er hatte mich. Wir zwei waren unsere eigene, kleine Familie."

Jonna hatte immer von einem ganzen Stall voller Kinder geträumt. Sie tat es noch. Aber wäre sie auch glücklich, wenn es nur sie und Nick gäbe? Für immer? Oder sehnte sie sich am Ende nur nach einem Kind, weil sie spürte, dass in ihrer Beziehung etwas fehlte?

„Sie wirken so nachdenklich, Kindchen." Mabels Stimme riss sie aus ihren Gedanken.

„Ja, mir … geht einfach vieles durch den Kopf." Jonna presste die Lippen aufeinander.

Mabel tätschelte liebevoll ihren Handrücken. „Machen Sie sich nicht so viele Gedanken. Das Leben lässt sich nun mal nicht planen. Es kommt, wie es kommt. Und dann machen Sie das Beste daraus. So haben es James und ich stets gehalten."

Ja, wenn das so einfach wäre. Sich ohne Plan in das Abenteuer Leben stürzen. Jonna wusste nicht, wie das gehen sollte.

„Sie tun es schon wieder." Die tausend Lachfältchen um Mabels Augenwinkel vertieften sich. „Jetzt schalten Sie mal Ihren hübschen Kopf aus und genießen Sie den Moment. Genießen Sie das Leben!" Sie griff nach der Keksdose und hielt sie Jonna unter die Nase. „Und diese köstlichen Plätzchen", fügte sie kichernd an.

Mabels Worte zauberten ein Schmunzeln auf ihr Gesicht. Gehorsam griff sie nach dem Gebäck.

„Und Sie, Kindchen?" Die alte Dame betrachtete Jonna über den Rand ihrer Teetasse hinweg. „Gibt es jemanden Besonderen an Ihrer Seite?"

Normalerweise hätte Jonna diese Frage als unwillkommenes Eindringen in ihre Privatsphäre empfunden, doch seltsamerweise nahm sie Mabel das Interesse nicht krumm. Liz' ältere Freundin hatte etwas an sich, das ihr ein Gefühl der Sicherheit und des Vertrauens vermittelte. Sie strahlte eine besondere Wärme und Herzlichkeit aus. Leider hatte Jonna ihre Großmütter nie kennengelernt, aber in ihrer Vorstellung ähnelten sie Mabel. „Da gibt es jemanden", beantwortete sie Mabels Frage, nachdem sie ihren Mund geleert hatte. „Nick und ich sind seit fünf Jahren ein Paar. Wir leben zusammen, aber bei uns kriselt es momentan."

„Inwiefern?"

„Ich möchte gern den nächsten Schritt gehen." Sie zeichnete mit dem Zeigefinger eine Holzmaserung auf der lackierten Tischoberfläche nach. „Schon lange wünsche ich mir einen Heiratsantrag. Aber Nick", hilflos hob sie die Schultern, „scheint eher mehrere Schritte rückwärts zu machen. Er gibt sich keine Mühe mehr in der Beziehung."

Einen Herzschlag lang betrachtete Mabel sie schweigend. „Geben Sie sich niemals mit weniger zufrieden, als dem, nach dem Ihr Herz sich sehnt", riet sie ihr schließlich sanft. Ihre klugen Augen forschten in Jonnas Gesicht. „Sie scheinen mir nicht der Mensch zu sein, der in der Liebe Kompromisse schließt. Und das sollten Sie auch nicht."

Wie konnte es sein, fragte sich Jonna, dass diese freundliche alte Dame in ihr tiefstes Inneres zu blicken vermochte? „Vielleicht wird Nick ja noch einsehen, dass er manches ändern muss", gab sie zurück. Auch wenn es etwas unvernünftig klang, klammerte sie sich an den Gedanken, dass ihre Beziehung zu retten war. Sie war einfach noch nicht bereit, aufzugeben.

Erneut legte sich ein Kranz unzähliger, feiner Lachfältchen um Mabels Augenwinkel. „Vielleicht, Kindchen", pflichtete sie ihr bei. „Aber jetzt erzählen Sie doch ein bisschen von sich. Ich habe weiß Gott genug über mich und meinen James geredet und bin nun neugierig. Was machen Sie so? Liz erwähnte, Sie würden Schmuck gestalten?"

Dankbar für den Themenwechsel zu einem unverfänglicheren, weniger emotionalen Terrain, lehnte Jonna sich zurück und berichtete Mabel von ihrer Leidenschaft. „Kürzlich habe ich im *Magic Gems* einige sehr hübsche Steine für ein paar neue Schmuckstücke gefunden", erzählte sie mit Begeisterung. „Vielleicht werde ich künftig mehr mit Edelsteinen arbeiten. Mir schwirren da viele Ideen durch den Kopf."

„Mit ihrer Kreativität besitzen Sie eine besondere Gabe", zollte ihr Mabel Bewunderung. „Ich würde gern eins Ihrer Schmuckstücke sehen. Sie müssen stolz auf sich sein, Jonna."

Jonna dachte an Nicks Äußerungen, dass sie lieber etwas Anständiges machen sollte. In den Augen des Bankkaufmanns war Schmuckdesign eben kein angesehener Beruf. „Wissen Sie was, Mabel?" Sie reckte ihr Kinn und schenkte ihrer neuen Freundin ein dankbares Lächeln. „Das bin ich tatsächlich." Wieder eine neue Facette, die sie seit ihrem Weggang von zu Hause an sich entdeckte. Und zwar eine, die ihr gut gefiel. Sie machte sich eine mentale Notiz, ein kleines Armband für Mabel anzufertigen. Oder einen hübschen Kettenanhänger. Dieser Gedanke ließ sie zufrieden in sich hineinschmunzeln.

„Noch eine Tasse Tee, Kindchen?" Mabel zwinkerte ihr verschwörerisch zu. Möglicherweise beschlich die alte Dame das unbestimmte Gefühl, dass nicht nur sie Gesellschaft gebrauchen konnte. Offenbar taten sie einander gut.

Jonna, die eigentlich vorgehabt hatte, lediglich auf einen Sprung hereinzukommen, nickte und hielt Mabel ihren Becher entgegen. „Sehr gern."

Als Mr Gandy daraufhin zu ihren Füßen ein zustimmendes Jaulen ausstieß, tauschten sie ein herzhaftes Lachen.

„Er ist unverkennbar derselben Meinung", sagte Jonna amüsiert zu Mabel.

Jonna war bester Laune, und ja, womöglich auch ein wenig angesäuselt, wie sie zugeben musste, als sie und Mr Gandy nach einem kurzen Marschweg die Trockensteinmauer vor dem *Hollyhock Cottage*, die den Eingang zum Grundstück markierte, erreichten. Ob es an Mabels netter Gesellschaft oder am Rum gelegen hatte, vermochte sie nicht zu sagen, aber sie fühlte sich definitiv um Welten besser als am frühen Morgen.

„Na lauf schon", ermunterte sie den Jack Russell. Sie gab ihm einen liebevollen Klaps auf das Hinterteil und verfolgte, wie er zielstrebig losstürmte. Ihr Lächeln erstarb, als ihr Blick auf den schwarzen Pick-up fiel. Ryan Bennett. Mit verschränkten Beinen lässig gegen den Wagen gelehnt, blickte er ihr entgegen, bevor Mr Gandy voller Enthusiasmus und fröhlich bellend an

ihm hochsprang und seine Aufmerksamkeit einforderte.

Stirnrunzelnd steckte Jonna die Hände in die Jackentaschen. Was in aller Welt wollte Ryan nun schon wieder hier? Ihr Herz schlug schneller, während sie sich in
Bewegung setzte und sich innerlich für die unverhoffte
Begegnung wappnete.

Kapitel 15

Sie bedachte ihn mit einem knappen Nicken und ließ ihren Blick dabei unauffällig über seine hohe Gestalt gleiten. Mit dem vom Wind zerzausten Haarschopf wirkte er, als wäre er soeben aus dem Bett gestiegen. Heute trug er Turnschuhe zu verwaschenen Jeans, die obligatorische Lederjacke und einen flaschengrünen Schal um den Nacken gewickelt, was seine lässige Attraktivität unterstrich. Verflixt, er sah umwerfend aus! Wenn sie es recht bedachte, konnte Mr Gandy, genauer gesagt, *David* Gandy, einpacken ... Kaum hatte sich dieser Gedanke in ihren Kopf geschlichen, schalt sich Jonna auch schon dafür. Sie hatte definitiv ein paar Schlucke zu viel erwischt! In einiger Entfernung blieb sie vor Ryan stehen. „Was machen Sie denn hier?" Das *schon wieder* sparte sie sich aus reiner Höflichkeit. Aber im Ernst, hatte er kein Zuhause?

In einer geschmeidigen Bewegung löste er sich vom Wagen, schob seine Hände in die vorderen Hosentaschen und verringerte mit wenigen Schritten die Distanz zwischen ihnen. „Waren wir nicht beim Du angekommen?" Seine dunklen Augen funkelten verschmitzt.

Frech war er. Aber im Grunde genommen war dies nichts Neues.

„Kann sein." Mit zusammengeschobenen Brauen fixierte sie ihn. „Was machst du hier?", wiederholte sie und eine Spur unfreundlicher als beabsichtigt, denn sein unverhofftes Auftauchen irritierte sie. „Ich habe nicht damit gerechnet, dich hier zu sehen", fügte sie flink an. „Liz ist leider im Café."

„Das ist mir bekannt." Er rieb sich über das bartschattige Kinn, als ob er versuchte, ein Schmunzeln zu unterdrücken. „Ich wollte nicht zu Liz. Du bist es, die ich sehen wollte", stellte er klar.

Sein intensiver Blick brachte sie aus dem Gleichgewicht. Vielleicht war es aber auch der Rum. „Mich?", wiederholte sie überflüssigerweise. Die Gedanken in ihrem Kopf überschlugen sich. Hatte er etwas über ihr Herzensbild herausgefunden? Das, mit dem am Meer tanzenden Mädchen? Oh, das wäre einfach wundervoll! Sie öffnete den Mund, um ihn danach zu fragen, doch er kam ihr zuvor.

„Ich dachte, ich könnte dir die Schönheit der Umgebung zeigen. Diese Ecke von Cornwall ist besonders reizvoll."

Oh. Enttäuscht sackten ihre Schultern nach unten. Es ging gar nicht um das Gemälde, wie schade. Er wollte sie zu einem Ausflug einladen?

„Und? Was sagst du?" Abwartend betrachtete er sie.

Sie hob das Kinn, um ihm ins Gesicht zu sehen. „Entschuldige, aber ich gehe nicht mit wildfremden Männern aus!" Gut, das war vielleicht ein wenig übertrieben, aber mal ehrlich, was dachte er sich eigentlich? Er könnte ein gesuchter Axtmörder sein, ein Gauner oder was auch immer. Immerhin wusste sie kaum etwas über ihn.

Die Andeutung eines Schmunzelns huschte über seine Lippen. „Dem ist leicht Abhilfe zu schaffen", konterte er. „Ryan Julian Bennett. Vierunddreißig. Geboren am zweiten September, Sternzeichen Jungfrau. Seit zwei Jahren und drei Monaten glücklich geschieden. Selbstständig mit regelmäßigem Einkommen. Polizeiliches Führungszeugnis einwandfrei, keinerlei Vorstrafen. Vorlieben: nette Gespräche unter Freunden, ein guter Wein zum Barbecue. Naturliebhaber, Folk- und Rockmusikanhänger, Fernsehverweigerer."

Sie musste sich ein Grinsen verbeißen. Was für ein Idiot. Dennoch musste sie zugeben, dass die ungewöhnliche Vorstellung durchaus ihren Charme besaß. „Ich bin aktuell nicht ganz auf dem Damm", brachte sie als neuen Einwand hervor und nieste wie zur Bestätigung. „Und ab morgen helfe ich wieder im *Taste of Heaven* aus."

„Ich bin zeitlich flexibel. Irgendwann wirst du sicherlich frei haben", ergänzte er ungerührt.

„Das schon."

„Aber?" Er legte den Kopf schief.

„Ich bin vergeben", erinnerte sie ihn.

Ryan warf den Kopf zurück und lachte sein dunkles, tiefes Lachen. „Ich möchte dich auf einen Ausflug einladen, nicht heiraten."

Prompt schoss Hitze in ihre Wangen. „Sehr witzig." Heiraten. Was redete er da für einen Unsinn? Es schien ihm zu gefallen, sie zu necken. Was sie wiederum ärgerte. Nicht zum ersten Mal wünschte sie sich, sie wäre schlagfertiger. Zudem nervte seine leicht überhebliche, ironische Ader. Sie wusste einfach nicht, wie sie damit umgehen sollte. „Können Sie eigentlich auch mal irgendwann ernst sein?"

Amüsiert betrachtete er ihr Gesicht. „Du", korrigierte er sie, nur mit Mühe ein Schmunzeln unterdrückend.

„Wie bitte?"

„Kannst *du* eigentlich auch mal irgendwann ernst sein."

„Das ist ..." Ihre Antwort wurde von einem weiteren herzhaften Niesen im Keim erstickt. Kopfschüttelnd kramte sie in ihrer Jackentasche nach einem Taschentuch. Es fiel ihr nicht leicht, Ryan zu duzen. Aber wie sollte es das auch? Er war für sie ein Fremder, und üblicherweise dauerte es seine Zeit, bis Jonna genug Vertrauen zu jemanden fasste, um das Verhältnis persönlicher werden zu lassen. „Du bist anstrengend, weißt du das?", warf sie ihm vor und steckte ihre Nase in das Taschentuch.

„Lass mich dir Cornwall näherbringen, Jonna. Ich kenne einige wunderbare Plätze."

Der Mann war hartnäckig. Doch sie traute seiner plötzlichen Freundlichkeit nicht. „Ich habe kein Interesse, Ryan." Sie brauchte ihn nicht. Ebenso gut konnte sie die Gegend auf eigene Faust erkunden oder mit Liz wandern gehen. Schließlich war sie nach Cornwall gereist, um Zeit mit ihrer Freundin zu verbringen und nicht, um fremde Männer kennenzulernen.

„Ich werde morgen wieder vorbeikommen, um mir das Schuppendach anzusehen", sagte Ryan freundlich. „Also lass es mich einfach wissen, falls du deine Meinung änderst, Jonna."

Das würde niemals passieren. Eher würden Weihnachten und Ostern auf denselben Tag fallen. Sie zwang sich zu einem unverbindlichen Lächeln. „Entschuldige uns jetzt bitte“, erwiderte sie, ohne auf seine Äußerung einzugehen. Sie bückte sich, um Mr Gandy anzuleinen. Möglicherweise hätte es die Höflichkeit geboten, Ryan zu einem Tee oder Kaffee hereinzubitten. Sie hatte jedoch keine Lust, höflich zu sein. Die wärmende Wirkung des Alkohols ließ langsam nach, und sie fröstelte nun im scharfen Wind. „Komm mit“, forderte sie den Hund auf. „Zeit, dich zu füttern.“

Bei dem Wort *füttern* stürmte der Jack Russell begeistert los, und Jonna, die sich selbst für ihre vorgetäuschte Gelassenheit auf die Schulter klopfte, rutschte die Leine aus der Hand. Dummerweise verfing sich das Band zwischen ihren Beinen, sodass Jonna ins Straucheln geriet.

Blitzschnell war Ryan an ihrer Seite, schloss seine Arme um sie und bewahrte sie so vor dem Fallen. „Sachte.“

Sie hob das Kinn und starrte ihm direkt in die braunen Augen. Sein warmer Atem strich über ihre Wange und sie war ihm so nah, dass sie erstmals die kleinen Fältchen um seine Augenwinkel bemerkte. Ihr Herzschlag setzte sekundenlang aus und ein seltsames Kribbeln stieg aus der Tiefe ihres Bauchs auf. So etwas hatte sie nicht mehr gefühlt, seit …

„Du riechst wie eine Destillerie“, stellte Ryan nüchtern fest und brach damit den Bann.

Oh verflixt. Sie hatte eine Fahne? Peinlich berührt löste sie sich von ihm und trat einen Schritt zurück. „Ich … war zum Tee eingeladen“, brachte sie hervor und versuchte währenddessen, das verwirrende Gefühl, das seine Nähe in ihr ausgelöst hatte, zu ergründen.

Er hob eine Braue.

„Mabel meinte, ein Schuss Rum wäre gut gegen meine Erkältung ..." Sie verstummte. Himmel, warum glaubte sie, sich ihm erklären zu müssen? Er war weder ihr Aufpasser noch ihr Kindermädchen. „Danke jedenfalls fürs ... ähm .... Man sieht sich." Mit glühenden Wangen eilte sie davon. Während sie auf das Haus zulief, wo der Hund bereits vor der Tür wartete, meinte sie, Ryans leises Lachen in ihrem Rücken zu hören. Dann klappte eine Autotür zu und der Motor startete brummend.

Meine Güte. Sie war doch kein junges, unbeholfenes Mädchen, das beim Anblick eines attraktiven Mannes die Sprache verlor! Was war eigentlich mit ihr los? Diese dumme Erkältung brachte sie völlig durcheinander. Sie schwor sich, künftig besser die Hände vom Alkohol zu lassen. Kopfschüttelnd legte sie im Korridor ihren Mantel und Schal ab und befreite den Hund von der Leine. Einen tiefen Seufzer ausstoßend, fuhr sie sich durch die Locken, unfähig, die Gedanken an Ryan Bennett abzuschütteln. Sie hatte es geahnt. Von Anfang an. Dieser Mann bedeutete Ärger. Sie plante nicht, näher darüber nachzudenken, warum dies so war. Vermutlich aus Gründen des Selbstschutzes. Sie war sich jedoch bewusst, dass dieser Mann eine Gefahr für ihr Seelenheil und ihren inneren Frieden darstellte. Aus diesem Grund musste sie alles daransetzen, ihm aus dem Weg zu gehen. Und ganz gewiss würde sie sich nicht auf seinen albernen Vorschlag einlassen. Wenn sie doch nur endlich etwas von Nick hören würde. Sein andauerndes Schweigen verunsicherte sie. Sie hatte damit gerechnet, dass er sich inzwischen längst gemeldet und ihr gestanden hätte, große Sehnsucht nach ihr zu haben.

Ihre Aufmerksamkeit einfordernd, schmiegte sich Mr Gandy gegen ihre Beine und riss sie so aus ihren Grübeleien. Der kleine Hundeschwanz klopfte einen erwartungsvollen Rhythmus auf die Holzdielen. Schließlich hatte sein Frauchen schon vor einer Weile etwas von Fressen erwähnt, nicht wahr?

Sie beugte sich zu ihm hinab. *Zur Hölle mit den Männern!*, schimpfte sie stumm. „Lass uns mal nachsehen, was wir im Küchenschrank Feines für dich auftreiben können." Liebevoll tätschelte sie Mr Gandys Flanke.

Sie holte eine Dose Hundefutter aus dem Schrank und öffnete sie. Anschließend schlang sie die Arme um den Oberkörper und sah zu, wie ihr Vierbeiner zufrieden seine Häppchen verschlang, und entschied spontan, sich Wasser für ein Schaumbad einzulassen.

Nachdem sie eine Weile in heißem, dank Liz' Badezusatz himmlisch nach Orangenblüten duftendem Wasser gelegen hatte, fühlte sie sich besser. Sie schlüpfte in bequeme Jogginghosen und ein kuscheliges Sweatshirt und machte es sich mit dem Skizzenblock vor dem knisternden Feuer gemütlich. Sie musste sich ablenken, das Gedankenkarussell in ihrem Kopf, das einfach nicht zur Ruhe kam, abschalten, und das konnte sie am besten beim Zeichnen.

Als Liz am späten Nachmittag im *Hollyhock Cottage* eintrudelte, saß Jonna noch immer mit ihren Entwürfen im Wohnzimmer. Sie hatte sich zwischendurch ein Sandwich und Tee zubereitet und da sie derart in ihre

Arbeit vertieft war, hatte sie gar nicht bemerkt, wie rasch die Zeit verflogen war.

„Hey!“ Liz steckte ihren kurzen, blonden Schopf durch die Tür. „Hier steckst du also.“ Sie gesellte sich zu Jonna auf die Couch und spähte ihr neugierig über die Schulter. „Du bist ja richtig fleißig, lass mal sehen.“ Vorsichtig nahm sie Jonna das Papier aus der Hand, um die Zeichnung zu studieren. Sie zeigte ein filigranes, mit winzigen Perlen verziertes Vintagecollier und einen rosafarben schimmernden Stein in der Form eines angedeuteten Engels als Anhänger. „Wow.“ Sie bedachte Jonna mit einem bewundernden Blick. „Du hast ein unfassbares Talent, Süße. Was ist das für ein wunderschöner Stein?“

„Ein Rosenquarz.“

„Oh. Ah.“

„Was meinst du mit oh, ah?“ Jonna war der bedeutungsvolle Unterton in Liz’ Stimme nicht entgangen.

Ein Schmunzeln tanzte um Liz’ Lippen. „Wenn mich meine Erinnerung nicht täuscht, erwähnte Cassandra aus dem *Magic Gems* neulich, dass man den Rosenquarz gern mit einer neuen Liebe in Verbindung bringt …“

Jonna lachte. Sie nahm ihrer Freundin das Papier aus der Hand und legte es auf ihren Skizzierblock auf dem Tisch. „Du bist schrecklich, Liz. Mir gefällt die Farbe des Steins, das ist alles. Ich finde, sie passt perfekt zu diesem Schmuck.“ Natürlich erinnerte sie sich nur zu gut an Cassandras Ausführungen, doch das musste sie Liz ja nicht auf die Nase binden. „Aber weißt du was?“ Jonna fühlte Aufregung in sich aufsteigen. „Ich hatte eine Idee. Vielleicht könnte ich mit Edelsteinen eine ganz neue Schmucklinie kreieren. Ich bin gespannt, was Tabea dazu sagen wird." Sie musste sich unbedingt ein Buch kaufen, um noch mehr über diese Steinsache zu erfahren.

„Du vermisst deine kleine Schmiedestube, stimmt's?" Liz bedachte sie mit einem prüfenden Blick.

Jonna atmete tief ein. „Ich fürchte, ja." Die Arbeit im Café mit Liz machte ihr zwar Spaß, aber wenn sie ehrlich war, fehlte es ihr, ihrer Leidenschaft nachzugehen.

„Weißt du was?" Liz rieb sich über den Nasenrücken. „Ich hätte da ebenfalls eine Idee." Ihre veilchenblauen Augen leuchteten. „Was hältst du davon, wenn wir dir im Schuppen eine kleine provisorische Werkstatt einrichten, solange du hier bist?"

„Das ist sehr lieb von dir, Liz, aber in wenigen Tagen werde ich schon wieder abreisen." Jonna spürte leises Bedauern aufsteigen. Sie fühlte sich ausgesprochen wohl hier in Cornwall bei ihrer Freundin. Und die Menschen, die sie bislang in Penkerris kennengelernt hatte, waren ihr alle freundlich begegnet. Wobei es manche Zeitgenossen definitiv mit der Freundlichkeit übertrieben. Energisch fegte sie Ryans Bild beiseite. „Ich wünschte wirklich, ich könnte bleiben."

„Was hält dich davon ab? Möglicherweise hat deine Chefin nichts dagegen, dich noch eine Weile zu entbehren." Liz stupste sie aufmunternd an. „Und dein Nick scheint doch prima ohne dich auszukommen. Was meinst du?"

Ärgerlich blinzelte Jonna die plötzlich aufsteigenden Tränen fort. „Es muss an der Erkältung liegen, dass ich heute so emotional bin. Aber du hast recht. Nick scheint es völlig egal zu sein, dass ich gegangen bin."

Während sie ihre Freundin musterte, zog sie eine ernüchternde Bilanz. Bald schon würde sie Penkerris wieder verlassen. Und bisher sah es nicht so aus, als sei ihre Mission, Nick zu bekehren, von Erfolg gekrönt. Ihr Frosch hatte sich noch immer nicht in einen Prinzen verwandelt. Sie gestand es sich nicht gern ein, aber es sah tatsächlich so aus, als ob sie einen Plan B bräuchte. Sie hatte keine Lust, nach Hause zu fahren und an dem Punkt ihrer Beziehung weiterzumachen, wo sie vor ihrer Abreise gestanden hatte. Vielleicht brauchte ihr störrischer Freund einfach noch mehr Zeit. Und sie ja möglicherweise ebenso. „Lass mich darüber nachdenken, okay?"

Liz drückte sanft ihren Arm. „Du bist hier willkommen, solange du möchtest, ich hoffe, das weißt du."

Jonna erwiderte das Lächeln ihrer Freundin. „Mabel hat mich heute übrigens zum Tee eingeladen", lenkte sie das Gespräch in eine andere Richtung und berichtete Liz von dem ungeplanten Besuch bei der alten Dame.

„Die gute Mabel ist wirklich ein Schatz", pflichtete Liz bei. „Mit vierundachtzig Jahren noch so rüstig und dabei topfit im Kopf. Ich hoffe, sie bleibt uns und dem Lesezirkel noch lange erhalten. Penkerris wäre einfach nicht mehr dasselbe ohne Mabel."

„Denkst du, sie würde sich über ein Armband oder einen Anhänger freuen?", fragte Jonna. „Über etwas Selbstgemachtes?"

„Darüber wäre sie begeistert, da bin ich mir ziemlich sicher."

„Ich hätte dir auch etwas aus Deutschland mitbringen sollen." Zerknirscht zog Jonna ihre Beine unter sich. „Es ist mir richtig peinlich, wenn ich jetzt daran denke. Aber weißt du, in dem ganzen Reisestress und der Aufregung ist das untergegangen.“

„Schon gut, Süße. Dass du hier bist und mich jetzt im Café unterstützt, bedeutet mir viel mehr als jedes Geschenk“, versicherte Liz.

„Apropos Café“, Jonna schob sich eine Locke von der Stirn, „morgen bin ich wieder einsatzfähig. Ich fühle mich schon viel besser“, bekräftigte sie, als ihre Freundin zweifelnd eine Braue hob. Die Vorstellung, im *Hollyhock Cottage* allein mit Ryan zu sein, behagte ihr ganz und gar nicht. „Er war übrigens heute hier.“

„Wer?“

„Ryan Bennett.“

„Ach, tatsächlich? Er schneite am Morgen ins Café, um mir zu sagen, dass er morgen Nachmittag mal nach dem Schuppendach schauen würde.“

„Ja, das hat er mir auch erzählt. Er will mich zu einem Ausflug einzuladen.“

„Oh. Wie aufmerksam von ihm“, fand Liz.

„Findest du? Ich meine, er weiß doch, dass ich gebunden bin.“

„Aber Süße.“ Liz stieß ein kleines Lachen aus. „Du kannst dir trotzdem von ihm die Gegend zeigen lassen. Da ist doch nichts dabei.“

„Da wäre ich mir nicht so sicher. Ich traue ihm nicht.“

„Kann es vielleicht sein, dass du eher dir selber nicht traust?“ Liz legt den Kopf schief und sah Jonna prüfend an. „Rein objektiv betrachtet, ist er ein sehr gutaussehender Mann mit einer ordentlichen Portion Sexappeal. Und hilfsbereit ist er auch noch dazu. Eine sehr anziehende Mischung.“

„Gefällt er dir etwa?", rutschte es Jonna mit einem Hauch von Entsetzen heraus.

„Er ist attraktiv, ich bin ja nicht blind. Und ich mag ihn gut leiden. Aber ... nein, er ist nicht mein Typ."

„Ich habe ebenfalls kein Interesse an ihm", stellte Jonna klar. Nur für den Fall, dass ihre Freundin falsche Schlüsse zog. „Es würde sich einfach falsch anfühlen, Zeit mit ihm zu verbringen, wenn ich doch Nick zu Hause habe."

„Hm", machte Liz.

Bedrückt schüttelte Jonna den Kopf. „Ich weiß, ich weiß." Wieder verspürte sie einen schmerzhaften Stich, als sie an ihren Freund dachte. „Vielleicht ist sein Schweigen seine Art, mich dafür zu bestrafen, dass ich meine Koffer gepackt und ihn allein gelassen hatte. Er ist es ja nicht gewohnt, dass ich mein eigenes Ding durchziehe."

„Es macht keinen Sinn, wenn du dir den Kopf darüber zerbrichst. Abgesehen davon, liebste Jonna, solltest du öfter was für dich machen", meinte Liz pragmatisch. „Ich glaube, deinem Nick geht es viel zu gut mit dir." Ehe Jonna etwas entgegnen konnte, erhob sich Liz unvermittelt. „Soll ich dir rasch etwas zu Essen zaubern? Ich gehe nachher aus und möchte vorher noch duschen."

„Kein Problem, ich mache mir selbst etwas, falls ich Hunger haben sollte." Jonna entknotete ihre Beine. „Wohin gehst du?"

„Corey hat mich zum Abendessen ins *Crab Shack* eingeladen. Sie haben heute Ruhetag." Liz wuschelte sich durchs Haar und wirkte plötzlich etwas verlegen.

„Oh schön!" Jonna sprang auf und umarmte ihre Freundin. Sie freute sich für Liz. „Und du fütterst mich hoffentlich anschließend mit jeder Einzelheit dieses Dates?"

Liz warf lachend den Kopf zurück. „Davon träumst du."

Kapitel 16

Entgegen ihrer Absicht, am nächsten Tag wieder im Café Liz unter die Arme zu greifen, fühlte sich Jonna hundeelend, als sie morgens die Augen aufschlug. Oder besser, wie vom Zug überrollt, das traf es eher. Ihr Kopf dröhnte, und der trockene Husten hatte sich ein schmerzhaftes Rasseln verwandelt. Liz kochte ihr Kamillentee und bestand darauf, dass sie im Bett blieb und sich auskurierte. Jonna war unleidlich, denn sie konnte es nicht ausstehen, herumzuliegen und nichts zu tun. Ohne Aufgabe, ohne Plan fühlte sie sich verloren, doch angesichts ihres Zustands hatte sie keine Wahl.

„Bleib einfach im Bett", riet Liz ihr, bevor sie sich ins Café aufmachte. „Ich lasse dir eine Kanne Tee hier und ein Sandwich, und wenn ich später wieder nach Hause komme, koche ich dir was Schönes." Sie hauchte einen Luftkuss in ihre Richtung und wandte sich ab, blieb aber unvermittelt im Türrahmen stehen. „Ach ja, wie du ja weißt, wird sich Ryan später des Schuppendachs annehmen. Gut möglich, dass er auch ins Haus kommt, um sich etwas zu trinken zu holen, also wundere dich nicht, falls du es in der Küche rumoren hören solltest."

Jonna schloss kurz stöhnend die Augen. „Er wird mich hoffentlich in Ruhe lassen", brummelte sie.

„Keine Sorge", beruhigte Liz sie. „Ich lege ihm einen Zettel auf die Anrichte, damit er leise ist und dich nicht stört. Um Mia brauchst du dir ebenfalls keine Gedanken machen, sie wird nach der Schule eine Freundin besuchen und erst am Abend wieder zurückkommen. Schlaf jetzt, Süße. Wir sehen uns später."

„Danke, Liz." Erschöpft sank Jonna ins Kissen zurück. Kaum hatte ihre Freundin das Zimmer verlassen, glitt sie sofort in einen tiefen Schlaf.

Ein lautes Klopfen an der Tür, gefolgt vom Knarren und Knarzen der Bodendielen weckte sie. Blinzelnd öffnete sie die Augen und stöhnte leise, denn ihr schwindelte und auf ihrer Brust lastete ein unangenehmer Druck. Sie fuhr jedoch hoch, als sie Ryan vor ihrem Bett mit einem Becher Tee in der Hand stehen sah. „Heiliger Bimbam! Was machst du hier?" Erschrocken zerrte sie das Laken bis unter ihr Kinn. Hatte Liz nicht versprochen, dem Mann in der Küche eine Erinnerung zu hinterlassen, Jonna nicht zu stören? Bestimmt hatte die Freundin es vergessen. Grundgütiger. Das hatte ihr in ihrem Zustand gerade noch gefehlt.

„Ich wollte mal nach dir sehen." Für den Bruchteil einer Sekunde huschte ein Lächeln über seine Züge.

„Das wäre nicht nötig gewesen." Jonna presste ihre Lippen zu einer schmalen Linie. Sie wünschte, Ryan würde einfach wieder verschwinden. Sie wollte allein sein. Schon lange hatte sie sich nicht mehr so elend gefühlt.

Anstatt ihr den stillen Wunsch zu erfüllen, trat er näher, um Jonna zu inspizieren. „Du siehst furchtbar aus."

„Danke für die Blumen. Und jetzt hätte ich gern ein wenig Privatsphäre." Halb verlegen, halb empört schob sie sich eine Locke aus dem Gesicht. Was für eine Unverfrorenheit von ihm, ungebeten hier aufzutauchen! Abgesehen davon hätte er nicht noch betonen müssen, dass sie im Augenblick nicht gerade den ersten Preis im Schönheitswettbewerb gewinnen würde. Er dagegen, in seinem Arbeitshemd, den hochgerollten Ärmeln, die seine sehnigen Unterarme freigaben, und den Jeans, wirkte wie das blühende Leben.

Er überging ihre Bemerkung, stellte den Becher auf den Nachttisch, und ehe sie sich versah, lag seine kräftige, große Hand auf ihrer Stirn. „Du glühst", stellte er nüchtern fest. „Vermutlich hast du Fieber und solltest viel trinken. Ich habe dir Tee gebracht."

„Das ist …"

„Nicht nötig. Schon klar." In seinen Augen tanzte ein spitzbübisches Funkeln. „Spar dir deine Energie zum Gesundwerden auf, anstatt zu diskutieren." Ohne auf ihre Erlaubnis zu warten, ließ er sich auf der Bettkante nieder und nahm die Tasse in die Hand. „Trink das", forderte er sie auf.

Stirnrunzelnd blickte sie ihn an. Sie war tatsächlich zu erschöpft, um ihn aufzuhalten. Ach, dann sollte er doch machen. Nun hatte er sie in ihrem ganzen Elend ohnehin schon gesehen.

Mit Anstrengung setzte sie sich auf und nippte an dem Getränk. Jeder einzelne Schluck schmerzte. Konnte sich Ryan nicht einfach in Luft auflösen und sie in Ruhe lassen? Sie brauchte keinen Krankenpfleger.

Er nahm ihr den Becher aus der Hand. „Und nun", verkündete er gut gelaunt und gab vor, ihre feuchten Augen nicht zu bemerken, „werde ich dir eine schöne, heiße Suppe kochen. Wenn ich es richtig verstanden habe, wird deine Freundin erst am späten Nachmittag wieder zurückkommen, und ich denke, etwas Stärkendes wäre jetzt genau das Richtige."

Mit der Hand wedelnd sank sie matt in die Kissen zurück. „Nein, bitte nicht."

„Keine Widerrede." Zielstrebig steuerte er das Fenster an. „Jetzt lassen wir aber erst einmal frische Luft rein."

„Was?" Mühsam richtete Jonna sich wieder auf, um zu protestieren, doch er hatte das Fenster bereits hochgeschoben und ein Schwall kühler Luft ließ die zarten Gardinen im Luftzug tanzen.

Mit einem Lächeln drehte er sich um und kam zurück an ihr Bett. Ihr Protest schien ihn völlig kalt zu lassen. „Du wirst sehen, es wird dir guttun." Fast zärtlich strich er ihr eine Locke hinters Ohr. Die sanfte Berührung ließ sie erschauern.

„Würdest du jetzt bitte mein Zimmer verlassen?" Sie schoss ihm einen finsteren Blick zu. Seine Anwesenheit trug nicht gerade zu ihrer Genesung bei.

Natürlich ließ er sich von ihrer Widerspenstigkeit nicht beeindrucken. „Wusstest du übrigens, dass in deinen Augen goldene Fünkchen sprühen, wenn du wütend bist?", stellte er fasziniert fest, als hätte er soeben einen neuen Stern am Firmament entdeckt.

„Tatsächlich?" Herausfordernd begegnete sie seinem Blick.

Seine Mundwinkel hoben sich zu einem zufriedenen Lächeln. „Allerdings. Eine faszinierende Mischung aus Gold und Grün", präzisierte er, während er ihr in die Augen starrte.

„Ryan, ich ..." Hilflos verstummte sie.

„Du hast recht." Er wandte sich ab und trat ans Fenster, um es zu schließen. „Ich sollte mich lieber an die Arbeit machen."

Sie hatte inzwischen begriffen, dass es keinen Sinn machte, Ryan davon zu überzeugen, sie in Ruhe zu lassen. Dieser Mann war stur wie ein Esel. Er machte einfach, was er wollte. Um ihn nicht mehr ansehen zu müssen, schloss sie die Augen.

Die Bodendielen ächzten leise, als er ihr Zimmer verließ, und Jonna driftete augenblicklich zurück in einen leichten, unruhigen Dämmerschlaf.

„Jonna." Die dunkle Stimme drang in ihren Traum.

Jonna seufzte und kuschelte sich tiefer in die Decke. „Lass mich schlafen, Nick", murmelte sie schlaftrunken.

„Hier ist Ryan. Ich bringe dir deine Suppe."

Leises Geschirrklappern drang durch den Nebel ihres Bewusstseins, dann spürte sie, wie ihre Matratze sich an einer Seite senkte.

„Es ist nur eine einfache Brühe geworden. Außer ein paar müden Möhren habe ich leider keine Zutaten gefunden, die sich zum Kochen einer Suppe eignen. Aber die Brühe ist heiß und salzig und wird dir guttun."

„Brauche keine Suppe." Natürlich war es nicht Nick. Nick hätte ihr niemals eine Suppe ans Bett gebracht. Sie weigerte sich, die Augen zu öffnen, und drehte sich auf die andere Seite.

„Weißt du, dass du ganz schön dickköpfig bist?" Ryan klang eher belustigt, als verärgert. „Ich werde auf jeden Fall solange an deinem Bett sitzen, bis du diese Tasse geleert hast."

„Du gibst nie auf, oder?"

„Niemals", bekräftigte er.

Da hatten sie zumindest eine Sache gemeinsam. Doch das würde sie ihm gewiss nicht auf die attraktive Nase binden.

Ein leises Stöhnen schlüpfte über ihre Lippen, aber schließlich richtete sie sich auf. Insgeheim musste sie sich eingestehen, dass es auch irgendwie schön war, umsorgt zu werden.

Gehorsam löffelte sie von der Brühe, die er ihr unter die Nase hielt. Er hatte sogar daran gedacht, eine Papierserviette mitzubringen, damit sie sich anschließend die Lippen tupfen konnte. „Danke." Sie hob den Blick und ertappte ihn dabei, wie er auf ihren Mund starrte.

Er räusperte sich, nahm ihr die Tasse aus der Hand, stellte sie auf den kleinen Nachtisch zurück und erhob sich. Wie gut, dass sie keine Gedanken lesen konnte. „Ich lasse dich dann mal wieder allein und widme mich wieder dem Schuppendach. Wenn noch etwas sein sollte ..."

„Nein, nein", wehrte sie rasch ab. „Es wird nichts sein. Ich werde einfach weiterschlafen."

„Recht so. Schlaf ist die beste Medizin. Sagt jedenfalls meine Mutter immer. Und ist es nicht ein ungeschriebenes Gesetz, dass Mütter stets recht haben?" Er zwinkerte ihr zu.

Jonna rang sich ein dünnes Lächeln ab. Sie machte drei Kreuze, als er schließlich das Zimmer verließ.

„Süße, wie geht es dir?" Als Liz am späten Nachmittag ihren blonden Schopf durch die Tür steckte, saß Jonna aufrecht im Bett und blätterte durch eine Illustrierte. Sie war seit einer halben Stunde wach und fühlte sich viel besser als noch am Morgen.

„Ryan war hier", brummelte sie, ohne auf Liz' Frage einzugehen.

„Ich weiß. Er hatte ja versprochen, sich um das Schuppendach zu kümmern." Liz setzte sich zu ihr auf die Bettkante.

Jonna legte die Zeitschrift beiseite. „Ich meinte, er war bei mir im Zimmer."

„Ach, tatsächlich?"

Warum klang Liz so gelassen? „Hattest du ihm denn keinen Zettel hinterlassen, dass er mich nicht stören soll?"

„Doch, das habe ich."

„Den hat er jedenfalls ignoriert." Der Mann war offenbar perfekt darin, Dinge zu ignorieren. „Er hat mir", Jonna unterbrach sich kurz und hustete, „eine Brühe gemacht und ging nicht eher, bevor ich sie gehorsam gelöffelt habe."

Liz Lippen verzogen sich zu einem breiten Schmunzeln. „Sieh mal einer an. Du scheinst es ihm angetan zu haben."

„Unsinn." Jonna spürte, wie ihre Wangen heiß wurden. „Ich meine, ist der Kerl nicht übergriffig? Macht es dir gar nichts aus, dass er sich einfach deiner Küche bedient hat?"

„Überhaupt nicht. Er hatte die ausdrückliche Erlaubnis, sie zu benutzen. Und ehrlich gesagt, finde ich es reizend von ihm, dass er sich um dich kümmert."

„Reizend. Warum sollte er das tun?"

„Wie wäre es aus reiner Freundlichkeit?"

Jonna bedachte sie mit einem vielsagenden Blick. „Du bist viel zu gutgläubig.“

„Und du viel zu kritisch.“

„Im Ernst, Liz. Der Mann spaziert hier ein und aus, als ob er im *Hollyhock Cottage* wohnt, durchforstet deine Küche und steckt seine Nase in Angelegenheiten, die ihn nichts angehen.“ Sie kaufte ihm nicht ab, dass er so selbstlos war, wie er tat. Welches Ziel verfolgte er?

„Ach, du ewige Grüblerin“, rügte Liz sie gutmütig. „Hör endlich auf, alles zu hinterfragen und zu analysieren. Genieße einfach, wenn dir jemand etwas Gutes tut.“

Jonna konnte sich nicht vorstellen, dass Ryan etwas ohne Hintergedanken tun würde. Fakt war, sie kannte ihn nicht, wusste nicht, was für ein Mensch er war, doch ihr Instinkt sagte ihr, dass Ryan nicht ganz so selbstlos war, wie er vorgab.

„Was glaubst du, wie peinlich es mir gewesen ist, dass er mich so gesehen hat?“ Aufgebracht schob sie sich eine Strähne hinters Ohr.

„Ich dachte, du machst dir nichts aus ihm.“ Liz’ Augen blitzten fröhlich.

„Tue ich auch nicht. Dennoch lege ich Wert auf meine Privatsphäre, ich fand seinen Auftritt einfach schräg.“

„Ach komm schon, Süße, jetzt vergiss mal Ryan“, entgegnete Liz unbekümmert. „Ich werde uns jetzt leckere Spaghetti mit Pesto zaubern und dann suchen wir uns bei Netflix einen Schmachtfetzen aus, sofern du dich nicht zu elend dafür fühlst? Ich sehne mich danach, die Beine hochzulegen und mit einem guten Film abzuschalten. Und das würde ich am liebsten in deiner Gesellschaft tun.“

Jonna schmunzelte. Liz' Vorschlag gefiel ihr. „Etwas wackelig bin ich zwar noch, aber die Gelegenheit, mir mit dir einen romantischen Film anzusehen, lasse ich mir gewiss nicht entgehen."

Liz war schon fast zur Tür hinaus, als Jonna sie nochmals ansprach. „Ach, Liz, warte!"

„Ja?" Abwartend hielt sich Liz am Türrahmen fest.

„Wie war eigentlich dein Date mit Corey gestern Abend? Du hast mir noch gar nichts erzählt."

„Oh. Das." Liz löste sich vom Rahmen und strubbelte sich durchs Haar, wie sie es immer tat, wenn sie überlegte. Ihre Augen strahlten, als sie den Blick auf Jonna richtete. „Es war … sehr nett."

„Nett?" Jonna bedachte ihre Freundin mit einem bedeutungsvollen Blick.

„Ich – wir hatten einen schönen Abend."

„Und ihr werdet euch wiedersehen."

„Vielleicht." Liz' Lächeln wurde breiter. „Und nun lass mich aber endlich in die Küche gehen, sonst wird es nichts mit unserem gemütlichen Fernsehabend."

Kapitel 17

Zwei Tage später war Jonna vollständig genesen und hatte entschieden, länger in Penkerris zu bleiben, falls Tabea ihr Okay geben würde. Nicht nur, weil Nick beharrlich schwieg, sondern auch weil Liz sie brauchte. Auch wenn die Freundin es nicht aussprach, spürte Jonna, dass Liz enttäuscht wäre, würde Jonna ihren Besuch nicht verlängern. Zudem wollte sie selbst noch gar nicht an die Heimkehr denken, jedenfalls nicht unter den gegebenen Umständen. Sie und Liz hatten eine Menge Zeit aufzuholen und abgesehen davon, gab es in Cornwall noch so Vieles zu entdecken. Sie hatte sich ja gerade eben erst eingefunden. Dennoch pochte Jonnas Herz, als sie ihr Handy zückte und die vertraute Nummer in Deutschland wählte.

„Tabeas Schmuckkästchen, was kann ich für Sie tun?"

Angesichts von Tabeas zwar freundlich, aber dennoch geschäftsmäßig und leicht gestresst klingender Stimme huschte ein Schmunzeln über Jonnas Züge. Für den Bruchteil einer Sekunde fühlte sie sich an ihren Arbeitsplatz versetzt, wo ihre Chefin und Freundin, das Telefon zwischen Schulter und Kinn geklemmt, den ausgesuchten Schmuck für eine wartende Kundin verpackte, und dabei stumm wie ein Brauereikutscher fluchte, denn Tabea und Geschenkpapier waren nicht gerade die besten Freunde.

„Hier ist Jonna, grüß dich, Tabea.“

„Oh mein Gott, Jonna, wie schön, von dir zu hören! Wie geht es dir in Cornwall? Und vor allem, wann kommst du wieder?“

Okay, Tabea *war* im Stress. Jonna lachte ein wenig nervös. Am besten, sie kam gleich auf den Punkt, zumal Tabea mit Sicherheit gerade bediente und keine Zeit zum Plaudern hatte. „Es geht mir wunderbar. Dummerweise hatte ich mich erkältet, doch inzwischen bin ich wieder fit. Aber …“

„Hat die Reise den gewünschten Erfolg gebracht?“ Ihre Chefin fackelte wie üblich nicht lange.

Jonna rang mit sich, ob sie Tabea von ihrer Idee mit der Edelsteinkollektion berichten sollte, und verwarf den Gedanken wieder. Jetzt war nicht der richtige Zeitpunkt. „Noch nicht“, beantwortete sie Tabeas Frage. „Nick hüllt sich in Schweigen, und deshalb“, sie straffte ihren Rücken, „wollte ich dich fragen, ob du mich noch eine Weile entbehren kannst?“

Es folgte sekundenlanges Schweigen, das lediglich durch den melodischen Gongschlag der alten Standuhr in Tabeas Laden unterbrochen wurde.

„Gut, ich würde lügen, wenn ich behauptete, dass ich nicht gehofft hätte, dich wieder bald zurück im *Schmuckkästchen* zu haben“, meldete sich Tabea schließlich wieder. „Aber wenn du die Zeit noch für dich brauchst, will ich dir nicht im Wege stehen, Jonna. Ich vermisse dich, weißt du?“, fügte sie leise an.

Jonna fühlte eine Welle der Zuneigung für Tabea über sich hinwegschwappen. Tabea war nicht jemand, der leichtfertig seine Emotionen offenbarte. Prompt bekam sie ein schlechtes Gewissen, denn es fühlte sich an, als ob sie ihre Freundin im Stich ließe. „Ich komme ja wieder", versicherte sie ihr rasch. „Und du fehlst mir auch."

„Jetzt ist aber Schluss mit dieser Gefühlsduselei", befahl Tabea gewohnt resolut und entlockte Jonna ein kleines Lächeln. „Genieße dein zauberhaftes Cornwall noch eine Weile und ich halte hier solange die Stellung."

Liz schloss Jonna glücklich in die Arme, als diese ihr die Neuigkeit mitteilte. „Wunderbar! Das ist die beste Nachricht seit Langem, Süße. Und jetzt werden wir dir im Schuppen eine kleine Werkstatt einrichten, nein", unterbrach sie Jonnas aufkommenden Protest energisch, „lass mich das machen, ich bestehe darauf." Und da sie der Meinung war, dass Jonna es lieber noch langsam angehen sollte, damit sie keinen Rückfall erlitt, brach sie allein ins *Taste of Heaven* auf.

Nach dem Frühstück, das aus einem Bagel mit Blaubeermarmelade und einem heißen Café Latte bestand, zückte Jonna an der Küchentheke ihr Handy, um eine lange Nachricht an Nick zu schreiben. Sie wollte nicht länger schweigen, denn sein Verhalten enttäuschte sie zutiefst. Sie schrieb und schrieb, löschte, formulierte neu, und am Ende löschte sie den ganzen Text. Es gab so viel zu sagen, aber dennoch fand sie nicht die richtigen Worte. Es schien, dass sie sich, mit jedem Tag, den sie in Cornwall verbrachte, mehr von Nick entfernte. Bestürzt stellte sie fest, dass sie ihn zum ersten Mal seit ihrer Abreise nicht vermisste. Und das bereitete ihr Unbehagen. Um die lärmenden Gedanken auszuschalten, fasste Jonna den Entschluss, einen Spaziergang zum

Magic Gems zu machen und sich mit weiterem Material für ihre Schmuckanfertigung sowie einem Buch über Edelsteine einzudecken.

Sie stand auf, räumte ihr Frühstücksgeschirr in die Spülmaschine und tätschelte Mr Gandys seidenen Kopf, der hoffnungsvoll um ihre Beine sprang.

„Ja, mein Guter, ist ja schon gut. Ich hole mir noch rasch eine warme Jacke, dann können wir los."

Der kleine Jack Russell quittierte ihre Aussage mit einem freudigen Schwanzwedeln.

Sie waren gerade im Begriff, die Küche zu verlassen, als Mia auftauchte.

„Hallo", begrüßte Jonna das Mädchen freundlich. Es war das erste Mal seit ihrer letzten Begegnung, dass sie Liz' Stieftochter wiedersah.

Mia, die heute einen Mini im Schottenlook zu einem bauchfreien T-Shirt trug, verzog ihre Lippen zu einem flüchtigen Lächeln. Rasch bückte sie sich, um Mr Gandy zu streicheln. „Wenn du willst, kann ich mit dem Hund Gassi gehen", murmelte sie, Jonnas überraschtem Blick ausweichend. „Ich hab gehört, du wärst krank."

„Oh. Ja, also, mir geht es wieder gut, aber danke für das Angebot", entgegnete Jonna und schickte sich zum Aufbruch an.

„Warte", hielt Mia sie auf. „Ryan meinte, du", sie räusperte sich, „du würdest dich freuen, wenn ich mal mit dem Hund rausgehen würde", schloss sie mit feuerroten Wangen.

Jonna verkniff sich ein Schmunzeln. Soso. Ryan also. Er musste einen Stein im Brett bei Liz' Tochter haben. Allerdings gefiel ihr die Vorstellung nicht, den Jack

Russell in Mias Obhut zu geben. „Das ist wirklich nett, Mia, aber ich bin selbst gerade auf dem Weg hinunter in den Ort."

„Ein Spaziergang durch die Felder würde ihm sicher besser gefallen." Erstmals hielt Mia ihren Blick und Jonna erkannte ein leises Flehen darin. Wollte das Kind etwa das unhöfliche Auftreten von neulich wiedergutmachen? Mia schien ihr leises Zögern zu bemerken. „Ich werde gut auf ihn aufpassen, versprochen."

Jonna gab sich einen Ruck. Mia schien es ernst zu meinen, aus welchem Grund auch immer. Und möglicherweise könnte Jonna auf diese Weise das Vertrauen des Mädchens gewinnen – und umgekehrt. Liz würde sich bestimmt darüber freuen. „Du hast recht, Mia. Mr Gandy tobt natürlich lieber durch Wiesen als brav an der Leine durch die Straßen zu trotten." So betrachtet, hätte sie auch mehr Zeit, in Ruhe im Steineladen zu stöbern. „Vielleicht lässt du ihn erst einmal angeleint", meinte sie über ihre Schulter hinweg, während Mia ihr in den Flur folgte, wo Jonna die Hundeleine vom Garderobenhaken nahm. „Wenn er sich daran gewöhnt hat, mit dir unterwegs zu sein, kannst du ihn rennen lassen. Zum Glück ist er noch nie ausgebüxt." Und das würde er hoffentlich nicht gerade heute tun. Ein Quäntchen Unbehagen blieb zurück.

„Keine Sorge, ich mach das schon."

„Prima. Und wenn ihr zurück seid, gibst du ihm bitte ein Schälchen frisches Wasser?" Jonna kniete sich neben Mr Gandy und befestigte die Leine, wobei sie Mias Augenrollen ignorierte. „Und du bist schön brav, hörst du?", wandte sie sich ihrem Vierbeiner zu.

Nachdem Mia mit einem aufgeregt umherspringenden Mr Gandy das *Hollyhock Cottage* verlassen hatte, schlüpfte Jonna in ihre dicke Strickjacke. Ihre Lippen verzogen sich zu einem kleinen Lächeln, während sie sich anschließend vor dem Spiegel ein Tuch um den Hals band, damit sie sich nicht erneut erkältete. Welchen Zaubertrick mochte Ryan angewandt haben, um Mia zu zähmen? Zu gern hätte sie das Gespräch zwischen ihm und dem Mädchen belauscht. Er mochte ein Wolf im Schafspelz sein, aber er schien einen positiven Einfluss auf Liz' Stieftochter zu haben.

Sie verließ das Haus und schlug den Weg hinunter in den Ort ein. Es war milder geworden, es duftete nach der schweren Süße von Frühlingsblüten, und der sanfte Wind spielte mit ihren Locken. Wie schon zuvor bewunderte Jonna die Farbenpracht der Blumen in Mabels Vorgarten. Die dreifarbige, offenbar zum Garten dazugehörige Katze lag zwischen den Büschen in der Sonne und blinzelte misstrauisch, bevor sie mit ihrem sorgfältigen Putzen fortfuhr.

Rowenna sortierte unter der Markise vor ihrem Laden die Obstauslage, als Jonna die Ortsmitte erreichte.

„Huhu", rief sie erfreut und wischte die Handflächen an ihrer Schürze ab. Ihr Haar leuchtete im Sonnenlicht wie ein lodernder Feuerkranz. „Kommen Sie doch rein, Schätzchen!"

Jonna, die keine Lust auf einen Plausch verspürte, winkte freundlich zurück. „Ein anderes Mal!", setzte sie nach, da Rowennas Mundwinkel prompt nach unten sackten.

„Am Sonntag waren Sie auch nicht beim Bingo." Rowenna schürzte die Lippen.

„Ich war krank, tut mir leid.“

„Ach, Sie armes Kind.“ Rowenna rauschte heran, um Jonna aus der Nähe zu inspizieren. „Geht es Ihnen besser?“

„Danke, ja. Aber entschuldigen Sie mich bitte, ich muss jetzt weiter“, bemerkte sie freundlich, ehe Rowenna sie noch in eine Unterhaltung ziehen konnte.

„Natürlich.“ Sichtlich enttäuscht zog sich Rowenna zurück, aber dann drehte sie sich noch einmal kurz um. „Passen Sie auf sich auf, Schätzchen.“

„Das mache ich.“

Jonna atmete tief durch, nachdem sie einige Distanz zwischen sich und die Besitzerin des Krämerladens gebracht hatte. Smalltalk war einfach nicht ihr Ding. Sie hatte nie verstanden, warum man Belanglosigkeiten austauschen sollte, und hatte Liz immer dafür bewundert, denn der Freundin kamen stets mit Leichtigkeit die passenden Worte über die Lippen.

Cassandra, die hinter der Theke stand und eine Kundin abkassierte, hob den Blick, als Jonna wenige Minuten später das *Magic Gems* betrat. „Ich komme gleich“, rief sie freundlich.

Jonna nickte ebenso freundlich zurück. Sie atmete tief den feinen, blumigen Duft ein, der durch den Laden schwebte, und heute eine deutliche Rosennote besaß, und wandte sich dem Regal mit den Büchern zu. Nachdenklich ließ sie die Fingerspitzen über die Buchrücken gleiten, während sie die Titel überflog, und griff schließlich nach einem der Bücher, um darin zu blättern. Das melodische Gebimmel der Türglocke verriet, dass die andere Kundin den Laden verließ, und kurz darauf tauchte auch schon Cassandra an Jonnas Seite auf.

„Wie schön, dass Sie mich wieder besuchen!“ Cassandras Lächeln war warm. Sie wirkte erfreut, Jonna wiederzusehen.

Jonna erwiderte das freundliche Lächeln. „Bei all diesen hübschen Dingen“, mit der freien Hand machte sie eine Geste in den Raum hinein, „konnte ich einfach nicht widerstehen, Miss....“ Zu dumm, sie hatte sich den Nachnamen der Inhaberin nicht gemerkt.

„Nennen Sie mich einfach Cassandra“, erlöste diese Jonna augenzwinkernd von ihrem Dilemma.

„Jonna.“

„Freut mich, Jonna. Was für ein hübscher Name.“ Sie warf einen Blick auf das Buch in ihrer Hand. „Suchst du etwas Bestimmtes?“

„Ich würde gern mehr über die Bestimmung und Verwendung von Edelsteinen erfahren.“

„Eine gute Entscheidung.“ Cassandras schmale Silberreifen am Handgelenk klirrten, als sie nach einem Titel griff. „Ich würde dir dieses Einsteigerwerk ans Herz legen, damit schaffst du dir eine gute Grundlage. Später habe ich noch weitere Empfehlungen für dich.“

Jonna tauschte das Buch in der Hand gegen Cassandras Exemplar aus. Interessiert las sie sich den Klappentext durch. Die Beschreibung klang für Laien verständlich und weckte gleichzeitig Interesse. „Das nehme ich.“

„Prima.“ Cassandra sah sie abwartend an. „Kann ich dir sonst noch irgendwie helfen?“

„Ich suche ein paar besondere Steine für meine Schmuckkreationen.“

Über Cassandras Gesicht huschte ein erkennendes Lächeln. „Richtig, du bist ja die Künstlerin. Wo verkaufst du deinen Schmuck?"

„Ich arbeite für einen kleinen Schmuckladen in Heidelberg, Deutschland", gab Jonna bereitwillig zur Auskunft.

„Oh, Heidelberg, die romantischste Stadt der Welt, gleich nach Paris." Cassandra schmunzelte, während sie Jonna zur Glasvitrine führte.

„Warst du schon einmal dort?"

„Leider nein." Cassandra öffnete die Vitrinentür. „Vielleicht schaffe ich es in diesem Leben ja doch noch, einmal hinzureisen. Und wenn nicht, dann steht es definitiv auf meiner *Bucket-List* für das Nächste."

„Ah."

Cassandra lachte. „So reagieren die meisten, wenn sie erfahren, dass ich an Reinkarnation glaube."

„Ich wollte nicht beleidigend sein."

„Das bist du nicht." Cassandras tiefgründige Augen funkelten verständnisvoll. „Ich bin diese Reaktion gewohnt und verstehe die Vorbehalte. Es ist schwer, an so etwas zu glauben, wenn man sich nicht damit beschäftigt hat."

„Das stimmt vermutlich." Zwar hatte Jonna schon das eine oder andere zu diesem Thema gelesen, doch war es ihr bislang zu abwegig erschienen, als dass sie sich damit weiterbeschäftigen hätte wollen. Andererseits hatte sie bislang auch nichts von der Kraft und Magie der Edelsteine geahnt. Die Reise nach Cornwall offenbarte sich immer mehr als Überraschung.

„Und seit wann lebst du hier in Penkerris?", wechselte Cassandra das Thema, Jonna interessiert musternd.

„Ich bin nicht umgezogen, ich besuche lediglich meine Freundin, Liz Pengelly. Mit ihr war ich das erste Mal hier."

„Pengelly ...", wiederholte Cassandra grübelnd, „wo habe ich diesen Namen nur schon einmal gehört?"

„Liz ist die Inhaberin des *Taste of Heaven*."

„Ach, deiner Freundin gehört dieses süße, kleine Café hier im Ort? Ich habe schon lange vor, dort mal reinzuschauen. Das sollte ich mal in Angriff nehmen." Cassandra nickte.

„Mach das. Ab und an bin ich auch dort anzutreffen", erklärte Jonna nicht ohne Stolz.

„Das werde ich bestimmt. Aber jetzt erst einmal herzlich willkommen in unserem beschaulichen Penkerris, Jonna. Viel passiert hier nicht, sei nicht enttäuscht. Unserem Lokalblatt ist es schon eine Meldung wert, wenn die Feuerwehr den dreizehnjährigen Bengel der Deweys vom Baum pflücken muss, weil dieser mal wieder versucht, in Debbie O'Mearas Schlafzimmer zu spitzeln, oder der Constable wegen Ruhestörung anrücken muss, da Mr Punch den Lärm der unter seiner Wohnung liegenden *Black Lion Bar* durch lautstarkes Rezitieren von Shakespeare zu übertönen versucht."

Cassandras bildliche Darstellung entlockte Jonna ein Schmunzeln. „Ach, weißt du, ich bin eigentlich froh über die Ruhe und Abgeschiedenheit hier", gestand sie. „Ich brauche keine Unterhaltung."

„So erging es mir auch, als ich mich vor Jahren entschloss, aufs Land zu ziehen", pflichtete Cassandra ihr bei. „Weißt du", sie zögerte kurz, „ich glaube an Magie. An Schicksal und Bestimmung. Deshalb habe ich, als mir ein Engel im Traum geraten hat, zu meinen Wurzeln zurückzukehren, kurzerhand die lärmende Großstadt gegen das gemütliche Penkerris, meinen Geburtsort, eingetauscht. Seitdem ich hier lebe, hat mich das quälende Gefühl, stets auf der Suche nach etwas zu sein, endlich verlassen." Ihre klugen Augen forschten sekundenlang in Jonnas Gesicht, ehe sie sich unvermittelt der Auslage zuwandte. „Welches Mineral spricht dich denn auf Anhieb an?"

Unschlüssig glitt Jonnas Blick über die Ansammlung der bunten Edelsteine hinweg. „Hm … ich weiß nicht. Sie sind alle wunderschön. Jeder hat etwas Besonderes an sich."

„Vielleicht dieser hier?" Cassandra legte ihr einen weißen Stein in die Hand, dessen blasses, bläuliches Schimmern an Mondlicht erinnerte. „Fühle seine Gegenwart. Wie fühlt es sich an?"

Jonna spürte die glatte, kühle Oberfläche. Sie schloss die Finger um das Mineral und hob erstaunt den Blick. „Er wird warm."

„Dann passt er zu dir."

„Er ist zauberhaft, wie heißt er?"

„Das ist ein Mondstein. Er hilft uns Menschen, unsere intuitiven Kräfte zu stärken, und gilt als Stein für Neubeginne. Dafür, sich selbst zu vertrauen und inneren Frieden zu finden. Den Stress, etwas besitzen zu wollen, loszulassen."

Cassandras scheinbar leicht daher gesagten Worte ließen in ihrem Herzen eine Saite anklingen. „Ich bin nicht gestresst", protestierte sie dennoch.

Cassandras Lippen verzogen sich zu einem sanften Lächeln. Mit einer anmutigen Geste strich sie sich das lange Haar über die Schulter. „Weißt du, wenn du dich nur selbst genügend liebst, brauchst du die Liebe eines anderen Menschen nicht. Sicher, es ist schön, jemanden an seiner Seite zu haben. Aber das Gefühl", sie straffte ihre Schultern, „keinen anderen Menschen zu brauchen, um vollständig zu sein, das ist es, was dich letztendlich frei macht."

Nachdenklich wog Jonna den hübschen Stein in ihrer Hand. Es war seltsam, jedes Mal, wenn sie das *Magic Gems* betrat, fügte sich wie auf magische Weise ein weiteres Puzzleteil zu einem Bild zusammen. Jonna war sich allerdings nicht sicher, ob ihr dieses Bild gefiel. Sie hob den Blick, um Cassandra anzusehen. „Woher ..."

„Weißt du, manchmal macht es keinen Sinn, etwas nachzujagen, das sich nicht einfangen lassen möchte", fuhr Cassandra unbeirrt leise lächelnd fort.

„Wie aber soll man denn wissen, dass sich etwas niemals erfüllen wird?" Mit einem Mal wurde Jonna von tiefer Traurigkeit erfasst. Noch immer und trotz allem weigerte sie sich, daran zu glauben, dass es keine Zukunft mehr für sie und Nick gab.

„Du musst mehr Vertrauen haben. In dich. Ins Universum."

So, wie Cassandra das sagte, hörte es sich ganz einfach an. Doch das war es nicht. „Ins Universum?" Jonna runzelte die Stirn. Wann hatte das Universum je auf ihrer Seite gestanden? Sie dachte an ihre ewig abwesende Mutter, an die bedrohlichen Schatten im Hausflur, die endlosen, einsamen Stunden des Wartens. An ihre Tränen, die niemand getrocknet hatte ... Nein, mit Vertrauen tat sie sich generell schwer. Der Unsicherheit des Lebens konnte man nur begegnen, indem man

Pläne schmiedete, Komplikationen voraussah und entsprechend vorsorgte. „Das kann ich nicht", sagte sie und hielt Cassandra den Stein entgegen, damit sie ihn wieder zurück in die Vitrine legte.

Cassandra schüttelte leise den Kopf. „Ich weiß, es ist nicht leicht. Aber darum geht es im Leben. Um das Sich-Fallenlassen. Das Urvertrauen zu entdecken. Weißt du, was ich sehe?", fuhr sie voller Enthusiasmus fort und hielt den Stein hoch, damit sich das durchs Schaufenster hereinfallende Sonnenlicht darin fing und ihn funkeln ließ. „Eine schlichte Silberkette mit diesem Schätzchen als Anhänger, vielleicht eingefasst in einen diagonalen Rahmen … Was meinst du?"

In Jonnas Kopf wirbelten die Gedanken wild umher, als sie das *Magic Gems* einige Zeit später wieder verließ – mit einer Papiertüte, die ein Buch sowie eine Handvoll wunderschön schimmernder Mondsteine enthielt. Zu ihrer Erleichterung hatte sich auch Mia zusammen mit einem unversehrten Mr Gandy inzwischen wieder im *Hollyhock Cottage* eingefunden. Das Mädchen lümmelte im Wohnzimmer auf der Couch und scrollte durch ihr Handy, während im Hintergrund der Fernseher leise plärrte. Der Jack Russell hatte es sich zu ihren Füßen bequem gemacht und stürmte schwanzwedelnd auf sein Frauchen zu, kaum dass Jonna den Raum betreten hatte.

„Hey", begrüßte sie die beiden und kniete sich, um ihrem kleinen Racker über den Kopf zu streicheln. „Wie war euer Spaziergang? Hat alles gut geklappt, Mia?"

Mias Blick klebte weiterhin an ihrem Telefon. „Sieht ganz so aus, oder?", entgegnete sie schulterzuckend, ohne weiter Notiz von Jonna zu nehmen.

Das Mädchen schien wieder zu ihrem alten Selbst zurückgefunden zu haben. Schade. Manche Dinge änderten sich vermutlich nie. Jonna verscheuchte den aufkommenden Gedanken an ihren Jogginghosen-tragenden Liebsten daheim und gab Mr Gandy einen liebevollen Klaps.

„Wie sieht es aus, mein Guter? Wollen wir in der Küche mal nach einem leckeren Häppchen schauen?"

Kapitel 18

Am darauffolgenden Tag unterstützte Jonna Liz erstmals wieder für ein paar Stunden im *Taste of Heaven*, wo sie sich inzwischen bestens zurechtfand. Zwischen dem Servieren von Tee, Scones und Milchkaffee und dem Wirbeln in der Küche, schien es ihr, als sei sie schon immer ein Teil des kleinen, süßen Cafés gewesen. Selbst vor dem Kontakt mit den Gästen hatte sie keine Scheu mehr, ja, sie genoss regelrecht die kleinen Plaudereien, worüber auch Liz nicht schlecht staunte.

„Du entwickelst dich zu einem wahren Naturtalent“, scherzte die Freundin. „Wenn du nicht bereits im Schmuckkreieren deinen Traumjob gefunden hättest, würde ich dich vom Fleck weg engagieren.“

Nach Feierabend setzten sie sich in Liz' kleine, grüne Blechkiste und tuckerten übers Land nach Wadebridge in den nächsten Bau- und Werkstoffmarkt, damit sich Jonna mit dem nötigen Arbeitsmaterial- und zubehör zur Schmuckherstellung eindecken konnte. Im Schuppen, durch dessen Dach es dank Ryans Einsatz nun nicht mehr hineinregnete, richteten sie ein provisorisches Schmuckatelier ein. Ein alter, blankgeschrubbter Holztisch, der Jonna als Werkbank dienen sollte, wurde mit vereinten Kräften vor das kleine Südfenster geschoben, damit sie ausreichend Licht für ihre Arbeit hatte. Ein Stahlregal wurde leergeräumt und gesäubert, damit dort Schmuckdraht, Lederbänder, Juweliersäge,

Schutzbrille, Poliermaschine sowie weitere Werkzeuge ihren Platz fanden. Liz organisierte einen Schemel aus dem Keller sowie eine ausgemusterte Tischlampe für das Werkeln im Dunkeln. Jonna zeigte sich derart begeistert von der provisorischen Werkstatt, dass sie umgehend loslegen wollte.

Der kleine Arbeitsplatz entsprach zwar in keiner Weise der professionellen Ausstattung ihres Büros in *Tabeas Schmuckkästchen*, doch für die Herstellung einfacher Schmuckstücke würde es reichen. Es war weit nach Mitternacht, als Jonna schließlich am ersten Tag den Schuppen verließ, um todmüde, aber glücklich, ins Bett zu sinken.

Am nächsten Morgen, als sie erwachte, hatte Liz bereits das Haus verlassen. Auf dem Küchentresen lag eine an Jonna gerichtete Notiz, die sie schmunzeln ließ.

Guten Morgen, Schlafmütze. Ich hoffe, du konntest dich gestern Abend richtig schön austoben. Es ist aufregend, dass in meinem kleinen, baufälligen Schuppen nun wunderschöner Schmuck entsteht. Ich mache heute einen kurzen Arbeitstag und werde am frühen Nachmittag zurück sein. Und dann möchte ich bitte das erste Stück aus deine Penkerris-Kollektion bewundern,
Liz

Demnach wollte Liz nicht, dass sie ihr ins Café folgte. Der kleine Anflug von Enttäuschung wich jedoch rasch einem Gefühl der Aufregung, denn Jonna brannte voller Ungeduld, eine Halskette fertigzustellen, mit deren Arbeit sie gestern Abend begonnen hatte. Sie hatte die

Rosenquarze erst einmal beiseitegelegt und sich stattdessen intuitiv für einen hübschen Mondstein entschieden, denn ihr schwebte etwas ganz Bestimmtes vor. Dieses allererste Schmuckstück würde für Mabel sein – und Jonnas Meinung nach passte der blasse, blauschimmernde Kristall einfach perfekt.

Mia, in Hot Pants und einem schulterfreien Shirt, tauchte in der Küche auf, um sich ein Wasser aus dem Kühlschrank zu organisieren, und brummelte in ihren nicht vorhandenen Bart, als sich Jonna an der Theke ein rasches Frühstück gönnte. Doch selbst Mia vermochte es nicht, Jonna an diesem Tag die Laune zu verderben. Sie war in Gedanken vollauf mit dem Schmuckstück beschäftigt, das in ihrem Kopf bereits fertige Gestalt angenommen hatte, und während sie an ihrem Kaffee nippte, flog der Bleistift nur so über das Skizzenpapier.

„Was zur Hölle machst du da eigentlich?"

Jonna ließ den Stift sinken und sah Liz' Tochter an, die mit gekreuzten Beinen gegen den Kühlschrank lehnte, sie aus schmalen Augen fixierte, die Wasserflasche gegen ihre Brust gedrückt.

„Ich mache Schmuck", erklärte sie freundlich, das *zur Hölle* geflissentlich überhörend. „Deine Mum und ich haben im Schuppen eine kleine Werkstatt eingerichtet, vielleicht hast du sie ja bereits entdeckt?"

Mia schüttelte den Kopf, näherte sich jedoch, um sich Jonnas Zeichnung anzusehen. „Cool."

„Gefällt es dir?"

Das Mädchen zuckte mit den Schultern. „Hab ich nicht gesagt. Aber ... es ist trotzdem cool, dass du das machst."

Okay, auch wenn sich Mia nicht gerade vor Begeisterung überschlug, freute sich Jonna über ihre Worte. „Wenn du magst, schau ruhig mal zu, wie ich arbeite", schlug sie lächelnd vor.

„Keine Zeit." Mia machte sofort wieder dicht.

„Kein Problem. Ich wünsche dir … einen schönen Tag", rief Jonna dem Mädchen hinterher, das es auf einmal sehr eilig hatte, den Raum zu verlassen. Jonna kam es vor, als würde die Kleine jedes Mal flüchten, wenn ihr jemand zu nahekam. Sie war offenbar eine kleine, verletzte Seele … genau wie Jonna es einst gewesen war.

Nach dem Frühstück drehte Jonna eine kurze Runde mit Mr Gandy, bevor sie sich wieder in ihre Werkstatt zurückzog. Der Jack Russell gesellte sich zu ihr und Jonna stellte das alte Radio an, das Liz ihr gegeben hatte, da Jonna gern mit leiser Musik im Hintergrund arbeitete. Sie fand einen Sender, der romantische Lieder aus den Achtzigern spielte, und machte sich zufrieden ans Werk. Da sie allein war – und zum Glück störte Mr Gandy sich nicht an ihrem Gesang – sang sie lauthals mit, während sie sich auf die Arbeit konzentrierte.

„Die Bee Gees? Ernsthaft?"

Mit der Zange in der Hand wirbelte Jonna herum. „Lieber Himmel, Ryan! Bist du wahnsinnig? Was in aller Welt machst du hier! Du hättest wenigstens anklopfen können! Wie konntest du einfach so hereinschneien, ohne Vorwarnung? Weiß Liz überhaupt, dass du hier bist?"

„Das sind jetzt aber eine Menge Fragen auf einmal." Mit der Rechten schob er sich eine Haarsträhne von der Stirn. Ein Hauch von Schalk funkelte in den kaffeebraunen Augen.

„Ryan!“, rügte sie ihn, denn ihr Herz klopfte wild, so hatte sein unverhofftes Auftauchen sie erschreckt. Sie war so in ihre Arbeit vertieft gewesen, dass sie nicht einmal das markante Quietschen der Schuppentür wahrgenommen hatte.

„Entschuldige, Jonna, ich wollte dich natürlich nicht in Gefahr bringen.“ Ryan gab sich zerknirscht. Er bückte sich, um dem freudig mit dem Schwanz wedelnden Hund den Kopf zu tätscheln, der sofort auf den unerwarteten Besucher zugestürmt war.

„Hast du aber.“ So rasch war sie nicht bereit, ihm zu vergeben. Er besaß wirklich ein Talent, im denkbar ungünstigsten Moment aufzutauchen.

„Ich habe vorhin einen Kaffee bei Liz getrunken und ihr angeboten, mich des Wildwuchses im hinteren Garten anzunehmen“, meinte er unbekümmert. „Als ich aus dem Wagen stieg, hörte ich Musik aus dem Schuppen und war neugierig. Ich ahnte ja nicht, dass du hier … ja, was genau tust du hier eigentlich?“

Er trat näher und spähte über ihre Schulter, und sie nahm den Duft seines feinen Aftershaves wahr – zusammen mit dem Geruch nach frisch gewaschener Wäsche.

„Ich …“, sie räusperte sich, „Liz hat mir eine provisorische Werkstatt eingerichtet, und nun bin ich gerade dabei, eine Halskette fertigzustellen.“

Ryan inspizierte die feinen, ineinander verschlungenen Silberdrähte. „Das sieht kompliziert aus.“

Jonna nickte. „Die Filigrantechnik erfordert ein entsprechendes Maß an Geduld und Präzision.“

„Und diese kleinen Steine …?“ Vorsichtig nahm Ryan einen der Kristalle auf und hob ihn gegen das Licht.

„Man nennt sie Mondsteine", erklärte Jonna geistesabwesend. Ryan besaß hübsche Hände. Ungewöhnlich schöne Hände für einen Mann, mit kräftigen und dennoch schlanken Fingern ...

„Jonna?" Er fing ihren Blick ein, als sie den Kopf hob.

Er hatte sie etwas gefragt, doch sie hatte nicht zugehört.

„Was hast du mit ihnen vor?", wiederholte er lächelnd.

„Ich werde einen Stein in ein tropfenförmiges Silbergeflecht als Anhänger einarbeiten", erläuterte sie mit heißen Wangen.

Ryan schien beeindruckt. „Das wird sicher eine sehr hübsche Kette." Ihre Finger berührten sich flüchtig, als er ihr den Stein zurückgab, und Jonna zuckte unmerklich zurück. Sie straffte ihren Rücken. Da Ryan nun schon einmal hier war, konnte sie ihn auch gleich wegen der Nachforschungen ansprechen. „Hast du etwas über das Bild herausgefunden?"

Fragend hob er eine Braue.

„Das Gemälde mit dem tanzenden Mädchen in Rot", erinnerte sie ihn. Er hatte es doch nicht etwa vergessen?

„Ach das. Noch nicht, Jonna", entgegnete er, lässig gegen das Stahlregal lehnend.

„Es ist mir wichtig."

„Das weiß ich. Ich arbeite daran, okay?"

Sie nickte. „Das weiß ich zu schätzen. Und, ach ja, danke nochmals für die ... Suppe." Es schadete sicher nicht, ihre Dankbarkeit zu zeigen. Vielleicht würde es ihn beflügeln, sich wegen des Gemäldes mehr ins Zeug zu legen. Sie wollte das Bild so gern kaufen. Vielleicht würde es Ryan ja tatsächlich gelingen, den Preis etwas zu drücken. Wenn er vom Fach war, kannte er gewiss alle Tricks und Kniffe.

„Keine Ursache." Ryan ließ seine regelmäßigen, weißen Zähne aufblitzen. „Meine Kunstfertigkeit in der Küche lässt leider zu wünschen übrig."

„Da können wir uns die Hand reichen", rutschte es ihr heraus, ehe sie sich stoppen konnte.

„Wie sympathisch. Aber mal unter uns, ist das", schmunzelnd machte er eine Kopfbewegung zu ihrem Arbeitstisch und zwinkerte ihr verschwörerisch zu, „was du hier machst, nicht ohnehin viel spannender, als sich mit langweiligen Kochbüchern auseinanderzusetzen?"

Zum ersten Mal seit ihrer Bekanntschaft waren sie einer Meinung. Vielleicht hatte sie ihm Unrecht getan, dachte Jonna. Möglicherweise steckte in Ryan ja doch ein halbwegs passabler Kerl. „Tut mir leid, dass ich kürzlich so kratzbürstig gewesen bin", gab sie zu. „Ich mag es einfach nicht, wenn man mich so", sie hob ihre Schultern und zog eine Grimasse, „mitgenommen erwischt."

„Das verstehe ich, Jonna. Aber wer von uns sieht schon aus, als sei er geradewegs dem Schönheitssalon entschwebt, wenn er krank ist?"

Sie forschte in seinem Gesicht nach einem Anzeichen von leiser Ironie, doch da lagen weder Spott noch etwas Anzügliches in seinem Blick. Nur aufrichtige Freundlichkeit. Überrascht erwiderte sie sein Lächeln.

„Nun", er stieß sich vom Regal ab, „lasse ich dich aber weiterarbeiten und mache mich mal selbst ans Werk, sonst ist Liz enttäuscht, wenn sie später nach Hause kommt. Ach, übrigens", er war bereits halb zur Tür hinaus, „hast du es dir überlegt?"

„Was meinst du?"

„Machen wir morgen einen Ausflug?" Die Beiläufigkeit, mit der er diese Frage stellte, war entwaffnend.

„Warum nicht?", hörte sie sich selbst sagen, ehe sie darüber nachdenken konnte. Sie wusste nicht, woran es lag, dass sie mit einem Mal alle Vorsicht über Bord warf und entgegen ihrem Vorsatz, sich von Ryan fernzuhalten, handelte. Vielleicht war es der Tatsache geschuldet, dass gerade Glücksgefühle durch ihre Adern strömten, weil sie wieder mit ihrem geliebten Schmuck arbeitete. Oder weil Mabels Worte ständig durch ihren Kopf geisterten. *Genießen Sie das Leben, Jonna!* Und warum, verflixt, sollte sie sich nicht etwas gönnen, das Spaß machte? Wie Ryan erwähnt hatte, handelte es sich lediglich um einen harmlosen Ausflug.

„Prima. Ich hole dich dann gegen zehn Uhr ab. Zieh dir bequeme Sachen an und Schuhe, die zum Wandern taugen", riet er ihr und war flugs aus der Tür verschwunden.

Als sie am frühen Abend mit Liz in der Küche Tomaten und Gurken für einen bunten Salat schnippelte, ärgerte sie sich im Nachhinein doch, dass sie Ryan zugesagt hatte.

„Ich habe gar nicht daran gedacht, erst mit dir darüber zu sprechen. Es tut mir leid, Liz", meinte sie zerknirscht und streifte die Tomatenwürfel vom Schneidbrett in die Glasschüssel. „Wo hatte ich nur meinen Kopf? Morgen helfe ich dir wieder im Café. Ich sollte Ryan anrufen und ihm absagen."

„Nichts da." Liz schüttelte energisch ihren Kopf und griff nach ihrem Wasserglas auf der Theke. „Ich hatte dir noch gar nicht erzählt", begann sie und nahm einen hastigen Schluck, ehe sie fortfuhr, „dass mich Ruby heute überraschend anrief. Sie ist aus dem Krankenhaus entlassen worden. Die Schwangerschaft hat sich stabilisiert, und sie möchte wieder arbeiten." Liz schmunzelte. „Sie sagt, ihr fällt daheim die Decke auf den Kopf und ihr Mann macht sie mit seiner Fürsorge wahnsinnig. Du siehst", sie nippte erneut an ihrem Wein, „ich habe also wieder Unterstützung. Mache du ruhig deinen Ausflug. Ich finde es gut, dass du zugesagt hast. Das bringt dich sicher auf andere Gedanken."

„Bist du sicher?"

Liz nickte. „Absolut. Ich möchte, dass du mehr als nur das *Taste of Heaven* von innen siehst, während du hier bist, Süße." Sie stellte sich auf die Zehenspitzen und angelte nach dem Olivenöl im Schrank. „Ach übrigens", meinte sie beiläufig, während sie Öl über die Tomaten träufelte, „Corey besuchte mich heute kurz im Café."

„Ach, tatsächlich?" Jonna verkniff sich ein Schmunzeln.

„Er lud mich ins Kino ein für Samstag." Liz war sehr damit beschäftigt, den Verschluss der Flasche zuzudrehen.

„Und? Hast du die Einladung angenommen?"

Liz verstaute das Öl im Schrank und wandte sich anschließend Jonna zu. „Lowen scheint sich einen Dreck drum zu kümmern, wie es mir oder seiner Tochter geht. Und deshalb habe ich beschlossen, dass jetzt mit Trübsal blasen Schluss ist. Ich sehe nicht ein, weshalb ich mich nicht auch amüsieren sollte. Abgesehen davon, ist Corey ein feiner Kerl."

„Da stimme ich dir zu, Liz." Jonna legte das Messer in die Spüle zum restlichen Abwasch. Sie wollte gerade weitersprechen, als Mia, von einer Parfümwolke umgeben, in die Küche rauschte und die Kühlschranktür aufriss.

Liz und Jonna tauschten einen sekundenschnellen Blick über Mias Outfit, das an diesem Abend aus einem schwarzen Hoodie sowie einer knallengen Lederhose samt Springerstiefeln bestand. Das Mädchen wirkte wie die Königin der Gruft höchstpersönlich.

„Was hast du vor?", wollte Liz von ihrer Stieftochter wissen.

„Gibt's nichts Gescheites zu essen?", konterte Mia und knallte die Kühlschranktür so heftig zu, dass die Frauen zusammenzuckten.

„Im Ofen backt eine Pastete, und Jonna und ich bereiten gerade einen Salat dazu vor. Wenn du dich an der Arbeit beteiligt hättest, könnten wir vielleicht schon am Tisch sitzen und essen", belehrte Liz ihre Stieftochter, scheinbar die Ruhe selbst, doch Jonna bemerkte den harten Zug um ihren Mund.

„Scheißpastete." Mia schoss Liz einen bösen Blick zu. „Du weißt genau, dass ich die nicht ausstehen kann."

„Und du weißt, dass dies hier kein Wunschkonzert ist. Und jetzt sagst du mir, wohin du gehst."

„Geht dich nichts an."

„Das tut es sehr wohl, denn solange dein Dad nicht hier ist, bin ich für dich verantwortlich."

„Mir doch egal." Abrupt wandte sich Mia ab und stapfte hinaus.

„Du bist spätestens um elf wieder zuhause, junge Dame!", rief Liz ihr hinterher.

Sie erhielt ein Türenknallen als Antwort. Mias gute Phase war offenbar bereits wieder Geschichte.

Kopfschüttelnd stützte sich Liz auf dem Tresen ab. „Der Herr schenke mir Geduld ... und einen guten Wein." Sie griff nach ihrem Glas und rollte mit den Augen. „Na gut, in dem Fall Wasser", meinte sie trocken und leerte es.

Jonna lachte. Es war schön, zu sehen, dass Liz sich ihre Laune nicht verderben ließ. Vielleicht hatte ja auch die Aussicht, mit Corey ins Kino zu gehen, etwas damit zu tun.

„Ernsthaft, Liz, ich bewundere dich für deine Art, mit Mias Unverschämtheiten umzugehen. Das Mädchen weiß gar nicht, was es für ein unverschämtes Glück hat, dich zu haben."

„Tja, das sieht Lowens Tochter leider ganz anders." Liz seufzte. „Um ehrlich zu sein, denke ich mehr und mehr darüber nach, ob ich nicht meinen abtrünnigen Ehemann anrufen sollte, damit er sich endlich angemessen um Mia kümmert."

„Sag mal, ist heute nicht Dienstag?"

„Richtig, warum fragst du?"

„Habe ich den Lesezirkel im Café verpasst?"

„Nein, der wurde auf nächste Woche verschoben." Liz stellte ihr Weinglas in die Spüle. „Mabel fühlt sich nicht wohl."

„Oh." Ein leiser Schock durchfuhr Jonna. Sie hatte die nette alte Dame doch hoffentlich nicht angesteckt? „Was fehlt ihr?"

„Ich weiß es nicht. Sie erwähnte eine Magenverstimmung." Liz drehte den Wasserhahn auf, um sich die Hände zu waschen.

„Ich werde den Ausflug absagen und morgen lieber nach Mabel sehen."

„Unsinn. Mabel kann es nicht leiden, betüddelt zu werden. Lucy Cadell, ihre Nachbarin, die ebenfalls im Literaturzirkel mitliest, hat ein Auge auf sie. Wir stehen in Verbindung, also mach dir keine Sorgen, Süße."

Liz Aussage beruhigte Jonna zwar etwas, doch sie nahm sich vor, am nächsten Tag früh aufzustehen, um die Halskette fertigzustellen. Dann könnte sie Mabel nach dem Ausflug damit überraschen und sich selbst davon überzeugen, dass es der alten Dame gut ging. Sie hatte Mabel Trevarrian trotz der kurzen Zeit, die sie sich erst kannten, ins Herz geschlossen. Vielleicht, weil sie ihre eigene Großmutter nie hatte kennenlernen dürfen.

„Ich kann es deiner Nasenspitze ablesen." Liz schmunzelte. „Du schmiedest einen geheimen Plan, wie und wann du Mabel besuchen sollst ... Du hast einfach ein viel zu gutes Herz."

Liz Äußerung brachte Jonna ebenfalls zum Schmunzeln. Die Freundin kannte sie wirklich gut.

Kapitel 19

Für den Ausflug suchte sich Jonna bequeme Klamotten aus: lange, bequeme Jeans und ein lässiges Baumwollshirt. Sie legte kein Make-up auf, tuschte sich lediglich die Wimpern und betonte die Lippen mit Gloss. Schließlich hatte sie kein Date, sondern lediglich eine Verabredung zu einem Ausflug, und möglicherweise wollte sie dies auch durch die Auswahl ihrer Kleidung ausdrücken.

Ryans Pick-up tauchte pünktlich auf die Minute vor dem *Hollyhock Cottage* auf, was Jonna mit Zufriedenheit registrierte. Schließlich verachtete sie nichts mehr als Unzuverlässigkeit oder Unberechenbarkeit. Ryan hatte heute einmal auf die obligatorische Lederjacke verzichtet und sich stattdessen in derbe Stiefel, schwarze Jeans sowie einen dunkelgrauen Troyer geworfen. Dunkle Farben standen ihm ausgesprochen gut, sinnierte Jonna, ihn kritisch musternd. Sein Haar wirkte mal wieder auf reizvolle Weise verwuschelt und offensichtlich hatte er heute darauf verzichtet, sich zu rasieren.

„Hallo", begrüßte sie ihn, mit einer Hand ihre störrischen Locken im Wind, mit der anderen einen ungeduldigen Mr Gandy an der Leine bändigend. „Wohin fahren wir?" Sie hoffte, dass er ihr die Nervosität nicht ansah.

„Das, liebe Jonna, ist eine Überraschung." Ryan ließ erst den Hund in den hinteren Teil des Wagens springen, bevor er Jonna galant die Beifahrertür aufhielt.

„Ich mag keine Überraschungen", stellte sie klar, sich unter seinem Arm durchbückend.

„Das habe ich inzwischen begriffen."

Sie warf ihm einen skeptischen Blick zu, doch er lächelte nicht.

„Anschnallen nicht vergessen", bat er sie, schloss die Tür und umrundete das Auto, um sich hinter das Steuer zu setzen.

Nach einer kurzen, etwa zehnminütigen Fahrt über von blühenden Ginsterbüschen und Mauern mit dicken Moospolstern gesäumte Wege brachte Ryan den Pick-up auf einem Parkplatz unweit einer entzückenden, kleinen Bucht zum Stehen. Weit draußen auf dem aquamarinblauen Wasser tanzten die hellen Segel eines Bootes, und urige Cottages mit leuchtend grünen oder blauen Haustüren und Fensterläden schmiegten sich in die sanft abfallenden Hügel.

„Oh, wie hübsch!" Jonna drehte sich einmal um die eigene Achse. „Wo sind wir hier?"

„Port Gaverne", klärte Ryan sie mit einem Blick über die Schulter auf, während er dabei war, einen prallgefüllten Rucksack vom Rücksitz zu holen. „Dieses Fleckchen gilt als die malerischste Bucht in Nord-Cornwall. Verliebe dich jedoch nicht zu schnell", ergänzte er mit verschmitzt funkelnden Augen und zog sich den Rucksack über, „denn wir bleiben nicht, sondern wollen wandern."

„Verstehe. Klingt gut."

Ryan ließ seine Zähne aufblitzen. „Du solltest wirklich daran arbeiten."

„Hm?"

„Deine Emotionen nicht so offen zu zeigen. Andererseits finde ich das auch irgendwie bezaubernd."

Ein unfreiwilliges Schmunzeln huschte über ihre Lippen. „Es ist nur, ich hätte hier nur allzu gern meine Zehen ins Wasser getaucht."

„Der Strand gehört dem National Trust und ist seit Hunderten von Jahren nahezu unverändert geblieben", erklärte Ryan. „Doch vertraue mir, so verlockend das Wasser auch aussehen mag, es ist eiskalt. Abgesehen davon, erwartet dich ein noch viel atemberaubender Ausblick als dieser hier."

Zusammen mit Mr Gandy, der aufgeregt bellend um ihre Füße tanzte, nahmen sie den ansteigenden Weg oberhalb der Kaimauer in Angriff. Schon bald schlängelte er sich zwischen niedrigen windgeduckten Büschen, zarten gelben und rosa Blümchen als sandiger Pfad entlang der Klippen weiter.

Sie liefen wortlos nebeneinander her, die Hände in den Jackentaschen vergraben. Obwohl die Sonne schien, brachte die kräftige Seebrise Jonnas Wangen zum Glühen und peitschte Haarsträhnen in ihr Gesicht. Sie war froh, sich in ihre dicke Wolljacke eingemummelt zu haben. Ryan hingegen trotzte dem Wind, indem er den Reißverschluss seines Seemannspullovers schloss und das stoppelige Kinn im Kragen vergrub.

Irgendwann blieb Jonna stehen. Der Anblick der sanften Hügel und der dramatisch zerklüfteten Klippen, die sich steil in die salzige Gischt der Brandung stürzten, raubte ihr den Atem. Das war das Cornwall, von dem sie immer geträumt hatte. In der rauen Schönheit der Landschaft lag eine ganz besondere Art von Magie. Sonnenlicht hüllte die grünen Wiesen in einen goldenen Schimmer, und Wildblumen wiegten sich im Wind. Der unendlich scheinende Himmel spannte sich hoch über dem Meer in einem lichten Blau, das nur hier und da von ein paar weißen Wattewolken durchbrochen wurde. In diesem Augenblick löste sich etwas von Jonnas Brust und schwebte davon. Als würde sie all ihre Last abwerfen und plötzlich ganz leicht werden. Es war ein Gefühl von Heimkehr. Ihr kam es vor, als hätte sie ihr Leben lang darauf gewartet, an genau dieser Stelle zu stehen. Ein beängstigendes, und gleichzeitig überwältigend schönes Gefühl.

„Zauberhaft", entfuhr es ihr leise.

„Hatte ich es dir nicht versprochen?" Ryan stand dicht neben ihr. Sein Arm berührte ihren, doch sie rückte nicht ab. Zum ersten Mal störte seine Nähe sie nicht.

„Genau wie bei Rosamunde", murmelte Jonna.

„Eins zu eins", bestätigte er.

Sie warf ihm einen erstaunten Seitenblick zu. Er kannte die Filme? Das hätte sie ihm nicht zugetraut.

Ein Schmunzeln zuckte um seine Lippen. „Meine Mutter ist ein Fan."

„Und sie zwingt dich, mit ihr die Geschichten zu schauen?"

Sein Lächeln vertiefte sich. „Ich tue das tatsächlich freiwillig. Wenn ich Mum in Deutschland besuche oder sie mich auf *Oak Hill Manor*, sitzen wir gern bei einem Glas Wein zusammen und entspannen mit einem schönen Pilcher-Film."

„Ich wünschte, mein Partner wäre dafür auch zu haben“, sagte Jonna sehnsüchtig.

Ihre Blicke verhakten sich ineinander und die Luft schien sich elektrisch aufzuladen. Jonna verlor sich in dem dunklen Braun von Ryans Augen.

Sie riss sich von ihm los, das schnelle Klopfen ihres Herzens ignorierend. Um ihre Verwirrung zu überspielen, bückte sie sich und strich ihrem vierbeinigen Begleiter, der sich an ihre Beine schmiegte, über das warme, struppige Fell.

Ryan gab vor, Jonnas Verunsicherung nicht zu bemerken. Betont beiläufig machte er sie auf Papageientaucher, Tölpel und Dreizehenmöwen aufmerksam, die in den Nischen der Klippen nisteten. Er räusperte sich. „Wollen wir weiter?“

„Gern.“ Sie bemühte sich um ein unverfängliches Lächeln, was ihr angesichts der knisternden Spannung zwischen ihnen nicht ganz gelang.

Mr Gandy brachte sich ihr mit einem fordernden Bellen in Erinnerung und brach damit den Bann.

Sie nickte dem Hund auffordernd zu. „Nun lauf schon los.“

Das ließ sich der Jack Russell nicht zwei Mal sagen.

„Du hast ihn gut im Griff.“

„Ja, Mr Gandy ist ein Schatz.“ Jonna war erleichtert, dass sich der Fokus auf den kleinen Vierbeiner richtete.

„Erzähle mir etwas über dich, Jonna“, forderte Ryan sie auf, als sie ihren Weg fortsetzten und der Sand unter ihren Sohlen leise knirschte. „Ich möchte gern mehr über dich erfahren.“

Anscheinend hatte sie sich zu früh gefreut. „Da gibt es nicht viel zu berichten.“

„Das glaube ich nicht. Ich wette, tief in dir drin schlummern dunkle Geheimnisse. Weißt du, ich denke, ich kann dich inzwischen ganz gut einschätzen."

Jetzt lachte sie. „Unsinn. Wir kennen uns ja kaum."

„Du bist warmherzig, vorsichtig, ausgesprochen ordentlich und ...", er betrachtete sie mit einem kleinen Schmunzeln, „ein kleines bisschen verklemmt."

„Bitte?" Sie schoss ihm einen empörten Blick zu. Er besaß die Frechheit, sie als verklemmt zu bezeichnen?

„Natürlich nur im positiven Sinn."

„Wie in aller Welt kann man positiv verklemmt sein? Das ist absurd."

„Ich finde es bezaubernd. Dieser Hauch von Unnahbarkeit ist gerade das, was mir an dir gefällt."

Bezaubernd, hatte er gesagt. War da eigentlich schon immer dieses winzige Grübchen in seiner linken Wange gewesen, wenn er lächelte? Verwirrt löste sie den Blick von ihm. Ihm gefiel also ihre Zurückhaltung. Sie wusste nicht so recht, was sie davon halten, geschweige denn, dazu sagen sollte. Auch fand sie es bemerkenswert, dass er so offen zugegeben hatte, was ihm an ihr gefiel. Sie fühlte sich geschmeichelt und gleichzeitig peinlich berührt. Fieberhaft kramte sie in ihrem Kopf nach einer passenden, witzigen Entgegnung und kapitulierte. Leider war sie noch nie schlagfertig gewesen. Die besten Antworten fielen ihr immer erst ein, wenn die Situation schon vorüber war. Wie der Passagier, der erst den Bahnsteig erreichte, nachdem der Zug bereits abgefahren war. *Ach weißt du, Kleines*, hatte ihr Großvater gesagt, der mitbekam, wie sich

Jonna darüber ärgerte, *letzten Endes kommt es nicht darauf an, ob man im passenden Moment die richtigen Dinge sagt. Es ist vielmehr wichtig, stets das Richtige zu tun.*

„Dann verrate mir, was ich sonst noch über Jonna Madsen wissen sollte?", forschte Ryan nach, als sie nichts sagte.

Wenigstens drehte sich das Gespräch nun nicht mehr über ihre angebliche Verklemmtheit. „Lass mich mal überlegen", ging sie erleichtert auf seine Bitte ein, „was ich dir über mich berichten kann. Ich liebe Klaviermusik, Pralinen und Sonnenuntergänge, jedoch nicht unbedingt in dieser Reihenfolge", ergänzte sie, was er mit einem Schmunzeln quittierte. „Ach ja, und ich lese gern. Bevorzugt Liebesromane."

„Sieh an, da haben wir ja etwas gemeinsam."

„Ernsthaft?" Er stand auf Liebesgeschichten? Sie warf ihm einen erstaunten Blick zu. Das hätte sie ihm gar nicht zugetraut.

„Klaviermusik", präzisierte er mit einem spitzbübischen Funkeln in den Augen, und entlockte ihr damit ein Lachen.

„Das tust du viel zu selten."

„Was meinst du?"

„Lachen. Es steht dir gut."

„Spielst du selbst?", lenkte sie die Aufmerksamkeit von sich, bevor dieses beunruhigende Glühen in ihre Wangen zurückkehrte. „Klavier, meine ich."

„Seit meinem fünften Lebensjahr. In meinem Elternhaus haben wir alle musiziert."

„Das hört sich wundervoll an." Jonna dachte an ihr eigenes Elternhaus. An die ständige Abwesenheit ihrer

Mutter, und wie müde diese stets war, wenn sie von ihrer Schicht nach Hause kam. Für Musik hatte es da weder Zeit noch Raum gegeben.

„Das war es auch. Ich wuchs in einem liebevollen, aber chaotischen Haushalt auf."

„Du hast eine gute Beziehung zu deiner Mutter." Es war mehr eine Feststellung als eine Frage.

Ryan bejahte. „Nach dem Tod meines Vaters ist unser Verhältnis enger geworden. Deshalb fliege ich auch regelmäßig nach Deutschland." Er bückte sich und hob einen kleinen Ast auf, den er für Mr Gandy warf. Begeistert stürmte der Jack Russell hinterher. „Und deine Familie?", forschte Ryan anschließend weiter nach.

„Es gibt nur noch mich und meine Mutter. Aber meine Mutter ...", sie seufzte leise, „sagen wir mal so: Es ist kompliziert. Im Grunde stand ich meinem Großvater viel näher, bei dem ich die Ferien und die Wochenenden verbracht habe." Eine Welle der Sehnsucht erfasste Jonna. Wie immer, wenn sie an Henry Madsen dachte. Der Schmerz über seinen Verlust würde sie ihr Leben lang begleiten. Aber das war in Ordnung, denn dadurch hatte sie das Gefühl, ihm nahe zu sein. „Er unterrichtete Philosophie an der Heidelberger Uni und war so glücklich, als ich in seine Fußstapfen trat. Ich wollte ihm ... unbedingt diesen letzten Wunsch erfüllen. Was er wohl sagen würde, wenn er wüsste, dass ich nun etwas ganz anderes mache?"

„Er wäre sicher stolz auf dich." Ryan lobte den Hund, der ihm den Stock zurückbrachte und warf ihn erneut.

„Mag sein. Opa stammte aus Dänemark", erzählte sie freimütig weiter. „Sein Lieblingsspruch war: Pack das Leben bei den Eiern."

Ryan lachte. „Scheint ein kluger Mann gewesen zu sein, dein Großvater."

„Das war er."

Ryan blieb stehen. „Unsere Lieben sind niemals ganz fort", sagte er sanft. „Sie leben in uns weiter."

„Das war so ziemlich das Netteste und Klügste, das du von dir gegeben hast, seitdem ich dich kenne", neckte sie ihn.

Sie tauschten einen verständnisinnigen Blick. So langsam fing sie an, Ryans Gegenwart zu genießen. Überhaupt fühlte sie sich überraschend wohl mit ihm.

Bester Stimmung setzten sie ihren Weg fort. Allmählich gewann die Sonne an Kraft. Sie brannte auf Jonnas Scheitel und schon bald zog Jonna ihre Jacke aus, um sie sich um die Hüfte zu binden. Auch Ryan entledigte sich seines Pullovers und marschierte im T-Shirt weiter. Jonna gab sich alle Mühe, nicht auf seine Bizepse zu starren.

Ryan machte unvermittelt Halt vor einer Bank, deren Holz deutliche Spuren von Wind und Salzluft zeigte. „Lass uns hier pausieren", bat er Jonna.

Sie nahm die Umgebung in Augenschein, eine grüne Anhöhe mit spektakulärem Blick auf felsige Landzungen, schimmernde, wassergefüllte Tümpel und abgelegene Buchten, sowie die Silhouette der weiter südlich liegenden Steilküste. Ryan hatte einen umwerfend schönen Platz für ihre Rast ausgesucht. Geradezu wildromantisch. Jonnas Rosamunde-Herz seufzte vor Entzücken.

Ryan streifte den Rucksack von seinen Schultern und setzte ihn im Gras vor der Bank ab.

„Was hast du vor?" Jonna pfiff den Hund zu sich, damit er sich nicht zu weit entfernte.

„Wir machen ein Picknick."

„Es ist hinreißend hier, Ryan."

„Das dachte ich mir auch. Und es ist nur der erste von vielen schönen Plätzen, die ich dir noch zeigen werde." Er zwinkerte ihr zu und zauberte vor ihren Augen eine karierte Decke aus dem Rucksack, die er wie eine dreieckige Tischdecke auf der Bank ausbreitete. Es folgten zwei Dosen Ginger Ale, ein paar belegte Sandwiches, kleine Würstchen, Minigurken und Cocktailtomaten, süßes, rundes Gebäck sowie herrlich grüne Weintrauben.

„Du lieber Himmel. Das alles hast du mit dir herumgeschleppt?" Jonna staunte nicht schlecht über all die Köstlichkeiten, die Ryan mitgebracht hatte.

„Ich kann dir sagen, ich bin froh, diese Last endlich loszuwerden. Und wir werden nicht eher von hier verschwinden, bevor alles aufgegessen und ausgetrunken ist", drohte er in gespieltem Ernst.

„Was ist das?" Jonna deutete auf das gefährlich verlockend aussehende Gebäck.

„Schoko Brioche Donuts", erklärte Ryan. „Eine kornische Spezialität und zum Sterben köstlich. Zumindest hat das die Verkäuferin von *Beverly's Bakery* in Trewetha behauptet. Hoffen wir mal, dass die gute Frau mir keinen Bären aufgebunden hat."

„Du hast sie noch nie probiert?"

„Nein." Belustigt schüttelte er den Kopf. „Es ist auch mein erstes Mal."

Sie tauschten ein Lachen.

„Nun setz dich schon", lud er sie ein, während er es sich an einem Ende der Bank bequem machte.

Jonna folgte seiner Aufforderung. „Oje, das ist ja das reinste Hüftgold, das du aufgetischt hast", bemerkte sie in Anspielung auf ihre Kurven.

Beherzt griff Ryan nach einem Schinkensandwich. „Du denkst schon wieder zu viel nach." Die Hälfte des Brotes verschwand zwischen seinen Zähnen. „Greif zu und genieße."

Ob es an der guten Seeluft oder am Marsch lag, vermochte Jonna nicht zu sagen, doch sie hatte tatsächlich Appetit. „Hm, das ist superlecker", lobte sie, sich Butter vom Daumen leckend. „Hast du die Sandwiches selbst belegt?"

„Höchstpersönlich. Ich mag ein mieser Koch sein, doch im Zubereiten von Sandwiches bin ich ein wahrer Meister." Seine Augen blitzten fröhlich. „Darf ich?" Er hielt ein Würstchen in die Höhe und machte eine Kopfbewegung zu Mr Gandy, der das Fleisch mit begehrlichen Blicken fixierte.

„Du darfst." Jonna nickte. „Schließlich soll der arme Schatz nicht zusehen müssen, während wir es uns hier gutgehen lassen."

„Verrate es ihm nicht, aber die Würstchen habe ich extra für ihn eingepackt", raunte Ryan Jonna in verschwörerischem Tonfall zu.

Lachend rollte sie mit den Augen. „Du bist …"

„Unglaublich?", zog er sie auf.

Sie musterte ihn, plötzlich nachdenklich. „Irgendwie schon." Ryan Bennett schaffte es immer wieder, sie zu überraschen. Es steckte so viel mehr in ihm als auf den ersten Blick. Sie angelte nach einem der süßen Stücke, vergrub ihre Zähne darin und schloss die Lider. „Oh mein Gott.“

„So übel?“

Sie schüttelte den Kopf. „Im Gegenteil“, brachte sie hervor, sich Puderzucker von der Lippe leckend. „Wenn du dir nicht auf der Stelle deinen Anteil sicherst, wirst du wohl nichts mehr von diesem absolut himmlischen Gebäck abbekommen.“

„In diesem Fall, besten Dank für die Warnung.“ Belustigt schnappte sich Ryan eins der süßen Stücke und zwinkerte Jonna zu, bevor es in einem Stück in seinen Mund wanderte. Er nickte zustimmend. „Die sind tatsächlich nicht zu verachten. Gönne dir ruhig noch eins“, schlug er vor. Sichtlich zufrieden lehnte er sich zurück, streckte die langen Beine aus und hob das Gesicht der Sonne entgegen.

Jonna zögerte, aber dann griff sie doch noch einmal zu. Auf ein Stück mehr oder weniger kam es auch nicht mehr an, dachte sie, denn ihre Jeans zwickte bereits bedenklich am Bauch. Doch Jonna gab sich keinen Illusionen hin, sie würde niemals so gertenschlank wie Liz oder Tabea sein. Sie war nun mal nicht der Modeltyp. Während sie aß, drifteten ihre Gedanken zu Mia. „Was hast du eigentlich mit Mia angestellt?“

„Mit Mia?“ Ryan unterbrach kurz sein Sonnenbad, indem er Jonna einen Seitenblick zuwarf.

„Die Kleine hat sich plötzlich angeboten, mit dem Hund spazieren zu gehen, was mich doch sehr erstaunte, denn sie hatte zuvor weder an mir noch an Mr Gandy irgendein Interesse gezeigt. Außerdem erwähnte sie beiläufig, dass du irgendetwas mit der Sache zu tun gehabt hättest.“

„Ach das." Ryans Mundwinkel zuckten belustigt. „Wenn ich es dir erzähle, musst du mir allerdings schwören, dass du es für dich behältst. Mia würde mich dreiteilen, wenn sie wüsste, dass ich es dir verrate."

Jonna hob die Hand wie zum Schwur. „Ich gelobe feierlich, Mias Geheimnis für mich zu behalten."

„Ich sehe schon, du eignest dich zur perfekten Geheimagentin."

Jonna kicherte. Sie hatte nicht geahnt, dass ihr das Geplänkel mit Ryan so viel Spaß machen würde.

„Es gefällt mir, wenn du lachst." Ryan nahm die Weintraubenriste in die Hand, löste eine Beere und reichte sie Jonna, bevor er sich selbst versorgte.

Lachte sie so selten, dass er es extra erwähnen musste? Jonna steckte sich die Beere zwischen die Zähne. Die Frucht zerplatzte und sie musste sich den süßen Saft von der Lippe lecken. „Nun spann mich nicht so auf die Folter", bat sie ihn. „Welchen geheimen Zauberspruch hast du bei Liz' Tochter angewandt?"

Ryan blickte sich um, als ob er sicherstellen wollte, dass sie nicht belauscht wurden und neigte sich dann in Jonnas Richtung. „Also, da gibt es laut Mia einen ziemlich coolen Jungen in der Nachbarschaft. Mia hat sich gefragt, was sie tun könnte, um seine Aufmerksamkeit zu gewinnen, und ich habe sie gefragt, weshalb sie nicht mit Mr Gandy Gassi geht und dabei zufällig beim Haus ihres Schwarms vorbeispaziert."

„Ganz schön raffiniert." Jonna nickte beeindruckt. „Doch wie konntest du dir sicher sein, dass ich Mia den Hund überlassen würde?"

„Weil ich weiß, dass in der rebellischen Mia ein gutes Herz steckt. Ebenso wie in dir“, setzte er mit einem frechen Zwinkern nach und reichte ihr eine weitere Beere.

„Ich sagte ja, du bist unglaublich.“ Glucksend steckte sie sich die Frucht in den Mund.

„Auf die Gefahr hin, dass ich mich wiederhole, aber ich mag es, wie deine hübschen Augen leuchten, wenn du lachst. Es steht dir, Jonna“, sagte Ryan noch einmal sanft und legte den Kopf schief, um sie eingehend zu betrachten.

Ja, sie lachte gern. Jedenfalls hatte sie das früher getan. Früher, während ihrer Zeit mit Liz. Genau genommen hatte sie, seitdem sie in Cornwall eingetroffen war, mehr gelacht als die ganzen letzten Monate mit Nick zusammen.

„Was ist los?“ Ryan lehnte sich vor, um ihr ins Gesicht zu sehen. „Du siehst aus, als hättest du in eine saure Zitrone gebissen. War die Traube schlecht? Ich habe das Obst extra im Bioladen erstanden.“

„Ja, nein, ich ... entschuldige.“ Lieber Himmel, er hatte sich wirklich Mühe mit dem Picknick gegeben. „Ich war gerade mit meinen Gedanken ganz woanders.

„Du bist nicht glücklich.“

Die Selbstverständlichkeit, mit der Ryan dies äußerte, ließ sie nach Luft schnappen. „Wie kommst du ...?“

„Ich sehe es in deinen Augen, Jonna“, unterbrach er sie sanft. „Jemand wie du sollte voller Freude sein. Das Leben umarmen. Stattdessen lebst du mit angezogener Handbremse, um es mal bildlich auszudrücken.“ Als er den Ausdruck von Unnahbarkeit sah, der sich jäh in ihre Züge schlich, ahnte er, dass er einen wunden Punkt getroffen hatte.

„Es ist nicht immer so einfach“, meinte sie, mit dem Fingernagel einen Riss im Holz nachzeichnend.

„Doch, im Grunde ist es das. Befreie dich von dem, was dich unfrei macht. Was hält dich davon ab, glücklich zu sein? Meiner bescheidenen Meinung nach kann man sich dafür entscheiden, glücklich zu sein. Es gibt Hochs und Tiefs, unvermutete Rückschläge. Träume, die sich erfüllen, und jene, die wie Tabakrauch verpuffen. So ist das nun einmal, doch niemals würde ich mein Glück an äußeren Umständen festmachen. Diese Einstellung habe ich meinem Elternhaus zu verdanken. Wie ich selbst, hatten auch meine Eltern hin und wieder ums berufliche Überleben ringen müssen, doch hatten sie nie darüber ihre Liebe zum Beruf oder die Leidenschaft dafür verloren. *Wenn du fällst*, pflegte meine Mutter stets zu sagen, *stehst du wieder auf*. Niederschläge hatten sie niemals davon abgehalten, im Leben aus dem Vollen zu schöpfen. Nach meiner Scheidung hatte ich eine Zeitlang mit dieser Einstellung gerungen, und erst sah es aus, als würde ich nicht wieder auf die Beine kommen. Doch am Ende hatte ich mich dafür entschieden, jegliche Altlast, jegliches Sich-um-die-Zukunft-sorgen über Bord zu werfen und mein Schicksal einfach anzunehmen. Auf diese Weise lebt es sich zumindest weitaus entspannter. Kämpfe nicht gegen die Wellen an“, fuhr er nun mit einem aufmunternden Lächeln fort. „Reite sie.“

Jonna lenkte ihren Blick hinaus aufs Meer. So, wie er das sagte, klang es ziemlich einfach. Aber das war es nicht. Unvermittelt kamen ihr Mabels Worte in den Sinn. *Geben Sie sich niemals mit weniger zufrieden als dem, nach dem ihr Herz sich sehnt.* Und ihr Herz sehnte sich nun einmal schmerzlich nach etwas, das ihr im Augenblick verwehrt blieb. Wie sollte sie unter diesen Umständen glücklich sein? Wie war das möglich, wenn etwas, das so wichtig für sie war, in ihrem Leben fehlte? „Ich glaube, das verstehst du nicht." Sie bückte sich und kraulte Mr Gandy, der es sich zwischen ihren Füßen gemütlich gemacht hatte und nun schwanzwedelnd zu ihr aufblickte, hinter den Ohren.

„Teste mich."

Sie schüttelte den Kopf. Dafür kannten sie sich nicht gut genug. Sie würde gewiss nicht ihr Seelenleben vor Ryan ausbreiten. „Bist du glücklich?", nahm sie ihm den Wind aus den Segeln.

„Bin ich. Weißt du, das Leben hat mich gelehrt, dass, egal was du auch planst, es immer anders kommt. Ich habe damit meinen Frieden gemacht und fahre sehr gut damit." Ryan nahm sich ein Ginger Ale und öffnete es.

„Du machst dir keine Sorgen? Niemals?"

„Selten". Er lächelte, bevor er die Dose an die Lippen setzte. „Wozu? Warum soll ich mir Sorgen um etwas machen, auf das ich ohnehin keinen Einfluss habe?"

Mit vor der Brust verschränkten Armen lehnte sie sich zurück und sog tief die würzige Salzluft ein. „Diese Art zu leben ist nichts für mich."

„Du könntest es ausprobieren. Vielleicht würdest du feststellen, dass es dir gefällt."

„Niemals." Jonna zuckte zusammen, als Ryan mit sanften Fingern eine Locke hinter ihr Ohr steckte. Verflixt, er roch einfach gut, dachte sie, als der Wind einen Hauch seines herb-frischen Dufts herüberwehte. Am liebsten hätte sie die Lider geschlossen und ihre Wange in seine Handfläche geschmiegt. Sie sehnte sich nach zärtlichen Berührungen, nach Wärme. Nach Liebe. Es wäre so ein Leichtes, sich fallenzulassen …

Sie entwand sich seiner Berührung. „Lass uns zurückgehen. Jetzt gleich“, setzte sie nach, damit Ryan sie auch richtig verstand.

Ihre Bitte schien ihn nicht zu erstaunen. „Dein Wunsch ist mir Befehl“, meinte er freundlich. Er sprang auf und reichte ihr die Hand.

Etwas zu schwungvoll kam sie hoch, flog regelrecht an seine Brust. Überrascht verharrten sie einen Herzschlag lang in dieser Position. Es fühlte sich – *du lieber Himmel*, dachte sie, während ihr Herz einen Satz machte, viel zu gut an.

Offensichtlich war Ryan ebenfalls dieser Meinung, denn wider besseres Wissen umfasste er ihre Taille und zog sie an sich. „Du bringst mich ganz schön in Versuchung, Jonna.“ Seine Stimme klang rau, wie guter alter Whiskey. Sein Blick verließ ihre Augen und fixierte ihren Mund. Mit dem Daumen strich er über ihre zitternde Unterlippe. „Was mache ich nur mit dir?“

Am Rande ihres Bewusstseins registrierte Jonna, wie der Wind mit ihrem Haar spielte, hörte das Schlagen der fernen Wellen und ihren eigenen, angestrengten Atem, der viel zu schnell ging, als wäre sie einen Berg hochgerannt. Während ihr Pulsschlag hämmerte, glitt ihr Blick über Ryans gemeißelte, markante Züge mit den Bartstoppeln, die kleine Narbe, die seine rechte Braue teilte und fiel schließlich auf seine Lippen, die sich zu einem sanften Lächeln formten.

Zart nahm er ihr Gesicht in beide Hände und sah ihr in die Augen. „Jonna." Der Wind trug sein Flüstern davon.

Sie bebte vor Sehnsucht, spürte seinen warmen Atem auf ihrer Haut, als er sich näherte.

Entsetzt riss sie sich los. „Lass das sein", fauchte sie ihn an und bedachte ihn mit einem wütenden Blick. Was erlaubte er sich? Und, schlimmer noch, weshalb in aller Welt hätte sie ihm beinahe erlaubt, sie zu küssen?

Ryan schluckte hart. Er hielt ihren Blick gefangen, und sie sah etwas in seinen Augen aufflackern. Eine Mischung aus Ungläubigkeit, Überraschung. Entsetzen? Ein Echo ihrer eigenen Gefühle.

„Entschuldige." Stirnrunzelnd rieb er sich über den Nacken. „Das war unbedacht von mir. Eine Art Reflex." Er wirkte sichtlich betroffen, was sie wiederum nur noch mehr verwirrte.

Ich küsse keine fremden Männer.

Niemals.

Ein, zwei, drei ...

Sie ertappte sich dabei, wie sie anfing zu zählen. Du lieber Himmel, bloß keine Panikattacke. Die Situation war bereits genug außer Kontrolle! Jonna zwang sich, tief durchzuatmen. Es war besser, wenn sie den Rückweg antrat. Postwendend. Wenn sie einen Wunsch frei gehabt hätte, dann den, sich augenblicklich in Luft aufzulösen. Oder sich in ein Paralleluniversum zu teleportieren. „Ich möchte zurück", erklärte sie noch einmal atemlos, bemüht, nicht auf Ryans Mund zu starren. „Zurück nach Penkerris." Abrupt wandte sie sich ab und pfiff nach dem Hund. Gehorsam kam Mr Gandy angerannt und sprang an Jonnas Beinen hoch. Sie bückte sich, um ihn zu streicheln, denn sie musste sich jetzt ablenken. Sie musste diesen Beinahe-Kuss vergessen. In den hintersten Winkel ihres Bewusstseins schieben. Mit zusammengefurchten Brauen konzentrierte sie sich auf das Gefühl von Mr Gandys rauer Zunge, die kitzelnd über ihre Handflächen fuhr.

„Jonna." Ryans Stimme in ihrem Rücken, sexy und weich wie Sirup, holte sie aus ihrer Schockstarre. „Hör zu, ich hätte nicht ..."

Die Lippen zusammenpressend, blendete sie seine Stimme aus, fuhr fort, den Hund zu streicheln und versuchte, das in ihr tobende Gefühlschaos zu sortieren. Was in aller Welt war nur mit ihr los? Ihre Hormone spielten total verrückt, sobald Ryan Bennett ins Spiel kam. Sie war eine Sternschnuppe, die zu verglühen drohte, sobald sie seinem Orbit zu nahekam. Sich wappnend holte sie tief Luft und drehte sich zu ihm um, wobei sie es vermied, ihm in die Augen zu sehen. „Es ist ja nichts passiert." Du lieber Himmel. Wem machte sie eigentlich etwas vor?

„Richtig", pflichtete Ryan ihr scheinbar leichthin bei. „Es ist nichts passiert." Er lächelte unbefangen, doch ein Blick in seine Augen hob diesen Eindruck sofort auf. Leises Bedauern lag darin, genau wie pure, schmerzhafte Sehnsucht. „Ich finde dich sehr anziehend, Jonna, du bist eine ausgesprochen hübsche Frau. Aber ich habe eine Grenze überschritten, und das hätte ich nicht machen sollen." Nachdenklich fixierte er sie und streckte ihr schließlich die Hand entgegen. „Freunde?"

Sie zögerte eine Sekunde, ehe sie einschlug und wunderte sich, dass kein Funkenregen aufstob, als sie einander berührten. Es kribbelte in ihrem ganzen Körper.

„Freunde."

Mittlerweile beschlich sie der Gedanke, dass sie vielleicht überreagiert hatte. Ryan hatte sie in die Enge getrieben – was ein beängstigendes Gefühl gewesen war. Und möglicherweise war es ein Fehler, ihm zu verzeihen. Andererseits hatte sie ihn gewähren lassen, hatte womöglich falsche Signale ausgesendet. Fast hätte sie diesen Kuss geschehen lassen! Insgeheim musste sie jedoch zugeben, dass es schön war, von einem Mann begehrt zu werden. Zum ersten Mal seit langer Zeit fühlte sie sich wieder als eine Frau, die wertgeschätzt wurde. Betroffen stellte sie fest, wie sehr sie dieses Gefühl vermisst hatte ... Dennoch war dies natürlich keine Entschuldigung dafür, dass sie um ein Haar die Kontrolle verloren hätte. Sie schämte sich. Sie war nicht nach Cornwall gereist, um Nick zu betrügen. Allerdings sollte sie sich davor hüten, die ganze Sache zu überbewerten. Denn wenn sie das tat, umso mehr gewann sie an Bedeutung. Genau genommen bedeutete das, was zwischen Ryan und ihr geschehen war – oder besser, fast geschehen war – nichts. Rein gar nichts. Es änderte nichts an der Tatsache, dass ihre Treue bei Nick lag. Er war derjenige, mit dem sie ihre Zukunft plante. Wegen ein paar verwirrenden Herzklopf-Momenten würde sie dies gewiss nicht infrage stellen. „Vergessen wir das Ganze", schlug sie vor. Je eher sie das Thema wechselten und zur Normalität zurückkehrten, umso besser für ihren Seelenfrieden. Sie zwang sich, Ryan fest in die kaffeebraunen Augen zu sehen.

„Einverstanden." Flink schlug er die Überreste ihres Picknicks in die Decke ein, verstaute sie im Rucksack und schulterte ihn. „Also, wollen wir los?" Sein jungenhaftes Lächeln war erloschen.

Eigentlich fand sie es schade, dass der Ausflug ein jähes Ende fand. Gern wäre sie noch etwas länger hier oben auf den Klippen geblieben und hätte sich den Wind um die Nase wehen lassen. Doch sie hatte die Bitte zum Aufbruch geäußert, und nun wollte sie auch keinen Rückzieher machen. Und vielleicht war es ohnehin besser so, überlegte sie mit einem letzten sehnsüchtigen Blick auf den zauberhaften Platz auf der grünen Anhöhe, bevor sie sich in Bewegung setzte und mit Mr Gandy an ihrer Seite Ryan folgte.

Kapitel 20

Während der Rückfahrt stellte Ryan das Radio an, um das unbehagliche Schweigen, das sich in der Zwischenzeit eingeschlichen hatte, zu beenden. Nun, da die Fronten zwischen ihnen geklärt waren, fühlte sich Jonna zwar erleichtert, doch es war Ryan, der plötzlich seltsam nachdenklich wirkte. Als hätte er mit seinen eigenen Dämonen zu kämpfen.

Sie hatten noch immer kein Wort miteinander gewechselt, als Ryan den Wagen vor dem *Hollyhock Cottage* anhielt. Er stellte den Motor ab und blickte Jonna an.

„Da wären wir also." Ein winziges Lächeln zerrte an seinem Mundwinkel.

„Danke für den Ausflug, Ryan."

„Gern. Ich hoffe, es hat dir gefallen."

Du liebe Güte, waren sie auf einmal höflich miteinander, dachte Jonna. Fast wäre ihr lieber gewesen, sie hätte den alten Spott auf seinem Gesicht durchblitzen sehen. Dieser neue, grüblerische Ryan verunsicherte sie. Der ernste Blick aus seinen braunen Augen sandte einen Gänsehautschauer über ihren Rücken. Etwas an der Art und Weise, wie er sie ansah, ließ einen ganzen Schwarm Schmetterlinge in ihrem Bauch aufstieben. Es war höchst beunruhigend. Unausgesprochenes schwebte in der Luft. Sie nickte, suchte nach Worten und überlegte, ob sie ihm die Hand zum Abschied geben sollte.

„Es tut mir …" „Es tut mir …", begannen sie gleichzeitig.

„Manchmal ist das Leben kompliziert", gestand Jonna mit einem zaghaften Lächeln.

„Wem sagst du das." In seiner Wange erschien die Andeutung des kleinen Grübchens. „Also dann, mach's gut." Unvermittelt lehnte er sich hinüber und öffnete die Tür für sie, damit sie aussteigen konnte.

Jonna griff nach der Klinke. „Bis irgendwann." Sie räusperte sich und verwünschte die Tatsache, dass sie so schnell rot wurde.

„Bis irgendwann, Jonna", gab er unverbindlich zurück, doch diesmal lächelte er nicht.

Sie wandte sich ab und mit dem Duft seines Aftershaves in der Nase schlüpfte sie aus dem Wagen und entließ anschließend Mr Gandy vom Rücksitz in die Freiheit.

Enttäuscht von Ryans Reaktion sah sie dem schwarzen Pick-up nach, wie er um die nächste Biegung verschwand. Aber was hatte sie erwartet, nachdem was geschehen war? Und vielleicht bereute Ryan inzwischen die Dinge, die er zu ihr gesagt hatte. Möglicherweise waren sie lediglich der Laune eines Augenblicks entsprungen und hatten nichts zu bedeuten. Genau wie dieser dumme Beinahe-Kuss.

Jonna du Schäfchen, schalt sie sich stumm. Müsste sie nicht erleichtert sein, dass er sich zurückgenommen hatte? Stattdessen stellte sie bestürzt fest, wie sich eine seltsame Leere in ihr ausbreitete. Wenn sie seine Reaktion richtig deutete, würde es keine weiteren Ausflüge mehr mit Ryan Bennett geben. Doch warum sollte sie das stören? Nun, dann würde sie eben mit Liz die Gegend erkunden. Sie konnte froh sein, dass die Sache so glimpflich ausgegangen war. Entschlossen straffte sie die Schultern und folgte Mr Gandy, der bereits vorgeprescht war und nun schwanzwedelnd vor dem *Hollyhock Cottage* auf sie wartete.

Im Wohnzimmer lungerte Mia mit ihrem Handy auf der Couch herum. Sie blickte kurz auf, als Jonna ein kurzes „Hallo" in den Raum warf, widmete sich jedoch postwendend wieder ihrem Smartphone zu. Offensichtlich hatte sie Wichtigeres zu tun, als die Freundin ihrer Stiefmutter zu begrüßen. Jonna wiederum war erleichtert, sich nicht mit Mia auseinandersetzen zu müssen, denn sie war bereits aufgewühlt genug.

„Na komm, mein Guter", forderte sie den Hund auf, ihr in die Küche zu folgen. Obwohl sie keinen Hunger verspürte, brauchte sie unbedingt etwas Süßes. Nervennahrung. Unwillkürlich dachte sie an die zum Sterben köstlichen Köstlichkeiten, die Ryan zum Picknick mitgebracht hatte. Ryan ... nein, sie wollte nicht schon wieder an ihn denken. Um Haaresbreite wäre sie da in etwas hineingeschlittert, das sie bitter bereut hätte. Sie musste sich diesen Mann aus dem Kopf schlagen.

„Typen sind Scheiße."

Die wacklige Stimme in ihrem Rücken ließ sie innehalten. War das etwa ein Hilferuf von Mia gewesen? Sie drehte sich um und näherte sich der Teenagerin zögerlich, überlegte, ob sie auf die Äußerung eingehen sollte. Mit Mia war es stets wie ein Gang durch ein Minenfeld. Man wusste nie, wann die nächste Explosion hochging. Das Mädchen vermied den Augenkontakt, starrte weiter auf ihr Smartphone, doch Jonna bemerkte die

Träne, die ihre Wange hinabkullerte. Sie setzte sich neben Mia auf das Sofa, und Mr Gandy, der spürte, dass sich gerade ein kleines Drama abspielte, ließ sich mit einem mitfühlenden Jaulen zu ihren Füßen nieder. „Aber doch sicher nicht alle?", hakte Jonna vorsichtig bei Mia nach.

Jetzt blickte das Mädchen sie an und Jonna erschrak über die offensichtliche Wut und die Enttäuschung, die aus den eisblauen, und zur Abwechslung einmal ungeschminkten Augen blitzten. „Alle", schoss es aus Mia heraus. „Schau dir doch meinen Dad an. Haut einfach zu dieser doofen Tussi ab und lässt mich im Stich." Hastig wischte sie sich mit dem Handrücken eine glitzernde Träne aus dem Gesicht. „Und jetzt auch noch Paul, dieser Verräter."

Paul hieß also der Grund für Mias Verstimmung. Jonna nickte verständnisvoll. „Was hat er denn angestellt?"

„Ach." Schniefend zuckte Mia mit den Schultern. „Erst tut er so, als ob er mich mag, und nun geht er mit Delia Hannigan in die Eisdiele. Ausgerechnet mit dieser Schlampe!"

Jonna zuckte innerlich zusammen. „Das ist wirklich nicht nett."

„Du machst dich lustig über mich." Mia musterte sie misstrauisch.

„Nein, gewiss nicht." Jonna konnte sich nur zu gut in die Kleine hineinversetzen und das Drama nachempfinden. Für ein vierzehnjähriges Mädchen glich es einem Weltuntergang, wenn der Angebetete eine andere zum Eisessen einlud. „Ich weiß, wie weh das tut, Mia."

„Echt?" Mia schniefte noch einmal laut vernehmlich, ehe sie Jonna ungläubig fixierte.

Jonna nickte. „Ich war auch einmal jung und hatte Liebeskummer." Sie dachte flüchtig an den schlaksigen Holger aus der Heidelberger Südstadt, den sie mit dreizehn angehimmelt hatte, weil er so hübsch Klavier spielen konnte. Er hatte ihr damals mit einer leichthin daher gesagten Äußerung das Herz gebrochen. Ihre kleine Welt aus den Angeln gehoben. Sein *Pummelchen, geh mir aus dem Weg*, hatte noch lange Zeit in ihrem Kopf nachgehallt. Also ja, sie wusste genau, wie sich Liz' Stieftochter gerade fühlte. „Aber glaube mir, Mia, du wirst noch viele nette Jungs kennenlernen", ergänzte sie nun. Diesen Spruch hatte sie immer insgeheim gehasst und nun versuchte sie selbst, jemanden mit dieser Plattitüde zu trösten. Wer hätte das je gedacht?

„Glaub ich nicht." Mia schnaubte verächtlich. „Guck dir doch Liz an. Die findet auch keinen Neuen. Ohne Dad mutiert sie zur einsamen alten Schachtel."

Jonna verkniff sich die Bemerkung, dass Liz alles andere als einsam war, denn da gab es ja zum Glück Corey, der ihr Herz erwärmte. Sie wusste jedoch nicht, ob Liz bereit war, diese Neuigkeit ihrer Stieftochter zuteilwerden zu lassen, und verkniff sich deshalb einen entsprechenden Kommentar. „Ach weißt du, manchmal ist es vielleicht auch nicht verkehrt, mal für sich zu sein", meinte sie leichthin und überraschte sich damit selbst.

Mia quittierte dies mit einem erneuten Schulterzucken. Sie sah so verletzlich und verloren aus, dass Jonna sich spontan dazu hinreißen ließ, einen Arm um ihre Schultern zu legen und sie an sich zu ziehen. Zu ihrer Überraschung ließ Mia dies sogar geschehen.

„Paul ist trotzdem ein Arsch", verdeutlichte sie noch einmal verschnupft ihre Nase gegen Jonnas Pullover drückend, ehe sie sich wieder von ihr löste.

Das war er vermutlich, dachte Jonna. Und er war mit Sicherheit nicht der Letzte, der Mias Herz brechen würde.

Nachdem sich Mia wieder gefangen und Jonna durch anhaltendes Schweigen signalisiert hatte, dass sie nun in Ruhe gelassen werden wollte, ging Jonna mit Mr Gandy in der Küche auf Erkundungstour. Nachdem sie ihre Zuckersehnsucht mit zwei getoasteten Erdbeer-marmeladen-Bagels gestillt hatte (auf diese Weise würde sie ihrer überflüssigen Pfunde niemals Herr werden, dachte sie augenrollend) und auch den Jack Russell versorgt hatte, zog sie sich anschließend in ihre kleine Werkstatt zurück. Arbeit war noch immer das Beste, um sich abzulenken. Und schließlich sollte Mabels Halskette heute den letzten Schliff erhalten, damit sie ihrer zukünftigen Besitzerin übergeben werden konnte.

Zufrieden betrachtete Jonna eine Weile später ihr Werk, als sich die Schuppentür mit einem leisen Knarren in ihrem Rücken öffnete.

Liz schneite herein. „Hey Süße!" Die Freundin beugte sich zu ihr hinab und drückte ihr einen Kuss auf die Wange. Dabei brachte sie einen Hauch von frischem Backwaren- und Kaffeeduft aus dem Café mit sich, der Jonna prompt an ihre letzte Sünde erinnerte. „Du bist ja schon wieder zurück?"

Jonna gluckste und legte die Kette behutsam auf die Werkbank zurück. „Natürlich, was denkst du denn? Ich bin ja nicht außer Landes gefahren."

Liz schob ihren schmalen Hintern in der Latzhose auf eine Ecke der Werkbank und fixierte erst das Schmuckstück, dann Jonna. „Nun sag schon, wie war's mit Ryan? Ich brenne vor Ungeduld."

„Schön war's", erklärte Jonna betont beiläufig.

„Wo wart ihr? Wohin hat Ryan dich entführt?"

„Port Gaverne. Oder besser gesagt, parkten wir eigentlich nur dort", präzisierte sie und versorgte Liz mit einer kurzen Zusammenfassung, wobei sie das Detail mit dem Beinahe-Kuss ausließ. „Stell dir vor, er hatte sogar Würstchen für Mr Gandy mit im Gepäck", schloss sie.

„Hört sich an, als sei der Ausflug ein voller Erfolg gewesen." In Liz' blauen Augen tanzte ein fröhliches Lachen. „Du magst ihn, oder?"

„Ich schätze schon", sagte Jonna leise. Es war das erste Mal, dass sie sich dies offen eingestand. Sie hatte heute einen völlig anderen Ryan Bennett kennengerlernt. Einen Mann, der ein witziger, kluger Gesprächspartner sein konnte. Einen Mann, der eine mitfühlende Seite und offensichtlich ein Herz für Tiere besaß.

Liz sprang vom Tisch. „Ich habe dir doch von Anfang an gesagt, dass er ein feiner Kerl ist. Mein Instinkt trügt mich nie. Moment, ich korrigiere", sie zog eine Grimasse, „bei Lowen hat er mich offensichtlich doch im Stich gelassen. Und zwar gehörig." Lachend schüttelte sie den Kopf. „So, und nun gönne ich mir eine schöne, heiße Dusche und lege anschließend vor dem Kamin die Füße hoch." Liz drückte ihr im Vorbeigehen die Schulter.

„Liz?"

Liz, deren Hand bereits auf der Klinke lag, drehte sich noch einmal um. „Ja?"

„Wir haben uns geküsst."

Liz Veilchenaugen wurden rund.

„Ich meine, fast geküsst", ergänzte Jonna hastig. „Da waren vielleicht noch zwei, drei Zentimeter zwischen unseren Lippen ..."

„Wow."

„Ich weiß." Beschämt schüttelte Jonna den Kopf. „Und das, wo ich doch hergekommen bin, um Nick zur Besinnung zu bringen."

Liz fuhr sich mit der Rechten durch den kurzen Schopf, während sie Jonna sekundenlang betrachtete. Dann löste sie sich von der Tür und ging vor ihr in die Hocke. „Süße, jetzt mach dich doch nicht verrückt deswegen. Ich wette, so ziemlich jede Frau würde in Ryan Bennetts Gegenwart weiche Knie bekommen."

„Du nicht."

„Um mich geht es hier nicht. Außerdem gibt es da jemand ..." Sie verstummte und griff nach Jonnas Hand. „Du hast nichts falsch gemacht. Es ist ja nichts passiert."

„Das habe ich Ryan auch gesagt." Jonna stieß einen tiefen Seufzer aus. Von wegen, es war nichts geschehen. Während sie sich mit Mabels Kette beschäftigt hatte, war Ryan unablässig durch ihren Kopf gegeistert. Wie eine Melodie, die man nicht mehr loswurde. Sie reckte das Kinn. „Wir werden uns nicht wiedersehen."

„Du hast Angst, dich zu verlieben", meinte Liz, in Jonnas Gesicht forschend.

„Unsinn. Nein. Ich bitte dich, Liz, das ist doch absurd."

„Ist es das? Ryan ist freundlich, hilfsbereit und klug. Er sieht fantastisch aus und besitzt ein Charisma zum Dahinschmelzen."

„Du übertreibst. Jonna spürte, wie ihre Wangen heiß wurden. „Die Anziehung zwischen uns ist rein körperlich. Mehr ist es nicht."

„Jonna." Liz' Stimme klang sanft. „Hör mal, es wäre doch nur verständlich, wenn ..."

„Was?", unterbrach Jonna sie fast barsch. „Dass ich mich ernsthaft für einen anderen Mann interessiere?" Aufgebracht strich sie sich eine Locke von der Stirn. „Ich habe ihn falsch eingeschätzt, stimmt. Er ist wirklich sehr nett. Ich ... mag ihn. Aber du vergisst, dass ich zu Nick gehöre und noch immer, ja, noch immer darauf warte, dass dieser Sturkopf erkennt, was er an mir hat."

„Glaubst du nicht, er hatte dafür inzwischen ausreichend Zeit?"

Autsch. Liz hatte den Finger direkt in die Wunde gelegt. „Vielleicht. Keine Ahnung." Sie wich Liz' Blick aus.

„Ach Süße. Liz legte ihre Arme um Jonnas Schultern. Ich wünschte, ich könnte dir helfen." Mit einem leisen Seufzen erhob sie sich.

„Schon gut. Nick wird zur Besinnung kommen." Jonna bemühte sich, Zuversicht in ihre Stimme zu legen, obwohl erneut leichte Panik sie beschlich. Sie stand ebenfalls auf. „Lass uns ins Haus gehen. Aufräumen kann ich hier morgen früh auch noch. Würdest du mir eventuell etwas von deinem leckeren Rotwein spendieren?" Warum nur war sie derart aufgewühlt? Weil doch ein Fünkchen Wahrheit in dem steckte, was Liz da sagte?

Liz schmunzelte. „Ich teile die Flasche natürlich schwesterlich mit dir.“

Der Kies knirschte unter ihren Schuhen, als sie Arm in Arm über den schmalen Weg zum Cottage schritten.

„Sag mal, wie fändest du eigentlich Liz Galbreath?“, wollte Liz unverhofft von Jonna wissen.

Jonna blieb stehen. Es dauerte eine Sekunde, ehe ihre Hirnsynapsen Liz’ Worte zu einer verständlichen Frage geformt hatten. „Ist das etwa eine ernstgemeinte Frage?“

Liz schmunzelte entrückt. „Nur ein Gedankenspiel.“

Für Jonna hörte sich das nach weit mehr als nach einem Spiel an. „Steht es so übel zwischen dir und Lowen?“, forschte sie nach. Zwar hatte sich Liz’ untreuer Ehemann seit ihrer Ankunft im *Hollyhock Cottage* weder blicken noch von sich hören lassen, doch sie war davon ausgegangen, dass die ganze Sache sich in naher Zukunft wieder einrenkte. Liz ohne Lowen? Das konnte Jonna sich kaum vorstellen. Andererseits war seit ihrer Abreise aus Deutschland so einiges geschehen, das sie sich in ihren wildesten Träumen nicht hätte ausmalen können.

„Ich glaube, wir brauchen beide Wein“, beantwortete Liz ihre Frage. „Sehr viel Wein.“

Kapitulierend warf Jonna ihre Hände in die Luft. „Ich fürchte, du hast recht.“

Kapitel 21

Obwohl Jonna nicht zimperlich gewesen war, als Liz am Abend zuvor Wein ausgeschenkt hatte, ärgerte sie am nächsten Morgen lediglich ein leichtes Zwicken in den Schläfen, dem sie jedoch erfolgreich mit einem starken Kaffee und einer Schmerztablette den Garaus machte.

Da Liz im Café wieder von Ruby unterstützt wurde, entschied Jonna nach dem Frühstück, Mabel endlich mit der Edelsteinkette zu überraschen. So schnappte sie sich Mr Gandy und ihre Umhängetasche mit dem Geschenk darin und machte sich auf den Weg. Es war ein warmer Morgen, die Luft drückend, fast schwül. Weit draußen über dem Meer formten sich dunkle Wolkengebilde, die Jonna allerdings ignorierte, denn der Wetterfrosch im Radio hatte versichert, dass die Küste von Gewittern verschont bleiben würde. Dennoch war sie froh, sich für ihren kurzen Jeansrock und eine leichte Bluse entschieden zu haben. Die Strickjacke, die ihr in den letzten Tagen einen guten Dienst erwiesen hatte, blieb heute im Cottage liegen.

Mabel öffnete sofort, nachdem Jonna angeklopft hatte. Die alte Dame wirkte angeschlagen, versicherte ihr aber, dass es ihr wieder gut ginge und lud sie zum Tee ein.

„Ach weißt du, Kindchen", verkündete sie leise den Kopf schüttelnd, „in meinem Alter hat man eben so das eine oder andere Zipperlein. Es gibt gute und weniger gute Tage." Um ihre Augenwinkel bildete sich ein Kranz unzähliger Fältchen. „Aber davon lassen wir uns nicht unterkriegen, nicht wahr?" Ihre hellen Augen funkelten kampfeslustig. „Seit einigen Jahren leide ich unter einem hinterhältigen Rückengeschwür, welches ich zwar dank meines treuen, alten Hausarztes und entsprechenden Medikamenten einigermaßen im Griff habe, das mir aber hin und wieder das Leben schwer macht."

„Oh, das tut mir leid."

„Nein, das muss es nicht", beruhigte Mabel sie. „Auch wenn an manchen Tagen die Schmerzen unerträglich sind, werde ich mich nicht so leicht geschlagen geben. Obwohl ich meinen James schmerzlich vermisse, liebe ich dieses Leben viel zu sehr, um nicht zu kämpfen."

„Ich hatte schon befürchtet, Sie mit meinem Schnupfen angesteckt zu haben", gestand Jonna.

„Dafür habe ich doch meinen Rum", erklärte Mabel kichernd. „Wegen eines albernen Schnupfens habe ich mir noch nie Sorgen gemacht. Schließlich bin ich ja nicht aus Zucker."

Jonna übergab ihr das Geschenk, und Mabel, deren Augen vor Rührung plötzlich ganz feucht wurden, musste sich nun doch erst einmal setzen. Jonna übernahm kurzerhand das Teekochen, und die beiden Frauen machten es sich mit Schokoladenkeksen und Gewürztee am von der Sonne beschienenen Küchentisch gemütlich und plauderten. Mabel wurde nicht müde, immer wieder ihr neues Schmuckstück bewundernd an sich zu halten.

„Der hübsche Edelstein passt wunderbar zu meinen Augen, nicht wahr? Das hätte meinem James sicher auch gefallen ...“ Ein Hauch Wehmut schlich sich in ihre Stimme.

„Ganz gewiss“, versicherte Jonna ihr und drückte sanft die knochige, von blauen Adern durchzogene Hand der Älteren.

Mit dem Versprechen, bald wieder auf einen Besuch vorbeizukommen, und glücklich, dass ihre erste Edelsteinkreation so großen Anklang gefunden hatte, verabschiedete Jonna sich anderthalb Stunden später von Mabel.

Zurück im *Hollyhock Cottage* machte sie sich in ihrem Behelfsatelier an das nächste Projekt, ein Armband für Liz. Nebenbei schmökerte sie in ihrem neuen Buch über Edelsteine, da sie noch nicht entschieden hatte, welchen sie für Liz' Schmuck verwenden wollte. Obwohl sie nun drei Mineralien zur Auswahl hatte, schwankte sie. Rosenquarz, Türkis oder Mondstein? Was würde am besten zu Liz passen? Eigentlich stellte sie sich eine kräftige, warme Farbe für ihre quirlige Freundin vor. Vielleicht einen orangefarbenen Karneol? Da sie sich nicht entscheiden konnte, beschloss sie, das *Magic Gems* aufzusuchen und dies gleich mit einem kurzen Besuch im Café zu verbinden. Mr Gandy, dem es außerordentlich gut gefiel, dass Jonna so viele Spaziergänge mit ihm unternahm, tollte fröhlich neben ihr her, als sie den Weg hinunter ins Dorf in Angriff nahmen.

Geschirrgeklapper und gedämpftes Stimmengewirr empfing sie, als Jonna die Tür des *Taste of Heaven* öffnete. Tief sog sie den köstlichen Duft von Kaffee, frischem Gebäck und Kuchen ein. Das kleine Lokal war überraschend gut besucht zu dieser Uhrzeit. Sie schlängelte sich an den Tischen vorbei und suchte für sich und Mr Gandy einen freien Platz am Fenster. Der Hund legte sich sofort brav zu ihren Füßen und seine Schnauze auf die Vorderpfoten. Jonna war stolz auf ihren Vierbeiner. Seit sie in Cornwall angekommen waren, hatte Mr Gandy sich tadellos benommen. Wenigstens über einen ihrer Männer konnte sie sich nicht beschweren. Liz, die hinter der Theke an der Kaffeemaschine zugange war, winkte fröhlich, als sie Jonna bemerkte. Jonna erwiderte den Gruß. Denn von Schokoladenkeksen allein, so lecker Mabels Gebäck auch war, konnte der Mensch nun mal nicht existieren.

„Hallo, ich bin Ruby, was darf ich Ihnen bringen?" Eine junge und ziemlich schwangere Frau mit Sommersprossen und einer weißen Kittelschürze blickte Jonna erwartungsvoll an.

Jonna schenkte ihr ein Lächeln. „Hallo, ich bin Jonna, Liz' Freundin." Sie machte eine Kopfbewegung zur Theke.

Ruby streckte eine Hand aus. „Ich habe es mir fast schon gedacht, nachdem ich den kleinen Racker unter dem Tisch gesehen habe. Freut mich, Jonna. Liz hat mir schon viel von dir erzählt. Sie ist wie ausgewechselt, seit du in Penkerris bist. Und danke, dass du sie unterstützt hast, während ich im Krankenhaus war."

Jonna erwiderte den festen Händedruck. „Ich habe zwar mein Bestes gegeben, aber ich wette, Liz macht insgeheim drei Kreuze, dass du nun wieder da bist.“

Rubys dunkelblaue Augen blitzten fröhlich. Sie zückte einen Stift und Notizblock. „Hast du dich schon für etwas entschieden?“

Jonna bestellte einen Kaffee Latte und eine Zimtschnecke und plauderte noch kurz mit Ruby, ehe sich diese auf den Weg in die Küche machte. Kurz darauf nippte Jonna an ihrem Kaffee und vergrub ihre Zähne in dem verführerisch süßen Zimtteilchen. Immer wieder wanderten ihre Gedanken zu Ryan zurück. Zu diesem Moment oben auf den Klippen. Während ihres Besuchs bei Mabel hatte sie nur ein- oder zweimal flüchtig an ihn gedacht, aber jetzt stürmte die Erinnerung mit voller Wucht wieder auf sie ein. Sie seufzte so laut auf, dass Mr Gandy erstaunt zu ihr hochblickte. „Ach, mein Guter“, sagte sie, seinen Kopf tätschelnd. „Ich will das alles nur vergessen. Wie kriege ich diesen Mann nur aus meinem Kopf?“

Mr Gandy wusste auch keinen Rat, doch er stupste Jonnas Hand mit seiner feuchten Schnauze, und sie musste lächeln. Nicht zum ersten Mal war sie dankbar, ihren Vierbeiner zu haben.

„Jonna, wie schön, dich hier zu sehen.“ Liz tauchte an ihrem Tisch auf, sich eine hellblonde Haarsträhne aus der Stirn streichend. „Hier brummt heute der Bär, entschuldige, dass ich keine Zeit habe, mich zu dir zu setzen.“

Jonna winkte ab. „Das ist schon in Ordnung. Ich bin sowieso auf dem Sprung ins *Magic Gems*.“

„Aha." Liz hob eine feine Braue. „Cassandra wird doch hoffentlich nicht deine neue beste Freundin werden?"

Jonna lachte. „Du weißt doch, dass du einen besonderen Platz in meinem Herzen hast. Würdest du Ruby bitte ausrichten, dass ich bezahlen möchte?" Suchend ließ sie ihren Blick durchs Café gleiten.

Liz legte ihr eine Hand auf die Schulter. „Du bist eingeladen, keine Widerrede, Süße."

„Du bist zu gut zu mir", scherzte Jonna. „Dankeschön", fügte sie an. Sie stand auf und umarmte Liz.

„Bleib da."

„Hier?" Jonna löste sich von Liz und sah ihre Freundin verwirrt an.

„Nicht im Café", stellte Liz richtig. „Wohne bei mir im *Hollyhock Cottage* und eröffne in Penkerris deine eigene kleine Schmuckwerkstatt."

„Liz ..."

„Ich meine es ernst, Jonna. Ich möchte dich wieder in meinem Leben haben. Sag jetzt nichts. Denk einfach drüber nach, ja?"

Ehe Jonna noch etwas dazu äußern konnte, blieb Ruby, ein volles Tablett mit schmutzigem Geschirr balancierend, bei ihnen stehen. „Liz, der Zucker ist fast alle. Ich dachte, ich husche mal eben schnell rüber zu *Rowenna's Market*."

„Das kann ich doch machen", bot Jonna spontan an, während sie noch dabei war, das von Liz Gesagte zu verdauen.

„Ernsthaft?" Liz sah sie überrascht an.

„Warum nicht? Ihr habt alle Hände voll zu tun, und ich habe sowieso nichts Wichtiges vor."

„Super." Ruby zeigte sich sofort einverstanden und setzte ihren Weg Richtung Küche fort. „Mr Gandy kann gern solange bei uns im Café bleiben", rief sie Jonna über die Schulter hinweg zu.

Liz Augen funkelten belustigt. Kapitulierend hob sie ihre Schultern. „Habe ich hier eigentlich noch irgendwas zu melden?"

„Schätzchen, was für eine Freude, Sie wiederzusehen!" Rowenna war ganz aus dem Häuschen, als Jonna den kleinen Krämerladen betrat. Aufgeregt ordnete sie das Vogelnest auf ihrem Kopf.

Jonna grüßte freundlich zurück. Da sie die einzige Kundin im Laden war, fragte sie gleich nach dem Zucker, denn sie wollte Liz nicht zu lange warten lassen. Dabei geisterte ihr Liz Vorschlag in Dauerschleife durch den Kopf. Warum hatte Liz so etwas gesagt? Sie wusste doch, dass sich Jonnas Leben in Deutschland abspielte? Dass Nick auf sie wartete?

„Schätzchen?"

Rowenna stupste sie mit dem Ellenbogen an. „Darf's denn sonst noch was sein?"

„Nur Zucker, bitte. Vier Packungen, wenn es geht." Am besten nahm sie gleich mehr mit.

„Natürlich. Gehen Sie ruhig schon mal vor an die Kasse, ich bin gleich zurück."

„Prima, danke, Rowenna." Jonna lächelte der Ladeninhaberin dankbar zu. Das lief ja wie am Schnürchen. Sie hatte sich schon auf ein unfreiwilliges Plauderstündchen eingestellt. Sie dachte wieder an Liz, während sie an den Regalen entlanglief. Glaubte die Freundin ernsthaft, Jonna könnte ihre Zelte in Deutschland einfach so abbrechen und hier ein neues Leben beginnen? Wie in aller Welt könnte sie …? Das Gedankenkarussell in ihrem Kopf stoppte abrupt, als sie schmerzhaft mit jemandem zusammenprallte. „Autsch!"

„Jonna."

„Du?" Ihre Augen weiteten sich, als sie feststellte, dass sie mit Ryan kollidiert war. Was in aller Welt machte er hier?

Einkaufen, Dummerchen, genau wie du.

Einen Herzschlag lang starrten sie einander an. Wortlos. Atemlos.

„Ja ich bin's." Sein linker Mundwinkel hob sich träge zu einem Halblächeln, während er seine Hände in die Gesäßtaschen seiner Jeans schob. „Live und in Farbe."

Sie lachte, aber selbst in ihren Ohren klang es ein wenig hysterisch. „Was für ein Zufall."

Es gibt keine Zufälle. Opas Stimme.

Nicht jetzt, Opa.

Sie musterte Ryan in den engen Jeans und dem espressobraunen T-Shirt, das so aussah, als sei es ihm auf den Leib genäht worden. Es unterstrich die Farbe seiner Augen und ließ ihn – verflixt nochmal – viel zu sexy aussehen. Wie es sich um seine Brustmuskeln spannte und den Sixpack betonte … Schluss damit, befahl sie sich. Sie musste einen klaren Kopf behalten. Um Distanz zwischen Ryan und sich zu schaffen, machte sie einen Satz nach hinten und stieß dabei unglücklicherweise gegen einen Stapel aufgetürmter Konservendosen. Mit großem Gepolter krachten sie zu Boden.

„Du lieber Himmel, nein!" Flugs ging Jonna in die Knie, um die Dosen einzusammeln, doch sie waren in alle Himmelsrichtungen gerollt.

„Das scheint langsam zur Gewohnheit zu werden." Ryan kniete sich neben sie, um ihr zu helfen. „Dass du mit Sachen um dich wirfst und sie auf dem Boden verteilst", ergänzte er mit leisem Spott in der Stimme.

Jonna bedachte ihn mit einem vernichtenden Blick, sparte sich jedoch einen Kommentar. Sie kam sich vor wie in einem schlechten Drehbuch.

„Du liebes Bisschen, was ist denn hier passiert?" Rowenna rauschte heran. Fassungslos starrte sie auf das unerwartete Chaos. „Sie haben sich doch nicht wehgetan, Kindchen?", wollte sie plötzlich besorgt von Jonna wissen.

Jonna bestätigte ihr, dass es ihr gut ginge, und entschuldigte sich für das Missgeschick. Rowenna packte mit an, und zu dritt hatten sie die Misere schnell aufgeräumt und den Stapel neu errichtet.

„So, das wäre geschafft." Mit einem breiten Lächeln erhob sich Rowenna und wischte ihre Handflächen an der Strickjacke ab. Ihr Blick huschte zwischen Ryan und Jonna hin und her. „Gehören Sie zwei zusammen?"

„Nein", antworten beide wie aus der Pistole geschossen, wobei Rowennas Frage Ryan ein amüsiertes Kopfschütteln entlockte.

Jonna hingegen wäre lieber im Boden versunken. „Könnte ich bitte meinen Einkauf bezahlen? Ich sollte wirklich los, man wartet auf mich", erklärte sie hastig mit heißen Wangen und vermied dabei, Ryan anzusehen. Sie würde einfach so tun, als wäre er gar nicht da.

Sie war wenig überrascht, als er sich an ihre Fersen heftete und ihr zur Kasse folgte. Wann tat Ryan je das, was man von ihm erwartete?

Während sie das Geld aus ihrem Portemonnaie fischte, bat er Rowenna um eine Rolle Pfefferminzdrops und legte ihr gleich den passenden Betrag auf den Tresen. Mit einem Mal war sich Jonna seiner körperlichen Präsenz und der Wärme, die er ausströmte, mehr als bewusst. Seines unverwechselbaren Dufts, und der Art, wie er sich das dunkle Haar aus der Stirn strich oder seines Ganges – lässig und selbstbewusst, so als ob ihm die Welt gehörte.

„Sie gäben wirklich ein hübsches Paar ab", bemerkte Rowenna mit vielsagendem Unterton, wobei sie Ryan nicht zum ersten Mal einen anerkennenden Blick zollte.

Jonna bezahlte flink und folgte Ryan mit einem freundlichen Abschiedsgruß an Rowenna aus dem Geschäft. Zurück auf der Straße rollte sie mit den Augen, um ihre Verlegenheit zu überspielen. „Ehrlich, diese Frau ist unmöglich. Was ist nur in sie gefahren? Eine unmögliche, indiskrete Person." Eigentlich wusste Jonna gar nicht, warum sie sich derartig aufregte. Nein, das war gelogen. Sie wusste es. Weil Rowenna angenommen hatte, dass sie und Ryan ein Paar wären. Und weil Jonna sich geirrt hatte. Die Anziehung zwischen ihnen war noch immer vorhanden. Vielleicht war sie sogar stärker als je zuvor. Erneut spürte sie ihre Wangen heiß werden.

„Eigentlich ist Rowenna ganz in Ordnung. Sie lebt allein und nutzt die Gelegenheit im Laden, um sich auszutauschen. Sie liest viele Liebesgeschichten."

Jonna zuckte mit den Schultern. „Ich mag es nicht, wenn sich Menschen in die Privatsphäre anderer einmischen."

Sekundenlang musterten sie einander schweigend. Es schien, als ob Ryan noch etwas sagen wollte, doch unvermittelt tippte er mit zwei Fingern an eine imaginäre Kappe. „Auf Wiedersehen, Jonna“, sagte er leise und ließ sie stehen.

Sie war derart baff angesichts des abrupten Abschieds, dass sie ihm wortlos hinterherstarrte.

Du hast Angst, dich zu verlieben. Liz’ Worte.

Jonnas Gedanken überschlugen sich. Sie konnte ihn nicht gehen lassen! Nicht auf diese Weise, und nicht, bevor sie die Sache nicht geklärt hatten. „Ryan, warte!“

Er hielt inne, drehte sich um und flüchtig blitzte Überraschung in seinen Zügen auf.

Dicht vor ihm blieb sie stehen, suchte nach Worten, nach Antworten in seiner Miene auf Fragen, die sie ihm noch gar nicht gestellt hatte. „Ryan, ich … könnten wir …“, sie brach ab. Verflixt, es konnte doch nicht so schwer sein, das zu sagen, was ihr auf dem Herzen lag. Das Problem war, dass sie es nicht in Worte fassen konnte. Ihre Gefühle waren kompliziert. Verschlungen. Sie musste herausfinden, was sie für Ryan empfand, und was das zwischen ihnen eigentlich war. Eher würde sie keine Ruhe finden. Nicht solange er die Melodie war, die durch ihren Kopf geisterte. Sie reckte ihr Kinn und sah ihm fest in die Augen. „Können wir irgendwo miteinander reden?“

Seine Brauen schoben sich zusammen. „Ehrlich, Jonna, ich halte das für keine gute Idee.“

„Sag ja. Ich lade dich zum Tee ein. Oder auf ein Glas Wein.“

„Was gibt es noch zu bereden?“ In seinem Tonfall schwang ein kühler Lufthauch mit. „Du hast mich von dir gestoßen, als ich dich küssen wollte. Du erinnerst dich?“

Natürlich tat sie das. Diese Szene schwebte ständig vor ihrem geistigen Auge. „Ich weiß. Aber …“

„Du hattest mir sehr deutlich gemacht, dass ich eine Grenze überschritten hatte. Wir sollten das Ganze vergessen, hast du mir geraten. Und genau das sollten wir auch tun.“ Einen Pulsschlag lang wurde sein Blick weich. „Ich wünsche dir alles Gute, Jonna.“

Hilflos sah sie zu, wie er seine Hände in die Vordertaschen seiner Jeans schob und davonmarschierte. Sie war schockiert, hatte nicht damit gerechnet, dass er derart abweisend und kompromisslos sein würde. Er verhielt sich wie ein Fremder, nicht wie ein Freund. Dabei war er derjenige gewesen, der das Thema Freundschaft aufgebracht hatte. Offenbar interessierte ihn auch das nun nicht mehr.

Sie war derart enttäuscht und aufgewühlt, dass sie auf dem Rückweg zum Café um ein Haar einen kleinen Jungen übersah, der auf seinem Roller an ihr vorbeisauste.

Im *Taste of Heaven* angekommen, übergab sie Liz den Zucker und fuhr sich mit einer fahrigen Handbewegung durchs Haar.

„Ist irgendwas passiert?“ Die Freundin musterte sie kritisch. „Du wirkst ein bisschen durch den Wind.“

Jonna versicherte ihr, dass alles in Ordnung sei. Sie hatte nicht vor, die Sache in aller Öffentlichkeit zu besprechen. „Wir reden später, Liz. Jetzt drehe ich mit dem Hund eine Runde“, verkündete sie, ehe sie sich mit einem Wangenkuss voneinander verabschiedeten. Jonna wollte in Ruhe nachdenken. Vielleicht würde sie

unterwegs einen ähnlich schönen Flecken finden, wie
Ryan ihn ihr gezeigt hatte. Ryan … schon wieder dachte
sie an ihn. Sie musste unbedingt den Kopf freikriegen.
Und den Mann vergessen. Ein für alle Mal.

Nachdem sie etwa eine halbe Stunde stramm mar-
schiert waren, gönnte Jonna sich und Mr Gandy eine
Pause. Es war schwüler geworden und das Atmen fiel
zunehmend schwerer. Sie hatten den Küstenpfad oberhalb des Orts verlassen und waren in westlicher Richtung weitergewandert, wo sie nun die sanften Hügel
von heckendurchzogenem Farmland erreichten. Bis
auf ein in drei- oder vierhundert Meter Entfernung ste-
hendes, charmantes Landhaus, erblickte man nichts als
weite, grüne Landschaft. Ein wunderbarer, ruhiger Ort
zum Krafttanken. Jonna hatte gehofft, dass die frische
Luft und die Einsamkeit ein wenig Klarheit in die Angelegenheit mit Ryan bringen würde, was leider nicht
der Fall war. Sie war noch genauso verwirrt wie zuvor.
Offenbar hatte Ryan kein Interesse mehr an ihr. Zumindest schloss sie dies aus seinem Verhalten. Doch
wie konnte er so einfach das offensichtliche Knistern,
diese starke Anziehung zwischen ihnen ignorieren?
Wie konnte er sich abwenden und zur Tagesordnung
übergehen? Dass er ihre Bitte, miteinander zu reden,
abgelehnt hatte, verletzte sie. „Was soll ich nur tun?“,
fragte sie Mr Gandy, während sie ihn von der Leine
ließ, damit er durchs Gras toben konnte. Der kleine
Jack Russell blickte zu ihr auf und bellte, wurde aber
dann von einem durch die Luft tanzenden Zitronenfal-
ter abgelenkt, der ihn weitaus mehr interessierte als
Jonnas Problem. Erschöpft lehnte Jonna sich gegen
eine mit Moos und Flechten bewachsene Steinmauer

und schob sich die vom Wind zerzausten Locken aus dem erhitzten Gesicht. Sie wünschte, sie hätte etwas zu trinken und zu essen mitgenommen oder zumindest vernünftige Wanderschuhe angezogen. Es war unvernünftig gewesen, direkt nach ihrem Besuch im Café aufzubrechen – sie wäre besser erst zum Cottage gegangen, um sich umzuziehen und mit Proviant zu versorgen. Wieder einmal war sie ohne nachzudenken davongelaufen. Und wieder war Ryan der Grund dafür gewesen. Vorsichtig inspizierte sie die Blasen an ihren Fersen und atmete scharf ein, als sie die feuerroten Scheuermale entdeckte. Unzählige spitze Steinchen hatten sich in ihre offenen Sandalen geschoben. Da hatte sie die Quittung dafür, solch leichtsinniges Schuhwerk getragen zu haben. Ein fernes Grollen veranlasste sie, stirnrunzelnd einen Blick in den Himmel zu werfen. Die düsteren Blumenkohlwolkengebilde waren inzwischen vom Meer ins Land gezogen und verdunkelten die Sonne. Jonna hatte es nicht bemerkt, da sie eine Weile landeinwärts gewandert war. Es grummelte und rumpelte erneut, diesmal lauter. Das Vogelgezwitscher, das sie die ganze Zeit über begleitet hatte, verstummte. Alarmiert löste Jonna sich von der Mauer. Sie hatte der Aussage des Radio-Wettermanns Glauben geschenkt und war zudem so sehr in ihre Gedanken verstrickt gewesen, dass sie nicht auf die drohenden Vorzeichen geachtet hatte. Mit Mr Gandy in ein Gewitter zu geraten, wäre fatal. Sie sollte ihn besser rasch wieder anleinen. „Komm, mein Kleiner", lockte sie ihn betont munter zu sich, damit er nicht ihre Anspannung bemerkte. Mr Gandy war jedoch noch immer damit beschäftigt, eifrig dem gelben Schmetterling nachzujagen, sodass Jonna ihn erneut rufen musste. Er hielt in seinem fröhlichen Spiel inne, als ein ohrenbetäubender Knall die Stille zerriss.

Kapitel 22

„Mr Gandy!" Jonnas entsetzter Schrei wurde von einem neuerlichen Donnerhall verschluckt. Ob von dem Krach oder der offensichtlichen Panik in der Stimme seines Frauchens erschreckt, raste der kleine Jack Russell los. Leider in die entgegengesetzte Richtung. Seine kurzen Beine flogen nur so durchs Gras, während er sich mehr und mehr von ihr entfernte. Jonna nahm die Verfolgung auf und fuhr verzweifelt fort, nach ihm zu rufen. Inzwischen donnerte und blitzte es unaufhörlich. Frischer Wind kam auf und brachte den Geruch von Regen mit. Jonnas Lunge brannte, Schweißperlen rannen ihren Rücken hinab, kleine Äste schlugen ihr ins Gesicht, Dornen zerkratzten ihre Haut, doch es war ihr egal. In ihrer Sorge um den Vierbeiner, vergaß sie ihre eigene Angst. Hätte sie Mr Gandy doch nur nicht von der Leine gelassen! Sie hatte angenommen, in der menschenleeren Gegend sei es sicher, ihn freizulassen. Sie hätte sich nicht mehr täuschen können. Ein jäher, dolchscharfer Schmerz bohrte sich in ihre Seite und sie stützte sich nach Luft ringend auf den Oberschenkeln ab. „Mr Gandy!", schrie sie noch einmal aus voller Kehle und beschattete ihre Augen, um sich vor dem heftig einsetzenden Platzregen abzuschirmen. Ihr Herz klopfte wild gegen ihre Rippen, während sie die Umgebung absuchte. Wieder und wieder. Ihre verzweifelten Rufe verhallten im tosenden Sturm. Sie hatte den kleinen

Hund verloren. Unglücklich schlug sie die Hände vors Gesicht.

„Jonna?" Kräftige Hände packten sie an den Schultern und zogen sie herum. „Was in aller Welt machst du hier?" Mit zusammengefurchten Brauen blickte Ryan auf sie hinab.

„Oh Ryan!" Sie fiel ihm um den Hals und klammerte sich an ihn wie eine Ertrinkende. „Mr Gandy ist fort, ich habe ihn verloren!"

Behutsam löste er sich von ihr. „Hier? Auf meinem Grundstück?"

Verwirrt blickte sie ihn an. „Wie? Auf deinem ...?"

„Ich wohne hier." Er machte eine Kinnbewegung zu dem imposanten Gebäude in seinem Rücken, das ihr so gefallen hatte. „Aber der Reihe nach. Wann hast du Mr Gandy das letzte Mal gesehen? Wo hast du ihn verloren?"

Sie schilderte ihm rasch die Situation, heftig mit den Händen gestikulierend.

„Hey." Sanft wischte Ryan mit dem Daumen eine Träne von Jonnas Wange. Aber vielleicht war es auch nur der Regen, der ihr Gesicht benetzte. „Wir geben nicht auf. Wir finden Mr Gandy."

„Wenn ihm etwas zustößt, Ryan", wisperte sie erstickt. Ihre Augen schwammen in Tränen.

„Das wird es nicht", stellte er mit rauer Stimme klar, sich das nasse Haar aus der Stirn schiebend. „Daran darfst du nicht einmal denken. Deiner Beschreibung nach könnte er in Richtung meines Schuppens gelaufen sein." Er deutete auf ein gemauertes, einzelstehendes Gebäude, das, wie Jonna nun bemerkte, unter dem Schutz einer Gruppe von Bäumen stand. „Lass uns erst dort nachsehen." Ohne auf ihre Antwort zu warten, griff er nach ihrer Hand und zog sie mit sich. Begleitet von Blitz und Donner überquerten sie die wilde Wiese, die durch Hecken von weiteren Grünflächen abgetrennt wurde. Der Wind blies immer stärker, zerrte an Jonnas Locken und peitschte sie ihr ins Gesicht, Blätter wirbelten umher. Jonna rutschte auf dem glitschigen Untergrund aus und verletzte sich am Knie, doch sie stand sofort wieder auf. Sie teilten sich auf, umrundeten den Schuppen und riefen den Hund, doch er blieb wie vom Erdboden verschluckt.

„Kann er sich nicht im Schuppen verkrochen haben?", forschte Jonna hilflos die Schultern hebend nach.

„Ausgeschlossen. Der Schuppen ist dicht und es gibt keine Schlupflöcher."

„Was nun?"

Seine Kiefermuskeln mahlten, verrieten seine Anspannung. „Wir durchkämmen das kleine Wäldchen links von uns. Danach nehmen wir die Umgebung am Haus in Angriff."

„Ist das alles deins?", erkundigte Jonna sich zähneklappernd. Inzwischen hatte es empfindlich abgekühlt.

Er nickte. „Das, was du hier siehst, gehört zu *Oak Hill Manor*." Er schnitt eine Grimasse. „Ich wünschte fast, es wäre nicht so, dann hätten wir es möglicherweise leichter, Mr Gandy zu finden."

Zwei Stunden später, nachdem sie zum wiederholten Male den Schuppen umrundet und das dazugehörige Wäldchen durchkämmt hatten, packte Ryan sie an den

Schultern und hielt sie fest. Ihre Bluse war völlig durchnässt, ihre Haare hingen in feuchten Strähnen auf ihre Schultern. Ihr ganzer Körper zitterte vor Erschöpfung und Kälte, und auch Ryans Kleidung klebte nass und schwer an ihm. „Ich bringe dich jetzt ins Haus, Jonna."

„Aber wir können ihn doch nicht einfach aufgeben ..." Ihre Stimme versagte. Sie fror in den nassen Klamotten, ihr schwindelte und ihr Herz klopfte wie verrückt, doch sie würde nicht aufhören, Mr Gandy zu suchen. Und wenn sie dafür ans Ende der Welt gehen müsste.

Ryan steckte eine nasse Haarsträhne hinter ihr Ohr. „Das tun wir nicht. Aber du wirst jetzt eine heiße Dusche nehmen, dir trockene Kleidung anziehen und mich mal deine Verletzung ansehen lassen."

„Das ist nicht nötig." Sie schüttelte den Kopf. Es war ihr Herz, das wehtat, nicht das Knie. „Ich muss ihn weitersuchen, Ryan."

„Ich übernehme das. Du hingegen solltest dich dringend ausruhen."

„Ich kann nicht, Ryan", schluchzte Jonna, wie von Sinnen nach der langen Suche, nervlich total am Ende. „Ich kann nicht aufhören." Sie hatte das untrügliche Gefühl, dass sich ihr vierbeiniger Liebling in Not befand.

„Doch du kannst und du wirst, bevor du dir noch den Tod holst." Der bestimmende Ton seiner Stimme ließ keinen Zweifel daran, dass er es ernst meinte. „Ich werde Mr Gandy finden, Jonna. Ich verspreche es dir."

Sie war zu erschöpft und viel zu schwach, um zu protestieren, als er einen Arm um sie legte. Sie waren nur wenige Schritte gegangen, als er abrupt innehielt.

„Was ist los?" Ein Regentropfen fiel von ihren Wimpern, als sie zu ihm aufsah.

„Da war etwas." Er schob seine Brauen zusammen. „Ich bilde mir ein, etwas gehört zu haben ..."

Jonna lauschte ebenfalls, angesichts des niederrauschenden Regens ein schwieriges Unterfangen. „Was meinst du?"

„Shhh." Er legte ihr einen Finger auf die Lippen. „Warte hier." Er löste sich von ihr und stapfte zurück in Richtung des kleinen Wäldchens, das sie schon zum gefühlt hundertsten Male durchsucht hatten.

Fröstelnd rieb sich Jonna über die nackten Oberarme, während sie verfolgte, wie Ryans hohe Gestalt zwischen den Bäumen verschwand. Kurz dachte sie daran, ihm nachzurennen, doch sie hatte keine Kraft mehr, keine Hoffnung. Sie war wie gelähmt. Es dauerte nicht lange, da entschlüpfte ihrer Kehle ein heiserer Aufschrei. Nun stolperte sie doch los, Ryan entgegen, der einen schmutzigen und sichtbar verängstigten kleinen Hund in seinen Armen hielt.

„Er konnte sich nicht von selbst befreien, sein Halsband hatte sich im Unterholz verfangen", erklärte er, während Jonna ihren Vierbeiner entgegennahm und überglücklich an sich drückte.

„Du schrecklicher, schrecklicher Hund", schalt sie ihn liebevoll. „Wie konntest du nur davonrennen, du Dummerchen." Mit tränenblinden Augen wandte sie sich an Ryan. „Wie in aller Welt hast du ihn gefunden? Wir haben doch jeden Stein umgedreht und hinter jeden Baumstamm gesehen ..."

„Zunächst dachte ich, es sei der Wind, doch dann war ich mir sicher, ein Fiepen vernommen zu haben. Der Racker steckte im Dickicht fest."

„Oh, Ryan." Jonna holte zitternd Luft. „Ich weiß wirklich nicht, wie ich dir danken soll."

„Indem ihr beide jetzt mit mir kommt und euch vor dem Feuer aufwärmt. Lass uns ins Haus gehen", entgegnete er und legte auffordernd eine Hand an Jonnas Rücken.

Ihre nassen Schuhsohlen hinterließen schmutzige Abdrücke auf den schimmernden Steinfliesen des großzügigen Eingangsbereichs. Ryan lotste Jonna an einer in der Mitte der Halle sich ins Obergeschoss windenden, breiten, geschwungenen Treppe vorbei ins Gästebad, wo sie ihren wiedergefundenen Vierbeiner vom Schlamm befreien und ordentlich trocknen konnte. Er bestand darauf, dass Jonna selbst eine heiße Dusche nahm und stattete sie mit einem seiner für sie viel zu großen Hemden aus. Anschließend versorgten sie den Hund in der Küche mit einer Dose Gulasch, die Ryan in der Vorratskammer auftat, sowie frischem Wasser. Trocken und sichtlich zufrieden ließ Mr Gandy vor dem Kamin seinen Kopf auf die Pfoten sinken, um nach dem Schreck ein wohlverdientes Schläfchen zu halten. Während Ryan duschte, saß Jonna eingehüllt in eine wärmende Wolldecke auf seiner riesigen, schokoladenbraunen Ledercouch im Wohnzimmer und lauschte dem beruhigenden Knacken und Prasseln des Kaminfeuers. Sie ließ den Blick durch den luftigen Raum schweifen, dessen hohe Sprossenfenster sich zum Garten hin öffneten, und bewunderte den glänzenden, dunklen Hartholzboden, den ebenholzschwarzen Flügel und die wenigen schweren Möbel, die davon zeugten, dass hier ein Mann mit Geschmack wohnte. Wundervolle, eingerahmte Gemälde, Landschaftsbilder und eindrucksvolle Porträts hingen an den in einem sanften Grau gestrichenen Wänden. Sehnsüchtig dachte Jonna wieder an das Bild mit dem tanzenden Mädchen, das ihr vermutlich niemals gehören würde. Mit einem leisen Seufzen verlagerte sie ihr Gewicht und spürte etwas gegen ihre Zehenspitzen drücken. Sie griff unter die Decke und zog ein Lederetui hervor, eine Geldbörse, auf die sie sich aus Versehen gesetzt hatte. Ein Foto fiel heraus und segelte auf den Boden. Jonna bückte sich, um es aufzuheben. Es war das Porträt einer dunkelhaarigen Frau in ihren Sechzigern, die ein ausgesprochen hübsches Lächeln besaß. Die Fremde kam Jonna seltsam vertraut vor. Grübelnd schob sie das Foto zurück in das Etui und legte beides zusammen auf den Tisch.

Sie kramte in ihrer Erinnerung, überlegte, wo sie dieses Gesicht schon einmal gesehen haben könnte, als Ryan mit zwei Cognacschwenkern in den Händen erschien. Er hatte sich ebenfalls umgezogen und trug nun eine tiefsitzende Sporthose und ein weißes T-Shirt. Seine noch feuchten Haare kringelten sich im Nacken, und er brachte den frisch-herben Geruch seines Duschgels mit in den Raum. „Nimm einen Schluck Brandy", schlug er vor und reichte Jonna eines der beiden Gläser, ehe er sich zu ihr setzte. „Er wärmt schön von innen."

Ihre Blicke trafen sich. Nun, da der Schreck über Mr Gandys Verschwinden überwunden war, schlich sich eine Spur von Unbehagen bei Jonna ein, denn sie erinnerte sich an Ryans kühle Abweisung bei ihrer letzten Begegnung.

„Trink“, forderte er sie nochmals mit rauer Stimme auf, da sie nicht reagierte.

Sie folgte seinem Wunsch und musste prompt husten, da das Getränk wie Feuer in ihrer Kehle brannte. Kurz darauf wurde ihr Inneres jedoch von einer wohligen Wärme erfüllt. „Danke. Es funktioniert“, sagte sie mit einem kleinen, unsicheren Lächeln.

Ryan nahm ihr das Glas aus der Hand und stellte es auf den Tisch. „Lass mich dein Knie ansehen.“

„Nicht nötig.“

„Du bist gestürzt“, erinnerte er sie und schob die Decke von ihrem Bein. „Ich will nur sichergehen, dass wir die Wunde nicht versorgen müssen.“

Sie zuckte kurz zusammen, als er mit der Fingerspitze sacht über den dunkelroten Fleck über ihrer Kniescheibe glitt, der von ihrem Sturz zeugte.

„Es scheint nur eine Prellung zu sein.“ Ryan hob den Blick und sah sie an. Seine Finger verweilten noch immer auf ihrem Bein. „Brauchst du ein Schmerzmittel? Oder einen Beutel Eis?“

Sie schüttelte den Kopf. „Es geht schon.“

Behutsam deckte er sie wieder zu. „Wenn du möchtest, kannst du die Nacht über auf *Oak Hill Manor* bleiben. Es gibt zwei Gästezimmer, zwischen denen du wählen kannst. Mit angeschlossenen Bädern. Du wärst also ganz für dich.“ Seine Lippen hoben sich zu einem Lächeln, das seine braunen Augen nicht erreichte.

Sie sollte hier übernachten? Was würde Nick dazu sagen, wenn sie die Nacht bei einem fremden Mann verbrachte? Jonna runzelte die Stirn. Andererseits hatte Ryan ihr ein eigenes Gästezimmer angeboten, und es schüttete weiterhin wie aus Kübeln. Der Sturm tobte noch immer übers Land. Vermutlich hatte Ryan wenig Lust, sie und Mr Gandy in diesem Wetter nach Penkerris zurückzufahren. Zudem wäre dies die perfekte Gelegenheit, noch einmal mit ihm zu reden, so wie sie es sich gewünscht hatte. „Einverstanden. Unter diesen Umständen bleiben wir gern. Lass mich nur schnell Liz Bescheid geben, damit sie sich keine Sorgen macht." Sie griff nach ihrem Handy auf dem Tisch.

„Prima. Während du telefonierst, richte ich uns ein paar Kleinigkeiten in der Küche. Du hast doch sicher Hunger, oder?"

Mit dem Telefon am Ohr nickte Jonna. „Und wie."

Nachdem sie mit Liz telefoniert hatte, schälte Jonna sich aus der Decke und begab sich auf die Suche nach der Küche. Als Dank für seine Gastfreundlichkeit wollte sie sich zumindest nützlich zeigen. Sie ging zurück ins Foyer, spähte durch eine zweiflüglige, dunkle Holztür, hinter der sich eine beeindruckende Bibliothek versteckte, und rief kurzerhand nach Ryan.

„Hier bin ich!"

Seiner Stimme folgend, landete sie schließlich in seiner Küche, die über einen angeschlossenen Wintergarten mit gemütlichem Essbereich und einem atemberaubenden Blick auf den Garten und die dahinterliegende Landschaft mit den sanftrollenden Hügeln verfügte.

Ryan goss gerade heißes Wasser in eine bauchige Kanne und blickte auf, als Jonna den Raum betrat. „Ich habe mich entschieden, uns einen traditionellen Cream Tea zu machen, mit Scones, Clotted Cream und Erdbeermarmelade. Schon mal probiert?"

„Nein, bisher noch nicht." Voller Bewunderung nahm sie die hübsche Küche im Landhausstil mit dem modernen Doppelbackofen und dem alten Aga-Herd in Augenschein. Auf ihre Frage, ob er die Öfen nutzen würde, schmunzelte er.

„Ehrlich gesagt, nicht oft. Aber wenn Mum zu Besuch ist, tobt sie sich gern hier aus", gab er bereitwillig zur Auskunft, während er sich um das Teegeschirr kümmerte. „Übrigens", meinte er und entnahm einem Brotbeutel ein paar Scones, um sie auf dem Toaster aufzubacken, „haben wir diese hier meiner guten Fee Bonnie zu verdanken. Sie kommt zwei Mal in der Woche aus Trewetha herüber und sorgt dafür, dass ich nicht verhungere. Abgesehen davon kocht sie die weltbeste Erdbeermarmelade an der gesamten Nordküste Cornwalls."

Natürlich hatte er eine Zugehfrau. Es schien ihr schier unmöglich, sich um ein so großes Haus allein zu kümmern. Neugierig spähte sie aus dem Fenster in die einsetzende Dämmerung. „Es muss ein Traum sein, hier zu leben", murmelte sie. „Was hat es eigentlich mit diesem ausgebauten Schuppen auf sich?", wollte sie von ihm wissen. „Ein Gästecottage?"

„Hm?" Er war gerade dabei, eine Glasschale mit Marmelade zu befüllen und hielt inne, um ihrem Blick zu folgen. „Ach, das ist nichts Besonderes. Einfach nur ein

Schuppen", sagte er und widmete sich wieder seiner Aufgabe.

„Welche Leichen hast du dort vergraben?", neckte sie ihn. Als sie bemerkte, wie sich seine Miene augenblicklich verschloss, wünschte sie, sie hätte es nicht getan. Offenbar hatte sie einen wunden Punkt berührt.

Er merkte scheinbar, dass seine Reaktion sie verunsichert haben musste, und setzte ein unverfängliches Lächeln auf. „Lass uns zurück ins Wohnzimmer gehen", meinte er freundlich und nahm das volle Tablett auf.

Jonna fühlte sich unwohl und befangen, als sie vor ihm den Eingangsbereich durchquerte. Sie spürte seinen Blick auf ihr ruhen, und war froh, sich wieder in ihre Decke auf der Couch einzukuscheln.

Schweigend verteilte Ryan das Geschirr und schenkte ihnen Tee ein. Womöglich fühlte er sich ebenso unbehaglich wie Jonna. Fast wünschte sie, sie hätte nicht zugesagt, auf *Oak Hill Manor* zu übernachten, doch nun war es zu spät, einen Rückzieher zu machen.

Während sie vor dem knisternden Feuer saßen und den Tee tranken, fing Jonna langsam an, sich zu entspannen. Der Tee aus der bauchigen Kanne war heiß und süß, und Ryan hatte nicht gelogen, was die Erdbeermarmelade anging – sie war Verführung pur.

Genießerisch leckte sich Jonna mit der Zungenspitze einen Rest vom Mundwinkel. „Ich habe mich vorhin übrigens aus Versehen auf dein Portemonnaie gesetzt", brach sie das Schweigen und deutete auf die am Tischende liegende Geldbörse. „Und nun frage ich mich die ganze Zeit, woher ich die Frau auf dem Foto kenne. Ich bin mir sicher, ich habe sie irgendwo schon einmal gesehen. Wer ist sie, Ryan?", hakte sie nach und hoffte, mit ihrer Neugier nicht allzu indiskret gewesen zu sein.

Ryan setzte stirnrunzelnd seine Tasse ab. „Du hast in meiner Geldbörse geschnüffelt?" Sein Ton wurde scharf.

„Das Bild ist herausgefallen", erklärte sie rasch, „ich hob es auf und habe dabei das Porträt gesehen." Sie warf ihm einen gekränkten Blick zu. „Ich schnüffele nicht."

„Entschuldige." Seine Kiefermuskeln spannten sich. „Das ist falsch rübergekommen. Aber du irrst dich. Du kennst diese Frau ganz sicher nicht."

„Ich weiß nicht." An ihrer Unterlippe knabbernd, taxierte sie ihn. „Sie kam mir ziemlich bekannt vor. Wenn ich es recht überlege, gibt es sogar eine gewisse Ähnlichkeit …"

„Unsinn", unterbrach er sie fast barsch, sein Mund eine schmale Linie. „Das bildest du dir nur ein."

Sie hatte ihn verärgert. Sie wusste nur nicht, weshalb. Innerlich aufseufzend nahm sie ihre Tasse auf. Offenbar wollte Ryan ihr nicht verraten, um wen es sich bei der geheimnisvollen Frau in seiner Geldbörse handelte.

„Hör zu, Jonna, es tut mir leid", lenkte er ein. „Ich war unfreundlich. Es gibt da etwas, das mich …" Er ließ den angefangenen Satz in der Luft hängen. „Nimm es mir nicht übel, aber ich kann nicht darüber sprechen. Es hat nichts mit dir zu tun. Du hast nichts falsch gemacht."

Es gab so Vieles, das sie nicht über ihn wusste. Er war ein Mann voller Geheimnisse. Was ihn für sie überraschenderweise nur noch anziehender machte. „Ich liebe übrigens die Gemälde an deinen Wänden“, versuchte sie sich an einem hoffentlich unverfänglichen Themenwechsel. „Du hast einen wirklich guten Geschmack.“ Sie räusperte sich. „Ich nehme an, du hast nichts über das Bild herausfinden können, für das ich mich so brennend interessiere?“

„Ach, das vergaß ich ganz zu erwähnen.“ Ryan brach sich ein kleines Stück vom Teegebäck ab, bestrich es mit dickem Rahm und Marmelade. „Tut mir leid, Jonna. Ich habe keine weiteren Informationen für dich. Da ist nichts zu machen. Auch für mich nicht.“ Er hielt ihren Blick, wohl wissend, dass er sie mit dieser Nachricht enttäuschte.

„Schade. Trotzdem danke ich dir für deine Mühe.“ Vermutlich hätte Nick ohnehin ein Theater veranstaltet, hätte sie das Gemälde tatsächlich über ihr Bett gehängt. Manche Dinge sollten wohl einfach nicht sein. Ein wenig enttäuscht lenkte sie ihren Blick hinaus auf die Wiesen seines Anwesens, die nun fast völlig von der Dunkelheit verschluckt wurden. „Ich finde es übrigens wundervoll, dass auf deinen Wiesen nicht alles abgemäht wird, sondern dass die Blumen wachsen dürfen.“

„Als meine Exfrau hier noch lebte, musste alles peinlich geschoren werden. Sie bevorzugte es so. Doch ich mag es auch lieber naturbelassen.“ Ryan lächelte, nun deutlich entspannter.

„Wie war sie so, deine Frau?“

„Clare? Sie war schön. Außergewöhnlich schön.“

Jonna fühlte einen leisen Stich in der Brust. Natürlich war Ryans Ex schön. Ein Mann mit seinem Aussehen, charismatisch und klug, verliebte sich bestimmt nicht in ein graues Mäuschen. Oder in eine viel zu kurvige

Frau, die ihre Naschsucht nicht unter Kontrolle bekam und zählen musste, um drohende Panikattacken abzuwehren.

„Aber sie war auch ebenso eiskalt", ergänzte Ryan unerwartet und griff nach der Kanne, um ihr Tee nachzuschenken.

Jonna warf ihm einen erstaunten Seitenblick zu. „Inwiefern?"

„Für Clare war Clare immer der wichtigste Mensch. Das machte sie mit ihrem Verhalten stets deutlich. Ich habe es lediglich nicht gesehen oder nicht sehen wollen, verliebter Trottel, der ich gewesen war." Erneut verzogen sich seine Lippen zu einem Halblächeln. „Erst als sie mich sang- und klanglos wegen meines besten Freundes verließ, ging mir ein Licht auf."

Jonna dachte an Nick. Wie er es vorzog, vor dem Fernseher zu gammeln, anstatt mit ihr spazieren zu gehen oder sich mit ihr zu unterhalten. Wie er stets bestimmte, wie sie die Wohnung einrichteten oder wo sie Urlaub machten.

„Aber das liegt alles in der Vergangenheit", erklärte Ryan, „und ich genieße mein Single-Leben in vollen Zügen."

„Du willst keine Beziehung mehr?"

Er schüttelte mild den Kopf. „Es gefällt mir, so wie es ist. Ich liebe es, frei und unabhängig zu sein."

Jonna stellte sich vor, wie es wäre, so ein Leben zu führen. Ohne Anhang, ohne Verpflichtungen. Doch das war etwas, das sie sich beim besten Willen nicht vorstellen konnte. „Vielleicht änderst du deine Meinung, wenn du die Richtige triffst?" Kaum war ihr die Frage entschlüpft, wünschte sie sich, sie hätte sie nicht gestellt, denn sie klang so ... provokativ.

Im Kamin brach ein Holzscheit mit einem Knacken und ein Funkenregen stob auf.

„Vielleicht."

„Hast du ... habt ihr Kinder?"

„Nein, dem Universum sei Dank. Und das sage ich nicht, weil ich Kinder nicht liebe, sondern weil es mit Clare und mir nicht funktionierte." Er schnitt eine Grimasse. „Um ehrlich zu sein, *nicht funktionierte*, ist stark untertrieben. Die ganze Sache war ein Desaster und für Kinder wäre es das mit Sicherheit ebenfalls gewesen."

Mr Gandy jaulte im Schlaf und sie tauschten ein Lächeln.

„Ich habe mir schon immer einen Stall voller Kinder gewünscht", gestand Jonna. „Da ich Einzelkind war, habe ich mir immer Geschwister gewünscht. Eine richtige Familie." Sie dachte daran, wie sie als Kind in langen, dunklen Nächten mit einer imaginären Schwester geflüstert hatte, um sich weniger einsam zu fühlen. „Und deshalb kann ich mir nichts Schöneres vorstellen", fuhr sie mit einem leisen Seufzen fort, „als das Getrappel vieler kleiner Füße und ein Haus erfüllt mit fröhlichem Kinderlachen."

„Aber?"

Sie zuckte mit den Schultern.

„Manchmal erfüllen sich Wünsche nicht, und meiner Erfahrung nach, ist das auch gut so." Um seinen Mund erschien erneut eine harte Linie. Er war nun mal ein gebranntes Kind in Sachen Ehe und Beziehung, und trotz seiner positiven Lebenseinstellung schienen ihn hin und wieder die alten Schatten zu verfolgen.

Diese Meinung teilte sie nicht, doch Jonna beließ es dabei. „Hast du einen Bruder oder eine Schwester?“, wollte sie von ihm wissen.

Er verneinte. „Ich bin ebenfalls als Einzelkind aufgewachsen. Doch unser Haus war stets offen für Freunde und Bekannte. Auf *Oak Hill Manor* gab es ein ständiges Kommen und Gehen. Mum und Dad veranstalteten gerne Partys. Wir hatten quasi Dauerbesuch, und so war ich niemals allein.“

„Na ja, und ich habe Mr Gandy“, sagte sie betont heiter, wobei sie Ryan ein wenig um seine Kindheit beneidete. Sicher wusste er gar nicht, wie es war, einsam zu sein.

„Bist du müde?“, wollte er unvermittelt wissen. „Du musst erschöpft sein nach der ganzen Aufregung. Wenn du möchtest, zeige ich dir jetzt die Gästezimmer.“

„Nein“, kam es ein wenig zu rasch aus ihrem Mund. Der Abend hatte doch erst begonnen. Schon lange hatte sie sich nicht mehr so wohl in der Gesellschaft eines Mannes gefühlt. Sie hob die Hand und legte sie an seine stoppelige Wange. „Danke nochmal, dass du Mr Gandy gerettet hast. Dass du *uns* gerettet hast. Das werde ich dir nie vergessen.“

Ein Lächeln zupfte an seinen Mundwinkeln. „Das habe ich gern gemacht.“ Er hielt ihren Blick und sie versank in seinen dunklen Augen. Die Atmosphäre zwischen ihnen veränderte sich. Die Luft vibrierte urplötzlich vor Spannung.

„Ryan“, flüsterte sie, in seinem Gesicht forschend. Zart strich sie mit den Fingerspitzen über den Schwung seiner Lippen. Vielleicht war doch mehr zwischen ihnen, als er zugeben mochte. Sie wollte es so gern glauben.

„Du bringst mich schon wieder in Versuchung", knurrte er. „Seit dem ersten Augenblick, da ich dich in der Flughalle entdeckt hatte, wollte ich dich küssen."

Sie wollte Ryan ebenfalls. Mehr als alles andere. Dennoch war sie keine Frau, die …

Ihr Gedankengang wurde jäh unterbrochen, als er seinen Mund auf ihren legte.

„Ryan, nicht …", protestierte sie leise, ihr Körper sprach jedoch eine andere Sprache. Von Sehnsucht überwältigt drängte sie sich ihm entgegen.

Seine Lippen verbanden sich mit ihren. Sein Kuss war warm und zärtlich, und setzte einen Strudel an blubbernden Champagnerbläschen in ihrem Bauch frei. Ein sehnsüchtiges Seufzen entschlüpfte ihrer Kehle, als Ryans Finger sich in ihrem Haar verfingen. Es dauerte nur ein paar Sekunden, bevor sie den Kuss leidenschaftlich erwiderte, doch unerwartet löste sie sich von ihm. „Hör auf, bitte." Sie schüttelte den Kopf und legte eine Hand auf ihre Brust, um das wilde Schlagen ihres Herzens zu beruhigen. Das, was sie da machte, war hochgradig unvernünftig. „Ich würde dich sehr gern küssen", gestand sie leise. „Aber da ist Nick." Hilflos hob sie die Schultern. „Ich kann ihn nicht so einfach vergessen." Und Ryan hatte betont, wie sehr er sein Single-Leben und seine Freiheit liebte. Egal, wie sehr sie sich auch zu ihm hingezogen fühlte, es wäre nicht richtig, sich auf ihn einzulassen. Sie passten nicht zueinander.

„Natürlich nicht", bekräftigte Ryan. Sekundenlang musterte er sie. Dann sprang er auf. „Du hast recht. Wir sind beide verwirrt. Dieser Sturm …", er vollführte eine ausschweifende Geste zum Fenster hin, als sei das Wetter an allem schuld.

Jonna nickte erleichtert, dass Ryan kein Drama aus der Sache machte. „Was für eine verrückte Nacht."

Er hielt ihr die Hand hin, um ihr hoch zu helfen und sein Blick wurde weich. „Ich zeige dir jetzt die Zimmer, in Ordnung?"

Kapitel 23

Am nächsten Morgen begrüßte Ryan Jonna in der sonnendurchfluteten Küche mit einem selbstgemachten Frühstück aus Rührei, gebuttertem Toast mit Erdbeer- und Holundermarmelade und einem süßen Milchkaffee. Mr Gandy ließ sich derweil den Rest aus der Gulaschkonservendose schmecken, und seinem herzhaften Schmatzen nach zu urteilen, fand er durchaus Gefallen an dem ungewöhnlichen Futter. Jonna hatte kaum geschlafen, obwohl das bezaubernde Gästezimmer jeden erdenklichen Komfort geboten hatte und das Bett traumhaft weich gewesen war. Es war der Kuss, der sie wachgehalten hatte. Ihre Gefühle für Ryan, die sich nur schwer unterdrücken ließen, sowie die unverrückbare Tatsache, dass er nichts Ernstes suchte – anders als sie. Nun wusste sie nicht so recht, wie sie ihm begegnen sollte, doch er neckte sie wie üblich, und nichts an seinem Verhalten deutete darauf hin, dass er bereute, was zwischen ihnen passiert war. Im Gegenteil, er kam ihr regelrecht aufgekratzt und gelöst vor. Sie bewunderte seine Rückansicht und sein knackiges Hinterteil in der schwarzen engen Jeans, als er nun am Herd den Pfannenwender schwang. „Danke, dass du uns so verwöhnst, Ryan", sagte sie.

„Freut mich, dass es dir schmeckt", meinte er mit einem Blick über die Schulter.

„Ich dachte, du stehst nicht gern in der Küche.“ Vorsichtig nippte sie an ihrem heißen Kaffee.

„Für dich mache ich eine Ausnahme.“ Er stellte die Gasflamme ab und gesellte sich mit seinem Teller zur Jonna an die Theke.

Bevor er sich seinem Rührei widmete, wischte er mit dem Daumen über Jonnas rechten Mundwinkel. „Du hattest da etwas Milchschaum“, bemerkte er, an seinem Finger leckend, als sie ihn fragend anschaute. „Süß. Sehr süß“, ergänzte er mit einem vielsagenden Zwinkern. Sein Blick wanderte tiefer, fiel auf den Ausschnitt ihres nachlässig geknöpften Oberhemds. „Dein neues Outfit steht dir übrigens hervorragend.“ Zwar war ihre Kleidung über Nacht getrocknet, doch Jonna hatte es vorgezogen, sich erneut eins von Ryans Hemden auszuleihen.

Lässig zuckte sie mit den Schultern, doch ihre Haut prickelte unter seiner intensiven Musterung. „Ich fühle mich pudelwohl in deinen Hemden.“ *Genauso wohl, wie mit dir.*

Er hielt ihren Blick, während er sich eine großzügige Portion Ei in den Mund schob und schnitt eine Grimasse. „Zur Hölle, warum hast du mir nicht gesagt, dass es viel zu salzig ist?“

Mit übermütig funkelnden Augen legte sie die Gabel nieder. „Weil sich schon lange kein Mann mehr so für mich ins Zeug gelegt hat. Egal, ob versalzen oder nicht. Ich liebe dein Rührei.“

Jetzt ließ auch Ryan sein Besteck sinken. Er umfasste ihr Kinn und hob es an. „Jonna, das kannst du nicht mit mir machen“, sagte er rau.

Der Klang seiner Stimme ließ sie erschauern. Ihre Blicke verhakten sich ineinander.

„Was genau mache ich denn?", wollte sie mit unschuldigem Augenaufschlag wissen. Es überraschte sie, wie leicht ihr das Flirten auf einmal fiel. Sonst hatte sie sich immer furchtbar linkisch angestellt, wenn es darum ging, ihre Reize spielen zu lassen, weshalb sie es irgendwann aufgegeben hatte. Mit Ryan war irgendwie alles anders. An seiner Seite war sie ein ganz anderer Mensch. Sie fühlte sich freier. Leichter. Und es fühlte sich gut an.

„Das weißt du genau", erwiderte er mit gespielter Strenge. „Du bringst mich ganz schön durcheinander."

Du mich ebenso. Und genau das war das Problem.

Als sie nach dem Frühstück gemeinsam das Haus verließen, wandte Jonna sich noch einmal dem Gebäude zu, dem sie gestern in all der Aufregung nicht die gebührende Aufmerksamkeit geschenkt hatte. Dabei war es das bezauberndste Anwesen, das Jonna je erblickt hatte: ein georgianisches, zweistöckiges Country-Haus mit hohen Sprossenfenstern, umgeben von einem romantischen Blumengarten und Wiesen, auf denen ausladende Bäume Schatten spendeten. Das Schönste aber waren die meterhohen Rhododendronbüsche in Dunkelrot und Weiß vor dem Haus, die blau-blühenden Glyzinien und verschwenderischen Rosenranken, die an der steingrauen Fassade emporkletterten und das Haus in ein regelrechtes Märchenschloss verwandelten. Der stille Zauber der Szenerie hätte Jonna komplett in ihren Bann gezogen, wenn nicht der Sturm eine

Schneise der Zerstörung hinterlassen hätte: haufenweise abgeknickte Zweige, herumliegende Äste und kaputte Pflanzen. Etliche der Kletterrosen an der Hausfassade waren brutal geköpft worden, und auch der Blauregen wirkte ziemlich mitgenommen.

Jonna schlug die Hände vor den Mund. „Oh, wie traurig. Ich bin froh, dass wir das Unwetter unbeschadet überstanden haben, aber schade, um die schönen Blumen.“

„Ich schätze, Ralph wird sich das Ganze mal ansehen müssen“, meinte Ryan, sich nachdenklich über seinen Nacken reibend, während er mit gefurchter Stirn seinen Blick schweifen ließ. „Möglicherweise müssen ein paar beschädigte Bäume gefällt werden.“

„Und Ralph ist ...?

„Mein Gärtner.“

„Oh.“ Wie viele Bedienstete würde Ryan noch aus dem Ärmel zaubern? Wieder einmal wurde ihr deutlich, wie wenig sie eigentlich über ihn wusste.

„Allein würde ich das alles hier nicht schaffen“, meinte er schmunzelnd, als ahnte er, was ihr gerade durch den Kopf ging. „Dafür ist *Oak Hill* einfach viel zu groß.“ Auffordernd nickte er ihr zu, den Autoschlüssel in der Hand. „Wollen wir los?“

„Ich bin bereit“, erklärte Jonna munter, insgeheim jedoch mit leisem Bedauern. Zeit für Cinderella, das Schloss zu verlassen.

Schweigend manövrierte Ryan den Wagen über die durch hohe Hecken begrenzten, schmalen Straßen, die nur hier und da den Blick über grüne Hügel freigaben. Die Finger seiner freien Hand waren fest mit denen

Jonnas verschränkt. Unausgesprochene Dinge schwebten zwischen ihnen in der Luft, dabei hatten sie einander doch alles gesagt, was es zu sagen gab, oder nicht?

Irgendwann hielt Jonna die bedrückende Stille nicht mehr aus. „Ich finde, wir …", hob sie unbeholfen an. Wie sollte sie ihr Dilemma in Worte fassen? Sie empfand etwas für einen Mann, der kein Interesse an ernsthaften Bindungen hatte, ihr jedoch immer wieder verdeutlichte, wie sehr er sie begehrte. Es hatte sie gestern viel Kraft gekostet, seiner Anziehung zu widerstehen. Und im Grunde genommen sollte sie sich schämen, überhaupt an einen anderen zu denken, wenn es doch Nick in ihrem Leben gab.

Ryan warf ihr einen raschen Seitenblick zu, lange genug jedoch, um ihr Stirnrunzeln zu bemerken. „Mach dir keine Sorgen", beruhigte er sie. Er hob Jonnas Hand an seine Lippen und küsste ihre Fingerknöchel. „Es ist alles gut."

Wie zur Bestätigung ertönte vom Rücksitz ein kurzes zustimmendes Bellen, das ihnen ein flüchtiges Schmunzeln entlockte.

Ja, wenn Jonna auch nur glauben könnte, dass alles gut werden würde. Doch sie steckte in einem schrecklichen Gefühlschaos. Je mehr sie sich *Hollyhock Cottage* näherten, umso stärker verspürte sie einen dumpfen Druck auf der Brust. Konnte Jonna ihre Gefühle für Ryan so einfach zu den Akten legen und weitermachen, als sei nichts geschehen? Als hätte sie ihn nicht geküsst und sich dabei gewünscht, weiterzugehen? Mit Ryan zusammen hatte sich alles so richtig angefühlt, so natürlich. Als seien sie dafür geschaffen, zusammen zu sein. Und doch würde Jonna zu einem anderen zurückkehren. Fragen über Fragen schwirrten durch ihren Kopf, auf die sie keine Antwort fand.

Ein fremder Wagen parkte vor dem Cottage, stellte sie überrascht fest, sobald sie das Ende der Rosemary Lane erreicht hatten. Liz hatte Besuch? Demnach musste sie zu Hause sein. Jonna atmete tief ein, um sich für die Begegnung zu wappnen. Insgeheim hatte sie gehofft, eine Weile allein sein zu können, um sich zu sammeln, um ihre Gedanken zu ordnen. Ihr war nicht nach Smalltalk zumute – schon gar nicht mit irgendeinem Fremden. Sie unterdrückte ein resigniertes Seufzen, als Ryan den Pick-up zum Stehen brachte.

„Danke nochmals. Für alles." Jonna fühlte unerwarteten Schmerz in der Brust aufbranden.

Ryan hielt ihren Blick. „Auf Wiedersehen, Jonna", sagte er ohne die Andeutung eines Lächelns.

Sie straffte die Schultern. *Du lieber Himmel, Jonna!*, schalt sie sich stumm. *Du bist nicht die Prinzessin, auf die* Oak Hill Manor *sehnsüchtig wartet!* Nur für den Fall, dass ein kleiner Teil ihres verwirrten Ichs sich das insgeheim wünschte. Was natürlich völliger Unsinn war. *Oh Gott.* Sie sollte jetzt wirklich los. Innerlich kopfschüttelnd wandte sie sich ab, um die Tür zu öffnen. Ihre Aufmerksamkeit wurde jedoch unvermittelt von Mr Gandys aufgeregtem Gebell abgelenkt, der auf dem Rücksitz unruhig wurde und mit den Krallen die Polster bearbeitete. Eine unmissverständliche Aufforderung, ihn sofort aus dem Wagen zu entlassen. Jonnas Blick glitt nach draußen. Das stand jemand vor dem Cottage.

Jemand, den sie sehr gut kannte.

Kapitel 24

Sie öffnete die Beifahrertür. Mit butterweichen Knien stieg sie aus, gefolgt von ihrem Hund, der in einem filmreifen Satz von der Rückbank auf den Vordersitz und aus dem Auto sprang und auf Nick zustürmte.

„Hallo Jonna." Nicks Lippen kräuselten sich, als er Jonnas Blick einfing und dabei geistesabwesend den ihn enthusiastisch begrüßenden Mr Gandy tätschelte.

Attraktiv sah er aus. Anstatt der von ihr so verhassten Jogginghose trug er anständige Jeans und ein schickes, blaues Shirt, das seine Augen leuchten ließ. Sein blondes Haar war gewachsen, seit sie ihn das letzte Mal gesehen hatte, und er hatte abgenommen, was ihm gutstand.

Fassungslos starrte sie ihren Freund an. Wie sehr hatte sie sich gewünscht, er würde sich melden? Hatte Tag für Tag gehofft, ein Lebenszeichen von ihm zu erhalten? Und nun stand er einfach da, die Daumen lässig in die Gürtelschlaufen seiner Jeans gehängt und grinste ihr entgegen, als sei es das Natürlichste der Welt, hier zu stehen. Ein Tsunami an Gefühlen fegte über sie hinweg. Sie wusste nicht, ob sie lachen oder weinen sollte. Oder beides gleichzeitig. Dass ihre Beine nicht auf der Stelle versagten, grenzte an ein Wunder. „Was in aller Welt machst du hier, Nick?"

Er wartete, bis sie vor ihm stand und nahm ihre Hand in seine. „Das, was ich längst hätte tun sollen, Schnuppel." Das Lächeln schwand aus seinem Gesicht.

Sie atmete scharf ein, als er unverhofft vor ihr auf die Knie sank und ihr einen funkelnden Ring in einem quadratischen, schwarzen Kästchen präsentierte. „Willst du mich heiraten?"

Die Worte hallten in ihrem Kopf wider.

Ihre Augen weiteten sich. Du lieber Himmel, hatte er das eben wirklich gesagt? Hatte Nick, ihr Nick, sie gefragt, ob sie seine Frau werden wollte? Jonna hatte das Gefühl, dass ihr jemand den Boden unter den Füßen wegzog. Sie konnte keinen klaren Gedanken fassen. Ihr Herz schlug hart gegen die Rippen und ihr Mund war so trocken, dass sie ihre Lippen mit der Zunge befeuchten musste. Sie war sich Ryans Anwesenheit im Pickup in ihrem Rücken mehr als bewusst. Eben noch hatten sich alle ihre Gedanken um ihn gedreht, vor wenigen Augenblicken hatte er noch ihre Hand gehalten ... Sie zuckte unmerklich zusammen, als eine Autotür zuschlug und der Motor gestartet wurde. Obwohl in ihrem Inneren etwas zerbrach, wusste sie, dass es besser war, wenn Ryan aus ihrem Leben verschwand. Nick war hier. Nick, mit dem sie seit vier Jahren durchs Leben ging, und der ihr nun die Sicherheit und Geborgenheit einer Ehe anbot.

„Jonna?" Nick blickte abwartend zu ihr hoch. „Es ist nicht sonderlich bequem hier unten, weißt du?"

Sie gab sich einen Ruck. „Ja. Ja, ich will", bestätigte sie mit einem leisen Beben in der Stimme. Was hätte sie auch anderes entgegnen sollen? Hatte sie doch eine halbe Ewigkeit auf diese Frage gewartet.

Mit einem Laut der Erleichterung sprang Nick auf die Füße und strahlte sie an. „Dann werden wir wohl demnächst heiraten."

Zaghaft erwiderte sie sein Lächeln. Vielleicht träumte sie ja nur. Vielleicht war das hier gar nicht real und sie saß noch immer mit Ryan auf der schokoladenbraunen Couch …

„Du freust dich nicht." Nick taxierte sie misstrauisch.

„Nein, doch." Sie schüttelte den Kopf, um ihre Verwirrung loszuwerden. „Es ist nur, du hast mich überrumpelt. Ich … hatte nicht damit gerechnet, dich hier zu sehen."

„Also freust du dich." Ganz überzeugt schien er noch nicht.

„Natürlich tue ich das, Nick. Und wie." Sie stellte sich auf die Zehenspitzen, nahm sein Gesicht in die Hände und küsste ihn. „Aber warum hast du dich nie gemeldet, und wie … kommt es, dass du mich jetzt fragst …?" Ausgerechnet jetzt … Sie verdrängte Ryans Bild, bemüht, das schnelle Schlagen ihres Herzens zu ignorieren.

„Es hat eine Weile gedauert, bis ich es begriffen habe." Nick schob seine Hände in die Vordertaschen seiner Jeans und wippte auf den Fersen. „Ich wollte es zunächst nicht zugeben, aber ich habe dich vermisst."

„Ich dich auch." Sie zögerte, wollte ihm nicht verraten, dass sie ihn fast schon aufgegeben hatte. Dass sie an ihrer Liebe zu ihm gezweifelt hatte. Dennoch war es ihr wichtig, dass er begriff, dass sie nicht einfach dort weitermachen konnten, wo sie aufgehört hatten. „Hör zu, Nick, zwischen uns ist es nicht sonderlich gut gelaufen in der letzten Zeit …“, begann sie behutsam. „Wir sollten darüber reden.“

Er legte den Kopf in den Nacken und schloss die Augen. Wenn es sich vermeiden ließ, ging Nick Diskussionen über ihre Beziehung aus dem Weg. „Das werden wir“, entgegnete er, seinen Blick erneut auf Jonna richtend.

„Wann?“

„Wenn wir zurück in Deutschland sind.“

„Versprochen?“

Zwischen seinen Brauen entstand eine kleine Furche, die seine Gereiztheit ausdrückte.

„Schon gut.“ Sie beschloss, ihm zu vertrauen. Er wäre wohl kaum nach Cornwall geflogen, um ihr einen Antrag zu machen, wenn er es nicht ernst meinte. Sie schlang die Arme um ihn, presste ihre Nase gegen den weichen Stoff seines Shirts und atmete den vertrauten Geruch seines Körpers ein. Es gab ungefähr eine Million Dinge, die sie Nick fragen wollte. Eine Million Dinge, die sie zu besprechen hatten, und es würde eine Weile dauern, bis sie sich wieder aneinander gewöhnt hätten. Sie brauchten nur ein wenig Zeit, dann würden sie die unguten Zeiten hinter sich lassen und ein neues, gemeinsames Leben beginnen. Endlich würde ihr lang ersehnter Traum wahr werden. Sie und Nick würden heiraten, Jonna ihren Stall voller Kinder bekommen und sie würden zufrieden bis an ihr Lebensende miteinander leben. Weißer Gartenzaun inklusive. Und genau wie Mabel Trevarrian würde sie eine glückliche, erfüllte Ehe führen. Sie brannte darauf, die Neuigkeit mit ihrer älteren Freundin zu teilen. Nick musste Mabel unbedingt kennenlernen. Sicher würde er sie ebenso zauberhaft finden, wie es Jonna tat. Nur irgendwie wollte das kein richtiges Glücksgefühl in ihr auslösen.

„Nun lass dich aber mal ansehen." Nicks Stimme holte sie auf den Boden der Realität zurück. Er hielt sie auf Armeslänge von sich, um sie zu betrachten. „Gut siehst du aus. Kann es sein, dass du zugenommen hast? Hey, das ist nicht böse gemeint", fügte er rasch hinzu, als er bemerkte, wie sich ihr Blick verfinsterte. „Du strahlst regelrecht von innen heraus und deine Augen glänzen. Die kleine Auszeit hier in Cornwall hat dir wohl gutgetan?"

„Äh, ja, das hat sie." Sie versuchte, ihre Verlegenheit mit einem kleinen Lachen zu kaschieren, das sich selbst für sie unecht anhörte. In einer nervösen Geste schob sie sich eine Locke aus dem Gesicht. Plötzlich schämte sie sich schrecklich wegen der vergangenen Nacht. Wegen dieses Kusses, der niemals hätte geschehen dürfen, weil er Sehnsüchte in ihr geweckt hatte, die niemals erfüllt werden würden.

„Wer war eigentlich der Kerl in dem schwarzen Pickup?", wollte Nick beiläufig von ihr wissen.

„Ach, nur ein Bekannter ...", entgegnete Jonna ebenso leichthin und vermied es peinlichst, Nick dabei anzusehen.

„Lass uns ins Haus gehen", schlug sie nun vor, das leise Gefühl der Enttäuschung von sich schiebend. Sie musste Ryan Bennett vergessen. Ihre Zukunft lag bei Nick.

„Meinst du, der Kühlschrank deiner Freundin gibt etwas zum Anstoßen her?" Hoffnungsfroh sah Nick sie an.

„Ich bin sicher, sie hat irgendwas Passendes da", bestätigte sie, schließlich verfügte Liz ihrer Erfahrung nach über einen unerschöpflichen Vorrat an „Notfallmedizin". Jonna rief den eifrig den Mietwagen beschnüffelnden Mr Gandy zu sich, damit sie zusammen ins Haus gehen konnten.

Aus dem Wohnzimmer drang lautstarkes Stimmengewirr in den Korridor. Es klang verdächtig nach einem Streit. „Du lieber Himmel, was ist denn hier los?", entfuhr es Jonna.

„Oh, ich vergaß ganz zu erwähnen, dass Liz' Mann zu Besuch da ist", klärte Nick sie auf. „Er war bereits hier, als ich vor einer halben Stunde eintraf. Und da es in der Gegenwart der beiden Streithähne etwas ungemütlich wurde, habe ich mich nach draußen verkrümelt."

Lowen war zurück? „Du lieber Himmel, was für ein Schlamassel." Jonna schüttelte ungläubig den Kopf. Erst verschwand Mr Gandy, dann ließ sie sich zu einem Kuss mit einem anderen Mann hinreißen und nun tauchten auch noch Lowen und Nick gleichzeitig auf. Nervös wischte sie sich die Handflächen am Jeansrock ab, als sie mit Nick an ihrer Seite das Wohnzimmer betrat. Sie öffnete den Mund, um einen Gruß loszuwerden. Liz und Lowen nahmen jedoch keinerlei Notiz von den Neuankömmlingen – sie waren vollauf damit beschäftigt, einander vorwurfsvolle Blicke zuzuschießen.

„Honey, wie oft muss ich dir noch sagen, dass ich diese Sache zutiefst bereue? Ich habe einen Fehler gemacht. Wollen wir das nicht einfach hinter uns lassen?

Komm schon, was denkst du?" In einer Geste der Verzweiflung fuhr sich Lowen durch das wellige, stylisch geschnittene Haar, während er wie ein Tiger im Käfig auf und ab lief. Er hatte sich kaum verändert, seitdem Jonna ihn das letzte Mal vor Jahren getroffen hatte, sah noch immer umwerfend aus, in einer lässigen Leinenhose und einem dunklen, schmal geschnittenen Hemd, das seine schlanke Statur betonte. Lediglich seine ehemals dunkelblonden Strähnen schimmerten nun silbergrau an den Schläfen.

„Du willst wissen, was ich denke?" Wütend funkelte Liz ihren offenbar reumütigen Ehemann an. „Ich denke, es ist höchste Zeit, dass du dich endlich um deine Tochter kümmerst", brachte sie zwischen zusammengepressten Zähnen hervor. „Das Kind braucht seinen Vater, denn auch wenn der lieber durch fremde Betten turnt, ist es eine Tatsache, dass ..."

„Stella hat Schluss mit mir gemacht", unterbrach Lowen sie. „Es ist aus zwischen uns."

„Ach. Interessant." Liz schnaubte. „Seit zwei Stunden bist du hier und rückst jetzt erst damit heraus? Was bezweckst du damit, Low? Soll ich dich nun etwa bemitleiden?"

„Großer Gott, nein. Liz. Das erwarte ich ja gar nicht ..."

„Wie außerordentlich gütig von dir." Liz' Stimme triefte nur so vor Spott. Sie suchte Jonnas Blick und zog eine Grimasse.

Es sah definitiv nicht gut aus für Lowen Pengelly. Vielleicht sollten sie die beiden Streithähne lieber allein lassen, überlegte Jonna. Sie fühlte sich, als wäre sie in ein Kriegsgebiet geraten.

Wir gehen, formte sie stumm mit den Lippen und streckte die Hand nach Nick aus.

„Nein, bleibt doch bitte", bat Liz laut vernehmlich. „Wir sind hier ohnehin fertig."

Nun richtete auch Lowen gezwungenermaßen seine Aufmerksamkeit auf Jonna und gab ihr die Hand zur Begrüßung. „Hallo Jonna. Bedauerlich, dass wir uns unter diesen Umständen wiedersehen."

„Ja, das ist es." Sie lächelte unbehaglich.

„Honey, ich bitte dich", wandte sich Lowen wieder seiner Frau zu. „Sei nicht so hart." Ein erneuter Versuch, die Wogen zu glätten.

„Pack den Rest deiner Sachen, dann nimmst du Mia und verlässt dieses Haus." Liz glasklare Stimme schnitt wie ein Messer durch die Luft.

Peinlich berührt starrte Jonna erst Nick, dann einen imaginären Punkt auf der Wand an. Am liebsten hätte sie sich in Luft aufgelöst.

„Was, wenn Mia nicht mitkommen möchte?" Lowen gab nicht auf.

„Sie ist jederzeit im *Hollyhock Cottage* willkommen. Aber sie ist deine Tochter, Low, und ich bin nicht bereit, mein Leben dafür zu opfern, die Alleinerziehende zu spielen."

Seine Augen wurden schmal. „Du hast einen anderen." Es war mehr eine Feststellung als eine Frage.

„Erstens tut das nichts zur Sache, denn das geht dich überhaupt nichts an", entgegnete Liz mit einer Kälte in der Stimme, die einen arktischen Hauch durch den Raum wehen ließ, „und zweitens warst du derjenige, der mich Knall auf Fall sitzengelassen hat, um ungestört Spaß mit einem jungen Ding und ihren Möpsen zu haben."

Betretenes Schweigen folgte. Jonna wechselte einen raschen Blick mit Nick, der eine Braue hob, und musste sich auf die Lippe beißen, um nicht laut loszuprusten.

Jonna und Nick mit einem dünnen Lächeln bedenkend, stürmte Lowen aus dem Raum. Seine Schritte polterten durch den Flur, dann fiel krachend eine Tür zu.

„Oh Gott, ich bin fix und fertig." Liz ließ sich auf das Sofa sinken und vergrub ihr Gesicht in den Händen.

Jonna setzte sich ebenfalls und legte einen Arm um die Schultern ihrer Freundin. „Geht es dir gut?"

Liz seufzte tief. „Keine Ahnung. Ich glaube schon." Sie schüttelte den Kopf. „Es ist deprimierend. Vermutlich sollte ich am Boden zerstört sein oder zumindest glücklich, dass diese Stella Geschichte ist. Ich bin aber gerade einfach nur erleichtert, dass Low weg ist."

Jonna streichelte ihr über den Rücken. „Ich verstehe dich. Übrigens, das mit den Möpsen ..." Sie gab sich alle Mühe, nicht zu kichern. Angesichts der Tragik der Situation sollte sie es nicht ansprechen.

„Das war genial, oder? Erst war mir gar nicht bewusst, was ich da gesagt hatte, aber jetzt, wo du es erwähnst ..." Jonna wischte sich die Lachtränen aus den Augen. „Lieber Himmel, Liz! Immer musst du diese Möpse ins Spiel bringen."

„Low tut das. Ich kann nichts dafür." Liz' Stimme kippte und dann verfiel auch sie in ein gequältes Lachen.

„Frauen“, kommentierte Nick den spontanen Ausbruch an verwirrender Heiterkeit und brachte sich ihnen beiden somit wieder in Erinnerung.

„Liebe Güte, Nick, entschuldige.“ Liz erhob sich. „Kinder, wisst ihr was? Ich hole uns jetzt erst einmal etwas Flüssiges. Ich denke, wir können alle einen guten Schluck vertragen.“ Wie üblich zeigte sich Liz wieder einmal äußerst pragmatisch.

„Ähm, eigentlich gibt es etwas zu feiern“, meinte Nick.

„Ach ja?“ Liz’ fragender Blick huschte zwischen Jonna und Nick hin und her. Nick wirkte wie die sprichwörtliche Katze, die den Milchtopf ausgeschleckt hatte.

„Jonna und ich werden heiraten“, ließ Nick die Bombe platzen. „Es ist jetzt vielleicht nicht der rechte Zeitpunkt, um ...“

„Unsinn“, rief Liz. „Es gibt keinen perfekteren Zeitpunkt für gute Nachrichten!“ Sie schlug die Hände vor den Mund. „Oh mein Gott, Jonna! Wie und wann ist das denn passiert?“

„Ich habe sie gefragt“, schaltete sich Nick grinsend ein, während er lässig auf den Fersen wippte. „Draußen, vor wenigen Minuten. Und sie hat ja gesagt.“

Liz forschte einen Herzschlag lang in Jonnas Gesicht, ehe sie ihre Freundin in die Arme schloss und drückte. „Ich gratuliere dir, Süße“, murmelte sie in Jonnas Haar. Genau genommen wirkte sie ziemlich überrascht. „Wer hätte das gedacht?“

Ja, dachte Jonna. *Wer hätte gedacht, dass dieser Tag, der auf Oak Hill Manor mit Ryan begonnen hatte, mit einem Heiratsantrag vor dem Hollyhock Cottage enden würde?* Die ganze Sache kam ihr ziemlich schräg und unwirklich vor. Aber sie bildete sich das alles nicht ein, denn

Nick stand tatsächlich hier in Liz' Wohnzimmer und fixierte sie aus vor Stolz funkelnden Augen.

In der Küche köpfte Liz eine Flasche eisgekühlten Roséwein und zu dritt stießen sie auf die gute Neuigkeit an, wobei sich Liz in aller Einzelheit von Nicks Antrag berichten und sich den Ring zeigen ließ. Jonna war ihr dankbar, dass sie Ryans Namen oder Jonnas nächtliche Abwesenheit mit keinem Wort erwähnte. Vermutlich sagte ihr jedoch ihr Instinkt, dass zwischen Jonna und Ryan etwas vorgefallen sein musste.

Nick ließ sein Glas an das von Jonna klingen. „Gehst du nun deine Sachen packen, zukünftige Ehefrau?"

Erstaunt sah sie ihn an. „Was, jetzt gleich?"

„Natürlich." Er fischte sein Handy aus der Hosentasche, um einen raschen Blick aufs Display zu werfen. „Wir müssen bald los und uns um den nächsten Flug kümmern."

Sie tauschte einen leicht panischen Blick mit Liz, der angesichts von Nicks Ansage sämtliche Farbe aus dem Gesicht wich. „Aber doch nicht sofort, Nick?" Was würde Mabel denken, wenn Jonna sang- und klanglos verschwand? Außerdem hatte sie vorgehabt, noch einmal das *Magic Gems* aufzusuchen, denn noch hatte sie nicht entschieden, welche Steine sie für Liz' Armband verwenden würde. Und ihre kleine Werkstatt im Schuppen wartete auf sie, dort lag noch alles herum, wie sie es zuletzt verlassen hatte ... Sie straffte ihren Rücken. „Ich kann jetzt hier nicht weg, Nick." Unmöglich.

„Schnuppel, hör zu." Er schob sein Glas auf den Tresen und begann, ihre verspannten Schultern zu kneten – so, wie er es zu Anfang ihrer Beziehung immer getan hatte, wenn er wollte, dass sie ihm einen Gefallen tat.

Oh, er wusste genau, wie sehr sie diese Massagen liebte. Ein wirklich genialer Schachzug.

„Können wir nicht später fliegen?"

„Es geht leider nicht anders." Nicks Stimme wurde sanft. „Da ich keinen Urlaub bekommen habe, muss ich heute noch zurück. Und ich möchte, ja, ich bestehe darauf, dass du mitkommst." Er beugte sich vor und seine Lippen streiften spielerisch ihr Ohrläppchen. „Schließlich haben wir eine Hochzeit zu planen, oder nicht?", murmelte er.

„Lieber Himmel, Nick, ich verstehe, aber ..." Sie war hin- und hergerissen, und sich gleichzeitig bewusst, dass sowohl Nick als auch Liz gespannt auf ihre Reaktion warteten. Wie könnte sie Nick jetzt hängenlassen, nachdem er sich extra auf den Weg nach Cornwall gemacht hatte, um sie nach Hause zu holen? Andererseits, wie könnte sie Liz so unerwartet verlassen? Jonna wollte niemanden enttäuschen. Sie steckte in der Klemme. Ihr Herz kämpfte mit ihrem Verstand. Es gab keine perfekte Lösung. Mit einem flauen Gefühl im Magen richtete sie ihre Aufmerksamkeit auf ihre Freundin. „Ehrlich gesagt, bin ich gerade überfordert. Das kommt jetzt etwas plötzlich. Ich weiß nicht so recht, was ich sagen soll, Liz. Es tut mir wahnsinnig leid." Hoffentlich würde Liz ihr den überstürzten Aufbruch verzeihen.

Es dauerte eine Sekunde, bis Liz begriffen hatte. „Ich komme mit und helfe dir beim Packen", meinte sie ohne viel Federlesens und leerte ihren Wein.

„Na gut." Zögerlich rutschte Jonna vom Hocker, ihren Liebsten kritisch musternd. „Hast du nicht zu viel Alkohol erwischt, Nick? Bist du sicher, dass du überhaupt fahren kannst?"

„Keine Sorge, das eine Gläschen schwitze ich sofort wieder aus." Er schlang einen Arm um ihre Taille und zog sie an sich. „Ich kann es nicht erwarten, allein mit dir zu sein, Schnuppel. Du siehst so unglaublich heiß aus, dass ich dich am liebsten auf der Stelle vernaschen möchte", erklärte er und schob ihre Locken beiseite, um einen feuchten Kuss in ihrem Nacken zu platzieren.

„Hör auf, bitte." Mit einem Seitenblick zu Liz machte sie sich von ihm los. Sie hatte Liz gegenüber ein schrecklich schlechtes Gewissen, weil sie sich dafür entschieden hatte, mit Nick zurückzufliegen. Sie war gerade auch nicht in Stimmung für seine öffentlichen Zuneigungsbekundungen. Sie setzte ein tapferes Lächeln für Liz auf. „Gehen wir packen."

Liz setzte sich in Bewegung, hielt aber nochmal an der Tür inne. „Soll ich euch Sandwiches für die Fahrt mitgeben?"

„Nicht nötig." Nick winkte lächelnd ab. „Wir werden am Flughafen in Newquay einen Bissen zu uns nehmen. Ich will den Mietwagen pünktlich abgeben und nicht draufzahlen müssen."

Einmal Bankkaufmann, immer Bankkaufmann, schoss es Jonna durch den Kopf. Nick konnte einfach nicht aus seiner Haut, er hatte die Zahlen stets im Blick – bei ihm geschah nichts aus Zufälligkeit oder Spontanität. Und genau diese Eigenschaft war es gewesen, was ihn für sie zu Beginn ihrer Beziehung so anziehend gemacht hatte. Seltsamerweise störte sie sich jetzt daran.

„Na komm.“ Liz stupste sie an. „Gehen wir deine Sachen einsammeln.“

„Das alles tut mir furchtbar leid, Liz“, überfiel Jonna ihre Freundin, kaum dass sie die Tür des Gästezimmers hinter sich geschlossen hatten.

„Keine Sorge, ich verstehe, dass du mit Nick zurückgehst. Mach dich nicht verrückt, Süße.“

„Jetzt habe ich nicht einmal das Geschenk für dich fertigbekommen. Und die Werkstatt …“

„Die bleibt, wie sie ist.“

„Nein, Liz.“ Jonna schluckte. Mit einem Mal traf die ganze Wucht ihrer Entscheidung sie. „Das geht nicht.“

„Ich bestehe darauf.“ Liz legte ihre Hände auf Jonnas Schultern. „Du hast hier nicht nur einen Platz zum Wohnen, sondern auch zum Arbeiten. Ich will, dass du weißt, dass du jederzeit im *Hollyhock Cottage* willkommen bist. Betrachte es als dein zweites Zuhause.“

Liz’ Gesicht verschwamm vor ihren Augen. „Das bedeutet mir sehr viel, Liz.“

Liz tat es mit einem Achselzucken ab. Sie hatte nicht vor, sentimental zu werden. Für heute hatte sie bereits Aufregung genug gehabt. „Schon gut, Süße. Mach keine große Sache draus, okay?“ In einer Geste der Hilflosigkeit fuhr sie sich durch das Haar, bis es in alle Richtungen abstand. „Ich wünschte, du würdest nicht gehen.“

Jonna presste die Lippen aufeinander, um das Schluchzen, das in ihre Kehle drängte, zu unterdrücken. Hastig wischte sie sich über die Wange.

„Hey, hey. Du wirst mir doch jetzt nicht anfangen zu weinen? Sieht so etwa eine glückliche Braut aus?“, versuchte Liz scherzhaft die Stimmung aufzuhellen. „Na siehst du, mit diesem schrägen, wenn auch nicht sehr vorteilhaften Lächeln gefällst du mir viel besser.“

Halb lachend, halb weinend knuffte Jonna die Freundin liebevoll in die Seite. „Ich komme wieder“, versprach sie. „So leicht wirst du mich nicht los.“ Sie würde einen Weg finden, Liz erneut zu besuchen. Jetzt, da sie ihre Flugangst besiegt hatte, würde sie es auch ein zweites Mal schaffen, den Fuß in einen Flieger zu setzen. Sie griff nach Liz’ Händen. „Das hier ist kein Abschied für immer.“

„Nein, ist es nicht“, bekräftigte Liz.

„Sag mal“, wechselte sie das Thema, während sie zwei Sweater aus der Kommode nahm, „willst du Lowen nicht zurück, jetzt da er seine Affäre bereut?“ Sie warf ihrer Freundin einen fragenden Blick über die Schulter zu.

„Im Augenblick nicht. Ich weiß nicht, was die Zukunft bringen wird.“ Liz zupfte versonnen an einem losen Fädchen an ihrem Oberteil. „Aber da gibt es jemanden, der sich in mein Herz geschlichen hat, und das kann ich nicht so einfach ignorieren.“

„Corey.“

„Er ist ein zauberhafter Mann.“

Liz ahnte nicht, wie gut sie dies nachempfinden konnte, dachte Jonna, während sie die Kleidung sorgfältig in ihrer Reisetasche verstaute.

„Er ist ganz anders als Lowen.“ Liz’ Stimme klang verträumt. „Nicht nur, was das äußerliche Erscheinungsbild betrifft. Er ist zuverlässig, warmherzig. Wie ein Fels in der Brandung. Vielleicht fühle ich mich gerade deswegen zu ihm hingezogen.“ Liz seufzte in ihrem Rücken. „Weißt du, als Lowen mich für diese Stella verlassen hat, ist etwas in mir zerbrochen. Das habe ich erst jetzt so richtig realisiert. Ich weiß nicht, ob ich ihm noch vertrauen kann. Oder möchte", fügte sie leise hinzu.

„Das verstehe ich", murmelte Jonna. Sie nahm die hübsche, blaue Tasse mit den weißen Einsprengseln, die Liz für sie im Töpferladen erstanden hatte, vom Nachtisch. Nachdenklich ließ sie ihren Zeigefinger über die eingravierten Worte gleiten: *Jeder Tag ist ein neuer Anfang.* Dieser Spruch hatte ihr so gut gefallen, weil er nach Hoffnung klang. Und nun gab es tatsächlich einen neuen Anfang für sie und Nick. Warum nur verursachte dies ein seltsam bedrückendes Gefühl in ihr? Sie müsste vor Freude in die Luft springen, die ganze Welt umarmen wollen. Stattdessen wurde sie von leiser Melancholie ergriffen.

Vorsichtig wickelte Jonna das Geschirr in Lagen Wäsche ein. „Eigentlich hätte ich gern noch mal mit dir im Keramikladen gestöbert."

„Das machen wir einfach nächstes Mal, wenn du hier bist."

„Womöglich habe ich dann Nick im Schlepptau." Jonna bückte sich, um die Tasse zu verstauen, wobei sie Liz' Blick vermied. Sie fürchtete, die Freundin würde das leise Bedauern in ihren Augen bemerken.

„Kein Problem." Liz gab sich betont unbekümmert, dabei wussten sie beide, dass die Anwesenheit der männlichen Spezies die Unbeschwertheit eines Einkaufsbummels nicht gerade fördern würde.

„Und was hältst du eigentlich von Nick, nachdem du ihn nun kennengelernt hast?" Jonna war noch immer

sehr damit beschäftigt, die Keramik ordentlich einzu-
packen.

„Er ist ... charmant."

Langsam richtete sich Jonna wieder auf. „Du magst
ihn nicht."

„Das habe ich nicht gesagt."

„Aber?"

„Ich wünsche mir nichts mehr, als dass du glücklich
mit Nick bist, Jonna. Um ehrlich zu sein, kenne ich ihn
nicht gut genug, um mir ein Urteil über ihn erlauben zu
können. Er scheint ein netter Kerl zu sein. Ich hoffe
nur, er vergisst es nicht wieder", fügte sie mit einem
kleinen Lächeln an.

„Ich denke, er hat es jetzt verstanden. Warum sonst
hätte er mir einen Antrag machen sollen, Liz? Er liebt
mich."

„Die Frage ist, liebst du ihn auch?"

Vor einiger Zeit hätte Jonna über die Antwort nicht
eine Sekunde lang nachdenken müssen. „Ich weiß es
nicht", gestand sie. Mit hängenden Schultern ließ sie
sich neben Liz auf das Bett sinken und betrachtete ihren Verlobungsring. „Ich sollte überglücklich sein, dass
Nick aufgetaucht ist und dass er mir endlich diese
Frage, die mir alles bedeutete, gestellt hat. Als ich hier
ankam, gab es für mich nichts Wichtigeres. Stattdessen
fühle ich eine entsetzliche Leere in mir. Ich dachte, das
sei die Nachwirkung von dem Schreck gestern, als ich
Mr Gandy verloren geglaubt hatte. Aber das ist es
nicht."

„Ist zwischen Ryan und dir gestern Nacht etwas geschehen?", forschte Liz nach.

„Wir haben uns geküsst. Diesmal richtig.“ Sie seufzte leise. „Du hattest recht. Ich empfinde etwas für ihn. Mehr als ich sollte.“

Liz legte ihre Hand auf Jonnas. „Süße, ich bin wohl die letzte, die dir Beziehungsratschläge geben sollte, und das will ich auch gar nicht. Aber du solltest dir gut überlegen, ob es das Richtige ist, mit Nick zurückzufliegen und ihn zu heiraten.“

„Ich wünschte, ich könnte Mabel um Rat fragen.“ Jonna erinnerte sich an all die klugen Dinge, die die alte Dame zu ihr gesagt hatte. Sicher wüsste sie jetzt auch, was zu tun wäre.

„Du brauchst Mabel nicht. Sie nicht, und auch mich nicht. Denn die richtige Antwort kennt allein dein Herz.“

Jonna lenkte den Blick auf den blassblauen Himmel von Cornwall jenseits des Fensters. Ein leises Gefühl des Bedauerns überkam sie, als sie sich vorstellte, morgen früh nicht mehr in dem hübschen Zimmer aufzuwachen, das sie in den wenigen Tagen ihres Aufenthalts liebgewonnen hatte. Wie sehr würde sie die anheimelnde Atmosphäre des *Hollyhock Cottage* vermissen! Die knarrenden, alten Dielen, die geklöppelten Gardinen und das Knistern des Feuers im Holzofen, diese wunderbare Mischung aus Romantik und Gemütlichkeit. Dazu würde es keinen Besuch mehr im *Magic Gems* geben. Kein gemütliches Schwätzchen beim Tee mit Mabel, keine Einkaufsbummel mit Liz oder nächtliche Arbeitseinsätze in der kleinen Werkstatt, die sie so liebevoll eingerichtet hatten. Ja, selbst die geschwätzige Rowenna mit ihrer grauslichen Vogelnestfrisur würde ihr fehlen.

Der Gedanke jedoch, der ihr am wenigsten gefiel, war jener: Sie würde Ryan niemals mehr wiedersehen.

Sie hatte sich verliebt. Nicht nur in das kleine zauberhafte Penkerris, sondern auch in Ryan Bennett. Sie sehnte sich danach, mit ihm zusammen zu sein. Die kurze Zeit in Cornwall hatte sie verändert. Voller Erstaunen registrierte sie, dass ihr mit einem Mal ganz andere Dinge wichtiger waren als die Sicherheit und Geborgenheit einer Ehe.

Mit einem Ruck löste sie sich von Liz und sprang auf.

„Ich muss mit Nick reden, Liz.“

Kapitel 25

„Da bist du ja endlich. Hat ganz schön gedauert." Nick, der in der Küche voller Ungeduld auf Jonna gewartet hatte, erhob sich und blickte ihr erwartungsvoll entgegen. „Wo ist dein Gepäck?", wollte er wissen, zu ihren leeren Händen hin gestikulierend.

„Können wir draußen ein paar Schritte gehen?"

„Wir wollen los, Jonna. Lass uns keine Zeit vergeuden."

„Es ist wichtig."

Mit einem Frustlaut hob er kapitulierend die Hände. „Von mir aus."

„Lass uns in den Garten gehen", schlug sie vor.

Beim Anblick der fachmännisch und gleichzeitig liebevoll gestutzten Büsche und Hecken sowie dem Rasen, der mit seinen bunten Blütentupfern vielmehr einer wilden Blumenwiese glich, huschte ein winziges Lächeln über ihr Gesicht. Eindeutig Ryans Handschrift.

„Jonna." Nicks Stimme holte sie aus ihren Gedanken zurück. „Jetzt sag schon, was ist so dringend, das nicht warten kann, bis wir im Auto sitzen? Geht es um Liz?"

Sie holte tief Luft, um sich für das zu wappnen, was sie ihm nun sagen musste. Doch er hatte die Wahrheit verdient und die Chance auf ein neues Glück. Genau wie sie.

Ihr Herz klopfte wie verrückt, als sie ihm fest in die himmelblauen Augen sah. „Ich liebe dich nicht mehr."

Nicks Blick verfinsterte sich. „Was sagst du da?“

„Es tut mir leid, Nick, aber ich liebe dich nicht mehr“, wiederholte sie noch einmal, damit er es auch richtig verstand.

„Du hast schon immer schlechte Scherze gemacht“, versuchte er, den Schlag abzumildern, doch die steile Falte, die zwischen seinen Brauen erschien, verriet seine Unsicherheit.

„Ich scherze nicht“, klärte sie ihn sanft auf.

Sein Adamsapfel hüpfte und seine Kiefermuskeln spannten sich. „Du erklärst unsere Beziehung für beendet? Einfach so?“

„Im Grunde genommen war unsere Beziehung bereits Geschichte, als ich Deutschland verlassen habe. Wir haben doch nur noch nebeneinander her gelebt, Nick.“

„Das können wir ändern.“

Traurig schüttelte sie den Kopf. Dafür war es längst zu spät. Noch nie war ihr dies so deutlich bewusst geworden wie in diesem Augenblick.

Er packte ihre Schultern. „Aber ich liebe dich, Jonna.“ Beschwörend brannte sich sein Blick in ihren.

Wie oft hatte sie sich in den letzten Monaten gewünscht, diese Worte von ihm zu hören? Nun sprach er sie aus, aber es war zu spät. „Ich dich auch, Nick. Aber nicht so, wie eine Frau ihren zukünftigen Mann lieben sollte. Nicht mehr.“ Sie widerstand dem Impuls, ihm aus Gewohnheit das Haar, welches ihm der Wind ins Gesicht wehte, von der Stirn zu streichen.

Seine Augen blitzten zornig auf. „Hättest du mir das nicht eher sagen können?“ Seine Stimme wurde laut. „Bevor ich alles stehen- und liegengelassen und ein Flugticket gekauft habe?“

Ein Rascheln im Gebüsch lenkte sie ab. Sie hatten eine Amsel aufgeschreckt, die nun schimpfend über den Rasen flog und sich in einem der umstehenden Bäume versteckte.

„Ich habe es jetzt erst verstanden. Ich bin nicht glücklich in unserer Beziehung. Schon lange nicht mehr."

„Ich gebe dir doch das, was du willst, Jonna. Wir heiraten. Von mir aus auch Kinder. Und wenn du ein verdammtes Eigenheim ..."

„Bitte lass es gut sein, Nick", unterbrach sie ihn. Es machte keinen Sinn, die ganze Angelegenheit in die Länge zu ziehen.

„Ehrlich, Schnuppel, ich verstehe dich nicht", änderte Nick seine Taktik und wickelte sich eine ihrer Locken um den Finger. „Was habe ich falsch gemacht? Was willst du eigentlich?"

Du wirst mich leider nie verstehen. „Bitte Nick. Mach es uns nicht noch schwerer, als es ohnehin schon ist." Behutsam löste sie sich von ihm.

„So einfach ist das also für dich", zischte er, sein Mund eine harte Linie.

„Das ist es nicht", stellte sie behutsam richtig. Vorsichtig zog sie den Ring ab. Sie griff nach Nicks Hand und schloss seine Finger um das Schmuckstück. „Es tut mir furchtbar leid. Aber es ist das Richtige." Es brach ihr das Herz, ihm wehtun zu müssen. Vielleicht würde sie eine Zeitlang mit ihm glücklich sein, wenn sie mit ihm ginge. Doch es würde auf Dauer nicht funktionieren. Menschen änderten sich nicht. Jedenfalls nicht grundlegend. Und Nick war nun einmal kein Mann, der seine Frau auf Händen trug. Sie warf ihm dies nicht vor, aber ihr war inzwischen klar, dass sie genau das von einem Mann erwartete.

„Ich glaube das alles nicht." Nick starrte mit leerem Blick auf sie herab.

Einen Augenblick lang rang sie mit sich, ob sie ihm den Kuss mit Ryan gestehen sollte, und entschied sich dagegen. Sie hatte ihm bereits genug wehgetan. Sie schlang die Arme um ihn und hielt ihn kurz fest. „Gute Heimreise, Nick."

Ehe er reagieren konnte, flüchtete sie zurück ins Haus, damit er ihre Tränen nicht sah.

Mit der Stirn gegen die Wand gelehnt blieb sie im Korridor stehen und ließ ihren Emotionen freien Lauf. Ihre Finger gruben sich in den Stoff ihres Jeansrocks, als der Motor des Mietwagens draußen startete und sich die Reifen knirschend auf dem Kies bewegten. „Es tut mir leid, Nick", flüsterte sie. „Verzeih mir." Sie stieß ein leises Schluchzen aus, als das Geräusch des sich entfernenden Autos leiser wurde und schließlich verklang. Nick war fort.

Atmen, Jonna. Atmen. Es tat weh. Sie hatte nicht geahnt, dass es derart schmerzhaft sein würde. Minutenlang wartete sie auf das vertraute Gefühl einer sich nähernden Panikattacke, doch diese blieb aus. Stattdessen fühlte sie, völlig überraschend, eine Art inneren Frieden in sich ausbreiten. Eine Gewissheit, das Richtige getan zu haben.

Ich bin stolz auf dich, Kleine.

Ich weiß, Opa.

Gut, sie mochte imaginäre Gespräche mit ihrem Großvater führen, doch davon abgesehen, war sie jetzt völlig klar in ihren Gedanken. Als hätte sich der Nebel endlich gelichtet, durch den sie die ganzen letzten Monate gestolpert war. Mit einem Halblächeln wischte sie sich über die tränennassen Wangen und straffte ihre Schultern.

Ihre Freundin, die sich inzwischen in der Küche der Spülmaschine widmete, hielt inne, als sie Jonna im Türrahmen entdeckte. „Süße, was ist los? Wo ist Nick?"

Jonna ließ sich auf den Hocker sinken, griff nach einem der auf dem Tresen herumstehenden Weingläser, stürzte den Rest des klebrigen Zeugs hinunter, das sie eigentlich gar nicht mochte. „Mein Märchen endet ohne Happy End, Liz. Ich habe mit Nick Schluss gemacht."

„Ernsthaft?" Mit einem eleganten Schubs ihrer Hüfte schloss Liz die Spülmaschinentür.

Jonna hielt Liz das Glas entgegen, damit sie ihr nachschenkte. „Es war eine spontane Entscheidung. Aber sie war richtig. Das fühle ich hier drin." Mit der freien Hand klopfte sie auf ihre Brust. „Ich kann es selbst kaum glauben, dass ich das getan habe."

„Ich vermute, dass ich Nick nicht mehr sehen werde." Liz goss ihr noch etwas Rosé ein. Seltsamerweise wirkte sie kein bisschen erstaunt angesichts von Jonnas Neuigkeit.

„Du vermutest richtig." Jonna leerte das Glas. „Ich brauche noch einen Schluck."

„Nichts da. Du hattest genug, Süße." Resolut nahm Liz ihr das Glas aus der Hand und stellte es ins Spülbecken. „Ich bin übrigens stolz auf dich."

„Weil ich meinen Prinzen in die Wüste geschickt habe?“ Einen Prinzen, der in Wahrheit niemals einer gewesen war, wohlgemerkt.

Schmunzelnd stützte sich Liz am Rand der Spüle ab. „Weil du deinem Herzen folgst.“

Jonna ließ ihr Kinn auf die verschränkten Hände sinken. „Es hat lange gedauert, bis ich endlich begriffen habe, dass Nick nicht derjenige ist, der mich glücklich macht. Wie gut, dass er hier aufgetaucht ist, sonst hätte ich es vielleicht nicht verstanden. Nicht vorzustellen, wenn ich ihn geheiratet hätte.“

Liz schnitt eine Grimasse. „Dann wäre es dir vielleicht so wie mir ergangen.“

„Großer Gott, nein, Liz, so meinte ich das nicht.“

„Schon gut, das weiß ich doch. Wir müssen alle unsere Erfahrungen machen. Außerdem hätte ich Corey niemals kennengelernt, wäre ich Lowen nicht nach Penkerris gefolgt.“

„Du siehst wirklich in allem das Positive.“

„Das Leben ist zu kurz, um sich permanent den Kopf zu zerbrechen“, erklärte Liz und löste sich von der Spüle.

„Du klingst wie Ryan.“

„Der Mann wird mir immer sympathischer.“ Liz grinste. „Aber sag mal, willst du deine Klamotten jetzt nicht mal wieder auspacken? Du ahnst nicht, wie sehr ich mich freue, dass du mir noch ein kleines bisschen erhalten bleibst.“

Jonna glitt vom Hocker, um ihre Freundin in eine spontane Umarmung zu schließen. Sie zögerte kurz. „Könntest du mich zu Ryan rausfahren? Ich muss dringend etwas richtigstellen.“

„Ach tatsächlich?" Ein vielsagendes Funkeln blitzte in Liz' Augen auf. „Du hast dich in Ryan verliebt, oder?"

Jonna atmete tief durch. Wenn sie an Ryan dachte, an seine braunen Augen, seinen klugen Witz, sein großes Herz und seine Wärme, und wie er es immer wieder schaffte, sie zu überraschen, kribbelte es wie verrückt in ihrem Bauch. Gleichzeitig erfüllte sie ein warmes Glücksgefühl. „Ich habe mich tatsächlich in Ryan verliebt." Ihre Wangen brannten ein bisschen, nachdem sie es endlich offen zugegeben hatte, doch es fühlte sich gut an, sich die Wahrheit einzugestehen.

„Und ich dachte schon, ich würde diesen Tag nie mehr erleben", neckte Liz sie, wofür sie von Jonna einen freundschaftlichen Hieb gegen den Oberarm einkassierte.

Kapitel 26

Je mehr sie sich *Oak Hill Manor* näherten, desto mehr stolperte Jonnas Herz vor Anspannung. Ihre Entscheidung, Ryan von ihrem Bruch mit Nick zu berichten, versetzte sie derart in Aufregung, dass sie kaum stillsitzen konnte. Mehr als einmal warf Liz ihr einen fragenden Blick zu.

„Kann es sein, dass du Hummeln im Hintern hast, Süße?"

„Entschuldige." Jonna fächelte sich Luft zu. „Es ist nur, ich kann nicht aufhören, darüber nachzugrübeln, wie Ryan wohl reagieren wird, wenn ich ihm meine Gefühle gestehe." Sie hatte sich neue Klamotten ausgesucht, sich für eine Jeans, eine ärmelfreie Bluse und Sneakers entschieden. Die Spuren ihrer Tränen hatte sie mit kaltem Wasser, Concealer und etwas Rouge verwischt, und Wimperntusche aufgetragen, ihre unbändigen Locken trug sie offen. Sie wollte hübsch, aber nicht zu bemüht erscheinen. Immerhin hatte Ryan sie bereits in einem Zustand der Verzweiflung gesehen, bis auf die Haut durchnässt und mit schicker Pudelfrisur.

„Ganz ruhig, Brauner", neckte Liz sie. Nach einem kurzen Blick in den Rückspiegel, schnaufte sie jedoch verärgert. „Dieser geisteskranke Fahrer hinter uns fordert allmählich wirklich meine Geduld heraus."

Ein Camper bedrängte sie seit geraumer Zeit, forderte sie mit Lichthupe auf, ihn vorbeizulassen. Er hatte wohl noch nicht ganz begriffen, dass es eine schlechte Idee war, auf den schmalen Straßen Cornwalls zu einem Überholmanöver anzusetzen.

„Hier müssen wir abbiegen, wenn ich mich recht erinnere", wies Jonna die Freundin darauf hin, dass die die asphaltierte Straße verlassen mussten.

„Halleluja. Dann werden wir zumindest den unerträglichen Kerl hinter uns los." Liz setzte den Blinker und konnte es nicht lassen, dem Drängler noch rasch den Mittelfinger zu präsentieren.

„Liz." Jonna bedachte sie mit einem vorwurfsvollen Blick.

„Was denn?" Liz gab sich unschuldig, doch ihre Mundwinkel zuckten. „Aber sag mal, wo führst du uns denn hin?" Ihr klappte förmlich die Kinnlade herunter, als sie auf das schwarze Eisentor, das, anders als am Morgen, nun offenstand, und die baumbestandene Allee dahinter zusteuerten. „Ernsthaft?"

Amüsiert zuckte Jonna mit den Schultern. „Ich dachte auch zunächst, ich würde träumen, als Ryan mich heute früh nach Hause fuhr. Aber warte ab, es wird gleich noch besser."

Tatsächlich verschlug es Liz beim Anblick von *Oak Hill Manor* die Sprache. Fast ehrfürchtig betrachtete sie das großzügige Country Haus in seiner Blumenpracht, die trotz der Sturmschäden noch immer beeindruckte. „Also ich habe in der Gegend ja schon so einige imposante Häuser gesehen." Sie parkte das Auto neben Ryans Wagen auf dem Vorplatz, stellte den Motor aus und wandte sich Jonna zu. „Aber das hier ist vermutlich das Hübscheste, das mir je untergekommen ist. Wohnt Ryan alleine hier?"

„Soweit ich weiß, ja. Sein Dad ist verstorben, und seine Mum lebt in Deutschland."

„Wow. Er darf mich gern mal zum Tee einladen", meinte Liz belustigt. „Doch nun geh schon", forderte sie Jonna mit einem Zwinkern auf. „Rufe mich an, wenn du abgeholt werden möchtest. Ich werde derweil in den Ort fahren und im Café nach dem Rechten sehen."

Jonnas Hand lag bereits auf der Türklinke. „Ach Liz, warte bitte kurz, bevor du losfährst, ja? Nur für den Fall, dass Ryan verhindert ist."

Sie stieg aus und betätigte dann den antik aussehenden Türklopfer, der sich harmonisch in das äußere Erscheinungsbild des Hauses einfügte. Sie klopfte ein zweites Mal, doch die schwere Eichentür blieb geschlossen. Sie gab Liz ein Zeichen zu warten, und einem Impuls folgend, umrundete sie das Haus.

Tatsächlich erspähte sie Ryan durch die blühenden Rosenranken im Wohnzimmer und wollte freudig überrascht an das Fensterglas klopfen, als sie sah, wie sich ihm jemand mit einem Drink in der Hand näherte. Eine Frau. Jonna kniff die Augen zusammen, um besser zu sehen. Sie beobachtete, wie Ryan das Glas entgegennahm und etwas sagte, woraufhin die Fremde, eine umwerfende, gertenschlanke Brünette, den Kopf zurückwarf und laut lachte. Anschließend strich sie Ryan mit dem Handrücken über die Wange und sah ihm tief in die Augen. Jonna schnappte nach Luft, als er die schöne Unbekannte unverhofft in seine Arme schloss. Die lediglich mit einem Männerhemd bekleidet war.

Jonnas Herz donnerte heftig gegen ihre Rippen, und ein bitterer Geschmack stieg in ihr auf, als ihr Verstand sich vergeblich abmühte, eine vernünftige Erklärung für das Bild zu finden. Was in aller Welt ging hier vor sich? Sie hatte nur einen einzigen Gedanken: Sie musste weg von hier. Und zwar so schnell wie möglich.

Liz, die durch ihr Handy scrollte, während sie im Wagen wartete, hob überrascht den Kopf, als Jonna ungestüm die Beifahrertür aufriss.

„Dieser Mistkerl! Dieser elende Mistkerl" Das kleine Auto wackelte wie bei einem Erdbeben, als sie die Tür zuknallte. „Es ist nicht zu glauben!"

„Was ist los? Du siehst aus, als hättest du ein Gespenst gesehen."

Wenn es nur ein Gespenst gewesen wäre! „Fahr los, Liz. Bitte fahr einfach los." Jonna gestikulierte wild mit den Händen. „Ich fasse es nicht", stieß sie zwischen zusammengepressten Zähnen hervor.

Liz drehte den Zündschlüssel und legte den ersten Gang ein. Hin und wieder warf sie Jonna einen alarmierten Seitenblick zu, während Ryans Anwesen im Rückspiegel kleiner wurde. Es brannte ihr auf der Zunge nachzufragen, was in aller Welt passiert war, doch vermutlich ahnte sie, dass ihre Freundin einen Moment brauchte, um sich zu sammeln.

Sehr lange schaffte sie es allerdings nicht, ihre Neugier zu zügeln. „Was ist da eben auf *Oak Hill* geschehen?", hakte sie nach, sobald sie die Straße nach Penkerris eingeschlagen hatten.

Wie in Zeitlupe schüttelte Jonna den Kopf, den Blick starr geradeaus gerichtet. „Was habe ich erwartet? Schließlich hat er mir gestern erst gesagt, dass er keine Beziehung möchte. Dass er es genießt, Single zu sein. Aber mal ernsthaft, vor wenigen Stunden haben wir uns geküsst und nun liegt schon die Nächste in seinen

Armen? Er ist nicht der feine Kerl, den du in ihm gesehen hast, Liz. Oh nein, das ist er ganz und gar nicht." Sie stieß einen zornigen Laut aus. „Am liebsten möchte ich ihn mit Sachen bewerfen, ihn anbrüllen, ihm den Hals umdrehen! Und am besten alles gleichzeitig!"

„Oh, das hört sich ernst an." Liz riskierte einen erneuten Blick in Richtung ihrer Freundin. „Was ist denn passiert?"

Tränen der Wut und Enttäuschung schimmerten in Jonnas Augen, als sie ihre Aufmerksamkeit auf Liz richtete. „Ich hätte nicht gedacht, dass er mich so rasch vergisst, nicht schon am nächsten Tag, nachdem wir ..." Von Emotionen überwältigt, brach sie ab. Sie fühlte sich schmerzhaft darin bestätigt, dass Ryan doch nicht mehr als ein verfluchter Frauenheld war. Von Anfang an hätte sie lieber ihrem Instinkt vertrauen sollen, als sich in diesen hübschen, braunen Augen zu verlieren. Eigentlich konnte sie ihm nichts vorwerfen, er hatte ja keinen Hehl daraus gemacht, dass er nichts von festen Bindungen hielt. *Sie* war diejenige gewesen, die sich insgeheim Hoffnungen gemacht hatte. Wenn sie ihm ihre Gefühle gestand, hatte sie angenommen, würde er vielleicht erkennen, dass da weitaus mehr zwischen ihnen war als körperliche Anziehung. Dennoch war sie furchtbar enttäuscht von seinem Verhalten, und was fast noch schlimmer wog, entsetzt von ihrer eigenen Naivität. Es tat furchtbar weh, sich dies einzugestehen.

„Bist du sicher? Woraus schließt du, dass er sich anderweitig vergnügt?" Angesichts einer engen Kurve drosselte Liz das Tempo. „Du warst doch nicht einmal im Haus oder hast mit ihm gesprochen."

Jonna ballte ihre Hände. „Das war auch nicht nötig." Sie lenkte ihren Blick auf das vor ihnen liegende schmale Asphaltband, das sich inmitten von blühenden Ginsterhecken den Hügel hinabschlängelte. In der Ferne glitzerte das Meer in der Nachmittagssonne, doch Jonna hatte für die Schönheit der Landschaft keinen Blick. Ihr war übel, am liebsten hätte sie sich übergeben, hätte ihre bittere Enttäuschung und ihre Wut wie Galle ausgespuckt. „Ich habe sie durchs Fenster gesehen, in eindeutiger Pose." Angesichts der unliebsamen Erinnerung presste sie die Lippen aufeinander. „Die Frau trug ein Hemd, das gerade mal so ihren Allerwertesten bedeckte. Der wahrscheinlich genauso hinreißend, sexy und umwerfend ist wie sie selbst. Himmel, ich hasse sie!"

Erstaunt riss Liz ihre Augen auf. „Tatsächlich? Sie war nur mit einem Oberteil bekleidet?"

Jonna nickte. Sie dachte daran, wie sie selbst vor wenigen Stunden erst eins, oder besser gesagt, zwei von Ryans kostbaren Hemden getragen hatte. Er musste einen unerschöpflichen Vorrat besitzen, um seine Gespielinnen einzukleiden. Die vermutlich ebenso zahlreich wie seine Oberhemden waren.

„Irgendwie passt das nicht in das Bild, das ich von Ryan habe." Liz runzelte die Stirn.

„Dass er doch nicht mehr als ein verfluchter Herzensbrecher und Schürzenjäger ist?" Sie stieß ein bitter klingendes Lachen aus. „Weißt du, ich dachte auch erst, ich sei inmitten eines Albtraums gelandet. Doch die Frau in seinen Armen war leider sehr real."

„Ach Süße. Ich weiß gar nicht, was ich sagen soll. Es tut mir furchtbar leid." Mitfühlend tätschelte Liz ihre

Hand. „Man sieht leider nie in einen Menschen hinein, nicht wahr?"

„Ich bin fertig mit Ryan Bennett", erklärte Jonna mit erstickter Stimme. Was für eine Schnapsidee, dass sie auch nur eine Sekunde gedacht hatte, er könnte sich je ernsthaft für sie interessieren! Und sie hätte sich letzte Nacht um ein Haar mit einem Kerl eingelassen, für den das Leben lediglich ein großer Spielplatz darstellte. Natürlich hatte ein Mann wie er mehrere Eisen im Feuer. Wie unglaublich einfältig war sie gewesen, je etwas anderes anzunehmen! Wütend blinzelte sie die Tränen fort und wünschte sich, sie wäre Ryan Bennett niemals begegnet.

Am nächsten Morgen zog Jonna sich in ihre kleine Schuppenwerkstatt zurück. Beim Arbeiten konnte sie am besten nachdenken. Sie akzeptierte inzwischen, dass sie wohl kein Glück in der Liebe hatte. Zwar bereute sie nicht, sich von Nick getrennt zu haben, denn sie war nach wie vor fest davon überzeugt, das Richtige getan zu haben. Das, was sie wirklich aus tiefstem Herzen bereute, war die Tatsache, dass sie es zugelassen hatte, sich in Ryan, diesen Schuft, zu verlieben. Hinter der attraktiven, charismatischen Fassade steckte nichts weiter als ein Kerl, der nur auf sein eigenes Vergnügen aus war. Wie gut, dass sie dies noch rechtzeitig erkannt hatte. Anstatt weiter über diesen ... ach, sie fand nicht einmal die passende Bezeichnung für ihn! ... Menschen nachzugrübeln, widmete sie sich lieber Liz' Armband. Nach wie vor war sie jedoch unentschieden, was die Wahl der Edelsteine betraf. Welche Farbe würde am besten zu Liz passen? Sie schwankte zwischen kräftig oder zart. Eine starke, leuchtende Farbe würde Liz' pragmatische, zupackende Art widerspiegeln; eine etwas zartere würde zu ihrer grazilen Erscheinung passen. Sie vergrub sich so lange in der kleinen Werkstatt, bis Liz schließlich Mia vorbeischickte, um sie zum Abendessen ins Haus zu holen.

Der Esstisch war bereits gedeckt. Liz hatte sich mächtig ins Zeug gelegt, das gute Porzellangeschirr aus dem Schrank geholt und mit hübschen Leinenservietten dekoriert, dazu brannten hohe, weiße Kerzen in einem silbernen Lüster. Zu Trinken gab es einen leichten Weißwein für die Frauen und selbstgemachten Pfirsicheistee für Mia. Wie erwartet beäugte das Mädchen Liz' Gericht zunächst misstrauisch, doch nach ein paar Gabeln murmelte sie etwas Ähnliches wie „ist essbar" und nahm sich sogar eine zweite Portion. Liz zwinkerte Jonna unauffällig zu, ehe sie sich an Mia wandte und ihr in einer freundlichen, ruhigen Art mitteilte, dass Lowen bald vorbeikäme, um sie abzuholen und sie erst einmal bei ihm wohnen würde.

Mias helle Augen blitzten interessiert auf. „Echt? Ich kann hier weg? Cool", setzte sich nach, als Liz ihre Frage mit einem Nicken bestätigte.

„So haben dein Dad und ich es vereinbart." Liz blieb trotz Mias offensichtlicher Begeisterung, das *Hollyhock Cottage* in Kürze verlassen zu können, gelassen. „Du kannst mich jedoch jederzeit besuchen, wenn du möchtest, Mia."

„Muss nicht sein. Aber danke für das Angebot. Kann ich in mein Zimmer gehen?" Hoffnungsvoll sprang das Mädchen auf.

„Möchtest du nicht erst fertigessen?" Liz wies auf ihren halb vollen Teller hin.

„Nö. Ich fang schon mal an zu packen", verkündete Mia mit gerecktem Kinn. „Dann bin ich jederzeit bereit, wenn Dad hier aufschlägt."

Liz entschuldigte sie mit einer resignierten Kopfbewegung. Sie suchte Jonnas Blick, nachdem das Mädchen den Raum verlassen hatte.

„Tut es dir nicht weh, dass sie so unbedingt weg von dir möchte?", fragte Jonna behutsam nach und ließ ihr Besteck sinken.

„Natürlich tut es das. Nur weil die süße Kleine im Lauf der Zeit zu einem Teenager-Scheusal mutiert ist, bedeutet es nicht, dass ich sie nicht mehr liebe. Aber ich denke, ein wenig Abstand wird uns guttun. Mia wird zurückkommen. Irgendwann wird sie eine mütterliche Freundin brauchen, und dann bin ich für sie da." Liz lächelte tapfer. „Und im Grunde genommen kann ich dem Mädchen den Zorn auf mich, der lediglich ihr eigenes Unglück ausdrückt, auch nicht verübeln. Welche Vierzehnjährige wäre nicht tief verletzt, wenn ihr Vater sie im Stich lässt?"

„Erwähnte ich schon mal, dass ich dich bewundere?" Liebevoll drückte Jonna Liz' Finger.

„Möglich", gab Liz schmunzelnd zu. „Aber du darfst es gern wiederholen."

Während sich Mia in ihren vier Wänden in Begleitung ohrenbetäubend lauter Rockmusik auf den baldigen Auszug vorbereitete, kümmerten sich die Frauen gemeinsam um den Abwasch. Anschließend zogen sie sich auf einen gemütlichen Absacker ins Wohnzimmer zurück. Angesichts der Temperatur, die sich inzwischen auf sommerliche zwanzig Grad eingependelt hatte, verzichteten sie jedoch auf ein heimeliges Kaminfeuer.

Mit einem zufriedenen Seufzen legte Liz die Füße auf den Couchtisch. „So, jetzt beginnt der gemütliche Teil des Abends. Auf uns, Süße", sagte sie und hielt ihr Weinglas zum Anstoßen in die Höhe.

„Ich habe noch etwas für dich." Jonna nahm einen Schluck, stellte ihr Getränk auf den Tisch und erhob sich.

„Oh, was denn?" Interessiert reckte Liz das Kinn.

„Wirst du gleich sehen." Mit einem etwas mulmigen Gefühl im Bauch verließ Jonna den Raum, um Liz' Geschenk zu holen.

Sekunden später hielt Liz das grazile Silberband, das durch die eingearbeiteten Regenbogenfluorite bestach, in den Händen. „Oh mein Gott!" Sie stieß einen Laut der Begeisterung aus. „Sieh dir das an! Ist es nicht wunderschön?" Voller Bewunderung strich sie mit der Fingerspitze über die in verschiedenen Grün- und Lila-Tönen schimmernden Steine. Ihre Augen funkelten warm, als sie den Blick auf Jonna richtete. „Und das hast du für mich gemacht?"

Jonna nickte. „Die Steine stammen laut Cassandra aus Brasilien. Es fiel mir zunächst schwer, mich für einen bestimmten zu entscheiden, aber als Cassandra mir sagte, diese Fluorite vereinten etwas von allen Edelsteinen in sich, wusste ich plötzlich, dass ich genau sie für dein Armband haben wollte." Ihr Lächeln vertiefte sich. „Mal sehen, ob ich es noch zusammenkriege ..." Nachdenklich kaute sie kurz auf der Unterlippe. „Der Regenbogenkristall soll den Träger oder die Trägerin beschützen und zu innerer Harmonie verhelfen. Er ist ein Heilstein und steigert die Kreativität, sorgt für Klarheit und Verständnis. Laut Cassandra fördert er die Intuition sowie Inspiration und sensibilisiert für Liebe und Freunde", zitierte sie abschließend, erleichtert, dass sie sich die wesentlichen Eigenschaften hatte merken können.

„Wäre er dann nicht auch der perfekte Stein für dich?", meinte Liz mit einem frechen Zwinkern. „Immerhin bin ich ja nicht die Einzige von uns beiden, die ein neues Leben beginnt. Hab vielen lieben Dank, Jonna." Sie schloss Jonna in eine herzliche Umarmung. „Dein Geschenk bedeutet mir sehr viel."

„Apropos neues Leben ...", begann Jonna, nachdem sie sich voneinander gelöst hatten, und fegte nervös einen unsichtbaren Fussel von ihrer Bluse. „Es gefällt mir nicht, wie mein Leben gerade in der Luft hängt, Liz. Leider kann ich nicht so tun, als sei nichts geschehen und es mir hier bei dir gut gehen lassen. Da ist unsere Wohnung in Heidelberg, die aufgelöst werden muss. Ich muss mir etwas Neues suchen und sollte mit Nick klären, bei wem Mr Gandy leben wird." In Wahrheit hatte sie natürlich schon längst beschlossen, dass der Vierbeiner bei ihr bleiben würde. Niemals wäre sie bereit, auf den kleinen Hund zu verzichten. Sie vermutete, dass Nick höchstwahrscheinlich erleichtert sein würde, wenn sie ihn von den für ihn lästigen Gassigängen und diversen Tierarztbesuchen befreite.

Behutsam platzierte Liz das Armband auf den Tisch. „Das verstehe ich. Bist du sicher, dass du dir nicht noch ein paar weitere Tage Auszeit gönnen möchtest?"

Jonna schüttelte den Kopf. „Tabea braucht mich im *Schmuckkästchen*. Ihr Okay zur Verlängerung bedeutet ja nicht, dass sie nicht doch auf glühenden Kohlen sitzt und sehnsüchtig auf mich wartet."

„Das sehe ich ein, auch wenn es mich etwas betrübt, um ehrlich zu sein." Liz nippte an ihrem Wein. „Und sonst?"

„Was meinst du mit *und sonst*?" Jonna griff ebenfalls nach ihrem Getränk.

„Süße, du kannst mir nichts vormachen." Liz bedachte sie mit einem vielsagenden Blick, denn sie ahnte, dass es noch einen weiteren, ziemlich wichtigen Grund für Jonnas überraschende Abreisepläne gab.

Jonna seufzte tief. Inzwischen sollte sie begriffen haben, dass sie gegen Liz' sechsten Sinn keine Chance hatte. „Es geht um Ryan. Er ist der letzte Mensch, den ich jemals wiedersehen möchte. Liz. Wenn ich länger hierbliebe, würde ich ihm früher oder später erneut über den Weg laufen. Ich brauche erst einmal Abstand. Und zwar so viel wie möglich." Ein anderer Kontinent käme infrage. Die andere Seite der Erde. Oder am besten gleich ein anderer Planet. Der Stachel der Enttäuschung über sein Verhalten saß zu tief.

Nachdenklich fuhr Liz mit dem Zeigefinger über den Rand ihres Glases. „Meinst du nicht, es wäre gut, das Gespräch mit ihm zu suchen? Vielleicht hast du die ganze Sache ja missverstanden."

Jonna schnaubte. „Ich bitte dich. Hättest du die beiden zusammen gesehen, würdest du so etwas nicht sagen. Es war eindeutig, Liz. Bitte lass uns nicht mehr über Ryan sprechen. Ich möchte den Mann einfach nur vergessen."

„Schon gut, Süße. Aber überlege dir, ob du nicht auf Dauer hier im *Hollyhock Cottage* mit mir leben möchtest."

„Und dir und Corey im Wege stehen?"

„Ach Unsinn." Liz schmunzelte. „So schnell zieht mir hier kein Mann mehr ein. Glaub mir, ich genieße meine neugewonnene Unabhängigkeit."

„Ich muss jetzt erst einmal zurück nach Hause, Liz. Mich sortieren. Und wenn ich weiß, wie es weitergeht, komme ich dich wieder besuchen. Versprochen."

„Na gut." Liz griff nach der Chipstüte auf dem Tisch. „Ich gebe mich geschlagen und tröste mich mit fettigen Chips. Für den Moment", ergänzte sie. „Für wann hast du deine Abreise eingeplant?"

Jetzt kam der knifflige Teil. „Mein Flug geht übermorgen", erklärte Jonna mit einem Anflug von schlechtem Gewissen.

„So schnell schon." Liz zog eine Schnute. „Ich werde dich schrecklich vermissen."

Kapitel 27

Jonna hatte sich gewünscht, den Tag vor ihrer Abreise zusammen mit Liz zu verbringen. Da Ruby gesundheitlich auf dem Damm war und nichts dagegensprach, dass sie den Cafébetrieb für einige Stunden allein meisterte, frühstückten sie zunächst gemütlich und ausgiebig auf der Terrasse des *Hollyhock Cottage* in der Morgensonne, begleitet vom fernen Rauschen der Wellen und dem lebhaften Gezwitscher der Vögel. Anschließend begaben sie sich mit Mr Gandy im Schlepptau auf den Weg ins Dorf. Der kleine Hund flitzte vergnügt los und Jonna fragte sich, wie schnell er sich wohl wieder in Heidelberg einleben würde. Dort würde es nicht so viele Gelegenheiten zum freien Herumtollen geben wie hier. Umso mehr genoss sie es, ihm beim unbeschwerten Toben zuzusehen.

Unterwegs machten sie Halt und klingelten bei Mabel, damit Jonna sich verabschieden konnte.

Die alte Dame reagierte mit Bedauern auf Jonnas bevorstehende Abreise. „Lass dir nicht allzu viel Zeit bis zu deinem nächsten Besuch, Kindchen", bat sie, Jonnas Hand tätschelnd. Ihre herben Züge wurden weich, während sie Jonna eingehend musterte. „Diese alten Augen sehen vielleicht nicht mehr so gut, aber ich erkenne Traurigkeit in deinen Zügen, Jonna. Ich habe keine Ahnung, was vorgefallen ist. Lass dich nicht unterkriegen und höre vor allem nur auf das, was dein Herz dir sagen möchte."

„Das werde ich", bestätigte Jonna warm, den Kloß in ihrem Hals hinunterschluckend. Es fiel ihr ebenfalls nicht leicht, sich von der liebenswürdigen Dame zu verabschieden. Einem spontanen Impuls folgend, beugte sie sich vor und hauchte Mabel einen zarten Kuss auf die faltige, nach Lavendel duftende Wange.

„Bist du sicher, dass Mabel nicht irgendwo heimlich eine Glaskugel versteckt?", bemerkte sie zu Liz, nachdem sie das Haus schließlich wieder verlassen hatten.

Liz lachte, ehe sie sich bückte, um ein Stöckchen für Mr Gandy zu werfen. „Unsere liebe Miss Trevarrian hat eine Menge Lebenserfahrung. Aber abgesehen davon", sie hielt inne, um Jonna anzusehen, „merke ich ebenfalls, wie die Sache mit Ryan an dir nagt, Süße. Auch wenn du lachst, spüre ich deine Enttäuschung."

„Ich würde lügen, wenn ich behaupten würde, dass ich im Augenblick glücklich bin. Denn das bin ich nicht." Nachdenklich kickte Jonna ein Steinchen aus dem Weg. „Ich habe mich von meinem Freund getrennt. Eine Zukunft mit ihm weggeworfen. Und habe mich stattdessen, obwohl ich mich mit Händen und Füßen dagegen gesträubt habe, in einen Mann verliebt, dem ich nicht egaler sein könnte."

„Sein Verlust. Er hat keine Ahnung, was ihm Wunderbares entgeht." Liz drückte ihre Schulter.

Jonna atmete tief durch. „Ich lasse mich nicht unterkriegen." Sie dachte an Mabel, und an ihren Großvater, der jede Herausforderung, jede Untiefe im Leben couragiert gemeistert hatte. „Sobald es mir gelungen ist,

Ryan Bennett aus meinem Herzen und meinem Kopf zu verbannen, komme ich wieder zurück nach Penkerris. Versprochen.“

Im kleinen Töpferladen bestand Jonna darauf, Liz ein Abschiedsgeschenk zu kaufen. Liz protestierte, schließlich habe sie doch gerade eben ein wunderschönes Armband von Jonna erhalten, doch Jonna ließ sich nicht beirren, und erstand ein mit einem rot-weißen Leuchtturm und weißen Wolken bemaltes Keramikschild.

„Freundschaft gibt Halt in stürmischen Zeiten“, las Liz laut vor, nachdem Jonna ihr das Geschenk in die Hand gedrückt hatte.

„Ich weiß.“ Jonna schnitt eine entschuldigende Grimasse. „Es ist furchtbar kitschig.“

„Und es ist absolut wahr.“ Liz’ Augen strahlten. „Das Schild bekommt einen Ehrenplatz in meiner Küche. Dann kann ich es beim Kochen immer ansehen und an dich denken.“ Sie schloss Jonna in eine kurze Umarmung.

„Und jetzt lass uns das *Magic Gems* unsicher machen“, schlug Jonna gut gelaunt vor. Sie hielt die Tür auf, während Liz nach draußen trat, wo ein angeleinter und recht ungeduldiger Mr Gandy auf sie wartete.

„Ich habe mir überlegt, Tabea ein Edelsteinkunde-Handbuch mitzubringen.“ Jonna wich einer verunglückten Eiswaffel auf dem Boden aus, während sie durch die Gassen spazierten. „Dann kann sie sich gleich ins Thema vertiefen, wenn ich ihr den Vorschlag mache, eine neue Schmuckkollektion ins Leben zu rufen. Was meinst du, Liz?“

Liz hob zu einer Antwort an, als sich Mr Gandy unvermittelt losriss, um einen entgegenkommenden Passanten stürmisch zu begrüßen.

„Jonna, Liz." Ryans Augen funkelten erfreut, während er in die Knie ging und den Hund streichelte, der ihm vor Begeisterung quer übers Gesicht leckte. „Was für eine Überraschung, euch hier zu treffen", meinte er mit einem schiefen Lächeln, ehe er sich mit dem Handrücken Mr Gandys feuchte Zuneigungsspuren abwischte.

„Ach, tatsächlich?" Mit vor Wut und Schock heftig pochendem Herzen schnappte sich Jonna Mr Gandys Leine, die sie zuvor offensichtlich viel zu nachlässig gehalten hatte. Energisch zog sie den Hund zurück und ignorierte dessen beleidigten Blick. Und damit Ryan auch begriff, dass sie absolut nicht seiner Meinung war, schnaubte sie verächtlich. „Tja, manches überrascht mich in der Tat auch", bemerkte sie kühl.

Das Lächeln schwand aus seinem Gesicht. „Ich habe das von dir und deinem Freund gehört", wandte er sich an sie. „Es tut mir leid, Jonna."

Es dauerte einen Wimpernschlag, bis sie begriff, von was er redete. „Wie in aller Welt … woher?" Stirnrunzelnd suchte sie nach einer Antwort bei Liz, doch diese schüttelte unmerklich den Kopf.

Angesichts ihrer konsternierten Reaktion rieb sich Ryan etwas betreten über den Nacken. „Entschuldige, aber in Penkerris bleibt leider nichts lange geheim. Dein … Nick", korrigierte er sich rasch, „tankte bei Rufus Gordon und machte offensichtlich seinem Frust lautstark Luft. Für Philippa, die gerade zugegen war, ein gefundenes Fressen. So nahm die Neuigkeit wohl ihren Lauf. Schrecklich, ich weiß", fügte er mit einem mitfühlenden Zwinkern an.

„Und vermutlich wird die weltbewegende Information, dass ich Nicks Antrag abgelehnt habe, im nächsten Lokalblatt abgedruckt werden", murmelte Jonna gereizt. Warum musste ihr Exfreund seinen Ärger über das Beziehungsende auch so laut herausposaunen? Dank ihm wusste nun sogar Ryan über ihr Liebesleben, das eine einzige Pleite darstellte, Bescheid. „Wir müssen weiter", stieß sie zwischen zusammengepressten Zähnen hervor.

„Was haltet ihr davon, wenn wir uns irgendwo auf ein Gläschen zusammensetzen?" Ryan schob die Hände in die Gesäßtaschen seiner Jeans und blickte sie abwartend an.

Offenbar war er schwer von Begriff. Oder einfach nur unverschämt. „Kein Interesse", schoss sie mit einem Hauch von Arktis in der Stimme zurück.

Nun hob er doch eine Braue.

Es war schwer, seinem dunklen Blick zu widerstehen. Seiner Anziehungskraft, die er noch immer, und vielleicht sogar stärker als je zuvor, ausstrahlte. Wenn er nur nicht so unverschämt attraktiv wäre! Richtig nett konnte er zudem ja auch sein, wenn er sich nicht gerade wie der größte Mistkerl aller Zeiten aufführte. Jonna fühlte, wie ihr Herz von einer stählernen Hand zusammengepresst wurde. „Was willst du eigentlich noch? Hast du dich nicht schon ausreichend über mich amüsiert?" Wütend blitzte sie ihn an.

„Habe ich was?" Seine Miene drückte pure Verständnislosigkeit aus.

„Komm Liz, wir haben unsere Liste noch nicht abgearbeitet." Ohne Ryan eines weiteren Blickes zu würdigen, zog Jonna ihre Freundin am Ärmel davon.

„Entschuldige", rief Liz ihm über die Schulter zu, „aber du hast Jonna gehört."

Das Klappern ihrer Absätze auf dem Kopfsteinpflaster begleitete sie wie eine Melodie, während sie weitereilten.

Jonna meinte, Ryans Blicke noch lange in ihrem Rücken brennen zu spüren. „Ich wette, er versteht die Welt nicht mehr. Vermutlich sinken ihm normalerweise die Frauen zu Füßen, wenn er sie anspricht, respektive zu einem Drink einlädt."

„Du hast ihn ganz schön auflaufen lassen."

„Das hoffe ich doch." Sie blieben an der nächsten Ecke stehen, da sich Mr Gandy für einen Laternenpfahl zu interessieren schien.

„Vielleicht solltest du ihm erklären, warum du wütend bist?", gab Liz zu bedenken, während der Hund die Laterne ausgiebig beschnüffelte und für würdig befand, sie mit seinem Duft zu markieren.

„Eher tanze ich nackt auf dem Bismarckplatz. Ich will mit diesem Mann weder sprechen noch irgendetwas mit ihm zu tun haben." Kampfeslustig reckte Jonna das Kinn.

„Dabei wirkte er, als würde er sich tatsächlich freuen, uns zu sehen."

„Elender Heuchler. Er ist ein guter Schauspieler." Für Jonna war es beschlossene Sache, dass dieser Mann zwei Gesichter besaß. „Er hat mit meinen Gefühlen gespielt, hat den Einfühlsamen gemimt und Interesse vorgetäuscht. Dort, wo bei anderen in der Brust ein

Herz pocht, findet man bei Ryan ein riesiges schwarzes Loch. Deswegen sollte man sich unbedingt von solchen Menschen fernhalten, ansonsten“, sie vollführte eine ausschweifende Geste, um eine Explosion anzudeuten, „wird man direkt eingesaugt und vernichtet. Was für ein Glück, dass ich rechtzeitig den Absprung geschafft habe.“

„Süße, übertreibst du da nicht etwas?“ Liz gluckste.

Jonna drehte sich um und riskierte einen Blick zurück, doch eine Gruppe von Touristen hatte Ryan längst verschluckt.

Mit einem tiefen Seufzen wandte sich Jonna wieder ihrer Freundin zu. „Alles, was ich möchte, ist, das Kapitel Ryan Bennett so rasch wie möglich hinter mir zu lassen. Ich war von seinem Charme geblendet, und er hatte bei mir leichtes Spiel, da ich in meiner Beziehung nicht glücklich war. Das hat er schamlos ausgenutzt. Aus diesem Grund bin ich heilfroh, ihn rechtzeitig als die Person erkannt zu haben, die er nun einmal ist. Nichts weiter als ein skrupelloser Herzensbrecher.“

„Ich verstehe dich. Mehr, als du denkst.“ Liz hakte Jonna unter. „Aber wir lassen uns unseren letzten gemeinsamen Tag nicht verderben.“

„Schon gar nicht von einem Mann“, ergänzte Jonna entschlossen.

„Mir fällt gerade ein, dass mir der Earl Grey ausgegangen ist“, wechselte Liz das Thema. „Wartest du kurz mit Mr Gandy draußen, während ich in den Teeladen husche?“ Sie winkte dem Constable, der in diesem Augenblick auf seinem Drahtesel vorbeiradelte und hoheitsvoll grüßend die Hand hob.

„Ich habe einen Earl Grey mit Sahne-Erdbeeraroma erstanden", verkündete sie wenig später und hob Jonna ihren Einkauf unter die Nase, „schnuppere mal, duftet das nicht herrlich?"

Jonna schloss kurz die Lider. „Wunderbar", bestätigte sie, das zart blumige Aroma einatmend. Einen Herzschlag lang saß sie wieder in Ryans Wohnzimmer, schmeckte das Sahnige der Clotted Cream auf ihrer Zunge und die Süße der Marmelade. Der Geschmack von Cream Tea war unweigerlich mit der Erinnerung an Ryan verbunden.

„Dann denkst du hoffentlich immer an mich, wenn du dir zu Hause einen Tee aufbrühst."

Perplex öffnete Jonna die Augen, als Liz ihr die Tüte kurzerhand in die Hand drückte. „Du hast ihn für mich gekauft?"

„Betrachte es als mein kleines Abschiedsgeschenk", erklärte Liz mit einem Lächeln, als Jonna sie fragend ansah. „Damit du Cornwall und mich nicht vergisst."

„Oh." Einen Moment lang wusste Jonna nichts zu entgegnen, denn sie kämpfte mit ihren Emotionen. Warum mussten alle so nett zu ihr sein? Der Abschied von Penkerris fiel ihr ohnehin schwer genug. Schon längst hatte sie den kleinen Ort und die Menschen hier in ihr Herz geschlossen.

Kapitel 28

Das Taxi, das Jonna am nächsten Morgen zum Flughafen bringen sollte, war pünktlich.

Liz gab ihr Bestes, ihren Abschiedsschmerz zu verbergen, doch immer wieder wischte sie sich hastig über die tränennassen Wangen. „Meine Güte, Jonna", schimpfte sie, „normalerweise bin ich nicht so nah am Wasser gebaut. Aber da siehst du mal, wie sehr ich dich jetzt schon vermisse."

Jonna, der selbst die Augen feucht schimmerten, schloss ihre Freundin in eine feste Umarmung, während der Taxifahrer das Gepäck verstaute. „Das hier ist kein Abschied für immer", erinnerte sie Liz leise.

Sie drückte ihre Freundin noch einmal fest, dann nahm sie Mr Gandy auf, der in seinem Transportkorb schmollte, weil er gar nicht damit einverstanden war, erneut in diesen engen Kasten verfrachtet worden zu sein.

Mia, die gerade aus der Haustür kam, winkte zum Abschied. Selbst sie wirkte bedrückt.

Jonna stieg rasch in den Wagen, ehe sie es sich noch anders überlegte. Sie setzte ein tapferes Lächeln auf und rollte das Seitenfenster herunter. „Bis bald, Liz! Alles Gute, Mia!"

„Gute Reise!" Liz warf Jonna eine Kusshand zu.

Jonnas Herz brach ein bisschen, als das Taxi über das Viehgitter rumpelnd in die Rosemary Lane bog und das von der Morgensonne beschienene *Hollyhock Cottage* langsam außer Sichtweite geriet. Sie erinnerte sich gut daran, wie sie vor noch gar nicht allzu langer Zeit hier angekommen war. „Wir kommen zurück, Mr Gandy", versicherte sie dem kleinen Jack Russell leise mit wackliger Stimme. „Ganz bestimmt."

Kurz dachte sie darüber nach, ob sie das Aromafläschchen aus der Handtasche holen sollte und stellte überrascht fest, dass sie in den letzten Tagen weder Verwendung für die beruhigende Ölessenz noch für das Desinfektionsspray gehabt hatte. Irgendetwas hatte Cornwall mit ihr angestellt.

Zu Jonnas Überraschung war Nick bereits ausgezogen, als sie in ihrer gemeinsamen Heidelberger Altbauwohnung eintraf. Er hatte einen handgeschriebenen Brief auf dem Esstisch für sie hinterlassen, doch dank seiner unleserlichen Schrift dauerte es eine Weile, bis sie seine Nachricht entziffert hatte. Darin erklärte er, dass es ihm unmöglich sei, unter den gegebenen Umständen mit Jonna weiterhin unter einem Dach zu leben und er bei einem Freund Unterschlupf gefunden hätte. Er habe ein paar seiner persönlichen Dinge mitgenommen, und Jonna solle sich wegen der Aufteilung der restlichen Sachen bei ihm melden. Das Papier hatte er lapidar mit seinem Namen unterschrieben und als P.S.: *Meine Handynummer wirst du vermutlich noch haben.*

Jonna hatte nicht damit gerechnet, eine halb ausgeräumte Wohnung vorzufinden, Nick hatte sie vor vollendete Tatsachen gestellt. Andererseits konnte sie ihm dies kaum vorwerfen, denn immerhin hatte sie dasselbe mit ihm in Cornwall gemacht.

Es dauerte ein paar Tage, bis Jonna und Mr Gandy sich wieder in den vier Wänden, die sich nun nicht mehr vertraut, sondern fremd anfühlten, eingefunden hatten.

Tabea zeigte sich überglücklich, Jonna zurück im *Schmuckkästchen* zu haben. Sie freute sich über Jonnas Mitbringsel und war von dem Konzept der Edelstein-kollektion hellauf begeistert. „Das wird ein Bombener-folg, du wirst schon sehen, Jonna", verkündete sie voller Enthusiasmus. „Unsere Kundinnen werden sich um die außergewöhnlichen Schmuckstücke reißen, da bin ich mir sicher!"

Nachdem sie sich einigermaßen sortiert hatte, rief Jonna Nick an, um sich mit ihm zu treffen. Die Kälte, mit der er ihr begegnete, schockierte sie. Als sie ihn behutsam fragte, wie es ihm ginge, machte er deutlich, dass er lediglich Organisatorisches mit ihr bereden wollte. Sie hatte ihm wehgetan, realisierte sie, und zwar mehr, als sie geahnt hatte. Es war noch zu früh, um sich wieder freundschaftlich zu begegnen. Jonna hoffte, dass Nick irgendwann einmal verstehen würde, dass die Trennung zu ihrer beider Besten gewesen war. Da sie mit ihrer Tätigkeit als Schmuck-Designerin gerade genug verdiente, dass es für sie knapp zum Leben reichte, entschloss sie sich schweren Herzens, die teure und für eine Person viel zu große Altbauwohnung aufzugeben und machte sich, bis sie entschieden hatte, wie es weitergehen sollte, auf die Suche nach einem kleinen Apartment. Sie begann schon einmal, nach und nach ihre Habseligkeiten in Kisten und Kartons zu verpacken. Das Paar, das etwas beengt im Dachgeschoss wohnte, hatte bereits Interesse bekundet, die Wohnung zu übernehmen.

Schweren Herzens hatte Jonna ihren Traum begraben und akzeptiert, dass sie kein Glück in der Liebe hatte und vermutlich niemals die Familie bekommen würde, von der sie ihr Leben lang geträumt hatte. Sie rechnete nicht damit, noch einmal jemandem über den Weg zu laufen, der sie derart in seinen Bann zog, dass sie sich mit ihm eine echte, tiefe Beziehung vorstellen konnte. Etwas anderes kam für sie jedoch nicht infrage. Sie war keine Frau für eine halbherzige Affäre. Entweder ganz oder gar nicht. Und da es derzeit eher nach *gar nicht* aussah, richtete sie sich auf ein Leben als Single ein. Tabea schneite ab und an vorbei, um ihr beim Packen Gesellschaft zu leisten.

„Wo ist sie hin, die unverbesserliche Romantikerin?", neckte sie Jonna, als sie sich auf ein Gläschen Wein bei Tabeas Lieblingsitaliener trafen. „Du willst mir doch nicht ernsthaft erzählen, dass du nicht mehr auf der Suche nach Mr Right bist. Überhaupt hast du dich verändert, Jonna. Du scheinst gefasster geworden zu sein. Ruhiger."

Nachdenklich starrte Jonna in ihren Wein. Es stimmte, sie hatte sich verändert. Obwohl sie fest entschlossen war, sich Ryan aus dem Kopf zu schlagen, musste sie zugeben, dass sie ihn mehr vermisste, als es ihr lieb war. Es tat weh, an ihn zu denken. Es verging kein Tag, an dem sie nicht an Ryan Bennett dachte. An sein Lächeln, die blitzenden, dunklen Augen, und wie er sie stets geneckt hatte. Wie er sie in der Sturmnacht auf der Suche nach Mr Gandy unterstützt, wie er ihr Halt gegeben und sie getröstet hatte. Und daran, wie sie ihn mit der unbekannten Schönheit in eindeutiger Pose ertappt hatte, diesen verfluchten Mistkerl. Dann wurde sie wütend, und es ging ihr wieder besser.

Ihre Tage waren erfüllt von leiser Melancholie. Manchmal fragte sie sich, ob es nicht besser gewesen wäre, bei Nick zu bleiben. Getreu nach dem Motto: Lieber den Spatz in der Hand als die Taube auf dem Dach. Jähe Traurigkeit überfiel sie, wenn sie daran dachte, was sie alles verloren hatte. Aber dann sagte sie sich, dass sie ohnehin nur einem Traumgespinst nachgehangen hatte. Auch wenn ihr dieser Zustand nicht gefiel, gewöhnte sie sich daran, allein zu sein. Sie brütete über neuen Schmuckideen, hörte Musik oder steckte ihre Nase in einen kitschigen Liebesroman.

Alle paar Tage telefonierte sie mit Liz, ließ sich brühwarm den neuesten Klatsch und Tratsch aus Penkerris berichten. Sie lachte herzhaft, als Liz ihr von Philippa Gordons plötzlichem Interesse an Constable Ransom erzählte und wie Philippa nun ebenfalls mit dem Rad durch die Gassen von Penkerris sauste, um zufällige Zusammentreffen zu arrangieren. Sie erfuhr, dass sich Lowen ein kleines Haus in Trewetha gemietet hatte und Mia jetzt dort mit ihm lebte. Ab und zu kamen die beiden auf einen kurzen Besuch im *Taste of Heaven* vorbei, und Liz meinte, Mia sei tatsächlich zugänglicher geworden. Anscheinend hatte sie ihren Vater während der Zeit seiner Abwesenheit schmerzlich vermisst. Liz ging es prächtig. Mit einer immer runder werdenden Ruby schmiss sie das Café und traf sich regelmäßig mit Corey. Die zwei ließen es langsam angehen, doch es wurde immer deutlicher, dass Corey ernsthafte Absichten hegte. Liz hingegen genoss es zwar, umworben zu werden, doch ebenso ihre neugewonnene Freiheit.

„Ach übrigens, Ryan tauchte unlängst im Cottage auf", wechselte Liz unvermittelt das Thema.

„Ryan?" Jonna ließ sich auf den nächstbesten Stuhl sinken. „Weshalb? Ist deine Regenrinne wieder kaputt?" Sie lachte, aber selbst in ihren eigenen Ohren klang es künstlich.

„Er wollte dich sprechen."

„Unfassbar, dass er nicht lockerlässt. Du hast ihm doch hoffentlich gesagt, dass er dort hingehen soll, wo der Pfeffer wächst?"

Sekundenlang herrschte Stille.

„Liz?", forschte Jonna nach, da ihre Freundin nicht antwortete.

„Weißt du, es ist so …"

„Liz bitte", unterbrach Jonna sie und wischte ihre feuchte Handfläche an der Jeans ab. „Hast du oder hast du nicht?"

„Selbstverständlich", versicherte Liz rasch.

„Gut. Denn er soll ruhig wissen, dass er nicht willkommen ist." Jonna ärgerte sich darüber, dass diese Nachricht sie derart aus der Fassung brachte. Sie klemmte sich das Telefon zwischen Ohr und Schulter und deutete dem hoffnungsvoll zu ihr aufblickenden Mr Gandy an, es sich auf ihrem Schoß gemütlich zu machen. Wie gut, dass es den kleinen Hund in ihrem Leben gab, denn sie hatte ganz schön an ihrem neuen Singledasein zu knabbern. Sie war keine Einzelgängerin, auch wenn sie die gelegentliche Einsamkeit größeren Menschenmengen vorzog. Doch sie brauchte einen Anker in ihrem Leben, einen Menschen, zu dem sie nach Haus kommen konnte, einen Vertrauten. Und diesen Menschen gab es nicht mehr. Wobei sie genau genommen mit Nick zusammen auch einsam gewesen war ... Gedankenverloren kraulte sie die Hundeohren. „Wechseln wir lieber das Thema, Liz", brummte sie.

„Du hast recht. Morgen ist es also soweit, ja?"

Jonna hörte das leise Lächeln in Liz' Stimme. „Wovon sprichst du?"

„Dein Geburtstag, Süße. Du wirst doch wohl nicht deinen eigenen Geburtstag vergessen haben?"

„Ach so. Nein, natürlich nicht." Aber sie hatte das Datum in den hintersten Winkel ihres Bewusstseins geschoben. Immerhin hatte sie bis dreißig spätestens unter der Haube sein wollen. Nägel mit Köpfen gemacht haben, was die Familienplanung anging. Aber das war in einem anderen Leben gewesen. „Weißt du, an meinem Dreißigsten wollte ich mit der Liebe meines Lebens und Champagner anstoßen. Eine Hochzeit feiern, Zukunftspläne schmieden." Jähe Traurigkeit überfiel sie. „Nun ist alles ganz anders gekommen, und am liebsten würde ich den morgigen Tag einfach nur vergessen. Er ist nicht mehr wichtig."

„Hast du denn gar nichts geplant?", fragte Liz vorsichtig nach.

„Warum fragst du?" Hatte die Freundin vor, sie in Heidelberg zu überraschen? Ihr Herz begann laut zu pochen.

„Nur so aus Interesse."

Jonnas Lippen hoben sich unwillkürlich zu einem Schmunzeln. Die Vorstellung, dass Liz sich etwas für sie ausgedacht haben konnte, gefiel ihr. „Es wäre toll, wenn wir zusammen feiern könnten", versuchte sie ihr Näheres zu entlocken.

Liz am anderen Ende der Leitung seufzte tief. „Du ahnst nicht, wie gern ich das tun würde. Aber ich kann das Café nicht allein lassen. Ich rufe dich morgen wieder an und wir holen das gemeinsame Feiern nach, wenn du wieder nach Penkerris kommst, einverstanden?"

„Das machen wir." Jonna versuchte, ihre Enttäuschung hinter einem fröhlichen Tonfall zu verstecken. Warum hätte Liz auch nach Deutschland fliegen sollen? Schließlich war es nur ein Geburtstag, einer von vielen ...

Kapitel 29

Es regnete. War das zu fassen? Ausgerechnet an ihrem Geburtstag schüttete es wie aus Kübeln, stellte Jonna fest, als sie ans Fenster tapste und die Vorhänge beiseiteschob. Sie gähnte, schob sich die Finger durch die vom Schlaf zerzausten Locken und ließ den Vorhang wieder zufallen. Lohnte sich das Aufstehen überhaupt? Kurz dachte sie darüber nach, ob sie zurück ins Bett kriechen und sich die Decke über den Kopf ziehen oder sich eine heiße Aromadusche gönnen sollte. Sie entschied sich für Letzteres. Zwar hatte Tabea ihr heute großzügigerweise freigegeben und sie musste sich nicht beeilen, um im *Schmuckkästchen* anzutreten, doch wenn sie sich wieder hinlegte, begann sich unweigerlich das Gedankenkarussell zu drehen. Und das würde bedeuten, dass sie wieder an die Szene in Ryans Wohnzimmer denken würde. Egal, wie sehr sie sich bemühte, die Erinnerung daran aus ihrem Gedächtnis zu streichen, verfolgte es sie wie ein Schatten. Sie hatte gedacht, das Thema Ryan Bennett würde sich nach ihrer Rückkehr von selbst erledigen. Tja. Sie hätte sich nicht mehr irren können. Obwohl dieser Mistkerl sie so sehr verletzt hatte, vermisste sie ihn schrecklich. „Vielleicht lastet irgendein Fluch auf mir?", fragte sie Mr Gandy, der schwanzwedelnd und mit sehnsuchtsvollem Blick aus seinen Knopfaugen sein Frühstück einforderte. Ja, dachte Jonna, womöglich war sie bis zum Ende ihrer

Tage dazu verdammt, das engumschlungene Paar auf *Oak Hill Manor* vor sich zu sehen. Dieser Anblick hatte sie bis ins Innerste getroffen und noch immer hatte sie daran zu knabbern. Sie schüttelte die Erinnerung ab. Mit düsterer Miene schlüpfte sie in ihren Seidenkimono, um Mr Gandy zu versorgen. Eigentlich sollte man annehmen, dass sie Nick hinterhertrauern würde, sinnierte sie auf dem Weg in die Küche weiter. Doch außer gelegentlichen Momenten, in denen sie Nostalgie überfiel, fühlte sie nichts als Erleichterung, sich aus dieser Beziehung gelöst zu haben.

Rückblickend verstand sie, dass sie in all den Jahren diejenige war, die in der Partnerschaft alles gegeben hatte, besonders in emotionaler Hinsicht. Sie hatte ihr Herz und ihre Seele in die Waagschale gelegt. Nick hatte sie zwar geliebt, auf seine Weise, das war ihr nun klar. Leider hatte er ihr dies jedoch erst gezeigt, als die Beziehung bereits Risse bekommen hatte, die sich nicht mehr kitten ließen. Nachdenklich füllte sie einen Napf mit Hundefutter, erneuerte das Wasser und streichelte dem Jack Russell über den Kopf, ehe sie sich ins Badezimmer aufmachte.

Ihr Handy auf dem Couchtisch klingelte, als sie eine Weile später, umgeben von einem Duft nach Vanille, Orange und wilden Blumen, aus der Dusche trat. Flink hängte sie das dicke Frotteehandtuch zum Trocknen über die Duschkabinenwand und warf sich den Kimono über.

Nach einem raschen Blick aufs Display nahm sie den Anruf entgegen. „Mama. Guten Morgen“, begrüßte sie ihre Mutter und trat ans Fenster, um erneut hinauszuspähen. Immerhin hatte es in der Zwischenzeit aufgehört zu regnen, doch der Asphalt glänzte wie ein dunkler Spiegel und der Himmel hing düster über der Stadt. Schaudernd wandte sie sich ab und setzte sich mit untergezogenen Beinen auf das Sofa.

„Herzlichen Glückwunsch, mein Liebes.“

„Danke, Mam.“ Mr Gandy kam angetrottet und stupste mit der Schnauze gegen ihren Fuß. Gedankenverloren vergrub sie die Finger in seinem seidigen Fell.

„Was machst du heute?“

Sie ließ ihren Blick durch die kahle Wohnung schweifen. Nick hatte bereits die Hälfte der Möbel abgeholt, und auch einige Bilder, die sie gemeinsam erstanden hatten, mitgenommen. „Ich bereite alles für die große Party am Abend vor.“

Ihre Mutter überhörte die leise Ironie. „Eine Party? Und ich bin nicht eingeladen?“, hakte sie in spitzem Tonfall nach. Als ob Edda Madsen sich jemals Zeit dafür genommen hätte, mit ihrer Tochter zu feiern.

„Das war ein Scherz, Mama“, stellte Jonna die Sache richtig. „Es gibt keine Party. Vielleicht schaut Tabea heute Abend auf ein Gläschen Sekt vorbei, das ist alles.“ Jonna befand sich nicht in Feierlaune. Würde sie magische Kräfte besitzen, würde sie die Uhrzeiger um etliche Stunden in die Zukunft drehen.

„Du Arme.“ Edda schnalzte mitfühlend mit der Zunge. „Nun bist du dreißig und hast keinen Mann ...“ Musste sie unbedingt Salz in die Wunde streuen? Ihre Mutter besaß schlichtweg kein Taktgefühl.

Gerade, als Jonna verzweifelt nach einer Möglichkeit suchte, das Gespräch elegant zu beenden, ohne ihrer

Mutter auf die Füße zu treten, klingelte es. „Entschuldige, da ist jemand an der Tür, Mama", sagte sie, dankbar für die unerwartete Unterbrechung. „Wir telefonieren ein anderes Mal weiter, ja?" Erleichtert drückte sie das Gespräch weg, legte das Handy auf den Tisch zurück und fuhr sich durch die Locken. Sie waren noch feucht. Dazu war Jonna barfuß und trug lediglich den dünnen Kimono. Nicht gerade besuchertauglich. Dennoch öffnete sie die Tür einen Spaltbreit, denn vielleicht überraschte der Postbote sie mit einem Gruß von Liz? Ein wenig enttäuscht stellte sie fest, dass sich jedoch niemand im Hausflur befand. Wenigstens musste sie sich aber nun keine Sorgen um ihre leichte Bekleidung machen. Jonna schickte sich an, zurück in die Wohnung zu gehen, als ihr Blick auf ein schmales, in braunes Papier gewickeltes Paket fiel, das gegen die Wand lehnte. Hatte jemand ein Geschenk für sie hinterlassen? Sie bückte sich, um die Sendung zu inspizieren. Ein weißer Briefumschlag mit ihrem Namen in einer ihr unbekannten, großzügigen Schrift klebte außen an der Verpackung. Behutsam zog sie den Umschlag ab, öffnete ihn und las stirnrunzelnd die wenigen Zeilen.

Es gehört dir bereits seit einer Weile. Öffne es bitte behutsam. Ach ja, und Happy Birthday. XXX

Was in aller Welt ...? Wer hatte ihr diese kryptische Nachricht geschickt? Und was verbarg sich in dem Paket? Jonnas Mund wurde vor Aufregung trocken, als sie versuchte, die Zusammenhänge zu entwirren. Den Kopf voller Fragen nahm sie die sperrige Sendung auf und brachte sie in die Wohnung. Dabei ignorierte sie Mr Gandy, der neugierig um ihre Beine tanzte, und legte das braune Ding vorsichtig auf dem Couchtisch ab. Einige Sekunden starrte sie das unbekannte Objekt an, als wollte sie es beschwören, dann riss sie mit zitternden Fingern die Verpackung auf. Eine weitere Schicht Schutzpapier kam zum Vorschein, und Jonna ertastete nun etwas, das sich wie ein Rahmen anfühlte. Sie wickelte das Papier weiter auf und schnappte nach Luft.

Vor ihr lag das zauberhafte Gemälde mit dem vor dem Meer tanzenden Mädchen im roten Kleid.

Ungläubig fuhr sie mit der Fingerspitze über den wunderschönen, gefleckten Goldrahmen im Vintage-Look, der perfekt zu der dargestellten Szenerie passte. Anschließend ließ sie fast ehrfürchtig den Finger über die Initialen des Künstlers schweben. *R.C.* Wer war dieser wunderbare, unbekannte Künstler, der die Freude und Unbeschwertheit des tanzenden Mädchens so perfekt eingefangen hatte? Eine Träne stahl sich aus ihrem Augenwinkel und rollte ihre Wange hinab. Wie sehr hatte sie sich gewünscht, das Bild zu besitzen! Und nun hielt sie es in ihren Händen. Sie konnte es nicht glauben, sie musste träumen. Wer in aller Welt würde ihr ein derart kostbares Geschenk zu ihrem Geburtstag machen?

Ein energisches Klopfen, gefolgt von einem weiteren Klingeln, schreckte sie auf. Ganz benommen löste sie sich von dem Bild und ging, begleitet von Mr Gandy, zurück in den Flur.

Sie riss die Wohnungstür auf.

Ihr erster Instinkt war, ihm dieselbe vor der Nase zuzuschlagen.

Ihr zweiter, ihm eine Ohrfeige zu verpassen.

„Du?" Entgeistert starrte sie in Ryan Bennetts braune Augen, während ihr treuloser Hund begeistert an den in Jeans steckenden Beinen des unverhofften Besuchers hochsprang.

„Und du ..." Ryan räusperte sich. Sein Blick glitt an ihr hinab. „Hast sehr wenig an."

Sie sah an sich hinab und stellte fest, dass der Kimono auseinanderklaffte und mehr entblößte, als verbarg. Hastig wickelte sie den dünnen Stoff um sich. „Ich ... war gerade duschen", erklärte sie mit heißen Wangen. Ihr Herz hämmerte heftig gegen ihre Rippen, ein untrügliches Zeichen, dass sein Anblick sie noch immer aus der Bahn zu werfen vermochte. Moment. Sie straffte ihren Rücken. Weshalb rechtfertigte sie sich eigentlich? Ausgerechnet vor diesem Mann? „Woher hast du meine Adresse?", wollte sie von ihm wissen und blitzte ihn wütend an. Soweit sie sich erinnern konnte, hatte sie ihm diese nie gegeben.

„Liz war so nett", beantwortete er ihre Frage und machte eine Geste, sie zu umarmen.

Sie wich zurück und schüttelte den Kopf. „Niemals."

„Ich habe ihr gesagt, dass ich dich dringend sprechen müsste."

Sie würde ein ernstes Wörtchen mit der Freundin reden müssen. Liz hatte ihr versichert, Ryan in die Wüste geschickt zu haben. „Und was willst du nun hier?" Ihr heftig schlagendes Herz strafte die Kälte in ihrer Stimme Lügen.

„Ich bin gekommen, um etwas richtigzustellen." Seine Lippen verzogen sich zu einem winzigen Lächeln. „Aber erst einmal, Happy Birthday." Ehe sie reagieren konnte, küsste er sie auf die Lippen.

Erschrocken über das spontane, in ihrem unteren Bauch einsetzende Flattern, das sein Kuss auslöste, wich sie zurück. „Was soll das?", funkelte sie ihn an, nachdem sie ihre Sprache wiedergefunden hatte, und wischte sich mit dem Handrücken über den Mund. Hunderte von Gedanken wirbelten durch ihren Kopf, während ihr Blick sein Äußeres erfasste: die dunkle Lederjacke, die Bartstoppel in seinem Gesicht und die Schatten unter seinen Augen. Viel Schlaf schien er sich in der letzten Zeit nicht gegönnt zu haben.

„Bittest du mich herein?" Mit einem schiefen Grinsen deutete er auf die hinter ihm stehende Reisetasche. „Ich komme direkt vom Flughafen und würde mir gern die Hände waschen." Ohne auf ihre Einladung zu warten, schnappte er sich das Gepäck und schlängelte sich an ihr vorbei in die Wohnung. Sein Ärmel streifte flüchtig ihre Brust, und sie erschauerte.

„Moment, so geht das nicht! Du kannst doch nicht einfach ...", fauchte sie, zornig über die Reaktion ihres verräterischen Körpers.

Offensichtlich konnte er. Begleitet von einem über das unverhoffte Wiedersehen äußerst zufriedenen Mr Gandy, strebte Ryan das Wohnzimmer an. In einer kapitulierenden Geste hob Jonna die Hände.

„Das Badezimmer ist links", wies sie ihn darauf hin, dass er sich auf dem falschen Weg befand.

Er wirbelte herum und sie lief um ein Haar in ihn hinein. „Danke. Bin gleich zurück", verkündete er und ließ sein Gepäck an Ort und Stelle fallen.

Sie verdrehte die Augen und positionierte sich mit verschränkten Armen vor der Badezimmertür. Er hatte echt Nerven, hier aufzukreuzen, nach dem, was er sich auf *Oak Hill Manor* geleistet hatte. Entschlossen reckte sie das Kinn, ihm Paroli zu bieten.

Dennoch zuckte sie zusammen, als sich die Badtür kurz darauf schwungvoll öffnete und Ryan wieder vor ihr stand. „Hast du es schon geöffnet?" Erwartungsvoll sah er sie an. „Oder willst du dir vielleicht erst einmal etwas überziehen?" Seine Augen funkelten verschmitzt. „Obwohl ich zugeben muss, dass dir dieser Hauch von Nichts ganz hervorragend steht."

Angesichts seiner Unverschämtheit verschlug es ihr glatt die Sprache. „Wie ich in meiner eigenen Wohnung herumlaufe, geht dich rein gar nichts an", erklärte sie scharf, nachdem ihre Hirnsynapsen wieder einigermaßen funktionierten. „Und nun gehe bitte wieder." Wohin auch immer. Gab es nicht irgendeinen Zauberspruch, den sie anwenden konnte, damit er sich auf der Stelle in Luft auflösen würde? Da er keine Anstalten machte, sich nach seiner Tasche zu bücken, nahm sie das Gepäck auf und hielt es ihm hin.

Er ignorierte ihre anschauliche Aufforderung, die Wohnung zu verlassen, und schob stattdessen die Hände in die Gesäßtaschen seiner Jeans. „Du hast meine Frage nicht beantwortet."

„Ob ich mir etwas überziehen möchte?" Demonstrativ ließ sie die Reisetasche vor seine Füße fallen. Sein Pech, falls er irgendetwas Zerbrechliches darin transportierte. „Ich denke nicht. Mach's gut, Ryan." Sie fühlte ihren harten Panzer schwächeln, denn ein Teil von ihr würde sich am liebsten an seine Brust werfen. Ihn festhalten und nie wieder gehen lassen.

„Ob du es schon ausgepackt hast, Dummerchen." Seine Stimme nahm einen sanften Tonfall an und sein Blick wurde zärtlich. „Das Bild?" Unbekümmert schälte er sich aus seiner Jacke und warf sie aufs Sofa.

Sie schluckte ein automatisches *Bitte an der Garderobe aufhängen* hinunter, und verfolgte, wie er seinen Blick durch den Raum schweifen ließ. „Sieht ein bisschen nach Umzug aus."

„Ja, ich ..." Überfordert ließ sie den Rest des Satzes in der Luft hängen. „Erklärst du mir jetzt mal bitte, was hier läuft?"

„Verstehst du es wirklich nicht?"

Ryan griff nach ihrer Hand. Mit dem Daumen streichelte er zart über ihre Haut. Sie ließ es geschehen, gefangen von seinem intensiven Blick. „Gefällt es dir?" Er machte eine winzige Kopfbewegung zu dem Gemälde auf dem Tisch und bestätigte damit ihre Ahnung, dass er derjenige gewesen war, der das Paket vor der Tür platziert hatte.

„Warum, Ryan? Warum hast du es für mich gekauft?"

„Ich habe es nicht gekauft." Seine Mundwinkel hoben sich zu einem erneuten Lächeln.

„Nein?"

Er schüttelte den Kopf.

„Aber ..."

„Shhh." Er legte den Zeigefinger auf ihre Lippen. „Erwähnte ich eigentlich schon, wie unfassbar verführerisch du in diesem ..." Er brach ab, suchte offensichtlich nach dem richtigen Begriff.

„Kimono", klärte sie ihn gereizt auf, da sein Blick unanständig lange auf ihrem Dekolleté verweilte, was sie wiederum kribbelig machte. „Es ist ein Kimono, Ryan. Und ich wüsste nun zu gerne, was du hier überhaupt suchst und weshalb du mir ein so teures Geschenk machst. Ich kann es unmöglich annehmen." Auch wenn sie das tanzende Mädchen noch so sehr liebte, war es ihr unter den gegebenen Umständen nicht möglich, Ryans Geschenk zu akzeptieren.

Sein Blick wanderte zurück zu ihren Augen. „Du hattest mich gebeten, den Künstler ausfindig zu machen."

„Und du hast bestätigt, was mir der Galerist mitteilte. Dass der Maler anonym bleiben wollte und der Preis nicht verhandelbar sei."

„Jonna, ich bin der Maler dieses Bilds."

„Wie bitte?" Ihre Augen weiteten sich. „Du hast das hier geschaffen?" Konsterniert starrte sie auf die Initialen in der Ecke. „Aber R.C., das passt nicht zu dir."

„Tut es doch. C ist die Abkürzung für Chenoweth. Der Mädchenname meiner Großmutter väterlicherseits."

Es handelte sich also um ein Pseudonym? „Du bist R.C.?" Jonna schnaubte. „Warum die Heimlichtuerei? Du hättest mir doch verraten können, dass du der gesuchte Künstler bist."

Ryan rieb sich über den Nacken. „Ich lebe sozusagen inkognito als Maler auf *Oak Hill Manor*. Nicht nur um mein Privatleben, sondern insbesondere auch das meiner Mutter zu schützen", erklärte er, ihren Blick suchend. „Erinnerst du dich an das Foto der dunkelhaarigen Frau in meiner Geldbörse? Ihr Gesicht kam dir bekannt vor, weil meine Mutter eine in England bekannte Schauspielerin war. Sie hatte immer wieder mit den Paparazzi zu kämpfen, und leider gab es da mal eine ziemlich üble Geschichte mit einem Stalker, der ihren Wagen rücksichtslos verfolgte und einen fatalen Unfall verursachte. Mum lag monatelang im Krankenhaus und hatte noch Jahre danach Probleme, sich in ein Auto zu setzen. Das war einer der Gründe, weshalb sie nach dem Tod meines Vaters das Land verließ. Und deswegen entschied ich mich, als Maler unerkannt zu bleiben. Ich brauche die Publicity nicht. Meine Bilder verkaufen sich, ohne dass die Öffentlichkeit erfährt, wer sich hinter R.C", er rahmte die beiden Buchstaben in imaginäre Gänsefüßchen ein, „verbirgt. So kann niemand die Verbindung zu meiner Mutter in Deutschland herstellen. Ich habe ihr versprochen, sie zu beschützen. Wenn nötig, mit meinem Leben. Deshalb habe ich dir auch nicht erzählt, dass sich in dem Schuppen, nach dem du mich fragtest, mein Atelier befindet."

Es dauerte kurz, bis bei Jonna die Information sackte. „Was ist mit Bonnie oder deinem Gärtner? Deinen Freunden?"

„Das sind Menschen, die mich schon viele Jahre begleiten, ich vertraue ihnen. Doch sie sind die Einzigen, die wissen, dass mein Name hinter diesen Initialen steckt."

Nun machte alles einen Sinn. Ryans zurückhaltende Reaktion, wann immer sie ihn auf das Gemälde angesprochen hatte. Seine schwammige Aussage, er sei im

Kunsthandel tätig. „Wir kennen uns erst seit kurzer Zeit." Ihr Herz klopfte noch immer wild. „Weshalb vertraust du dich mir an, Ryan?"

„Ist das nicht offensichtlich?" Behutsam nahm er ihr Gesicht in seine großen Hände. „Ursprünglich hatte ich vorgehabt, dir das Gemälde nach der Nacht zu schenken, die du auf *Oak Hill Manor* verbracht hast. Doch dann pfuschte mir das Schicksal dazwischen. Dein Nick tauchte auf, machte dir einen Antrag, und ich musste mich erst einmal zurückziehen, um meine Wunden zu lecken."

„Du hast dich sehr schnell getröstet", bemerkte sie mit vorwurfsvollem Unterton. Mr Gandy zu ihren Füßen untermalte ihre Aussage mit einem leisen Winseln.

Ryan hob eine fragende Braue.

„Diese Frau in deinem Wohnzimmer", präzisierte sie und sah ihm fest in die Augen. So einfach würde er ihr nicht davonkommen, auch wenn sie sein großzügiges Geschenk und die damit verbundene Botschaft tief berührte. „Ich war dort, wollte dich sprechen. Und dann habe ich euch durchs Fenster gesehen." Erneut tauchte das Bild von Ryan in Umarmung mit der dunklen Schönheit vor ihrem geistigen Auge auf und sie spürte den spitzen Stachel der Eifersucht.

Seine Mundwinkel hoben sich. „Um die musst du dir keine Sorgen machen." Anscheinend wusste er sofort, auf wen sie anspielte.

Er umfing ihr Kinn und drehte es, damit er ihr ins Gesicht sehen konnte. Seine braunen Augen hatten sich verdunkelt und glitzerten vor Zärtlichkeit und Verlangen. Sein Blick fiel auf ihre Lippen. Er neigte sich ihr zu und küsste sie. Sanft und zart, dann fordernder. Sein Kuss war warm und weich und voller Leidenschaft.

„Genügt dir das als Antwort?"

Atemlos schüttelte sie den Kopf.

Er küsste sie erneut. Und er küsste verdammt gut. Dennoch, sie musste unbedingt wissen, was es mit dieser Fremden auf sich hatte. Nur mit Mühe löste sie sich von ihm und stemmte ihre Hände gegen seine Brust. „Wer war diese Frau in deinem Haus, Ryan? Und erzähle mir jetzt nicht, dass sie deine Haushälterin gewesen ist."

„Bonnie?" Er schmunzelte. „Weit gefehlt. Die Frau, mit der du mich gesehen hast, ist die Ehefrau eines guten Freundes aus Polzeath. Sie hat mir für ein Porträt, mit dem sie ihren Mann zum Geburtstag überraschen möchte, Modell gestanden."

„Oh." Überrascht berührte sie mit den Fingerspitzen ihre Lippen, die von Ryans Kuss prickelten. „Ihr habt euch umarmt. Und sie ist verdammt hübsch."

„Ist mir nicht aufgefallen."

Für diesen Satz kassierte er einen Klaps auf den Oberarm. „Lügner."

„Jonna."

Sie hob den Kopf, doch erkannte sie nichts als Aufrichtigkeit und Zuneigung in seinen Augen. „Mark, Christie und ich kennen uns schon fast ein Leben lang. Wir sind miteinander aufgewachsen. Sie ist nur eine Freundin. Sie interessiert mich nicht. Du tust es."

Peinlich berührt senkte sie erneut den Blick, doch Ryan legte einen Finger unter ihr Kinn, damit sie ihn ansah.

„Einen Tag nach unserer letzten Begegnung in Penkerris fuhr ich zum *Hollyhock Cottage*, um mit dir zu sprechen. Ich wollte wissen, warum du so abweisend warst.“

„Da war ich bereits auf dem Heimflug.“ Er hatte sie knapp verpasst.

„Richtig. Ich war regelrecht schockiert, als ich erfuhr, dass du abgereist warst. Deine Freundin wusch mir zudem gehörig den Kopf, weil sie der Meinung war, ich hätte mit dir gespielt. Ich habe ihr erklärt, dass es sich um ein dummes Missverständnis handelte, aber glaube mir, es war gar nicht einfach, Liz davon zu überzeugen, dass mein Interesse an dir ernsthaft ist.“ Ein Schmunzeln glitt bei der Erinnerung über seine Züge.

„Ist es das?“, hakte sie nach, denn sie konnte es nicht oft genug hören.

Liebevoll steckte er ihr eine Haarsträhne hinters Ohr. „Nach meiner Scheidung hatte ich mir geschworen, die Finger von der Liebe zu lassen. Hatte mir fest vorgenommen, niemals wieder eine Frau nah an mich heranzulassen. Jedenfalls nicht so nah, dass es ihr gelingen würde, mein Herz zu berühren. Keine Ahnung, wie du es geschafft hast, aber du bist einfach durch diese Schutzmauer, die ich so sorgfältig um mich errichtet hatte, hindurchmarschiert. Du hast mich gefangen genommen mit deiner unvergleichlichen Art und den großen, unschuldigen Augen, und ich habe sämtliche meiner Regeln gebrochen.“ Kopfschüttelnd stieß er ein leises Lachen aus. „Entschuldige den langen Monolog, aber du siehst, diese Frau in meinem Wohnzimmer war niemals eine Konkurrenz für dich.“

„Warum hat Liz mir nicht einfach erzählt, dass diese Christie dir Modell stand?“, wollte sie wissen und zwickte unauffällig ihren Unterarm. Nur um sich zu vergewissern, dass sie nicht träumte.

„Weil ich ihr das Versprechen abgenommen hatte, nichts zu verraten. Du solltest nicht erfahren, dass ich male. Noch nicht. Ich musste erst einen Plan austüfteln, um dein Herz zurückzuerobern.“

„Woher willst du wissen, ob er funktioniert?“

„Sag du es mir.“

Nun war sie diejenige, die sein Gesicht umfasste. Zärtlich strich sie mit den Daumenspitzen über seine Stoppel. Und obwohl sie kein Mensch war, der sich, ohne die Risiken abzuwägen, leichtfertig öffnete, entschied sie sich, die Wahrheit zu sagen. „Mein Herz gehört dir. Schon eine ganze Weile. Nur wollte ich das einfach nicht wahrhaben“, flüsterte sie.

„Und wieder haben wir etwas gemeinsam.“ Sein Lächeln war träge und sinnlich, und in seinen braunen Augen blitzte etwas auf, das ihr ein aufgeregtes Flattern in ihrem Unterleib bescherte. Er knurrte. „Ich bin dir verfallen, weißt du das?“, murmelte er gegen ihre Mundwinkel, mit seinen Lippen sachte über ihre streichelnd. „Ich möchte dich berühren. Dich spüren. Du ahnst nicht, wie ich mich nach dir gesehnt habe.“ Das dunkle Timbre seiner Stimme und die Art, wie er sie betrachtete, sandten erwartungsvolle Schauer über ihre Wirbelsäule.

Sie hatte sich ebenfalls nach ihm gesehnt. Jetzt, wo er bei ihr war, begriff sie erst, wie sehr. Sie wollte ihn nicht wieder gehen lassen. „Bleib bei mir“ flüsterte sie, während ihr Herz vor Zärtlichkeit überquoll. Fast zaghaft berührte sie die Linien auf seiner Stirn. „Du hattest eine lange Reise, entschuldige. Möchtest du ein Wasser?"

„Kein Wasser", flüsterte er, unfähig den Blick von ihr abzuwenden.

„Etwas anderes vielleicht?"

„Alles, was ich will, bist du", erklärte er rau und ließ kleine, köstliche Küsse auf die Seite ihrer Kehle regnen.

Verlangend drängte sie sich an ihn. Seine Härte presste gegen ihren Körper und als er seinen Oberschenkel zwischen ihre Beine schob, flutete Hitze ihren Schoß. Ein kleines Seufzen entschlüpfte ihr, das er mit einem zärtlichen Kuss erstickte. Sanft knabberte er an ihrer Unterlippe, bevor er mit der Zunge ihre Lippen teilte, um ein verlockendes, sinnliches Spiel zu beginnen. Instinktiv legte Jonna die Arme um seinen Nacken und ließ sich fallen. Ihr Kuss war wild und leidenschaftlich, und voller Sehnsucht.

„Ich mag es, wie du auf mich reagierst." Seine Brust hob und senkte sich in schneller Folge und seine Augen verdunkelten sich aufs Neue, als er den spitzenbesetzten Saum ihres Ausschnitts nachfuhr und den hauchdünnen Stoff über ihre Schultern schob. Lautlos glitt der Kimono zu Boden. Seine Hand wanderte tiefer, und sie konnte an nichts anderes mehr denken, als an das überwältigende Gefühl seiner streichelnden Finger auf ihrer erhitzten Haut. Sie stöhnte leise auf, als er ihre Brust umfing und sein Daumen neckende Kreise auf ihrer Knospe beschrieb. „Du bist wunderschön." Knurrend ließ er seine Stirn gegen ihre sinken. „Ich will dich, Jonna", gestand er atemlos. „Du ahnst nicht, wie sehr."

Sie las die unausgesprochene Frage in seinem Blick, als er den Kopf hob und sie fixierte.

Diesmal würde sie ihn nicht von sich stoßen.

Sie schob alle Vorbehalte, jeglichen Zweifel von sich, griff nach seiner Hand und verflocht ihre Finger mit seinen. „Komm mit mir", wisperte sie, ehe sie ihn mit in ihr Schlafzimmer nahm.

Goldgelbe Sonnenflecken tanzten an der Zimmerdecke, als Jonna am Morgen die Augen aufschlug. Ryan hatte die Nacht bei ihr verbracht. Sie hatten einander geliebt, wieder und wieder, bis Jonna schließlich irgendwann erschöpft, und äußerst zufrieden, in seinen Armen eingeschlafen war. Obwohl sie einander erst seit kurzer Zeit kannten, hatte Jonna in diesen Stunden jegliche Unsicherheit wegen ihres Körpers verloren. Ryan war nicht müde geworden, ihr zu versichern, dass er sie bezaubernd fand, wie sie war. Er war unglaublich zärtlich und einfühlsam gewesen. Hatte sie behandelt, als sei sie etwas Kostbares, Zerbrechliches.

Vorsichtig, um seinen Schlaf nicht zu stören, zog sie das Laken über ihre nackte Brust, drehte sich auf die Seite und stützte das Gesicht in die Hand, um ihn zu betrachten. Das dunkle, sexy zerzauste Haar, in dem sie so gern ihre Finger vergrub, und die Bartstoppel, die ihm ein verwegenes Aussehen verliehen. Seine Lippen waren halb geöffnet und sie widerstand dem Impuls, ihn auf die Mundwinkel zu küssen. Doch sie wollte ihn nicht wecken, sondern diesen wundervollen Anblick und die Tatsache, dass der Mann, von dem sie angenommen hatte, er hätte sie schon längst vergessen, nun in ihrem Bett lag, genießen. Als er sich unter der Decke bewegte und etwas Unverständliches murmelte, konnte sie sich nicht länger zurückhalten. „Guten Morgen, Schlafmütze", flüsterte sie und küsste ihn auf die Nasenspitze.

Er war sofort wach, dehnte und streckte sich und zog sie anschließend zärtlich schmunzelnd an sich. „Gut geschlafen, meine Schöne?"

Sie nickte. „Und du?"

„So gut und tief wie seit Ewigkeiten nicht mehr", gab er unumwunden zu. „Das muss an der wunderbaren Gesellschaft liegen." Er musterte sie aufmerksam, das Lächeln schwand aus seinen Zügen. „Jonna, ich kann dir nichts versprechen. Du weißt, ich halte nichts von langfristigen Plänen. Alles, was ich weiß, ist, dass ich dich in meinem Leben haben möchte." Nachdenklich fuhr er mit dem Daumen den Schwung ihrer Oberlippe nach. „Könntest du dir vorstellen, mit mir in Cornwall zu leben?" Forschend suchte er in ihren Augen nach einer Antwort.

Ihr Puls schnellte in die Höhe, und unwillkürlich hielt sie die Luft an. Ryan wollte, dass sie mit ihm lebte? Es dauerte ein paar Sekunden, bis ihr Verstand seine Worte verarbeitet hatte. Die Vorstellung, ihre Zelte hier abzubrechen und in Cornwall ein neues Leben zu beginnen, war verlockend. Liz hatte sie ebenfalls gebeten, darüber nachzudenken. Zwar hatte sie der Freundin versprochen, dies zu tun, tat sich jedoch mit der Entscheidung schwer. Schließlich war sie in Heidelberg verwurzelt. Doch was genau hielt sie eigentlich noch in dieser Stadt?

„Ach und bevor du mir antwortest“, unterbrach er ihre Gedankengänge, „du bist mir nichts schuldig wegen des Bildes.“

„Du meinst, das war kein klitzekleiner Versuch, mich bestechen zu wollen?“, neckte sie ihn.

„Vielleicht. Ein winzig kleiner“, räumte er mit einem frechen Augenfunkeln ein. „Aber egal, wie du dich entscheidest, die kleine Meerestänzerin gehört dir.“

„Ist das der Name des Gemäldes? Oh, wie zauberhaft, das gefällt mir“, fügte sie an, als Ryan bestätigend nickte.

Sie blickte ihn an, registrierte die feine Grube zwischen seinen Brauen und die Fältchen um seine Augenwinkel. Die Narbe, die seine rechte Braue teilte. Spuren, die das Leben in sein Gesicht geschrieben hatte und die sich mit der Zeit vertiefen würden. Sie konnte sich gut vorstellen, wie er aussehen würde, wenn er älter war, und dieses Bild gefiel ihr. „Mr Gandy kommt aber mit“, erklärte sie mit fester Stimme.

„Selbstverständlich tut er das“, gab er ernsthaft zurück und legte seine Lippen sanft auf ihre, bevor er seine Finger in ihren wilden Locken verflocht und sie küsste, wie noch nie zuvor jemand sie geküsst hatte.

Epilog

„Ich soll dir ausrichten, dass das Essen fertig ist." Mia, die übers Wochenende im *Hollyhock Cottage* zu Besuch war, steckte ihren Kopf durch die Schuppentür, um Jonna ins Haus zu holen.

„Bin gleich fertig!" Jonna hob eine Hand, um Liz' Stieftochter zu signalisieren, dass sie noch einen Moment brauchte. Ein letztes Mal widmete sie sich dem mit feurigen Karneolsteinen besetzten Herzanhänger, den eine Touristin in Auftrag gegeben hatte und morgen früh abzuholen gedachte. Mit einem zufriedenen Seufzen legte sie das fertige Schmuckstück auf die Werkbank zurück. Cassandra hatte sie kurzerhand als Angestellte übernommen, damit Jonna eine Aufenthaltsgenehmigung für Cornwall erhielt. Nie hätte sie gedacht, dass ihre Edelsteinkollektion, die Cassandra in einer speziell dafür eingerichteten Ecke des *Magic Gems* anbot, so gut ankommen würde. Das Geschäft brummte. Jonna konnte sich vor Aufträgen kaum noch retten und dachte sogar darüber nach, langfristig jemanden einzustellen, der ihr zuarbeitete, zumal sie ebenfalls Schmuck für Tabea herstellte. Auch in Heidelberg fanden die romantischen Kreationen begeisterten Anklang.

Stimmengeschnatter, Gelächter und Geschirrgeklapper schlugen ihr entgegen, kaum dass sie das Cottage betreten hatte. Sie trabte ins Gästebad, um sich die

Hände zu waschen und begab sich dann auf den Weg ins Wohnzimmer, wo es hochherging. Alle hatten sich bereits am Tisch eingefunden, und von der Küche zog ein herrlich appetitlicher Duft in den Raum, der ihr das Wasser im Mund zusammenlaufen ließ.

„Da bist du ja endlich, Jonna. Komm und setz dich", wurde sie von Liz begrüßt, die Rubys Baby in den Armen wiegte. „Corey bringt gleich das Essen herein."

„Wenn man vom Teufel spricht", schaltete sich Mia gut gelaunt ein, als Corey prompt mit einem vollen Tablett zwischen seinen großen, behaarten Händen hereinschneite, und reckte den Hals. „Wo ist der Safrankuchen?"

„Den gibt es als Nachtisch, Miss Ungeduld", verkündete der Inhaber des *Crab Shack* mit einem Zwinkern, „vorausgesetzt, du leerst brav deinen Teller." Seit Corey bei Liz im Cottage ein- und ausging, war es zur lieben Gewohnheit geworden, dass er an jedem seiner freien Abende für sie sowie eventuell anwesende Gäste kochte. Sogar Mia, die oftmals die Wochenenden hier verbrachte, hatte sich erstaunlich schnell an seine Anwesenheit gewöhnt.

„Spielverderber", murmelte das Mädchen und verschränkte die Arme vor der Brust, um ihre Missbilligung auszudrücken. Dabei wusste jeder, dass Corey bei Mia einen Stein im Brett hatte. Hin und wieder musste er als Puffer herhalten, wenn sich Mia und Liz in die Haare gerieten, was ihn jedoch mehr amüsierte als störte. Immerhin war er in einer lebhaften Familie von insgesamt sechs Geschwistern aufgewachsen, die keine Diskussionen scheute. Corey Galbreath war stets die Ruhe selbst. Ihn konnte so leicht nichts erschüttern. Er war wie ein verlässlicher Berg mit einem Herzen aus Gold. Womöglich war das auch der Grund, weshalb sich Liz endlich dazu durchgerungen hatte, die Scheidung einzureichen.

„Jetzt machen wir uns erst einmal über die gebackene Makrele mit Stachelbeersauce her, die Liz sich gewünscht hat", erklärte Corey mit der angemessenen Portion Autorität eines erfolgreichen Küchenchefs, ehe er das Tablett mit dem Gericht auf dem Tisch platzierte.

Ryan berührte unter dem Tisch Jonnas Knie. „Ich kann es kaum erwarten, mich später zu Hause über *dich* herzumachen."

„Keine Anzüglichkeiten, Mr Bennett", tadelte sie ihn mit gespielter Strenge und faltete ihre Serviette auseinander. „Ich dachte, *Oak Hill Manor* sei ein anständiges Haus."

„Nicht, seitdem du dort wohnst", raunte Ryan ihr ins Ohr. „Und das ist allein deine Schuld, denn ich kann einfach nicht genug von dir bekommen."

Das Baby in Liz' Armen gluckste fröhlich, fast so, als hätte es das leise Geplänkel verstanden.

„Gibst du ihn mir?" Ruby streckte die Arme nach ihrem Sprössling aus. „Zu schade, dass Gabriel heute nicht hier sein kann", meinte sie. Sie setzte das Kind auf ihren Schoß und gab ihm einen sanften Nasenstüber. „Aber seitdem unser Schatz da ist, muss Daddy ein paar Extraschichten fahren, damit wir bald in unser eigenes Heim ziehen können, nicht wahr, Henry?"

„Das nächste Mal", tröstete Liz sie. „Aber nun lasst uns anfangen, ihr Lieben, mir hängt der Magen in den Kniekehlen. Danke, Corey, dass du uns mal wieder verwöhnst." Sie hob ihm das Gesicht für einen raschen Kuss entgegen.

„Immer wieder gern", gab er schmunzelnd zurück, ehe er es sich neben ihr bequem machte.

„Der Fisch ist ein Gedicht, mein lieber Corey", lobte Mabel kurze Zeit später mit erhobener Gabel den Koch und untermalte ihre Aussage mit einem bedächtigen Nicken. „Wie immer."

Liz pflichtete der älteren Freundin bei. Schmunzelnd griff sie nach ihrem Glas Weißwein und hob es in die Höhe. „Auf Familie und gute Freunde, die längst Familie geworden sind", sagte sie mit einem vergnügten Nicken in die Runde und nahm einen Schluck.

Anschließend warf sie Jonna einen erstaunten Blick zu. „Du hast ja gar keinen Wein. Soll ich dir einschenken?"

Jonna hielt die Hand über ihr Glas. „Nein, schon gut. Ich bleibe heute mal beim Wasser." Sie schenkte Liz ein unverfängliches Lächeln. Sicher war sie sich nicht, jedoch seit zwei Wochen überfällig, und Vorsicht war die Mutter der Porzellankiste, wie man so schön sagte.

Liz hob eine feine Braue. „Jonna, bist du etwa …?"

„Was haltet ihr davon", fiel Jonna ihr ins Wort und wechselte rasch das Thema, „wenn ich zur Abwechslung mal etwas für euch koche? Vielleicht eine deutsche Spezialität?"

„Gott behüte!" In gespieltem Entsetzen riss Liz die Augen auf. „Du weißt, wie sehr wir dich lieben, aber ich denke, du bist besser in deiner Schmuckwerkstatt als in einer Küche aufgehoben." Sie tauschten einen verständnisinnigen Blick miteinander. Liz hatte rasch begriffen, dass Jonna diese eine Sache nicht in der großen Runde diskutiert haben wollte.

Für ihren Ausruf erntete Liz herzhaftes Gelächter. Die Menschen, die sich am Esstisch im *Hollyhock Cottage* versammelt hatten, waren ein fröhlicher, buntzusammengewürfelter Haufen.

Hier in Cornwall hatte Jonna endlich die Familie gefunden, von der sie ihr Leben lang geträumt hatte.

Während die Gesellschaft sich munter weiter unterhielt, legte Ryan einen Finger unter Jonnas Kinn und hob es an, damit er ihr in die Augen sehen konnte. „Gibt es irgendetwas, das wir miteinander bereden sollten, wenn wir wieder zu Hause sind?" Er hatte ein feines Gespür dafür entwickelt, wenn Jonna etwas beschäftigte, und bemerkte an ihrem Zögern, dass sie sich schwer damit tat, sich zu öffnen. „Jonna, du kannst dich mir anvertrauen, was auch immer es ist."

„Auch, wenn es unser Leben verändern würde?" Aufmerksam forschte sie in seinen Zügen. Sie, die sich verzweifelt nach einem Leben in geregelten Bahnen gesehnt hatte, war zu ihrer eigenen Verblüffung bereit gewesen, das Abenteuer Liebe mit Ryan, dem Freigeist, zu wagen. Sie hatten sich in ihrem neuen, gemeinsamen Leben eingerichtet, hielten es unkompliziert und machten keine Pläne. Jonna wohnte zwar mit Ryan auf *Oak Hill Manor*, doch sie verbrachte viel Zeit mit Liz im Cottage oder in ihrer kleinen Werkstatt. Sie gaben einander genügend Freiraum. Nun fürchtete sie jedoch, dass sich Ryan angesichts der Neuigkeit, die sie ihm eventuell überbringen musste, in seiner Freiheit bedroht fühlen könnte.

Zärtlich verflocht er seine Finger mit ihren. „Was immer es auch ist, ich bin bereit, wenn du dazu bereit bist", sagte er, als ob er genau wüsste, was ihr durch den Kopf spukte. Seltsamerweise hatte Jonna das Gefühl, dass er genau dies auch tat. Seine Mundwinkel hoben sich zu einem Schmunzeln. „Ich hätte es selbst nicht für möglich gehalten, aber ich verspüre keinerlei Panik vor einer festen Bindung. Ich stehe zu dir, Jonna, komme was da mag." Sein leises, sanftes Lachen hüllte sie ein wie ein schützender Kokon. „Denkst du, ich gebe dich wieder her, jetzt, nachdem ich dich gefunden habe?"

„Weißt du was, Ryan Bennett?" Jonna konnte sich ebenfalls ein breites Schmunzeln nicht verkneifen. „Ich glaube, ich habe mich soeben neu verliebt."

Seine Miene verfinsterte sich. „Sag mir, wer der Kerl ist, damit ich ihn verprügeln kann."

„Du verrückter Mann." Jonna bedachte ihn mit einem liebevollen Blick, ehe sie ihn herzhaft auf den Mund küsste.

Niemals hätte sie gedacht, dass sie so glücklich sein könnte. Obwohl sie sich, ohne Netz und doppelten Boden, auf ein Wagnis in der Liebe eingelassen und in dieser Beziehung nicht danach gesucht hatte, hatte sie endlich das bekommen, wonach ihr Herz sich sehnte.

Liz zwinkerte ihr über den Tisch hinweg zu, und Jonna erwiderte das Lächeln.

Sie war zu Hause angekommen.

Hier in Cornwall bei Ryan und all diesen wunderbaren Menschen im *Hollyhock Cottage.*